Iris Grädler

DAS WÜTEN
DER STILLE

Kriminalroman

DUMONT

Von Iris Grädler sind bei DuMont außerdem erschienen:

Meer des Schweigens
Am Ende des Schmerzes

Originalausgabe
November 2017
DuMont Buchverlag, Köln
Alle Rechte vorbehalten
© 2017 DuMont Buchverlag, Köln
Umschlaggestaltung: Lübbeke Naumann Thoben, Köln
Umschlagabbildung: Himmel: © 06photo / Fotolia.com;
Tasche: © imagesbybarbara / istockphoto.com;
Landschaft: © plainpicture / Harald Braun
Satz: Angelika Kudella, Köln
Gesetzt aus der Garamond Pro
Druck und Verarbeitung: CPI books GmbH, Leck
Gedruckt auf säurefreiem und chlorfrei gebleichtem Papier
Printed in Germany
ISBN 978-3-8321-6377-8

www.dumont-buchverlag.de

Tief
und tiefer
hinab
in
Stille
und
Schwarz
ins Salz des frühesten Seins
den Menschen fern
Fisch werden
Atem
los

1

Jory Kellis schob die Gardine ein Stück zur Seite, bis er den Garten ganz im Blick hatte. Neben dem Haselnussbaum stand die Schaukel, die er einst eigenhändig zwischen Holzpfosten angebracht hatte. Sie schwankte sachte und quietschte in der verrosteten Aufhängung. Das Geräusch zerrte an seinen Nerven. Eine Axt sollte ich nehmen, sie endlich zu Kleinholz hacken, dachte er und ließ den Blick über die wuchernde Hecke streifen. Dahinter lag eine steil ansteigende Wiese mit kurzem, blassem Gras, das von der Meeresbrise gestreichelt wurde. Schafe im Winterpelz grasten gemächlich und in aller Unschuld darauf. Jory heftete die Augen an eins mit dunklerem Fell. Das schwarze Schaf. Manche bleiben unerkannt. Ungeschoren zu bleiben ist der Wunsch aller Schafe, fiel ihm ein Ausspruch seines Vaters ein. Er setzte sich, schlug das Tagebuch auf, schrieb wie jedes Jahr zuerst das Datum, unterstrich es zwei Mal, fügte ein Aufrufezeichen hinzu. Er blätterte um, fuhr mit der Hand über die Seite und notierte, Buchstabe für Buchstabe, bedächtig wie ein Erstklässler, der das Gewicht des Füllers und die Saugkraft des Papiers spürt, den Satz, der ihn schon den ganzen Morgen quälte wie eine Feile an der Magenwand: »Sie wäre nun – heute auf den Tag genau – vierundzwanzig Jahre alt.« Er ließ den Füller sinken, ein Geschenk zur Meisterprüfung, hörte die Tür zum Garten zuschlagen und sah Heather mit der Gießkanne den Plattenweg entlanggehen. Ihre Holzpantinen, eine sentimentale Erinnerung an ihre holländischen Vorfahren, schabten über den Waschbeton, den er vor langer Zeit, als alles noch hell war, in Sand gelegt hatte. Inzwischen waren einige der Platten eingesackt, Moos hatte sich ihrer bemächtigt und in den Fugen spross Unkraut, um das sich niemand kümmerte, ebenso wenig wie um den Garten. Bis auf die *Trachycarpus fortunei*, eine chinesische Hanfpalme. Im milden Klima Cornwalls gedeihen Palmen so gut wie an der Südsee, hatte ihnen damals der Verkäufer im Gartencenter versprochen. Heather stand nun vor dem wie in einen Leinensack gehüllten Stamm mit den drei fächerförmigen Blättern, die dem Spiel des Windes, der beständig vom Meer wehte, ausgesetzt waren. In den acht Jahren war die Palme allerdings kaum gewachsen, ein Zwerg, der Erde näher als dem Himmel. Das Wasser aus der Kanne sickerte zwischen den Muschelsteinen ein, die auf der Umfriedung lagen, gesammelt an einem fernen Tag, als das Meer ruhig und voll flüsternder Versprechungen war. Hatte die Palme bei dem vielen Regen der letzten Wochen nicht genug Feuchtigkeit bekommen?, überlegte Jory. Aber natürlich hatte das Bewässern für Heather eine höhere Bedeutung. Ein paar Tropfen Zuversicht aus der rosafarbenen Kindergießkanne, Weihwasser und Glaube.

Jory zog die Gardine mit einem Ruck zu und einen Strich unter den ersten Satz und schrieb, nun mit rascher Hand, was ihm durch den Kopf fuhr: »Retten wird es sie nicht. Ihr Blattwerk färbt sich schon braun. Vermutlich wird sie sterben.« Oder sie ist schon tot, dachte er, wagte aber nicht, die Worte dem Papier anzuvertrauen. Was einmal blau auf weiß in seinem Tagebuch stand, war so etwas wie die Wahrheit. Er pustete über die frische Tinte und musterte durch die Spitzengardine seine Frau, die reglos neben der Palme stand und auf die schmale Landstraße dahinter blickte. Doch es kam niemand. Der Zufahrtsweg war eine Sackgasse, die zwischen den hügeligen Wiesen bergab in die Senke führte, wo ihr Cottage stand. Die Sonne ging hier immer etwas später auf und früher unter. Feuchtigkeit kroch aus dem Unterholz des Waldstücks und aus dem hohen Farn am Ufer des

Bachs hinter dem Haus. Vor über einem Jahrhundert war das Cottage eine Mühle gewesen. Das Mühlrad an der Außenwand hat inzwischen Moos angesetzt, und der Mühlstein liegt uns nun auf den Schultern, dachte Jory und wandte den Blick von seiner Frau ab. Einst hatte er es geliebt, sie zu betrachten wie ein Stillleben. Jetzt hatte ihr Rücken, ihre ganze Gestalt nichts mehr, was ihn gefangen hielt. Heather war gealtert. Über Nacht war ihr Haar weiß geworden und ihr gerader Rücken in sich zusammengesunken. Heute war ein weiteres Jahrzehnt hinzugekommen, ein weiterer Faltenwurf in ihrem erloschenen Gesicht. Sie bückte sich zu dem Windlicht, das sie am Vormittag neben die Palme gestellt hatte, und zündete ein neues Teelicht darin an. Wie an jedem 25. September. In diesem Jahr ausgerechnet ein Sonntag. An jedem anderen Tag würde er jetzt in seinem Laden an der Fräsmaschine sitzen.

Sein Handy summte, und er las die fast gleichlautende Nachricht, die er schon vor einer Stunde bekommen hatte, löschte sie und schaltete es aus. Es war keine Lösung, sich davonzustehlen. Die Erinnerung, die Fragen, die Hoffnung, die mit jedem Tropfen aus der Gießkanne in die Wurzeln der Palme flossen, würde er in jenes warme Bett mitnehmen, in das er sich sonst nur allzu gern hineinlocken ließ. Es war schon schwer genug, Theater zu spielen, und an diesem Tag stand ihm zu allem Überfluss noch das alljährliche Drama bevor. Kein Weg, der daran vorbeiführte. Jory öffnete das Fenster, sah neuen Regen aus den wie Trauerflor wehenden Wolken fallen, räusperte sich und hörte seiner Stimme zu, als er rief: »Komm rein! Erkältest dich noch.« Heather hielt kurz an dem verkrüppelten Rhododendron inne und wandte sich zum Haus. Vom Haus zum Gartentor und zurück. Weiter war seine Frau im letzten Jahr selten gegangen.

Jory schlug das Tagebuch zu und legte den Füller in den Kasten. Im Laufe der Zeit hatte er kaum mehr etwas geschrieben. Schließlich nur noch zwei Mal im Jahr und dann auch nur ein paar abgehackte Sätze. Was gab es zu sagen? Nichts.

Das Tagebuch bestand aus handgeschöpftem Papier, war in Leder gebunden und mit einem Schloss versehen. Eine Anschaffung von seinem ersten Lohn als Lehrjunge. Auf der ersten Seite hatte er ein Versprechen verfasst. Drei Dinge, die er in seinem Leben bewerkstelligen wollte: »Von meinem Leben wahrheitsgemäß und ungeschönt Zeugnis ablegen. Die Insel einmal zu Fuß umwandern. Einen Baum pflanzen.«

Alle Vorhaben hatte er nur halb erfüllt. Zwei Sommer lang war er Teilabschnitte des Küstenwanderwegs entlanggepilgert, nur um festzustellen, dass er lieber vom Wandern träumte und das tagelange Laufen nicht aushielt. Ich habe einen Baum gepflanzt, ja, dachte er. Er hatte eine Palme ausgewählt, weil sie an ein Südseeparadies erinnerte, aber nun goss Heather sie nur noch zwei Mal jährlich. Solange sie überlebte, sich vom Regen ernährte und vom Grundwasser, war Hoffnung da. Das hatte Heather beschlossen. Wenn es ihr half, nun gut. Er würde nichts tun, um die Palme zu retten. Im Gegenteil, dachte er und schloss das Tagebuch im Schreibtisch ein. Es war ihm nicht gelungen, wahrheitsgemäß und ungeschönt von seinem Leben zu berichten, als verdeckte das Aquamarinblau der fließenden Tinte das Eigentliche und hinderte ihn daran, sich der Wahrheit zu nähern.

Was Jory in seinem Leben bewerkstelligen wollte war ein Gemisch aus jenen Dingen gewesen, die ihm seine beiden Großväter einst mit auf den Weg gegeben hatten. Schreibe ein Buch, lerne eine fremde Sprache, pflanze einen Baum, hatte Großvater Conrad gesagt. Mach eine lange Schiffsreise, durchschwimme den

Ärmelkanal, wandere einmal um die Insel, hatte Großvater Hayden gesagt. Baue ein Haus, errichte ein Geschäft, zeuge einen Sohn und Erben, hatte sein Vater ihm bei der Hochzeitsrede mit wedelndem Zeigefinger befohlen. Immerhin hatte Jory mit dem Schlüsseldienst sein eigenes Geschäft gegründet, doch wenn es so weiterging, würde er es schließen müssen. Sie wohnten in dem Cottage, eine Erbschaft von Heathers kinderloser Tante, und sie hatten keinen Sohn. Hätten sie einen, gäbe es nicht viel zu vererben. Jory hatte nichts unversucht gelassen, einen Sohn zu zeugen. Was vorbei war, war vorbei. Wiedergutmachung gab es nur im Traum. Und war nicht sowieso alles schon lange zum Albtraum geworden?

Im Esszimmer begann Heather den Frühstückstisch abzuräumen. Das dritte, unbenutzte Gedeck, das jeden Tag für ihren unsichtbaren Gast zwischen ihnen stand, verstaute sie im Geschirrschrank, zupfte an dem Herbststrauß auf dem Tisch herum und pustete die Kerze auf der Anrichte aus, die sonntags angezündet wurde. Eine weitere der langen Altarkerzen war inzwischen auf mehr als die Hälfte geschrumpft. Der Pfarrer, der in den ersten Tagen nach der Tragödie täglich teetrinkend und mit geschlossenen Augen verständnisvoll nickend auf dem Sofa saß, hatte Heather gleich mehrere davon geschenkt. Zweiundfünfzig mal acht, überschlug Jory im Kopf. Also rund vierhundert Sonntage hatten die Kerzen bereits gebrannt. Bald würden sie die nächste anstecken müssen oder die Zeremonie abschaffen. Diese und alle anderen.

»Wir müssen dann«, sagte Heather mit einem Blick zur Küchenuhr und machte sich im Flur zu schaffen. Es war kurz vor eins.

»Was soll's bringen?«, fragte Jory mehr sich selbst als seine Frau, zog die Jacke an und rückte den Hut in die Stirn.

»Der Kuchen.« Heather eilte in die Küche und holte das Blech. Jory brauchte nicht zu fragen, was sie gebacken hatte. Es stand im Drehbuch. Zwischen Baiserschaum das satte Rot von Himbeeren, Erdbeeren und Rhabarber. Jenifers Lieblingskuchen. Ihr Name stand in einem rosa Herzen, das auf einem Zahnstocher steckte. »Also dann.« Sie trug den schwarzen Mantel mit den bunten Knöpfen, in dem sie einst elegant gewirkt hatte.

»Kennst doch kaum mehr jemanden«, murmelte Jory, griff nach den Regenschirmen und wandte sich zur Haustür. »Es gibt nur eine Leitkuh«, hatte Cliff neulich beim Kartenspielen erklärt. »Und wenn's nich' der Mann is', dann isses die Frau.« Es war immer Heather gewesen, die die Richtung, die Abzweigungen, das Tempo, die Rastorte, ja selbst das Schuhwerk ihres gemeinsamen Weges bestimmt hatte. Auch nach der Tragödie war es so geblieben. Vielleicht, überlegte er, verändert ein Schicksalsschlag den Menschen nicht in seinen Grundfesten, sondern kehrt nur den verborgenen Kern nach außen wie Salpeter, das tief im Mauerwerk sitzt und zu blühen beginnt. Man fügt sich und hat keinen Ärger, erinnerte er sich an Cliffs Worte, schob den rostigen Querriegel vor die Flügeltür der Garage und schloss mit jenem Schlüssel ab, den er eigenhändig geschweißt hatte wie alle anderen für das Cottage. Der Schlüssel zum Herzen ist der wichtigste. Wer hatte das gesagt? Und wo war dieser Schlüssel? Sie stiegen ins Auto und Jory machte den Scheibenwischer an, der in ihr Schweigen quietschte. Kaum waren sie aus der Talsohle, wo sich ihr Cottage einsam unter Bäumen duckte, auf dem hügeligen Hochplateau angelangt, öffnete sich der Himmel über ihnen. Ein schwacher Glanz lag auf dem Meer, auf das sie zufuhren, und das Städtchen Cambrenne mit seinen grauen Dächern schmiegte sich vor ihnen in aller Beschaulichkeit an die Küste.

Doch je näher sie kamen, desto mehr rückte jenes Gebäude in den Blick, das seinen Schatten bis auf ihr Zuhause warf. Jory setzte den Blinker und bog auf die Straße ab, die bergan zur Highschool führte, die freistehend, etwas außerhalb des Stadtkerns lag. Er nannte sie den »Schuldturm«.

»Die Millows sind da und die Carfields.« Heather reckte den Kopf, als sie auf den Parkplatz einbogen, der fast voll besetzt war. »Und Agent Helston. Da ist sein Wagen.« Jory biss sich auf die Lippe. Er hatte es sich abgewöhnt, sie zu verbessern. Für Heather war der längst pensionierte DI Helston ein Agent, in geheimer Mission unterwegs wie sie selbst.

Heather kramte in ihrer Handtasche. Früher hätte sie einen Lippenstift herausgezogen. Nun war es erst ein Taschentuch, mit dem sie sich die Augen tupfte, dann das Notizheft.

»Hat sicher Enkel hier. Weißt ja, ist Rentner«, murmelte Jory. Helston hatte den Fall damals nicht einmal bearbeitet, sondern sein ebenfalls lange pensionierter Vorgänger John Ladock. Doch den konnte Heather nicht mehr behelligen. Ladock hatte seinen Alterssitz irgendwo in Spanien bezogen. Ja, dachte Jory kurz, woanders hin, weg von allem hier, das sollte man tun.

»Ein Agent bleibt immer im Dienst.« Heather schloss die Tasche. »Unser Parkplatz ist wieder besetzt. Wenn man zu spät kommt ...«

Sie fuhren an der Hecke vorbei, die damals kaum hüfthoch und ihnen inzwischen über die Köpfe gewachsen war wie auch alles andere. Unter der Laterne direkt neben der Hecke hatten sie damals geparkt. Sie waren zusammen ausgestiegen, und Jenifer war vorausgeeilt, in Richtung Aula. Sie hatte sich nicht von ihnen verabschiedet, wortlos und verärgert über ihre Verspätung die Autotür zugeschlagen, die Tasche über die Schulter geworfen, eine aus buntem Patchwork, und war davongestürmt, mit gewaschenem Haar, das noch feucht auf den Schultern wippte und wie Lack glänzte. Jory schob die Erinnerung beiseite und hielt hinter der Laterne an.

»Lass dich hier raus und such 'nen anderen Parkplatz.« Er versuchte ein Lächeln, das sich in den Mundwinkeln festhakte, reichte Heather das Backblech, und sie strebte mit einem Eifer, der ihm zuwider war, dem Schulhof zu wie eine unersättliche Taube, die frisch gestreute Körner auf dem Futterplatz gewittert hat. Er drehte mehrere Runden, bis er sich für eine weit entfernte Stelle am Straßenrand entschied. Dann schob er den Hut tiefer in die Stirn und ging lustlos auf das Lärmen zu. Unter breiten Schirmen waren Essensstände aufgebaut, hinter denen Mütter das Regiment führten. Väter waren für Sportaktivitäten eingeteilt. Jüngere Schüler verkauften Tombola-Lose. In einem Zelt war eine Disco eingerichtet, die wichtigste Attraktion für die älteren Jahrgangsstufen, eine Party bis Mitternacht, und Jenifer hatte damals diesem Ereignis entgegengefiebert. In jenem Jahr hatte sie einen Tag zuvor Geburtstag gehabt und wollte an dem Sonntag des Schulfestes mit ihren Freundinnen nachfeiern. Und wohl auch mit ihrem zweifelhaften Freund. Jory blieb vor dem Eingang stehen, betrachtete die glitzernden Lichter der Discokugel, unter der ein paar Schüler zaghafte Tanzschritte machten, und versuchte, sich ihr Gesicht in Erinnerung zu rufen. Nicht das Gesicht auf einem der Fotos, die Heather an alle Wände gehängt hatte und die verschwammen, sobald er sie ohne Brille betrachtete, sondern Jenifers lebendiges Gesicht. Es wollte ihm nicht gelingen. Das war das Schlimmste: Wie sich die Erinnerung in Nebel hüllte.

»Das Wetter spielt ja dieses Jahr nicht mit«, hörte er eine bekannte Stimme neben sich. Es war Arthur Milton. Ausgerechnet, dachte Jory und gab ihm die Hand.

»Solange kein Dauerregen ist.«

»Kann man nichts machen.« Arthur stützte sich mit beiden Händen auf seinen Gehstock, als wollte er seinen dürren Leib genau hier, neben Jory, am Eingang der Disco einpflocken. »Wo ist denn deine bessere Hälfte?«

»Bringt ihren Kuchen zu deiner Frau.«

»Backt immer den besten. Solche Eltern braucht man.« Arthur nickte vor sich hin. »Und keine Selbstverständlichkeit ... nach allem.«

Längst war es nicht mehr so, dass Gespräche verstummten, Blicke sich in ihre Rücken bohrten, Augen sich abwandten, wenn sie ihr alljährliches Stelldichein gaben. Längst war das Geschehen für die anderen Geschichte geworden, eine verblasste Nachricht auf dem Scheiterhaufen der Zeit. Dennoch wusste Jory, dass man ihnen, wo immer sie auftauchten, insbesondere aber hier und heute, stets einen Schritt weit fern blieb. Eine Bruchstelle, über die hinwegbalanciert wurde, die niemand beim Namen zu nennen wagte. Das Leben der anderen, hatte Jory irgendwann erkannt, verlief weiter wie ein Fluss, während ihr eigenes zu einem stehenden Tümpel geworden war, und wer mochte schon mit ihnen länger an einem solch brackigen Gewässer verweilen? Im Schmerz war man nach kurzer Zeit gottverlassen und allein. Hinter einer Tür, die sich nicht mehr öffnen ließ, weil der Schlüssel, für den es keinen Ersatz und keine Kopie gab, verloren gegangen war.

»Na denn. Die Vorführung sollte wohl bald losgehen.« Arthur hob den Stock und machte sich nach allen Seiten grüßend zum Eingang der Aula auf. Sein Vater hatte die Schule gegründet, er selbst war jahrelang in der Elternpflegschaft gewesen, und noch immer fühlte er sich als der wichtigste Mann hinter den Kulissen, auch wenn seine eigenen Kinder längst den Abschluss in der Tasche und Cambrenne verlassen hatten. Bis auf Dolph, seinen Jüngsten. Der war zurückgekehrt, dachte Jory und schmeckte Bitternis auf der Zunge, als er Vater und Sohn zusammen beim Eingang zur Aula beobachtete. Sie steckten die Köpfe zusammen und lachten. Für sie war alles begraben und vergessen. Er holte sich einen Pie und sah, kaum hatte er einen freien Stehtisch gefunden, das Unvermeidliche auf sich zukommen.

»Schmeckt's?« Lizzy trug ihr bestes Lächeln zwischen goldenen Ohrsteckern, stellte ihr Glas ab und winkte mit drei Fingern jemandem zu.

Jory spürte Hitze und Kälte zugleich unter dem Hut und konzentrierte sich aufs Kauen. Ein Stehtisch ist ein Stehtisch, beruhigte er sich. Öffentliches Terrain. Unverfänglich.

»Die Cliffords machen die besten Pies«, sagte Lizzy laut und fügte mit gedämpfter Stimme hinzu: »Ich warte auf eine Antwort.«

»Kennst sie. Heute nicht.« Jory wischte sich den Mund ab und blickte sich nach Heather um. Wo war sie? Sie würde das Konzert keinesfalls verpassen wollen. Der Schulhof leerte sich merklich, und über Lautsprecher ertönte gerade der letzte Aufruf. »Musst du nicht zu deinen Schülern?«

»Ich mach das nicht mehr lange mit«, zischte Lizzy statt einer Antwort, leerte das Glas und lief mit jenem erhobenen Kopf, der seinen eigenen im vorletzten Herbst wie einen Schraubverschluss verdreht hatte, zum Hintereingang der Aula.

Jory wollte nicht wissen, was sie nicht mehr lange mitmachen wollte. Er wollte nicht wissen, was Helston zu Heather gesagt hatte und was genauso oder anders war als damals. So oder so, es war wie bei einem Bohrmuldenschlüssel: Wie man ihn auch wendet und in den Zylinder einführt, der Schlüssel schließt die Tür.

Vom Eingang der Aula winkte ihm Heather zu. Steif ging er in ihre Richtung. Ich muss zu einer Entscheidung finden, wusste er, als er mit ihr in der vorletzten Reihe Platz nahm, alles ist falsch, ihre Tränen, die sie sich aus den Augen wischte, dieser abgetragene Anzug, sein kahl gewordener Kopf, ihr Arm in seinem. Er schloss die Augen, als das Scheinwerferlicht erst auf den Schuldirektor fiel, dann auf Dolph Milton, der jenes Siegerlächeln trug, das Politikern zu eigen ist, und ein dunkelblaues Hemd mit dem Logo der Tories – eine Eiche, der Union Jack als Krone –, lauschte Lizzys kurzer Rede, öffnete dann die Lider und hielt im Klatschen inne, als ein Mädchen mit einer Violine auf die Bühne trat, hörte Heather einen Laut von sich geben, spürte, wie sich ihre Fingernägel in seine Haut gruben, ließ die Musik an seinen Ohren vorbeirauschen und konnte die Augen nicht von dem Mädchen auf der Bühne abwenden. »Wie konnte sie das tun?«, wisperte ihm Heather ins Ohr, als der Scheinwerferkegel das Mädchen mit dem langen schwarzen Haar erfasste und sie zu spielen begann. Ein Violinsolo. Jory glaubte ein Raunen in den Reihen der Zuschauer zu hören, aber vielleicht raunte es nur in ihm. Seit damals hatte Lizzy kein Violinsolo mehr für das alljährliche Schulkonzert ausgewählt. Es war ein grausames Déjà-vu. Jenifer hatte damals als Solistin dort oben gestanden, die Geige unters Kinn geklemmt, ihr rotes Kleid ein Zuviel an Farbe gegen ihre weiße Haut, von der mehr zu sehen gewesen war als von dem zarten Stoff. Mit geschlossenen Augen hatte sie gespielt, eine bläuliche Ader pochte an der Schläfe, danach stehende Ovationen, und Arthur Miltons Sohn Dolph war mit einem Blumenstrauß auf die Bühne gestürmt und weit geöffneten Armen, in die sich Jenifer fallen gelassen hatte. Sie hatten in der zweiten Reihe gesessen, waren aus den Sitzen gesprungen wie alle anderen, hatten »Bravo, Bravo« gerufen, sich vor Stolz und Glück an den Händen gehalten, sich angelacht, und doch waren nicht sie es gewesen, die diesen Augenblick mit Jenifer geteilt hatten. Der damalige Direktor, natürlich Lizzy, ihre Musiklehrerin, Freundinnen, selbst Arthur Milton hatten sie umringt, ein Journalist der Regionalzeitung, die Klassenlehrerin, der Talentsucher einer Musikakademie, alle hatten Jenifer auf und hinter der Bühne noch gesehen, das Shampoo in ihrem Haar gerochen, ihre Stimme gehört, ihr Lachen, ihr Atmen, die Wärme ihrer Haut gespürt, das Strahlen in ihren Augen gesehen. Warum, hatte sich Jory wieder und wieder gefragt, hatten sie sich zurückgehalten und darauf gewartet, dass ihre Tochter sich ihrer erinnerte? Warum hatten sie geglaubt, sie würde des Trubels bald überdrüssig und wie ein verschrecktes Vogeljunges sogleich ins Nest zurückkehren? Natürlich hatte sie nicht nach Hause gewollt. Das Schulfest war ja noch nicht vorbei, und sie wollte ihren Geburtstag nachfeiern. »Dolph bringt mich später zurück«, hatte sie ihnen über die Schulter hinweg zugerufen, nachdem sie ihnen die Tasche mit dem Bühnenkleid und den Violinenkoffer überreicht hatte. Sie war ganz durcheinander, wollte Heather an ihrer Stimme gehört haben. Sie war noch immer sauer, glaubte dagegen Jory in ihrem Gesicht gelesen zu haben. Das Bild war ihnen geblieben: Wie Jenifer, bereits umgezogen, an den hochgewachsenen zwanzigjährigen Studenten geschmiegt in Richtung Discozelt gegangen war. Alle anderen Bilder waren nicht ihre eigenen. Und nur, was man mit eigenen Augen sieht und erinnert, hält man für die Wahrheit.

2

Die Meerjungfrau hatte wallendes Haar, den Körper einer Barbiepuppe und ihr Schuppenkleid funkelte wie Strass. Kitsch, dachte Detective Inspector Collin Brown gelangweilt und legte das Bild, das der alte Tamar offenbar aus einer Illustrierten ausgeschnitten hatte, zurück auf die Werkbank, wo der Rohling auf den ersten Schlag wartete. Er hatte die Vorlage immer wieder betrachtet, aber nichts hatte sich in seinen Händen geregt, keine Schwingung, nichts hinter dem lächelnden Gesicht hatte sein Inneres berührt. Er war um den Stein herumgewandert, ein mittelkörniger, blaustichiger Granit, den er bei einem Angelausflug mit seinen Söhnen im Fluss Tamar gefunden hatte. Er hatte ihn in verschiedene Richtungen gedreht und gelegt, die Klüfte betrachtet, an denen er den Diamantschleifer ansetzen konnte, hatte über die raue Kruste gestrichen, doch keine Figur, kein Leben darin entdeckt, das er hätte herauslocken können. Ich werde dem alten Tamar eine Absage erteilen, nahm er sich vor. Soll er einen anderen Idioten finden, der ihm eine Nixe für seinen Gartenteich meißelt. Es war Collins erste Auftragsarbeit. Er hatte sich geschmeichelt gefühlt, mehr als das: Stolz und ein wenig wichtig war er sich vorgekommen, als Tamar von allen Hobbybildhauern, die im Spätsommer an jener Ausstellung teilgenommen hatten, ausgerechnet ihn gefragt hatte. Und der Stein aus dem gleichnamigen Fluss war wie ein Zeichen gewesen. Als hätte er auf den alten Fischer gewartet. Collin hatte nicht geahnt, wie sehr ihn diese Aufgabe nun unter Druck setzen würde.

Er stand auf und reckte die durch das lange Sitzen steif gewordenen Glieder, spürte die Kälte in seiner Werkstatt – eine Holzhütte im Garten –, entschied sich aber dagegen, das inzwischen heruntergebrannte Feuer neu anzufachen. Er lauschte in die Nacht hinein. Regen trommelte aufs Dach, und die Bäume rauschten wie auch das nahe Meer. Seit Tagen war die See stürmisch und das Geräusch der Wellen drang zu dieser stillen Stunde überlaut an seine Ohren. Es war inzwischen ein Uhr morgens und das Licht in den Kinderzimmern längst erloschen, wie er mit einem Blick aus dem Fenster zum gegenüberliegenden Cottage feststellte. Seine Söhne waren seit einigen Stunden wieder wohlbehalten vom Schulfest zurück. Collin war müde. Am morgigen Montag hatten die Kinder schulfrei und er hatte einen Tag Sonderurlaub. Seit vorletzter Woche, seit seine Frau Kathryn irgendwo in Thailand einen Yoga-Urlaub machte und die Surya Namaskara, den Sonnengruß, auf einer Matte am Strand zelebrierte, versuchte er Beruf und Familie unter einen Hut zu bekommen. Eine Aufgabe, die ihm wenig behagte und über den Kopf zu wachsen drohte, wie er beschämt feststellen musste. Er löschte das Licht der Stehlampe neben seinem Lesesessel, wo er noch in einem Buch über Michelangelo geschmökert hatte, und wollte gerade zur Tür hinaus, als sein Diensthandy klingelte. Die Polizeistation von St Magor, seinem Revier, war in den Nachtstunden nicht besetzt und alle eingehenden Anrufe wurden auf sein Handy umgeleitet. Das kleine St Magor war ein friedliches Dorf und Collins Nachtruhe wurde selten gestört. Er schaltete das Licht wieder an und hörte die atemlose Stimme eines Mädchens. Die Nachricht, die es ihm übermittelte, klang so konfus wie dringlich.

»Bist du denn allein zu Hause?«, fragte er und schlug seine

Kladde auf, die griffbereit auf dem Tischchen neben dem Lesesessel lag.

»Meine Eltern sind bis morgen in Truro.«

Collin notierte sich Namen und Adresse des Mädchens, versuchte es zu beruhigen und legte unter dem Eindruck auf, sofort etwas tun zu müssen, auch wenn es sich um eine vage Vermutung der Schülerin handelte. Er ging mit der Kladde in der Hand und einem Grummeln im Magen zum Cottage hinüber, setzte Teewasser auf und starrte in die Nacht hinein. Dann wählte er die Telefonnummer von Robert Barker, dem Schuldirektor der John-Betjeman-Highschool. Endlich meldete dieser sich mit verschlafener Stimme und lauschte dann Collins Worten.

»Carla Wellington?«, fragte er. »Wieder einmal.« Collin hörte ein entnervtes Seufzen, eine längere Tirade über die Schülerin, die sie in einem nicht gerade positiven Licht erscheinen ließ, und Beschwichtigungen. »Sie ist sechzehn«, sagte Barker. »Da kann man sie nicht mehr anbinden. Ich informiere Sie, sollte Carla morgen nicht in der Schule sein.«

»Ich habe gerade erfolglos versucht sie auf dem Handy zu erreichen, und ihre Eltern melden sich auch nicht«, sagte Collin und spürte, wie Ärger in ihm hochkochte.

»Die Wellingtons sind irgendwo in der Weltgeschichte unterwegs. Was schlagen Sie denn vor mitten in der Nacht?«

Es geht nicht um ein kleines Kind, dachte Collin, und dennoch. »Sorgen Sie dafür, dass das Schulgelände offen steht. Ich bin in einer Dreiviertelstunde da.«

Die Klassenkameradin wird sich geirrt haben, dachte Collin, als er kurz in die Zimmer seiner Kinder schaute, dann in die Wachsjacke schlüpfte und den Wagen aus der Garage holte. Die Mädchen haben sich gestritten, das wird der Grund sein, warum

Carla Wellington sich gegen die verabredete Übernachtung bei Brenda Dodley entschieden hat. Diese und andere Gedanken kreisten ihm im Kopf, als er vom unbefestigten Zufahrtsweg in die wenig beleuchtete Küstenstraße gen Osten abbog, St Magor rechts liegen ließ und auf die zwanzig Meilen entfernte Kleinstadt Cambrenne zusteuerte.

Seit einem halben Jahr besuchten Shawn und Simon, seine Zwillinge, die dortige John-Betjeman-Highschool, benannt nach dem wohl berühmtesten Dichter Cornwalls. Die musikalisch-künstlerische Ausrichtung der Schule hatte Collin und Kathryn vor einem halben Jahr bewogen, die Zwillinge dort anzumelden, auch wenn sie eigentlich zu weit entfernt lag. Aber da die Highschool den Namen eines Querdenkers wie Sir John Betjeman trägt, hatte Kathryn argumentiert, würden Simon und Shawn dort nicht anecken wie in der anderen Schule, sondern den Freiraum haben, den sie brauchten. Das Motto der Highschool, eine Gedichtzeile von Betjeman, lautete schließlich: *Liberty lampshade, come shine on us all.* Sie hatten gehofft, dass sich die Zwillinge für die kreativen Angebote interessieren würden. Ein Wunsch, der bislang nur teilweise in Erfüllung gegangen war. Immerhin hörte Shawn begeistert Rock der späten Siebzigerjahre, womit er einen für sein Alter nicht gerade zeitgemäßen Geschmack zeigte, und versuchte sich seit einem Monat im Gitarrenspiel, überließ sich Collin seinen Gedanken, als er die Lichter vom Küstenstädtchen Cambrenne auftauchen sah, die sich im Wasser der Bucht spiegelten. Laternen markierten die Jetty, einen langen Holzsteg, der von der Marina in die Bucht führte und von dem aus er erst vor einigen Wochen mit seinen Söhnen die Angelruten ausgeworfen hatte. Einige Boote schaukelten vertäut an Bojen. Die weiter entfernten Lichter der Leuchttürme fingerten über die unruhige See. Die Restaurants in Hafennähe waren um diese Zeit alle geschlossen, nur das »Box«, ein Club, zeigte mit grellviolettem Neonschild, dass hier die Nacht zum Tag gemacht wurde. Collin bog von der Küstenstraße ab und fuhr die Anhöhe hinauf, auf der das Schulgebäude vor einigen Jahren erbaut worden war. Wie versprochen hatte der Schuldirektor dafür gesorgt, dass das Tor zum Gelände offen stand, doch war dieser selbst, wie Collin missmutig feststellte, nicht vor Ort. Er schaltete die Polizeilampe an und suchte den vorderen Pausenhof ab, den Ort des alljährlichen Schulfestes. Collin war in diesem Jahr nicht dort aufgetaucht, er hatte Kathryns Abwesenheit schamlos ausgenutzt und geschwänzt. Und es war seinen Söhnen offenbar nur recht gewesen. Mit dreizehn fing man an, es peinlich zu finden, von den Eltern beim Bogenschießen oder Kricket angefeuert zu werden. Das hatte zumindest Shawn am Samstag unmissverständlich zum Ausdruck gebracht. Collin inspizierte zwei große Zelte, sah die langen Holztische mit den schmutzigen Papptellern in dem einen und die Discokugel unter der Decke des anderen, lief draußen an Tischen und Bänken vorbei, auf die der Regen tropfte, kletterte über einen niedrigen Zaun in einen Gemüsegarten, den die Schüler angelegt hatten, und wusste, dass er hier nichts ausrichten konnte, zumindest nicht allein. Nur wenige Stunden und die Sonne geht auf, beruhigte er sich, blieb am Haupteingang unter dem Fahnenmast stehen, hörte die Aufhängung im Wind klappern, blickte eine Weile auf den erleuchteten Turm von St David's, der im Zentrum der Altstadt von Cambrenne wie etwas Tröstliches herausragte, und beschloss, nach Hause zu fahren.

Gleich nachdem Collin das Cottage betreten hatte, ging er in sein Arbeitszimmer, setzte sich an den Computer und rief die Homepage der John-Betjeman-Highschool auf. Eine Alpenkrähe, der kornische Nationalvogel, eine Rose und ein Anker auf drei Wellenlinien zierten das in dunklem Blau gehaltene Logo der Schule. Collin klickte durch Dutzende von Fotos des Schulfestes, die er unter der Rubrik »News« gefunden hatte, bis er welche vom Schulorchester fand. *Carla Wellington, Solistin unseres diesjährigen Konzerts,* lautete eine Bildunterschrift und zeigte die Schülerin mit konzentriertem Gesichtsausdruck spielen. Auf einem anderen Foto lächelte sie selbstbewusst aus der Mitte des Schulorchesters heraus in die Kamera. Auf einem weiteren Schnappschuss saß sie mit Freundinnen auf einer Bank neben einem Getränkestand. Die wenigen Einträge auf der Homepage über die Schülerin bezogen sich alle auf das Schulorchester. Eine Künstlernatur, hatte ihm der Schuldirektor Barker am Telefon gesagt. Vergaß regelmäßig die Hausaufgaben, machte gerne blau, kam meistens zu spät in den Unterricht, verlor Taschen, Sportschuhe, Handys und zeigte nur in einem Fach Disziplin und Engagement: Musik. Es wird eine einfache Erklärung geben, warum sie nicht bei Brenda Dodley übernachtet hat und auch nicht erreichbar ist, glaubte Barker. Collin fuhr den Computer herunter, legte sich ins Bett und stellte den Wecker eine Stunde vor auf fünf Uhr. Schlaf fand er zunächst nicht. Was würde er tun, wenn eins seiner Kinder nach einem Schulfest nicht nach Hause gekommen wäre? Himmel und Hölle in Bewegung setzen.

3

Es war noch dunkel, als er unausgeschlafen und mit Kopfschmerzen im Garten unter der Kastanie stand und Kaffee trank, die nun mildere Luft von Feuchtigkeit vollgesogen. Collin war schweißgebadet erwacht, mit Traumbildern eines Mädchens vor Augen, das allein und voller Angst zwischen kargen Felsen herumirrte und um Hilfe schrie. Er war in die Küche gegangen, hatte aus dem Fenster in die Dunkelheit gestarrt, bis er nur noch sein eigenes Spiegelbild registrierte. Es musste nichts heißen. Es war eine Vermutung. Aber sollte Carla nicht bald zurückkommen, so würde sich der Albtraum, in dem sie sich vor einigen Jahren befunden hatten und der ihn vor Schreck aus dem Schaf hatte fahren lassen, womöglich wiederholen. Nur dieses Mal würde *er* die Verantwortung tragen. Und im Grunde, wurde ihm klar, trug er sie bereits jetzt. Er hatte in den frühen Morgenstunden im Internet gesurft und alles zum Kellis-Fall gelesen, was er finden konnte. Danach hatte er sich auf das Schaffell vor das Bett seiner Tochter Ayesha gehockt und ihr schlafendes Gesicht betrachtet, auf das der Schein der gedämmten Nachtlampe fiel, ohne die sie sich im Dunkeln fürchtete, vor allem, wenn ihre Mutter nicht da war. Sie hatte ihr Lieblingsstofftier, eine aus bunten Flicken von Kathryn selbst genähte Giraffe im Arm, eine kindliche Hommage an Äthiopien, das Land ihrer Geburt. Acht Jahre war es nun her, dachte Collin mit einem Anflug von Dankbarkeit, dass er mit seiner Familie nach Addis Abeba geflogen war und sie dort in einem Kinderheim die damals zweijährige Ayesha kennengelernt hatten. Es war Liebe auf den ersten Blick. Sie hatte mit ihren kleinen Händen in sein rotes Haar gefasst, um dann mit ernstem Gesicht die Fotos von Cornwall zu betrachten. Als sie auf einer Aufnahme Schafe erblickte, jauchzte sie vor Aufregung. Nachdem sie Ayesha zunächst als Patenkind aus der Ferne in die Familie aufgenommen hatten, war die Entscheidung gereift, sie zu adoptieren, und zwei Jahre später war sie mit ihnen ins Flugzeug nach Cornwall gestiegen. Ihre Vorstellung, Ayesha sei an einem sicheren Ort, wo sie sorglos und glücklich aufwachsen könne, war nur Illusion. Sie mochte der Not entkommen sein, doch die Nachtseite des Lebens konnte einem überall begegnen. Sowohl dort, wo immer die Sonne schien, als auch dort, wo sie sich gern hinter Regenwolken verbarg, wie am südlichsten Zipfel Großbritanniens. Ein Paradies, wusste Collin, existierte nicht auf dieser Welt. Aber zumindest waren die eigenen vier Wände ein Zufluchtsort. Er hatte die Bettdecke über Ayeshas Arme gezogen und sich im Wohnzimmer aufs Sofa gelegt.

Er hob eine Kastanie auf, rieb sie zwischen den Fingern und ging zurück ins Haus. Dort fand er zu seiner Überraschung Simon im Schlafanzug am Küchentisch sitzen.

»Etwa schon ausgeschlafen?«

Sein Sohn schüttelte wortlos den Kopf und strich auf seinem Smartphone herum, das er sich zusammengespart hatte. Er war schmächtiger als sein Zwillingsbruder Shawn, noch immer nicht im Stimmbruch und für Partys nicht zu haben. Aber auf dem alljährlichen Schulfest zu fehlen, hätte er sich am gestrigen Sonntag nicht getraut.

»Nein, aber ...« Simon kaute auf der Unterlippe.

»Hast du etwas auf dem Herzen?« Sie sind in einem Alter, wo man ihnen alles aus der Nase ziehen muss, hatte Kathryn ihm neulich erklärt.

»Da ist so 'n Post auf Facebook, also von einer aus der Schule. Brenda. Die sucht ihre Freundin. Die wollte bei ihr übernachten, also nach dem Schulfest, aber sie war auf einmal weg und geht nicht ans Handy ...«

»Brenda hat sich gestern deswegen bei mir gemeldet.«

»Hat sie?« Simon zog seine Wollmütze, unter der einzelne Strähnen hervorlugten, tiefer in die Stirn. Sein Haar war wie das seines Bruders im letzten Jahr lockig und noch röter geworden. Seither konnte er sich auch im Sommer kaum von der Strickmütze trennen und setzte sie gleich morgens auf. Wie ich in dem Alter, dachte Collin und hoffte, dass seine Zwillinge keine Spitznamen abbekamen. Ihn riefen sie damals »Pumuckl«.

»Vielleicht hat sie woanders übernachtet.«

Simon schüttelte den Kopf. »Brenda hat schon alle aus ihrer Klasse gefragt und auch die beiden Parallelklassen. Hier, guck.« Simon zeigte ihm ein Foto von Carla. »Die anderen meinen, du ...« Er verstummte und ließ den Kopf hängen.

»Du willst also wissen, was ich da machen kann?«, fragte Collin.

»Bist ja Polizist ...«

»Und du würdest blöd dastehen, wenn du nicht antwortest, stimmt's?«

Simon nickte mit abgewandtem Gesicht.

»Warten wir ab, ob Carla heute zum Aufräumen auftaucht.« Die älteren Jahrgänge, hatte ihm Schuldirektor Barker erklärt, waren am heutigen Montagmorgen eingeteilt, den Schulhof zu säubern. Am Dienstag würde der reguläre Unterricht wieder beginnen.

»Und wenn nicht?« Simon blickte ihn jetzt mit seinen wachen Augen an. Sie hatten die Farbe von Meerwasser. Alles konnte man darin lesen, fand Kathryn. Simon gelang nicht die harmloseste Lüge, kein diplomatisches Ausweichen oder hinterhältiges Bluffen, keine Scheinheiligkeit und kein Vorspielen von Gefühlen. Sein sommersprossiges Gesicht war wie ein offenes Buch. Wenn er ein Versprechen machte, hielt er es. Collin war sich sicher, dass Simon den Freundinnen des Mädchens versprochen hatte, seinen Vater um Hilfe zu bitten.

»Dann machen wir einen Plan.« Collin klopfte seinem Sohn auf die Schulter und hoffte, ihn beruhigt zu haben. Auch wenn er sich selbst Sorgen machte – Kinder verschwinden nicht so einfach, sagte er sich. Das Mädchen war schon sechzehn. Wahrscheinlich gab es auch eine einfache Erklärung, warum Carla ihr Handy ausgeschaltet hatte. »Was hast du heute noch vor?«

»Berry kommt nachher. Wollen noch 'ne Tour machen.«

»Bei dem Wetter?«

»Hab Windguru geprüft. Das Meer ist später platt.«

»Wohin soll's denn gehen?«

»Richtung Dolphin Bay.«

Solange es nicht westlich hinter Cambrenne ist, dachte Collin, wo die See oft launischer und die Buchten unzugänglicher sind. »Vergiss die Schwimmweste dieses Mal nicht«, sagte er und versuchte, sorglos zu klingen. Simons Hobby war ihm ebenso unheimlich wie das Meer selbst, das er sich am liebsten aus sicherer Entfernung anschaute. Er schob die Bilder von scharfkantigen Felsen, die tückisch unter Wasser lagen, Unterströmungen, Sturmfluten und lecken Bootsplanken beiseite. Simon war der einzige Fisch der Familie. Jede freie Minute verbrachte er mit dem Surfbrett, der Taucherausrüstung, der Angel oder dem Kajak auf dem Meer. Die Erforschung von Küstenhöhlen war seine neueste Leidenschaft. Eine, die er nur mit wenigen teilen konnte. Berry ging es offenbar ähnlich. Warum sollte sonst ein Zwanzigjähriger seine Freizeit mit einem sieben Jahre jüngeren, noch halben Kind verbringen? Eine Höhlentour, hatte ihm Simon erklärt, konnte mehrere Stunden dauern. Berry fuhr zu den entlegensten Stellen, wo sie mit dem Kajak über den Schultern Felsen hinabkletterten, bevor sie es zu Wasser lassen konnten. Dann paddelten sie an den Felsenwänden entlang bis zum Eingang der Höhle, setzten sich Kopflampen auf und lenkten das Kajak in das dunkle Loch hinein, das sich über Millionen Jahre oft bis zu einer Meile in den Stein gefressen hatte. Simon machte Aufnahmen, sammelte Gesteinsproben und leuchtete jeden Winkel der Höhle ab. Er war überzeugt, dass Piraten, die die Küsten Cornwalls zu früheren Zeiten beherrschten, ihre sagenumwobenen Goldschätze dort gehortet hatten. Und einen solchen Schatz zu finden, war sein Traum. Vielleicht wird er heute auf einen stoßen. Collin hoffte, dass Berrys gebrauchter Pick-up nicht wieder den Geist aufgeben würde.

Dann widmete er sich seinen väterlichen Pflichten, weckte Ayesha, briet Speck und Eier, kochte Kakao, stellte Müsli und Cornflakes auf den Tisch und schichtete Brot in den Toaster. Um sieben Uhr wurde seine Tochter von einer Nachbarin abgeholt, die ebenfalls ein paar Meilen außerhalb von St Magor in einem Cottage wohnte und einen Sohn hatte, der mit Ayesha in die gleiche Dorfgrundschule ging. Zumindest war dieses Problem während Kathryns Abwesenheit gelöst, dachte er, als er Ayesha einen Kuss aufs Haar drückte und hinterherwinkte. Anschließend machte er sich selbst im Dienstwagen auf den Weg ins Revier. Die fünf Meilen nach St Magor, entlang der felsigen Küste, genoss er jeden Morgen. Heute war der Himmel über dem Meer wie eine Betonwand. Nur an einigen Stellen hatte sich die Morgensonne einen Weg gebahnt und warf dünne Streifen aufs Wasser. Er schloss die Polizeistation auf, ein einstöckiges Granitgebäude aus dem Mittelalter, das sich im Ortskern an einer steilen Straße nahe des kleinen Marktplatzes befand. Von seinem Büro aus konnte er ein Stück des Meeres sehen und stellte sich auch jetzt wie jeden Morgen zuerst ans Fenster und genoss den Ausblick über Dächer hinweg auf die schroffe Küste. Dann griff er zum Telefon und kontaktierte die drei Krankenhäuser der Umgebung. Doch eine Carla Wellington war in keinem registriert, auch kein Mädchen eingeliefert worden, auf das die Beschreibung passte. Wenig später trafen seine Kollegen Bill und Anne ein, die den Arbeitstag wie immer in der kleinen Küchenzeile begannen, um Tee zu kochen. Johnny, der vierte im Team, mit dem er sich sein zugiges und enges Büros teilte, glänzte derzeit mit Unpünktlichkeit. Er wollte gerade zum Hörer greifen, um ihn aus dem Bett zu jagen, da sah er ihn auf den Parkplatz fahren. Johnny stürzte mit einer Kiste unter dem Arm ins Büro.

»Was machst du denn hier? Langweilst du dich als Strohwitwer?« Er stellte die Kiste auf den Boden und pfefferte seinen Rucksack daneben.

»Was ist da drin?«, fragte Collin zurück.

»Na, was wohl? Bella.« Johnny öffnete die Kiste und hob seine junge Katze heraus, eine Streunerin, die er vor wenigen Tagen unter den Holzplanken seiner Veranda gefunden hatte. Sie war dunkelgrau, hatte ein schwarzes und ein rotes Ohr, weiße Pfoten, ein rotes Gesicht und eine weiße Stirn. Eine gespaltene Katzenpersönlichkeit, glaubte Johnny in dem Schildpattmuster zu erkennen. Eine Ecke des Büros war inzwischen in ein Katzenkinderzimmer umgewandelt. Zumindest *eine* Frau, die mich liebt, hatte Johnny gefrotzelt.

»Mach wenigstens das Katzenklo mal sauber.«

»Was glaubst du, was ich gerade vorhatte?« Johnny zog eine Tüte Streu aus seinem speckigen Lederrucksack. »Hier, nimm mal die Kleine.« Johnny setzte ihm Bella auf den Schoß, klemmte sich die Tüte Streu unter den Arm und lief mit dem Katzenklo nach draußen.

»Beeil dich«, rief ihm Collin hinterher und streichelte das Kätzchen mit wachsender Ungeduld. Ayesha wäre begeistert, dachte er, und würde es wahrscheinlich sofort adoptieren. Sie war eine Tiernärrin und nervte ihn schon seit Tagen mit der Frage, wann sie endlich Johnny besuchen würden, damit sie mit Bella spielen konnte.

»Sauwetter.« Johnny schüttelte die nasse Mütze aus, unter der sein kinnlanges, zotteliges Haar zum Vorschein kam, plumpste auf seinen Stuhl, gähnte lautstark, zog einen Hotdog und eine Thermoskanne aus dem Rucksack und begann zu essen. Seit Tagen frühstückte er im Büro.

»Bist du jetzt endlich anwesend?«, fragte Collin.

»Ja, kannst den Haken auf der Anwesenheitsliste machen. Strohwitwer sollten zum Sonderurlaub gezwungen werden, weil sie nämlich den Kollegen mit ihrer schlechten Laune tierisch auf den Keks gehen«, sagte Johnny mit vollem Mund und grinste ihn an. »Oder brennt irgendwo gerade ein Haus ab?«

»Nein, aber möglicherweise ist eine Schülerin der John-Betjeman-Highschool verschwunden.« Collin skizzierte ihm kurz den Sachverhalt.

»Die John-Betjeman-Highschool?« Johnny kratzte sich mit dreckigen Fingern am Hinterkopf, was er immer tat, wenn er angestrengt nachdachte.

»Ja. Wasch deine Ohren und die Hände gleich mit. Hast du gestern wieder an deiner Rostbeule rumgeschraubt?«

»Vergaser. Läuft die Suppe nur so raus. Klemmer am Nadelventil oder Loch im Schwimmer. Muss ich noch rausfinden.«

»Dein Pulli mufft. Hab ich dir schon letzte Woche gesagt.«

»Riech nix.« Johnny steckte die Nase in den grauen Rollkragenpullover und klopfte sich dann mit dem Knöchel an die Schläfe. »Irgendwas klingelt da, wenn ich ›John Betjeman‹ höre. Weiß aber nicht, was.«

»Hier, hilft deinem Gedächtnis vielleicht auf die Sprünge.« Collin warf ihm die Ausdrucke aus dem Internet und aus »Merlin« zu, der Datenbank für vermisste Personen, die er vor Ankunft der anderen vorbereitet hatte. »Der Kellis-Fall. September 2008.«

»Bingo. Kellis. Das Mädchen aus Cambrenne. Ja, du Raubkatze, das ist lecker Fleisch.« Johnny zupfte kleine Stücke vom Hotdog ab und fütterte Bella damit, die inzwischen auf seinem Schreibtisch herumspazierte, in einem Chaos aus Papierstapeln, CDs, Chipstüten und – seit Neuestem – Dosen mit Katzenfutter.

»Ich war damals …«, begann Collin.

»… in Äthiopien. Kann mich erinnern. Und ich hatte diesen verdammten Beinbruch. Vom Arsch ganz zu schweigen.«

Richtig, fiel Collin ein. Johnny war bei Reparaturarbeiten vom Dach seiner Fischerkate gefallen, unsanft knapp neben seinem Komposthaufen und schließlich mit gebrochenem Unterschenkel und Steißbein und einer Gehirnerschütterung im Krankenhaus gelandet. Und wo waren Bill und Anne gewesen?

»Billy-Boy und unser Annilein waren noch nicht da, aber Sandra«, sagte Johnny, als hätte er Collins Gedanken erraten. Keiner aus ihrem jetzigen Team, wurde Collin bewusst, hatte sich damals aktiv an der über drei Wochen intensiv verlaufenden Suche nach Jenifer Kellis beteiligt, zu der DI John Ladock, der damals zuständige Kollege aus Cambrenne, alle Kräfte der umliegenden Polizeistationen angefordert hatte.

»Stimmt, Sandra war dabei«, murmelte Collin. Seine ehemalige Mitarbeiterin war jetzt im New Forest stationiert, einige Hundert Meilen von St Magor entfernt.

»Mal den Teufel nicht an die Wand. Muss nichts heißen, auch wenn's dieselbe Schule ist.« Johnny schob die Unterlagen über den Kellis-Fall beiseite und füllte Bellas Futterschüssel.

»Lass uns gleich noch mal hinfahren. Vielleicht ist ja alles falscher Alarm.«

»Hoffen wir's.«

Collin rief alle Kollegen zur morgendlichen Besprechung zusammen. In den letzten Wochen hatten sie eine ruhige Kugel geschoben, was eigentlich der Normalzustand war. St Magor war ein ruhiger Küstenort, wo alle einander grüßten und der Rest der Welt so weit entfernt schien wie ein anderer Planet. Das Leben verlief gemächlich, und die Uhren gingen alle nach, da man sich, so hieß es, mit jedem Schritt gegen den Seewind stemmen musste. Als Collin vor zwanzig Jahren hierher kam, wusste er, dass er nie wieder fort wollte. Vor allem nicht zurück in sein altes Leben in Southampton, wo er jeden Tag einen prall gefüllten Schreibtisch hatte, somit zwar größere berufliche Herausforderungen und eine Karriereleiter, die dicht vor ihm aufragte, doch es war ihm am Ende so vorgekommen, als liefe er mit einer Ladung Dynamit durchs Leben, die jeden Moment explodieren konnte. Sein Magen hatte rebelliert, er litt unter Schlaflosigkeit, und die Müdigkeit breitete sich auch in seiner Seele aus. Burn-out. Im dörflichen St Magor hatte er sein inneres Gleichgewicht wiedergefunden und einen neuen Sinn in seinem Beruf. Diese kleine Welt, dem Meer ganz nah, so hatte er sich vorgenommen, wollte er beschützen. Und bislang war ihm das schon deshalb halbwegs gelungen, weil anders als in Southampton nicht täglich mit Deliktfällen oder gar Kapitalverbrechen gerechnet werden musste. Ihre morgendliche Besprechung war daher nicht selten eine überflüssige Veranstaltung, die niemand außer ihm ernst zu nehmen schien. Und nun, da seit der letzten Woche das Katzenkind mit in den Besprechungsraum kam, war es mit dem Ernst ganz vorbei.

»Na, komm mal her. Miez. Miez«, lockte Anne das Kätzchen. Sie hatte sich seit einigen Wochen auffällig verändert, fiel Collin an diesem Morgen wieder auf. Ihr sonst blasses Gesicht glühte, ihre Augen, die sie gern hinter riesigen Brillen verbarg und meist verunsichert niederschlug, hatten ein Strahlen, als sei eine kaputte Glühbirne ersetzt worden. Auch Johnny schien die Wandlung aufgefallen zu sein. »Warst du beim Friseur, Annilein?«, fragte er. »Oder ist das 'ne Perücke? Irgendwie siehst du heute anders aus. Steht dir gut.«

»Danke«, wisperte Anne mit knallroten Wangen. Dann nahm sie Bella auf den Schoß und streichelte sie.

»Ich möchte nochmals darauf aufmerksam machen, dass ich eine latente Katzenallergie habe«, sagte Bill, rückte die Krawatte zurecht, die taubenblau war wie sein Anzug, und blickte Johnny wütend an. »Will wegen dir kein Asthma bekommen.«

»Antihistaminika. Hat dir Doc Johnny neulich schon verschrieben.« Johnny griff nach seinem Rucksack, angelte eine Tablettenpackung heraus und warf sie Bill über den Tisch.

»Es ist unhygienisch und der Geruch ...«

»Wir machen Töpfchentraining. Kannste schon mal üben für deine Planfamilie.« Johnny lachte. »Aber stimmt, kommt ja erst nach deinem Examen, der Hochzeit und dem Hausbau oder war das umgekehrt?«

»Was hat das mit meiner Allergie zu tun?« Bill setzte sich ans Kopfende, weit entfernt von Anne und der Katze.

»Überleg dir ab nächste Woche eine andere Lösung für Bella«, sagte Collin zu Johnny. »Mit einer Katzenallergie ist nicht zu spaßen.«

»Bella bleibt tagsüber hier und basta. Wenn ich sie nicht mitnehmen kann, bleib ich zu Hause, bis sie groß genug ist ...«

»Mich stört sie nicht. Ich finde, sie ist eine Bereicherung«, unterbrach ihn Anne.

Collin seufzte innerlich. Manchmal kam ihm sein Team wie eine Gruppe Durchgeknallter vor, aber um nichts in der Welt würde er auf sie verzichten wollen. »Deine verrückte Zweitfamilie«, nannte Kathryn seine Kollegen. »Lassen wir nun das Katzengejammer«, sagte er. »Bill, du fährst bitte zur Tredegan Farm. Sturmschaden. Da hat's ein paar Bäume auf der Zufahrtsstraße umgehauen. Ich mach mich gleich mit Johnny auf den Weg nach Cambrenne. Seit Sonntagnacht wird ein Mädchen aus der Highschool vermisst. Carla Wellington. Anne, versuch die Akte zum Fall Jenifer Kellis zu besorgen.«

»Jenifer Kellis?«, fragte sie. »*Die* Jenifer Kellis? Meine Mutter kennt die Familie ...«

»Versuch auch John Ladock zu erreichen. Ehemaliger DI in Cambrenne. Ist schon länger in Pension.«

»Und wie?« Anne blickte ihn mit großen Augen an. Auf ihrem Hals erblühten rote Flecken.

»Bill greift dir unter die Arme, sobald er zurück ist.« Collin fehlte nach der fast schlaflosen Nacht die Energie, geduldig mit Anne zu sein. Er hatte sie zu zig Weiterbildungen geschickt, aber nichts hatte gefruchtet. Schwer von Begriff, wie es Johnny in seiner unverblümten Art ausdrückte. »Sonst liegt nichts Dringendes an«, nahm Collin den Faden wieder auf. »Ach, und schöne Grüße von Sandra.«

»Von unserem Wirbelwind?«, rief Johnny und blickte Collin strahlend an. »Warum hat sie dich angerufen?«

Collin lächelte. Seit Sandra für ein Jahr als Mutterschaftsvertretung in den New Forest gegangen war, vermisste Johnny sie und hatte dadurch einen Teil seines Arbeitseifers eingebüßt. Er hoffte nicht nur, dass sie so schnell wie möglich zu ihnen zurückkehren würde. Er malte sich einen rosaroten Traum aus, in dem sie ein Paar sein würden. Davon, so war Collin überzeugt, wollte Sandra allerdings nichts wissen. Sie hatte sich vor Kurzem ausgerechnet in ihren neuen Chef verguckt. Ob DI Belmore für sie die bessere Wahl als dessen Vorgänger war, konnte sich Collin kaum vorstellen. Aber Sandras Liebesleben war so unstet und chaotisch wie sie selbst. Johnny jedenfalls gab die Hoffnung nicht auf, dass aus ihrer Freundschaft irgendwann mehr werden würde.

»Kommt Ende der Woche zu Besuch.« Collin behielt vorerst für sich, dass Sandra mehr als unzufrieden geklungen hatte. Er wollte bei Johnny keine falschen Erwartungen wecken.

»Yippie!«, kreischte dieser. »Die Party findet bei mir statt.« Er zog sein Smartphone heraus und strich hektisch darauf herum. Sehnsucht, wusste Collin seit Kathryns Abreise nur allzu gut, konnte einen verrückt machen. Und das Warten auf ein verschwundenes Kind?

4

Mit der Musik von Queen, die aus den Boxen dröhnte und zu der ein gut gelaunter Johnny lautstark mitsang, machten sie sich in Johnnys Ascona auf den Weg nach Cambrenne. Vor einem Jahr war die dortige Polizeistation geschlossen und die Zuständigkeit Collins Revier übertragen worden. Die Sparmaßnahmen führten dazu, dass immer weniger Orte über Polizeipräsenz verfügten und die verbliebenen Reviere einen größeren Einzugsbereich betreuen mussten. Collin hatte sich erfolgreich geweigert, mit seinem Team nach Cambrenne umzuziehen, auch wenn das dortige Polizeigebäude geräumiger war. Vier Streifenpolizisten waren vor Ort. Bis auf einige Einbruchsdelikte und Verkehrsunfälle hatte Collin bislang kaum in dem Küstenstädtchen zu tun gehabt, das eine kleine Marina und eine Fischfabrik besaß und sich am Rand einer ehemaligen Kupfermine befand. Ruinen von Industrieanlagen aus dem 19. Jahrhundert und ehemalige Bergbaugebiete durchzogen das Hinterland und die Küstengegend der Stadt. Der alte Ortskern war vom altertümlichen Charme früherer Arbeitersiedlungen geprägt. Doch gerade hier war eine kleine Musikhochburg entstanden. Die Musikwoche lockte alljährlich Ende September Tausende von Klassikliebhabern aus dem ganzen Königreich nach Cambrenne. Sponsoren hatten den Bau einer kleinen Philharmonie finanziert, die in Form eines Schiffes nahe der Marina stand und mit einem überdachten Amphitheater glänzte, das wie ein gläserner Wal über der Hafenbucht lag. Sogar der Boden war aus Glas. Kathryn hatte Collin ein paarmal überreden können, dort Klavierstücken berühmter Solisten und Chorstimmen aus aller Welt zu lauschen. Am Mittwoch, so wusste er, begann die Herbstwoche der Konzerte, die immer vom

Schulorchester der Highschool eröffnet wurde. Seine Söhne hatten das Programmheft letzte Woche aus der Schule mitgebracht, doch er hatte erst heute Morgen reingeschaut. Violinkonzert in d-Moll op. 7 des finnischen Komponisten Jean Sibelius mit Carla Wellington als Soloviolinistin. Würde Carla zu den letzten Proben erscheinen, wie der Schuldirektor glaubte?

Zwei Streifenpolizisten aus Cambrenne hatte Collin angewiesen, zu Carlas Elternhaus zu fahren und sich Einlass zu verschaffen. Vielleicht lag das Mädchen mit einer Alkoholvergiftung allein im Haus und konnte sich nicht helfen. Komatrinken war zu einer gefährlichen Mode geworden und gegen das Alkoholverbot auf dem Schulfest hatten sich vereinzelte Jugendliche immer wieder hinweggesetzt.

Sie fuhren den Hügel hoch, auf dem das Schulgebäude wie eine Festung stand. Sir John Betjeman, der Namensgeber der Highschool, hätte sich vermutlich geschüttelt bei dem Anblick des blockartigen Zweckbaus. Er hatte sich sehr für sakrale Architektur interessiert, für den Erhalt von Baudenkmälern des 19. Jahrhunderts eingesetzt und ein Traktat über die »deprimierende Geschichte des Aufstiegs und Untergangs der englischen Architektur« verfasst. Immerhin lockerten geometrische Farbflächen die in der Tat ziemlich deprimierende Fassade der Schule ein wenig auf.

Am heutigen schulfreien Montag standen nur wenige Fahrzeuge auf dem Parkplatz. Ältere Schüler stapelten Holzbänke übereinander, bauten die Zelte ab und trugen Geschirr ins Schulgebäude.

»Schülergefängnisse riechen alle gleich«, sagte Johnny, als sie durch die Eingangstür in einen breiten Flur traten. »Da könnte ich gleich lang hinkotzen.«

»Hoffen wir, dass wir hier am Ende umsonst hergekommen sind«, murmelte Collin mehr zu sich selbst.

Wenig später saßen sie im Büro von Ronald Barker, der seit zwei Jahren der neue Direktor war und es vielleicht bleiben würde. Der Schulvorstand, so die Gerüchte, habe dafür gesorgt, dass mehrere Vorgänger unerwartet das Handtuch geworfen hätten. Barker kam aus Wales, scherte sich wenig um kornische Gepflogenheiten oder althergebrachte Denkmuster und hatte taktische Maßnahmen ergriffen, um sich von alten Zöpfen und Gegenwind nicht beeindrucken zu lassen. Dazu gehörte ein beinahe vollständiger Austausch des Lehrkörpers, eine Neuwahl des Schulvorstands, eine verstärkte Öffnung der Schule nach außen und durch einen Anbau eine Verdoppelung der Schülerzahlen. Durchaus eine Erfolgsgeschichte, wovon die begeisterten Stimmen auf der Facebook-Seite zeugten. Barker begrüßte sie unorthodox in Jeans und Strickpullover und mit Schulterschlag und bat sie in sein Büro.

»Ich hoffe, unsere Sorge ist unbegründet«, sagte er und schloss das Fenster, hinter dem die Stimmen der Schüler zu hören waren. »Aber ich sagte Ihnen ja schon am Telefon, dass diese Schülerin uns öfter Kummer bereitet. Dennoch oder gerade deshalb ist sie hier gut aufgehoben.« Er bedachte Collin mit einem langen Blick aus leicht schielenden Augen. »Lassen Sie es mich so ausdrücken: Sie wird bei uns nicht in ein reglementierendes Korsett gezwängt. Ja, das Bild passt hervorragend.« Barker nahm die eckige Brille ab, steckte den Bügel zwischen die Lippen und nickte vor sich hin. »Es steht ihr frei, dem Unterricht auch mal fernzubleiben. Sie begleitet ja des Öfteren ihre Eltern auf Reisen.« Er blätterte eine Akte auf. »Sie sind im Filmbusiness. Location Scouting. Mal Florida, mal Panama, mal Afrika. Reimt sich.«

Er lachte. »Ich vertrete die Ansicht, dass unsere Zöglinge für das Leben lernen und durch das Leben.« Er breitete seine Hände in den Raum aus, der zum Klischeebild eines Hobbywissenschaftlers passte. Mit diesem Etikett hatte Barker sich bei ihnen vorgestellt. Bücher stapelten sich auf dem Schreibtisch und reihten sich auf deckenhohen Regalen. Ein Bildband über Wildgänse lag aufgeschlagen vor dem Computer. Ausgaben des Mitgliedermagazins des *BTO – British Trust for Ornithology,* der britischen Vereinigung der Vogelkundler, stapelten sich auf einem Tisch. An den Wänden hingen Fotos aus aller Welt, die ihn braun gebrannt mit Adlern, Pinguinen und Kakadus zeigten. Vor dem Fenster war ein Fernrohr auf einem Stativ befestigt und auf die Aschweiden, Holunder, Silberbirken und Stechpalmen gerichtet, die den Schulgarten säumten. In Blickweite stand ein Futterplatz und hinter seinem Schreibtisch klebte ein Poster von John Lennon mit der Liedzeile: »Zahme Vögel singen von Freiheit, wilde Vögel fliegen.« Wollte Barker ihnen weismachen, dass Carla Wellington wie ein wilder Vogel war und die Highschool ein Ort, an dem sie ohne Käfiggitter ihre Freiheitsliebe ausleben konnte?

»Und wo sind Carlas Eltern im Moment?«, fragte Johnny, der mit einer Tüte Erdnüssen in der Hand vor einem Glasschrank mit ausgestopften Greifvögeln stand.

»Im Moment?« Barker warf einen Blick auf die Wanduhr. Statt der Ziffern waren verschiedene Singvögel zu sehen.

»Na, sind sie in Kanada oder Havanna?«

»Da bin ich überfragt. Vielleicht kann Ihnen Mrs Crantock, Carlas Klassenlehrerin, weiterhelfen.«

»Sie haben Mr und Mrs Wellington also noch nicht informiert?«, hakte Collin mit wachsendem Unmut nach. Hatten Kathryn und er einen Fehler gemacht, ihre Söhne einem jungen

Direktor anzuvertrauen, der seine Fürsorgepflicht allzu locker nahm und sich offensichtlich mehr für Reisen zu den letzten Albatrossen der Welt interessierte als für die Belange und Probleme seiner Schüler?

»Nun, Carlas Eltern kommen ja morgen zurück. Und sind im Moment irgendwo da oben.« Barker wies aus dem Fenster Richtung Himmel und lachte wieder. »Wie gesagt, Carla ist eine äußerst selbstbestimmte junge Dame.«

»Ihre Mitschüler sehen das anders, Mr Barker. Und sie sind in Sorge. Carla ist minderjährig. Unserer Ansicht nach ...«

»Natürlich bin auch ich besorgt, das steht außer Frage«, unterbrach Barker Collin. »Aber sie hat ja am Mittwoch ihren ersten wirklich wichtigen Auftritt und wird sich irgendwohin zurückgezogen haben, um sich darauf vorzubereiten. Nun ja, wenn Sie meinen, sollte man wohl etwas unternehmen.« Die Wanduhr kündigte mit dem Zwitschern einer Bachstelze die volle Stunde an.

»Wir möchten mit Carlas Mitschülerin und Freundin Brenda Dodley sprechen. Auch mit ihrer Klassenlehrerin und ihrer Musiklehrerin.«

»Mrs Crantock kann ich gern herbitten. Mrs Gerrick, ihre Musiklehrerin, hat wegen der Aufführung in der Philharmonie unterrichtsfrei«, erklärte Barker. »Brenda und die anderen aus Carlas Klasse dürften alle hier sein.«

»Dann bitte ich Sie um Mrs Gerricks Kontaktdaten und um eine Liste aller Schüler des Schulorchesters und von Carlas Klasse mit Adressen und Telefonnummern.«

»Natürlich. Kein Problem. Aber müsste man nicht dann doch erst die Eltern ...?« Barkers permanentes Lächeln gefror auf seinem Gesicht, das ein raspelkurzer Bart im Stil des Rap Industry Standard zierte. Auch das fand Collin störend und fragte sich irritiert, ob er an Intoleranz litt oder wirklich ein stockkonservativer Nörgler war, wie ihm seine Frau manchmal vorwarf. Mit oder ohne Bart, Barkers Haltung gefiel ihm ganz und gar nicht.

»Hören Sie, Mr Barker«, sagte er. »Es geht um eine Minderjährige, und da gilt es unverzüglich zu überprüfen, ob sie sich in Gefahr befindet, gerade wenn ihre Eltern nicht da sind.«

»Natürlich, sehe ich nicht anders, aber Carla ist vielleicht bei irgendwem zu Besuch, einem Freund, in dem Alter wäre das kein Wunder, wenn Sie verstehen, worauf ich hinauswill …«

»Besser ist es, wenn wir Carla im Bett ihres Freundes finden«, mischte sich Johnny ein. »Statt irgendwo erschlagen, wenn Sie endlich kapieren, worauf *wir* hinauswollen.« Er hatte sich mit seiner bärenhaften Gestalt vor dem Schreibtisch aufgebaut und machte seiner Empörung mit lauter Stimme Luft.

Barker lehnte sich in seinem Kippstuhl zurück, begann sachte zu schaukeln und sprach mit Johnny wie zu einem aufsässigen Schüler: »Ihre dienstliche Pflicht in allen Ehren, aber die John-Betjeman-Highschool hat einen tadellosen Ruf. Unter meiner Leitung hat es seitens der Eltern noch keine einzige Klage gegeben, und ich bitte sehr um Diskretion. Negative Schlagzeilen während der Musikwoche wären äußerst unangenehm. Warten wir doch ab, ob Carla zur ersten Probe heute Nachmittag erscheint, wovon ich persönlich fest überzeugt bin.«

»Und wenn nicht?«, fragte Collin.

»Ja, dann natürlich …«

Collin erhob sich, entschlossen, dem Direktor seine Sorge mitzuteilen. »Sicherlich wissen Sie von dem Fall Jenifer Kellis, einer ehemaligen Schülerin.«

»Kellis? Kellis? Helfen Sie mir auf die Sprünge.« Barker blickte ihn mit gerunzelter Stirn an und lutschte am Bügel der Brille.

»Sie verschwand vor acht Jahren aus dem Ort, und bis heute hat man sie nicht gefunden. War vor Ihrer Zeit, aber dennoch. Die Menschen hier vergessen so etwas nicht so leicht.«

»Aye. Pfff!« Barker seufzte, biss auf dem Brillenbügel herum und schüttelte betroffen den Kopf. Doch dann schien er sich wieder im Griff zu haben. »Sie meinen, dass die beiden Mädchen …? Also, was soll denn das eine mit dem anderen zu tun haben?«

»Die Frage stellt sich tatsächlich derzeit nicht«, sagte Collin. »Ich möchte Ihnen nur nahelegen, die Angelegenheit ernst zu nehmen, auch wenn sich am Ende herausstellen sollte, dass Carla ihrem unsteten Geist gefolgt ist und sich irgendwo vergnügt.«

»Natürlich. Wie Sie wünschen.« Barker rief seine Sekretärin an und bat Carlas Klassenlehrerin Mrs Crantock zu dem Gespräch.

»Der Typ hat doch einen Vogel«, raunte Johnny Collin vor der Tür zu Barkers Büro zu. »Ich geh mal kurz Luft schnappen, sonst explodier ich noch.«

Wenige Minuten später saß Carlas Klassenlehrerin vor ihnen.

»Die Wellington also mal wieder.« Mrs Crantock schüttelte den Kopf und bestätigte Barkers Eindruck von der Schülerin. Ein Mädchen, dem Disziplin fremd sei, das keinerlei Respekt vor Lehrkräften zeige, die Harmonie des Klassenverbandes störe, den Rekord an unentschuldigten Fehlzeiten in der Klasse halte, akademisch jedoch herausragend sei, womöglich hochbegabt, aber Faulheit und die üblichen pubertären Ausfälle hätten bislang zu unterdurchschnittlichen Leistungen geführt.

»Ich habe ihr am Freitag nach einem verheerenden Englischtest klargemacht, dass sie unter keinen Umständen versetzt werden kann. In allen Hauptfächern sind ihre Noten dramatisch abgefallen.«

»Und wie hat sie reagiert?«, fragte Collin.

»Frech wie immer. Wollte mir nicht glauben. Drohte mit ihren Eltern, mit einem Anwalt, stellen Sie sich das mal vor!« Die Kerbe zwischen ihren sehr hellen Augenbrauen vertiefte sich und gab ihrem Antlitz mit der durchscheinenden Haut, dem streng aus der Stirn gebundenen Haar und der von Fältchen gekrausten Mundpartie einen Anstrich von Bitterkeit.

»Wissen ihre Eltern, dass Carla versetzungsgefährdet ist?«

»Ich habe sie mehrmals zum Elterngespräch gebeten, aber sie sind nicht gekommen.«

»Sitzenbleiber kriegen einen ganz schönen Schock«, mischte sich Johnny ein. »Weiß ich aus eigener Erfahrung. Vielleicht ist das der Grund, und sie ist weggelaufen.«

»Nun, den Eltern wird das sicher nicht gefallen«, sagte Mrs Crantock und zupfte unsichtbare Fussel von ihrem beigen Kostümrock. »Aber die Testergebnisse sprechen ja für sich.«

»Ist Musik Carlas Lieblingsfach?«, fragte Collin.

»Natürlich. Musik und Sport. Vielleicht ist sie ja bei der Ashton«, überlegte Mrs Crantock an den Schuldirektor gewandt. »Die hat ihr ja auch nur Flausen in den Kopf gesetzt.«

»Eine Sportlehrerin«, erklärte Barker auf Collins Nachfrage. »Sie betreut nachmittags eine Leistungsgruppe, und Carla ist einer ihrer Zöglinge.«

Collin notierte sich Namen und Kontaktdaten der Sportlehrerin und stellte sich, nachdem sie Carlas Klassenlehrerin verabschiedet hatten, ans Fenster. Von dort sah man ein Stück des hinteren Pausenhofs, wo einige Schüler in Grüppchen zusammensaßen. Wenn jemand wusste, wo sich Carla befinden konnte oder in welcher Gemütsverfassung sie war, dann einer von ihnen. Gewiss nicht eine Mrs Crantock, die mit Offiziersstimme, harten Augen und erhobenem Zeigefinger Carlas Verfehlungen aufzählte, emotionslos wie ein Rohrstock. Kurz darauf klopfte Carlas Freundin Brenda Dodley an die Tür des Direktorenzimmers und trat schüchtern ein. Sie war eine groß gewachsene, stämmige Jugendliche, die in der Schuluniform wie verkleidet aussah.

»Wann hast du denn gestern angefangen, dir Sorgen zu machen?«, fragte Collin behutsam.

»Na ja, so ab halb zwölf. Wir wollten eigentlich zusammen im Bus in die Stadt fahren, dann zu mir, und heute waren wir ja zum Aufräumen eingeteilt.«

»Und dann hast du über Facebook die anderen gefragt.«

»Bin dann alleine nach Hause … Hab versucht sie anzurufen, aber … ja und dann hab ich das gepostet.«

»Könnte sie denn woanders übernachtet haben?«

»Hmm …« Brenda presste die Lippen aufeinander und hob die Schultern.

»Und bislang hat sich niemand gemeldet, der Carla gesehen hat?«, fragte Johnny.

»Nein. Keiner.«

»Ist das denn sehr ungewöhnlich?«

»Na ja, sonst weiß immer irgendwer, was so läuft. Und weil die Polizei jetzt da ist.«

Sie hatten erfolglos versucht, Carlas Handy zu orten, in der Erwartung, über die GPS-Daten zumindest ihren letzten Aufenthaltsort in Erfahrung zu bringen. War der Akku leer, oder ist er vorsätzlich entfernt worden?

»Hat Carla einen Freund?«, fragte Johnny. »Bei dem sie übernachtet hat? Vielleicht jemanden, der nicht auf eurer Schule ist?«

»Geren hat neulich Schluss gemacht«, erklärte Brenda. »Sie hat keinen festen Neuen, soviel ich weiß.«

»Aber lief sonst was?« Johnny zwinkerte ihr zu.

»Schon, denk ich. Hat gestern mit welchen rumgeknutscht.«

»Die du kennst?«

Brenda verneinte mit knallrotem Kopf. Collin notierte sich den Namen von Carlas Ex-Freund und die Beschreibung des Mädchens: 16 Jahre alt, 5,5 Fuß groß, zierlich, glattes schwarzes Haar, dunkelbraune Augen, ein Muttermal über der linken Oberlippe. Sie hatte sich nach dem Auftritt für den Disco-Abend umgezogen und eine schwarze Jeans mit einem auffälligen Nietengürtel getragen, eine violette Rüschenbluse, einen roten Regenmantel, schwarze Kurzstiefel, und sie hatte eine Handtasche in Form eines kleinen Violinenkoffers dabei.

»Was glaubst du persönlich, wo sie ist?«, fragte Collin Brenda.

»Vielleicht ausgerissen?«

»Hat sie denn Probleme mit ihren Eltern?«

Brenda zuckte mit den Schultern. »Ihr Vater macht wohl schon echt Stress.«

»Inwiefern?«

»Muss immer die Nummer eins sein. Hat sie mal gesagt.«

»Ihre Noten sind derzeit schlecht und sie wird das Schuljahr nicht schaffen«, sagte Collin, in der Hoffnung, mehr von Brenda zu erfahren. »Hat sie mit dir darüber geredet?«

»Nee. Kann aber sein, dass sie deshalb abgehauen ist«, antwortete sie nach einem schnellen Seitenblick auf den Schuldirektor.

Steigerten sich Brenda und ihre Freundinnen nur in eine Geschichte hinein, angefeuert durch Posts und Chats? Handelte es sich um eine durch Gerüchte und Sensationslust aufgebauschte falsche Annahme? Collin rutschte unruhig auf seinem Stuhl im Büro des Direktors herum. Mit Vermisstenfällen hatte er zuletzt in Southampton zu tun gehabt, doch das war lange her. Damals hatte er als junger Constable am Fall eines verschwundenen Ehemanns und Vaters mitgearbeitet, der an einem ganz gewöhnlichen Samstag nicht von der Autowaschanlage nach Hause zurückgekehrt war, eine grausame Zäsur im Wochen-Rhythmus, den seine Frau in ihrer fünfzehnjährigen Ehe mit ihm gelebt hatte. Auch nach monatelanger Suche war der Mann nicht wieder aufgetaucht. Eine Geschichte, die in dem kleinen Vorort von Southampton, in dem die Familie wohnte, mit blutrünstiger Begierde ausgebreitet worden war. Die Ehefrau war sogar in Verdacht geraten, ihren Mann ermordet zu haben. Wie mag es ihr heute gehen?, fragte sich Collin. Hatte sie ihren Mann für tot erklärt oder hoffte sie noch immer, dass er eines Tages zu ihr zurückkehren würde? Oder hatte man ihn gar gefunden? Und Jenifer Kellis? Er selbst hatte vor acht Jahren nach seiner Rückkehr aus Äthiopien nur noch die Nachwehen dieses ungelösten Falls aus der Ferne miterlebt. Eine Zeit lang hatte das Bild des Mädchens auf Milchpackungen geprangt. Er schob die Gedanken beiseite und nahm sich vor, alle Kraft auf die Gegenwart zu verwenden, verabschiedete sich und lief mit einer Kopie von Carlas Personalakte zu Johnny, der sich auf dem vorderen Teil des Schulhofs umsah, am Eingang des Geländes und nahe des Parkplatzes gelegen. Dort hatte das Schulfest stattgefunden. Davon war nun kaum noch etwas zu sehen. Tauben pickten Brotkrümel, eine Plastiktüte wurde vom Wind hochgewirbelt, ein vergessener Schal lag auf einer blau gestrichenen Bank. Weit über neunzig Prozent als vermisst gemeldeter Personen tauchten nach kurzer Zeit wieder auf. Es verhielt sich womöglich wie mit dem verlorenen Schal, dachte Collin. Der Besitzer würde ihn finden, und Carla würde bald mit einer einfachen Erklärung wieder da sein.

5

Jory musterte den Schlüssel, wählte mit einem Griff den passenden Rohling aus dem Sortiment, das säuberlich nach Größen und Stilen an der Wand hinter dem Tresen hing, und stellte die Maschine ein. Duplikate für Zweitschlüssel herstellen war sein Brotverdienst, wenn auch eine Aufgabe, die er ohne sonderliche Leidenschaft durchführte. Die Herausforderungen in seinem Beruf waren im Laufe der Jahre geringer geworden, und er hatte sein Angebot erweitern müssen. Heutzutage spielte das Thema Sicherheit eine noch größere Rolle als früher. Ferienhausbesitzer ließen sich Alarmanlagen einbauen, Kameraüberwachung und komplexe Schließanlagen waren gefragt. Er hatte Weiterbildungen in Sicherheitstechnik besucht und bot in Zusammenarbeit mit einem Zwischenhändler nun auch den Einbau und die Wartung elektrischer Tore an. Er legte das frisch gestanzte Duplikat in eine kleine Papiertüte, öffnete die Kasse – eine antike Registrierkasse, die Heather von ihrer Tante geerbt hatte –, lauschte dem Klingeln und warf die wenigen Pennys in ein Fach. Als der Kunde den Laden verlassen hatte, widmete er sich wieder seiner Sammlung aus Vollschlüsseln, die in einer Vitrine im Büro aufbewahrt war. Sein Prachtstück war ein Kammerherrenschlüssel aus dem 18. Jahrhundert, der irgendeinem Adeligen gehört hatte. Der mit Gold überzogene, detailverliebte Schlüssel, eindeutig ein Meisterstück, wurde an der Hüfte getragen, wusste Jory, und signalisierte jedem die mächtige Stellung des Trägers. Mehrere Tausend Pfund Sammlerwert konnte ein antiker Schlüssel erzielen. Ich sollte die Sammlung schätzen lassen, dachte Jory und strich über ein Vorhängeschloss in Kugelform. Aber alles verkaufen? Ihm wurde schwer ums Herz bei dem Gedanken. Irgendetwas, davon war er überzeugt, brauchte jeder Mensch, um ein wenig zu fliehen. Er schloss die Vitrine und setzte sich an den Schreibtisch, der von Papieren bedeckt war. Die Buchhaltung war nie seine Stärke gewesen, und in diesem Jahr hatte er die Übersicht verloren. Er griff zum Telefon, rief seine Bank an und vereinbarte einen Termin für den Nachmittag. Dann kramte er nach dem Umschlag mit den Fotos. Lizzy hatte sie ihm im letzten Jahr zum Geburtstag geschenkt. Ein delikates Präsent, und erst hatte er sich geziert, es anzunehmen. Doch wie er in heimlichen Stunden im Hinterzimmer seines Schlüsseldienstes erkennen musste, gefielen ihm die Posen, in denen sich Lizzy vor dem Selbstauslöser in Szene gesetzt hatte. In seidenen Dessous, lasziv auf Kissen gebettet. Ihr Körper war eine Verlockung, der er sich nicht zu widersetzen vermochte. Sie rief ihn zu sich, und er folgte. Auch am gestrigen Sonntagabend war es nicht anders gewesen, dachte er und verlor sich einen Augenblick in der süßen Erinnerung. Nachdem die Trauer wie eine schwarze Wolke in ihr Cottage eingedrungen war, kaum dass sie es nach dem Schulfest wieder betreten hatten, war er ins Auto gestiegen und zurück nach Cambrenne gefahren. Heather hatte sich schluchzend in Jenifers Zimmer eingeschlossen, mit Schweigen auf sein Klopfen reagiert, die Musik lauter gedreht, eine Aufnahme der Sonate für Violine solo Nr. 1 in g-Moll von Johann Sebastian Bach, jenes Stück, das Jenifer in der Schulaula gespielt hatte und das Heather nonstop den ganzen Abend hören würde, und so war er für zwei Stunden in Lizzys Arme geflohen, hatte sich an ihrem Hals festgesaugt, weil sie sich einen Liebesbiss wünschte, sich auf ihre molligen Schenkel gesetzt, war ungehalten, beinahe wütend in sie eingedrungen, nur um am Ende an ihrem üppigen Busen Trost zu suchen, bis sie ihn weggestoßen und aus der Wohnung geschmissen hatte. Jenifer, so war ihm klar geworden, als er mit einer Mischung aus Erleichterung und Scham zurück in sein Cottage zurückgekehrt war, stand auch zwischen ihnen. Zwischen allem stand seine verlorene Tochter. Ihr Verlust hatte seine Welt zerstört.

Er betrachtete noch einmal ein Foto von Lizzy, einen Schnappschuss aus der Anfangszeit ihrer Affäre, den er mit seiner Handykamera aufgenommen und auf dem Farbdrucker seines Büros ausgedruckt hatte. Sie saß am Klavier und hatte den Kopf zu ihm gedreht, strahlte ihn mit einem solch ungeschminkten, offenen Gesicht an, wie er es später kaum mehr gesehen hatte. Etwas in ihrem Ausdruck hatte ihn damals an die junge Heather erinnert. Das Natürliche, das ihm rückhaltlos Zugewandte. Nichts davon war geblieben. Nicht bei Heather und nun auch nicht mehr bei Lizzy.

Als er die Ladenglocke hörte, steckte er das Foto rasch zurück in den Umschlag, verbarg diesen in der untersten Schublade zwischen den Seiten einer Betriebsanleitung über Schließanlagen, strich sich übers Haar und eilte in den Verkaufsraum. Dort blieb er erstarrt an der Ladentheke stehen. Zwei Polizisten begrüßten ihn.

»Wellington?«, haspelte Jory, nachdem er das Anliegen der beiden Polizisten angehört hatte, und grub die Hände in die Taschen des Arbeitskittels. Sie zitterten. »Die Schließanlage? Hab ich selbst eingebaut, das ist richtig …«

»Dann können Sie uns also Zugang verschaffen?«, hakte einer der Polizisten nach.

»Ja ... ich meine ... wenn das ...«

»Wenn es recht ist, dann bitte gleich.«

Wenige Minuten später schloss Jory die Ladentür zu und folgte den beiden mit seinen Werkzeugkoffern. Dann saß er auf der Rückbank des Polizeiwagens, mit tief ins Gesicht gezogenem Hut, spürte Hitze im Gesicht und eine leichte Übelkeit. Es geht um die Schlösser, versuchte er sich zu beruhigen. Ich habe sie eingebaut und kann sie öffnen. Auch reparieren, dachte er, als er den Motor des automatischen Schiebetors am Grundstück der Wellingtons manuell in Betrieb setzte. Der Mechanismus war ihm vertraut. Aber die Polizisten mussten nicht wissen, dass er vor Kurzem eine Reparaturarbeit auf dem Anwesen der Wellingtons ausgeführt hatte. Es ging um nichts anderes als um verschlossene Türen, die es zu öffnen galt. An die eigene, fest zugesperrte Tür in seinem Inneren hatten die Polizisten geklopft, ohne es zu ahnen. Aber diese Tür würde er nicht aufschließen.

6

Das Meer verbarg sich, tauchte hinter einer Kurve der Küstenstraße zwischen St Magor und Cambrenne wieder auf, entzog sich erneut dem Blick und begleitete sie die letzten Meilen wie ein stumpfer Spiegel, über dem sich schwere Regenwolken auftürmten. Nach der Befragung weiterer Mitschüler von Carla waren Collin und Johnny für zwei Stunden zurück aufs Revier von St Magor gefahren, von wo aus Collin mit dem Staatsanwalt

Alvin Manor und seinem Vorgesetzten, dem Distriktchef Robert Ashborne, telefoniert hatte. In ihrem Elternhaus, wie ihn die beiden Cambrenner Streifenpolizisten informiert hatten, war Carla nicht. Die Suche nach ihr musste nun logistisch organisiert werden. Es hieß ein Großaufgebot der Bereitschaftspolizei aus ganz Cornwall zu mobilisieren, die Küstenwache und die Nachbarschaftshilfe einzubinden, die Bevölkerung zur Mithilfe aufzurufen, eine Hundestaffel und einen Polizeihubschrauber mit Wärmebildkamera anzufordern, auch an die gerade neu entwickelte Suchdrohne für Vermisste dachte Collin. Alles Maßnahmen, die er nicht ohne Absprache mit Robert Ashborne durchführen konnte, zumal ihr Team für eine solche Aufgabe zu klein und nicht gerüstet war. Immerhin hatten sie für den Nachmittag einige Kollegen aus umliegenden Revieren zur Seite gestellt bekommen und konnten mit der Suche am Schulgelände umgehend beginnen.

»Eine Nacht«, brach Johnny das Schweigen. »Das muss noch nichts heißen.«

»Wüsste ich nicht, wo meine Jungs sind, von Ayesha ganz zu schweigen, dann …« Collin schluckte.

»Carla ist schon sechzehn. Da verirrt man sich zum Beispiel nicht so leicht wie ein Kind.« Johnny machte die Scheibenwischer an.

»Wer kommt auf die Idee, dass sie sich verirrt hat? Ist ja kein Dschungel hier.«

»Ich mein nur. Ich denke wirklich, sie ist abgehauen. Stress mit den Alten oder wegen der Versetzung.«

»Möglich. Solltest dir mal neue Scheibenwischer besorgen.«

»Gar nicht so einfach. Muss ich auf die Schrottplätze. Für ein Original.«

»Kannst gleich deine Karre da lassen.«

»Sag nichts gegen mein altes Schätzchen.« Johnnys Ascona hatte mindestens drei Jahrzehnte auf dem Buckel, doch um nichts in der Welt wollte er sich von ihm trennen. Allerdings gehörte er nicht zu jenen Autonarren, die jede freie Minute an ihren Oldtimern herumschraubten, sie samstags auf Hochglanz polierten, um sie am Sonntag für eine Spazierfahrt aus der Garage zu holen, wo sie den Rest der Woche wie sensible Rennpferde eingesperrt waren. Collin wandte den Blick von den unregelmäßig zuckenden Scheibenwischern ab und der Bucht zu, über der die Sonne schon knapp über der Horizontlinie lag. Sie waren schon viel zu spät dran, um die Umgebung der Schule nach Carla abzusuchen, doch sie hatten die Hoffnung gehegt, Carla würde zur ersten Probe für das Konzert in der Philharmonie erscheinen. Barker, der Direktor, hatte sie erst gegen 17 Uhr informiert, dass sie nicht gekommen war. »Auch wenn sie nicht da war, beurteile ich die Situation keineswegs als brenzlig«, hatte er gesagt und es damit begründet, dass weitere Proben geplant seien. »Carla ist die Solistin. Sie hat Monate dafür geübt und hofft auf ein Stipendium an einer Musikakademie«, wollte er ihnen weismachen. Ein Anruf bei Wendy Ashton, der Sportlehrerin, die Carlas Klassenlehrerin erwähnt hatte, war ebenso fruchtlos geblieben. Carla war nicht bei ihr und schon seit Längerem nicht mehr aktives Mitglied der Leistungsgruppe. Die Wellingtons befanden sich jetzt auf dem über zwanzigstündigen Rückflug aus Uganda, wo sie im Auftrag des National Geographic Drehorte für eine Dokumentation über Schmetterlinge suchen sollten. Im Budungo-Wald, hatte ihnen ein Mitarbeiter von National Geographic mitgeteilt. Ob sie die Nachricht von dem Verschwinden ihrer Tochter bereits erhalten hatten, war ungewiss. Eine Reaktion war jedenfalls noch nicht gekommen. Collin wollte nicht mehr warten und hatte Bill mit der Aufgabe betraut, den »Amber Alert«, das aus den USA neu eingeführte System zur Erfassung und Veröffentlichung von Vermisstenfällen, mit den notwendigen Informationen zu füttern.

»Wird schwer sein, den Ball flach zu halten«, sagte Johnny, als sie in jene Straße einbogen, die zum Schulgelände hinaufführte, und den Parkplatz erreichten. »Carlas Freundinnen halten bestimmt nicht den Mund.«

»Warum sollten sie auch?« Collin knöpfte die Wachsjacke zu, ein Geschenk seiner Mutter, als er vor über zwei Jahrzehnten seine erste Stelle in der Mordkommission von Southampton angetreten hatte. »Damit dein Herz sich nicht erkältet.« Das waren ihre Worte gewesen. Seither begleitete ihn die braune, an den Ellbogen schon leicht abgewetzte Jacke und schützte ihn nicht nur vor dem launischen Wetter an der Küste.

Er sah einige Kollegen Büsche und Hecken ableuchten, die um den Parkplatz gepflanzt waren.

»Keine Spur auf dem Schulgelände«, informierte sie der Leiter der Hundestaffel. »Jetzt nehmen wir uns die Außenanlagen vor. Tennisplätze. Sportplatz. Der Schulgarten, das angrenzende Waldstück, und dann sehen wir weiter. Bei dem Wetter nicht einfach und dunkel wird's auch schon …«

»Über die Ausrüstung unter solchen Bedingungen muss ich Sie ja nicht aufklären«, murrte Collin und folgte Herbert Pedrack, dem Hausmeister, der ihn durch einen Seiteneingang in die Aula führte.

»Das ist der Umkleideraum«, sagte Pedrack mit grimmigem Gesicht und schloss eine Tür hinter der Aula auf. Es roch in dem engen Raum, der nur über zwei schmale Fenster verfügte, nach

Schweiß, Haarspray und Reinigungsmittel. Stufen führten auf beiden Seiten zum hinteren Teil der Bühne. In einem zusätzlichen Raum waren Notenständer, Bänke, Tische und allerlei Arsenal für Theateraufführungen untergebracht.

»Alles schon sauber gemacht.« Pedrack stand auf der Türschwelle und spielte mit den Schlüsseln, die an einem Metallring hingen. »Die Spinde sind auch leer. Picobello. Hab hier nichts Auffälliges gefunden.«

»Was wäre denn Ihrer Ansicht nach auffällig?«, fragte Collin.

»Tja, schwer zu sagen. Unsere Schüler sind gesittet. Da hab ich nichts zu meckern. Keine Hooligans.« Pedrack ging mit leichtem Hinken voran durch einen Flur, von dem eine Tür in den Zuschauerraum der Aula führte.

Collin setzte sich in die erste Reihe und schaute zur Bühne hoch. Dort hatte Carla mit ihrer Violine gestanden und ihr Solo gespielt. Man musste mutig sein, um das zu tun, dachte Collin. Selbstbewusst, geübt darin, im Mittelpunkt zu stehen, aus der Menge herauszuragen. Auch wenn jemand sein Instrument hervorragend beherrschte, konnte er im Scheinwerferlicht jämmerlich versagen.

»Werden die Aufführungen aufgezeichnet?« Er wies auf die Kamera, die gegenüber der Bühne über einem Fenster angebracht war, hinter dem sich der Raum für die Technik befinden musste.

Der Hausmeister nickte. »Justin macht das. Mein Sohn. Ist auch für Licht und alles zuständig.«

»Und am Sonntagabend war er das auch?«

»Is' ja sein Job, oder?«

»Wenn Sie ihn herbitten würden.«

»Jetzt?«

»In einer Stunde möchte ich ihn sprechen.«

»Was wollen Sie von ihm?« Pedrack funkelte Collin finster an, schaltete die Deckenfluter und die Bühnenbeleuchtung wieder aus und rasselte demonstrativ mit dem Schlüsselbund. Er machte keinen Hehl daraus, dass der Rundgang nun ein Ende haben musste.

»Die Aufzeichnung von der Aufführung, das will ich von ihm.«

Pedrack murmelte etwas Unverständliches vor sich hin.

»Wie lange sind Sie hier denn schon Hausmeister?«

»An die zehn Jahre.« Pedrack kurbelte den dunkelblauen Bühnenvorhang zu.

»Länger dabei als der Direktor und die meisten Lehrkräfte.«

»Sieht so aus.«

»Dann ist Ihnen ja der Name Jenifer Kellis sicherlich ein Begriff?« Collin stellte sich vor den Hausmeister.

»Hatte ich nichts mit zu tun. Ich nicht und die Schule nicht.«

»Hat jemand behauptet, Sie hätten etwas damit zu tun gehabt?«

Pedrack presste die Lippen zusammen und wandte den Blick ab.

»Hoffen wir, dass sich die Geschichte nicht wiederholt.« Collin klopfte ihm auf die Schulter und drehte sich ein letztes Mal zur Bühne um, wo Carla im Rampenlicht gestanden und Applaus empfangen hatte. Genauso wie Jenifer. Er rief erneut Carlas Musiklehrerin Liz Gerrick an, erwischte sie endlich, verabredete sich für den frühen Dienstagmorgen mit ihr und lief dann mit der Hoffnung hinaus in den Regen, dass die Scheinwerfer des Suchtrupps Carla an diesem Abend nicht irgendwo verletzt oder sogar tot aufspüren würden.

»Man stochert in Pfützen rum, was soll das bringen?«, schimpfte Johnny. »Wir brauchen ein paar Hundert Mann, sollte das Mädchen hier irgendwo sein.« Er machte eine ausladende Handbewegung in Richtung der Stadt unterhalb des Hügels. Sämtliche Straßenlaternen brannten schon. Fenster waren erleuchtet, und Rauch drang aus Schornsteinen. »Und wenn sie im Hinterland sein sollte oder an der Küste …«

»Die unmittelbare Umgebung der Schule muss ja wohl zuerst überprüft werden«, sagte Collin.

»Und wie weit geht die? Sonntag hat's auch abends geregnet. Warum sollte sie irgendwo auf einer Wiese sein, wenn es trockene Plätze gibt?«

Collin seufzte und prüfte die Uhrzeit. Die ersten vierundzwanzig Stunden sind im Falle eines vermissten Kindes entscheidend, sollte es in die Hände eines Gewaltverbrechers geraten sein. Ob diese Faustregel auch bei einem Teenager galt? War Carla weggelaufen? Das war der häufigste Grund für einen Vermisstenfall. Alle drei Minuten, so wusste er, wurde ein Kind in Großbritannien als vermisst gemeldet, aber meistens nach spätestens zwei Tagen wiedergefunden. Die Statistik barg Hoffnung. Ein Regelwerk aus Daten, das keinen Spielraum für die Ängste zuließ, unter denen die betroffenen Eltern litten. Carla konnte sich in die Wahrscheinlichkeitsrechnung einfügen oder eine Ausnahme darstellen. Collin hoffte, am Ende würde die erstere Möglichkeit zutreffen.

Eine Viertelstunde später saßen sie im Wohnzimmer von Brenda Dodleys Familie, wo Carla am Sonntag nach dem Schulfest übernachten wollte. Der Fernseher lief, eine Comedyshow, von der Brendas Vater nur schwer den Blick abwenden konnte. Ebenso wenig wie Johnny, stellte Collin missmutig fest.

»Carla hat also noch nie hier übernachtet?«, fasste er den Redeschwall von Brendas Mutter zusammen.

»Nein, hat se nich'. Ehrlich gesagt ...« Sie warf einen vorwurfsvollen Blick auf ihre Tochter, die sich kaugummikauend auf einem Sessel fläzte. »... hat mich Brenda nich' mal um Erlaubnis gefragt. Wusste gar nichts davon. Und das Mädchen kenn ich persönlich nich'.«

»Carla hat dich also auch noch nie vorher besucht?«, wandte Collin sich an Brenda, zog ein Kissen hinter seinem Rücken hervor und legte es auf den freien Sessel neben sich. Er wünschte sich, die Beine ausstrecken zu können, doch der niedrige Tisch war im Weg, und zu seinen Füßen hatte sich ein überfütterter Spitz niedergelassen, der ihn aus Knopfaugen und hechelnd fixierte. Offenbar waren sie mitten in die Vorbereitungen fürs Abendessen geplatzt. Es roch nach Kohl, der Esstisch neben der Sofagarnitur war gedeckt und die beiden jüngeren Kinder hatten schon zwei Mal die Köpfe ins Zimmer gesteckt und lautstark ihren Hunger bekundet. Mit einem Anflug von Gewissensbissen und Sorge dachte Collin an seine eigenen Kinder, die jetzt allein zu Hause waren, mit einem fast leeren Kühlschrank und seiner Nachricht, Überstunden machen zu müssen.

»Meistens haben wir uns woanders getroffen«, erklärte Brenda. »Inner Stadt oder so.«

»Hat Carla denn andere Freundinnen, bei denen sie zwischendurch übernachtet?«

»Kann sein.« Brenda zuckte mit den Schultern und griff nach den Chips, die auf zwei Schüsseln auf dem Wohnzimmertisch verteilt waren. Vielleicht wollte sie nur Carlas Freundin sein, buhlte um ihre Anerkennung und Nähe, war dieser aber in Wahrheit gar nicht wichtig. »Kam der Vorschlag denn von dir?«

Brenda schlug die Beine übereinander. Sie trug Leggings, ein kurzes und zu enges Strickkleid mit weitem Ausschnitt und einen Stecker in einem Nasenflügel. »Von Carla«, murmelte sie. »Hat mich Sonntag saufrüh angerufen und gefragt.«

»Wie spät war denn saufrüh?«, wollte Johnny wissen, ohne die Augen von der Comedyshow abzuwenden.

»Sechs Uhr. Hab noch geschlafen. Um halb sieben war sie hier.«

»Hat sie einen Grund genannt, warum sie zu dir kommen wollte?«, fragte Collin und machte sich eine Notiz. Mrs Crantock, Carlas Klassenlehrerin, hatte ausgesagt, dass Carla während der häufigen beruflichen Reisen ihrer Eltern immer alleine zu Hause blieb. Und nun rief das Mädchen frühmorgens wegen eines Schlafplatzes bei einer Schulkameradin an, die offensichtlich nicht ihre beste Freundin war.

»Sagte, sie hat schlecht geschlafen und dass sie Schiss hat. Keine Ahnung. Sie hat irgendwas gehört oder so.«

»Was denn?«

»So Steine, die irgendwer ans Fenster geworfen hat. Hier laufen ja Einbrecher rum.« Brenda steckte sich erneut eine Handvoll Chips in den Mund.

Tatsächlich waren Unbekannte im Sommer in mehrere Ferienhäuser eingedrungen. Gefasst werden konnten sie nicht. Drei Wochen lang ging das so, und dann war es plötzlich vorbei gewesen. Die Ermittlungen hatten bei Collin den Verdacht erhärtet, dass es sich bei den Tätern um Auswärtige gehandelt hatte. In einer Kleinstadt in Sussex war eine Familie festgenommen worden, Diebnomaden, die von Ort zu Ort zogen, in Häuser eindrangen, Schmuck, Geld und Wertgegenstände stahlen. Derzeit ermittelten die dortigen Kollegen, ob sie auch die Einbrüche in Cambrenne verübt hatten.

»Carla hat sich dann also wieder beruhigt«, sagte Collin. Brenda nickte.

»Hübsch eingefädelt haste das«, versetzte ihre Mutter. »Wir sind nämlich Samstag zum Krankenhaus. Schwiegervater besuchen. Liegt in Truro mit Gallensteinen. Und wo bitte schön sollte die überhaupt schlafen?«, fuhr sie ihre Tochter an. »Gästezimmer wie diese Wellingtons haben wir nich'.«

Collin horchte auf. »Kennen Sie Carlas Eltern?«

»Hohoho!«, lachte Mr Dodley. Collin hätte nicht sagen können, ob ein platter Witz des TV-Comedian oder die Aussage seiner Frau zu dem Heiterkeitsausbruch geführt hatte.

»Nein«, sagte Mrs Dodley. »Mit solchen Leuten verkehrn wir nich'.«

»Kohlsuppe und Frankie Boyle. Herbe Mischung.« Johnny kicherte und stellte Carlas Übernachtungstasche auf die Rückbank, die Brenda aus ihrem Zimmer geholt hatte.

»Frankie Boyle?« Collin wandte den Blick von dem Fenster im zweiten Stock des Mehrfamilienhauses ab, wo Mrs Dodley die Gardine zurückgezogen hatte und zu ihnen herunterschaute.

»Sorry, führst ja ein ödes Leben ohne Glotze und kennst keine angesagten Comedians.«

»Aber du, obwohl dein Fernseher dauernd kaputt ist.«

»Werd ich auf jeden Fall zur Reparatur bringen, um den lustigen Knaben mal wieder zu sehen.«

»Nicht mein Geschmack. Eine Spur zu überdreht. Aber Spaß beiseite. Warum hat sich Carla ausgerechnet bei Brenda gemeldet und wollte dann bei ihr übernachten? Ihre beste Freundin scheint sie nicht zu sein.«

»Eine Klein-Doofie macht alles mit«, begründete Johnny in

seiner direkten Art Carlas Vorhaben. »Und eine beste Freundin scheint Carla nicht zu haben.« Eine Vermutung, die sich auf mehrere Aussagen ihrer Mitschüler und nun auch Brendas stützte. »Die Dodleys haben jedenfalls wenig für die Wellingtons übrig«, ergänzte Johnny und schloss den Ascona auf.

Wohl wahr, musste Collin ihm zustimmen. Engstirnigkeit, überlegte er, scheint mit Neid gepaart zu sein. Eine angeblich freigeistige Schule, wie sie die John-Betjeman-Highschool vorgab zu sein, brachte nicht unbedingt nur tolerante, weltoffene Menschen hervor. Cambrenne war kein Touristenziel wie andere Küstenorte und von niedergegangener Industrie, hoher Arbeitslosigkeit und Abwanderung geprägt. Die Dodleys waren so wenig auf Rosen gebettet wie die meisten anderen in der Kleinstadt. Aber es gab auch Ausnahmen. Carlas Familie lebte auf der Sonnenseite der Stadt, in einem auffälligen weißen Neubau, der in Alleinlage zwei Meilen außerhalb auf einem Felsplateau über dem Meer thronte. Lampen um das Grundstück strahlten ihn an.

»Sieht aus wie ein aufgeschnittener Pappkarton«, sagte Johnny. »Nicht meine Kragenweite. Und schau dir mal die protzige Hausnummer an. Müssen gleich am Eingang beweisen, dass sie das große Latinum haben.«

Die Hausnummer, eine römische Vier, war zusammen mit dem Familiennamen in einen aufrecht stehenden Quader aus poliertem Marmor gemeißelt. Wie ein Grabstein, fand Collin und fühlte auf einmal Motivation, die Meerjungfrau in seiner Werkstatt in Angriff zu nehmen. Immerhin interessanter als eine Hausnummer als Auftragsarbeit zu bekommen. Sobald sie Carla gefunden hatten, nahm er sich vor, wollte er ans Werk zu gehen.

Johnny klingelte, doch auch jetzt meldete sich niemand über die Gegensprechanlage. Sie waren am Morgen vor und nach dem

Besuch in der Schule bereits hier gewesen. Die beiden Streifenpolizisten, die dank Schnellbeschluss des Staatsanwaltes im Haus gewesen waren, hatten keine Auffälligkeiten festgestellt, die auf ein Gewaltverbrechen hindeuteten. Die normale Unordentlichkeit einer Jugendlichen, die für eine Zeit lang ohne Aufsicht allein zu Hause ist, hatte ihnen einer der Polizisten gesagt. Collins leise Hoffnung, dass Carla einfach nach Hause zurückgekehrt war, hatte sich jetzt zerschlagen. Vor allen Fenstern waren die Schiebevorhänge noch immer zugezogen. Kein Licht brannte. Wovor hatte Carla solche Angst gehabt, dass sie um sechs Uhr morgens ihre Schulkameradin Brenda kontaktiert hatte und eine halbe Stunde später mit einem Taxi zu ihr gefahren war? Hatte es sich um eine reale Bedrohung gehandelt oder war es der Einbildung des Mädchens entsprungen, die in dem riesigen Haus ganz alleine war? Wellen peitschten an dem Felsplateau hoch, auf dem das Haus stand, Windböen fauchten um die Mauern. Nachts und in den frühen Morgenstunden konnten die Geräusche von Gezeiten und Sturm unheimlich sein und eine empfindliche Seele verstören, dachte Collin. Und dennoch musste er die Aussage ernst nehmen, dass sie sich laut Brenda bedroht gefühlt hatte. Carla war nun schon fast zwanzig Stunden weg. Wo war sie?

»Filmleute sind ein besonderer Schlag. Wenn man seinen Sohn nach dem alten Disney tauft«, meinte Johnny auf der Strecke zurück zur Schule, die durch den Ortskern führte. Gerade schlossen die Geschäfte. Am Obst- und Gemüsemarkt nahe der Marina packten Händler ihre Waren in Lieferwagen. Fischer in gelben Anglerhosen, langen Gummistiefeln und wasserfesten Jacken spritzten ihre Boote ab und brachten Kisten mit in Eis gepacktem Fisch auf den Schlachteplatz, über dem Möwen kreischten, Reusen stapelten sich am Kai und es roch streng nach Fisch.

Walt, Carlas acht Jahre älterer Halbbruder aus der ersten Ehe ihres Vaters, arbeitete in Tokio bei einer Zeichentrick-Produktionsfirma. Er hatte auf Bills Anfrage mit einem kurzen, vom Smartphone aus gesendeten »Nein« geantwortet. Dennoch hatte Bill den Londoner Flughafen Heathrow mit der Frage kontaktiert, ob Carla zwischen Sonntag und dem heutigen Dienstag auf einer der Passagierlisten nach Tokio stehe. Ohne Erfolg.

»Immerhin haben wir was Brauchbares für die Hundenasen«, sagte Johnny, als sie sich im Hausmeisterzimmer der Schule Einmalhandschuhe überstreiften und Carlas Übernachtungstasche auspackten, die ihnen Brenda Dodley überreicht hatte. Sie enthielt das Nötigste für eine Nacht, und Carla schien alles in Eile hineingestopft zu haben. Ein Schlafanzug, ein Wollpullover, ein Paar warme Socken, ein Slip, Zahnputzzeug, Schminksachen und Gesichtscreme.

»Schau dir das an.« Johnny reichte Collin ein DIN-A4-Blatt, das im Innenfach der Tasche gesteckt hatte, der Farbausdruck einer verschwommenen Unterwasseraufnahme.

»Ziemlich großer Fisch. Sieht gefährlich aus.« Collin betrachtete das weit aufgerissene Maul, das an einen Korb erinnerte.

»*Cetorhinus maximus*. Ein Riesenhai«, erklärte Johnny mit fachmännischer Stimme. Die See war sein Element. Er verbrachte jede freie Minute auf seinem Boot, im Taucheranzug oder mit der Angel an einem Fluss. »Der zweitgrößte Fisch überhaupt. Hat aber keine Zähne, sondern Reusen. Der schwimmt immer mit offener Klappe rum und filtert Plankton aus dem Wasser.«

»Warum trägt das ein Mädchen mit sich herum?«

»Warum nicht? Riesenhaie gibt's auch an unserer Küste. Für ein Schulprojekt oder so.«

Sie brachten dem Leiter der Hundestaffel Carlas Wollpullover, der nicht frisch gewaschen zu sein schien, und trafen kurz darauf mit Justin Pedrack, dem Sohn des Hausmeisters, zusammen. Der junge Mann von Anfang zwanzig saß breitbeinig vor ihnen, die Unterarme auf die Oberschenkel gestützt, kaute auf einem Zahnstocher herum und starrte sie unwirsch an. »Logo, die Aufführungen werden immer gefilmt«, sagte er mit einem Lispeln. Ein Schneidezahn, hatte Collin registriert, war abgebrochen. »Fürs Schularchiv.« Er reichte ihm einen Stick. »Alles drauf.«

»Haben Sie auch andere Aufnahmen vom Schulfest gemacht? Zum Beispiel vom Disco-Abend?«

»Nee, hab ich nich'.«

»Kennen Sie Carla Wellington persönlich?«

»Fuck. Nee. Sonst noch was?«

»Das ist erst einmal alles.« Collin lächelte ihn an. »Ein Lächeln öffnet Herzen«, war einer von Kathryns Lieblingssätzen. »Wenn Ihnen noch etwas einfallen sollte …«

»Und was?« Justin hatte sich erhoben und stand mit schmalen Augen vor ihnen.

»Eine sechzehnjährige Schülerin ist verschwunden«, fuhr ihn Johnny an und stellte sich vor Justin hin. »Kapiert, worum es geht?«

»War's das?« Ohne die Antwort abzuwarten, verließ Justin grußlos den Raum.

Über das Schulgelände zuckte der Schein von Polizeilampen. Collin spürte den Regen auf sein Haar tropfen, genoss für einen Augenblick die Kühle auf seinem erhitzten Gesicht und prüfte mit einem Gefühl der Sorge und Gewissensbissen die Uhrzeit. Seine Söhne waren seit Stunden allein zu Hause und gleichzeitig konnte hier draußen ein Mädchen liegen, womöglich verletzt, was noch die harmlosere Variante war. Die Verantwortung zerrte an ihm wie der Wind. »Kannst du ...«, wandte er sich an Johnny.

»Lass dich von einem Kollegen zurückfahren«, sagte Johnny, als hätte er Collins Gedanken gelesen. »Ich halte hier die Stellung und ruf dich an, sollte ...«

»Danke.«

Auf dem Weg zurück nach St Magor, wo Collins Dienstwagen auf dem Parkplatz der Polizeistation stand, starrte er grübelnd aus dem Fenster der Beifahrertür. Starker Regen hatte nun eingesetzt. Regen, der Spuren verwischen würde.

7

Sowenna hatte sich die unterschiedlichsten Szenarien ausgemalt. Mal schloss ihre Mutter sie lachend, mal schluchzend in die Arme oder sie hatte einen Willkommenstee organisiert. In einer anderen Version war alles wie immer, wobei Sowenna nicht hätte beschreiben können, was jene vertraute Atmosphäre ausmachte, die ihr Elternhaus ebenso erfüllte wie der Duft des Duschgels. Handgemachte, ölige, nach Fruchtbonbons oder Kiefernnadeln riechende Seifen von Lush. *Don't Rain On My Parade* – seit einiger Zeit die Lieblingsmarke ihrer Eltern. Sie war in ihrer Kindheit so oft umgezogen, dass dieser Duft die einzige verlässliche Erinnerung geblieben war. Das weiß verputzte, zweistöckige Haus, vor dem sie jetzt stand, löste nichts in ihr aus, auch wenn sie hier länger gelebt hatte als in allen anderen Häusern und Wohnungen. Sie blickte dem Taxi hinterher, das schon am Nachbargrundstück vorbeifuhr und sie ein halbes Vermögen gekostet hatte. Auf der vierzigminütigen Fahrt vom Bahnhof bis hierher hatte sie sich auf die Ankunft vorbereiten und nochmals die zehn Thesen lesen können, die sie vor der Reise verfasst hatte. Sie hörte ein bekanntes Kläffen, als sie die Eingangstreppe hochstieg, betrachtete den Tennisschläger, der an der Haustür hing, ein alter aus Holz und mit dünnen Saiten bespannt, der mit Plastikblumen dekoriert war, und rief sich These sechs in Erinnerung: *Ihr Leben ist nicht deins*. Sie drückte den Klingelknopf, spürte die Unruhe und ermahnte sich: Sie würde sofort gehen, wenn sie sich unwohl fühlte.

Ihre Mutter öffnete und stand in einem Trainingsanzug vor ihr, ein Anblick, an den sie seit Kindheitstagen gewöhnt war. Dieser Anzug war hellviolett. Mit den Jahren hatte ihre Mutter immer auffälligere Farben ausgewählt.

»Hi, Mum.«

»Ich wollte gerade meine Runde machen«, sagte ihre Mutter statt einer Begrüßung und legte sich ein Schweißband um den Kopf. Sie trug ihr Haar nun platinblond und noch kürzer, an den Seiten war es geschoren. »Gegessen haben wir schon.«

Sowenna registrierte den Vorwurf in ihrer Stimme. Ja, ich bin zu spät, dachte sie. Inakzeptabel, auch wenn man sich zwei Jahre nicht gesehen hatte und die Züge allesamt unpünktlich gewesen waren.

»Dann lass dich nicht abhalten.« Sowenna stellte den Rucksack in den Flur und tätschelte Willy, den Dackel, der schwanzwedelnd an ihr hochsprang.

»Hast du zugenommen?« Ihre Mutter ließ ihren Blick an Sowennas Körper entlanggleiten.

»Jepp.«

»Und diese Sachen? Berufskleidung?«

»Nein, aber mir gefällt's.« Ich habe es ausgesprochen, freute sich Sowenna, bemerkte das Kopfschütteln ihrer Mutter, sah sie die Laufuhr am Handgelenk einstellen und nach der Leine greifen. Doch Willy hatte sich verkrümelt. Der alte Kampf, den Hund für eine Gassirunde von mindestens sechs Meilen zu begeistern, wurde also immer noch ausgefochten.

»Wo ist Dad?«

»Es ist zwei Uhr. Wo wohl? Bis dann.«

Durchatmen, befahl sich Sowenna, blickte der schlanken Gestalt ihrer Mutter hinterher, die den Weg zwischen den Wiesen entlanglief, und stieg die Kellertreppe hinunter. Dort hatten sich ihre Eltern einen Fitnessraum eingerichtet. Ihr Vater lag auf der Hantelbank und stemmte Gewichte.

»Hi, Dad. Da bin ich.«

»Ja, da bist du ja endlich.« Er grinste sie an und lud sie mit einer Kopfbewegung ein, näher zu treten. »Ganz das Zirkusmädchen, was? Kunterbunt.«

Sowenna lächelte und schob die Frage in den Hinterkopf, ob ihr Vater die Bemerkung als Kompliment meinte. Sie fühlte sich ja selbst noch fremd in der selbstgenähten Kleidung, die sie in Patchwork-Technik und mit asymmetrischen Schnitten zusammensetzte. Seit ein paar Monaten war das ihr neues Steckenpferd, ja mehr als das, eine Passion. Mit Mustern und Farben zu spielen, so hatte sie herausgefunden, war eine Möglichkeit, an die tieferen Schichten ihrer Gefühle zu gelangen. Der grau-schwarze Hosenrock, den sie trug, war entstanden, als sie gerade einen Tiefpunkt hatte. Die Tunika war dagegen farbenfroh wie ein Flickenteppich, sie hatte sie in den Wochen eines seltenen Hochgefühls genäht. Zweigeteilt war sie gekommen, mit dem Wunsch, als Einheit, als ein Ganzes wieder zu gehen.

»Was dagegen, wenn ich gerade noch mein Programm fertig mache?«, fragte ihr Vater.

»Natürlich nicht.« Morgens leichter Dauerlauf oder eine Runde im Schwimmbad, am Nachmittag Krafttraining. Es hatte sich nichts geändert. Der nackte Oberkörper ihres Vaters glänzte von Schweiß, seine Muskeln traten wie Bälle an den Oberarmen hervor, sein Bauch war noch immer straff, nur das Haar war schütter geworden, und das gebräunte Gesicht zeigte erste Falten. Als sehr junger Mann war ihr Vater Profischwimmer gewesen. Fotos von ihm mit Badekappe und Medaillen um den Hals auf Siegertreppchen und gerahmte Zeitungsartikel zierten die holzvertäfelte Wand hinter der Ruderbank. *Neil Ashton erringt Platz eins im 100-Meter-Freistil,* las Sowenna und setzte sich auf den grünen Gymnastikball. Jener einzige nennenswerte Sieg in der Jugendnationalmannschaft war Ewigkeiten her, doch ihr Vater tischte noch immer bei allen sich bietenden Gelegenheiten jedes Detail des Wettkampfs auf und schloss stets mit den Worten, er habe eben den Richmond-Cavill-Stil perfekt beherrscht. Sonst so gut wie gar nichts, fand Sowenna. In ihrem Elternhaus war ein Sieg ein Sieg, und auf dem Siegertreppchen zu stehen war das Wichtigste. Doch eine Achtelsekunde Vorsprung, was war das in Wahrheit schon? Ein Wimpernschlag lang Glück.

»Du bleibst also länger?« Sowennas Vater rubbelte sich mit einem Handtuch ab und machte Dehnübungen.

»Drei Wochen, wie ich euch geschrieben habe.« Oder nur einen Tag, wenn es gleich zu Beginn schiefgehen sollte. Keine faulen Kompromisse, hatte ihr die Therapeutin eingeschärft.

»Hast dir 'ne ungemütliche Jahreszeit ausgesucht. Die Freibäder sind zu, das Meer ist zu kalt …«

»Du weißt doch, dass ich nicht schwimme.«

»Ist nie zu spät, es zu lernen. Und wichtig fürs Leben.«

»Warum?«

»Warum?« Sowennas Vater notierte Zeiten und Gewichtsstärken auf einen Block und öffnete das Fenster zum Lüften. »Wenn du zum Beispiel mit einem Boot kenterst.«

»Warum sollte ich mit einem Boot kentern, wenn ich nie Boot fahre?«

»Nicht mal 'ne Gondelfahrt in Paris?«, fragte er.

»Da gibt's keine Gondeln.«

»Tja. Wenn du gern ertrinken willst ... Bist doch mit der Fähre gekommen. Die kann auch kentern. Eins zu null für mich.« Ihr Vater kicherte und wickelte die Handbandagen auf. »Hab erst neulich welche rausgefischt. Motor gestreikt, von Welle erwischt und schwupps ...« Er beschrieb mit der Hand einen Bogen. »Haben den halben Atlantik ausgespuckt.«

Sowenna kannte diese Gespräche. Ihr Vater arbeitete in der Saison als Bademeister und engagierte sich als Rettungsschwimmer bei der freiwilligen Küstenwache. Seit ihrer Kindheit hatte er erfolglos versucht, sie für das »Element Wasser«, wie er es nannte, zu begeistern. Doch die panische Furcht vor der Tiefe hatte sie nie verlassen. Ihre vorletzte Therapeutin hatte herausgefunden, dass sie offenbar einen frühkindlichen Schock erlitten hatte, vielleicht hatte ihr Vater sie in der Badewanne untergetaucht. Vorstellbar war das. Er hatte nach dem abrupten Ende seiner kurzen Karriere in der Jugendnationalmannschaft als Schwimmlehrer gearbeitet und zeitweise war sein Spezialgebiet Babyschwimmen gewesen. Damit war er gescheitert – wie mit vielem. Es hatte sich in der Kleinstadt, in der sie damals wohnten, schnell herumgesprochen, dass Neil Ashton wenig Feingefühl für Kinder zeigte. Er hatte sie einfach ins Becken geworfen. Frei nach der Auffassung, sie hätten durch die Zeit in der Fruchtblase eine natürliche Fähigkeit erworben, den Atem unter Wasser anzuhalten und sich an die Luft zu strampeln. Sowenna erinnerte sich an das brutale Tauchtraining, das er mit ihr absolviert hatte, als sie noch im Kindergarten war. Seine große Hand hielt ihr Mund und Nase zu, und er zog sie mit sich zum Beckengrund.

»Dann spring ich mal unter die Dusche«, sagte ihr Vater. »Weißt ja, wo dein Zimmer ist. Das Essen ist im Kühlschrank.«

Er ging an ihr vorbei die Treppe hoch, und wenig später hörte sie ihn pfeifend unter der Dusche. Sie hatte ihn, als sie älter wurde, darum beneidet und war zugleich wütend geworden. Nichts, so hatte sie irgendwann erkannt, nahm Neil, wie seine Kinder ihn nennen sollten, wirklich ernst. Alle Probleme trällerte er fort. Vielleicht ist er einfach nur dumm, wagte sie zu denken. Er hatte sich so auf das Schwimmen konzentriert, dass er weder einen Schulabschluss noch eine Berufsausbildung vorweisen konnte. Das Schlimmste aber war, dass er sich für nichts anderes interessierte als für Eintauchtechniken, Wasserlage, perfekte Kippwenden, Pacing und Dreierzugatmung. Seit einigen Jahren machte er Triathlon. Ohne sportliche Wettbewerbe, so hatte Sowenna erkannt, konnte niemand in ihrer Familie leben. Das Adrenalin war ihnen wohl allen zu einer Droge geworden. Einer verhängnisvollen, fand sie.

Sie ging in die Küche, trank ein Glas Wasser und schaute lustlos in den Kühlschrank. Er war leer – bis auf eine kleine Portion klarer Brühe, einen Sprossensalat, mehrere Becher Naturjoghurt, Obst und rohes Gemüse. Ihre Eltern waren seit einigen Jahren strikte Veganer und schworen auf Rohkost. Warme Mahlzeiten gab es selten. Kein Alkohol, keine Süßigkeiten, keine Glutenprodukte. Aber Präparate zum Muskelaufbau, wie scheinheilig, stellte Sowenna mit einem Blick auf ein Regal fest, wo vegane Proteinpulver in großen Dosen standen. All das Heuchlerische und Falsche wollte sie beim Namen nennen. Darum war sie gekommen. Sie holte ihre Wegzehrung, das letzte Stück der Quiche Lorraine, und die kleine Rotweinflasche aus dem Rucksack, setzte sich mit dem Rücken zur Personenwaage, die neben dem Herd stand, an den Küchentisch, kaute so sorgsam, wie sie es in mühsamen Sitzungen gelernt hatte, schmeckte den salzigen Räucherspeck, den würzigen, fetten Reibkäse und die saftigen Zwiebeln und glaubte bei jedem Biss die Düfte in Madame Philines Küche zu riechen, die Hitze aus dem Backofen zu spüren, die Dämpfe aus Kochtöpfen und die frischen Kräuter auf der Fensterbank zu sehen, die Gläser mit Gewürzen, Philines bemehlte Hände, die Teigspritzer auf ihrer Schürze und wie sie mit der Zunge im Mundwinkel und der altmodischen Brille auf der länglichen Nase in dem Kochbuch ihrer Großmutter blätterte, die aus Avignon stammte. Sowenna ließ den schweren Rotwein auf der Zunge rollen und glaubte Philine zu hören, die niemals schwieg und ihr, ohne die Geduld zu verlieren, immer und immer wieder den Teller gefüllt hatte. So lange, bis Sowenna das Essen wieder gelernt hatte.

Sie wollte sich nicht mehr weigern oder gar Angst haben, zuzubeißen, zu kauen, zu schlucken, auch wenn es unbekannte Gerichte waren. Sie wollte den Ekel vor Farben, Konsistenz und Formen, Geschmacksrichtungen und Gerüchen überwinden. Und sie wollte das Nahrhafte bei sich behalten, um ihre Knochen sollte sich ein Polster bilden als Schutz gegen alles, was ihr ins Mark drang.

Sie stieg mit dem Rucksack die Treppe hoch, wo die Schlafzimmer unter dem hohen Dachfirst lagen, und steckte kurz den Kopf in das Zimmer, wo einst Dennis, ihr älterer Bruder, sein

Reich hatte. Jetzt war es mit einer Gymnastikmatte und einem Schwebebalken ausgestattet, dem Lieblingsturngerät ihrer Mutter. Sie fragte sich, ob ihre Eltern heute einen Familienabend geplant hatten und Dennis auch kommen würde, von dem sie in den zwei Jahren kein Wort gehört hatte. Aber vielleicht war das Zerwürfnis zwischen ihm und ihren Eltern noch immer nicht ausgeräumt. Auch darüber wollte sie sprechen. In ihrem alten Zimmer stand ihr Bett noch an derselben Stelle gegenüber vom Fenster, doch an den Wänden fehlten ihre Poster, ihre Bücher waren aus den Regalen verschwunden, die Ballettstange abmontiert und in den Fitnessraum umgezogen, die Schaukel, die von der Decke gehangen hatte, lag in einer Ecke. Stattdessen Bügelwäsche, das Bügelbrett, Koffer, Werkzeugkisten, ein kaputter Massagesessel und andere ausrangierte Gegenstände. Es war zur Rumpelkammer geworden. Sowenna räumte Kartons vom Bett, legte sich auf die nackte Matratze und schaute aus dem Fenster in dunkelgraue Regenwolken. »Sie sollte keine Erwartungen haben, insbesondere keine falschen«, hatte Dr Marygold ihr zur Vorbereitung auf die drei Wochen geraten. Sowenna hatte den Rat als These Nummer eins aufgeschrieben. Ist es eine falsche oder zu hohe Erwartung, das Bett bezogen vorzufinden?, fragte sie sich dennoch. Sie holte ihr Smartphone aus der Handtasche und versuchte erfolglos Pierre anzurufen. Sie wusste ja, dass sie ihn nicht erreichen konnte. Er hatte seine Nummer gelöscht, das Handy verschenkt, das Festnetz abgemeldet, den E-Mail-Account geschlossen, seine Wohnung aufgegeben und war seit drei Tagen auf Wanderschaft. Drei von geplanten neunzig Tagen. »Das hat nichts mit Ihnen zu tun«, hatte Dr Marygold ihr weismachen wollen. Wenn jemand schon Marygold heißt, dachte Sowenna plötzlich verärgert, löste ihre Finger vom Handgelenk, in das sie ihre Nägel gegraben hatte. Sie waren bis aufs Fleisch abgebissen. Auch das hatte sie sich trotz der Marygold nicht abgewöhnen können. Sie scrollte durch die Fotos, die sie von Pierre hatte, und vergrößerte ihre Lieblingsaufnahme, auf der er noch seine schulterlangen Locken hatte. Die Rippen stachen aus dem nackten, haarlosen Oberkörper hervor. Er trug eine schwarze Jeans und Sneaker, stand auf einer Hand, den Körper gestreckt, den Kopf ihr zugeneigt, und in der freien Hand hielt er einen Strauß Sommerblumen. Im Hintergrund waren der Springbrunnen zu sehen, die wie Blöcke geschnittenen, ineinandergewachsenen Kronen der drei Baumreihen um die quadratische Fläche des Place des Vosges und dahinter die dreigeschossigen Häuser mit den Arkaden und Fassaden aus rotem Backstein. Der Platz war von einer perfekten Symmetrie, die Pierre faszinierte. Dort hatten sie am 17. August ihren ersten Jahrestag mit einem Picknick auf dem Rasen gefeiert. Sie rief sich ihr Lachen in Erinnerung, als Pierre seine Bälle aus dem Rucksack holte und zu jonglieren begann. Später hatten sie bei Kerzenschein auf seinem schmalen Balkon gegessen und Pläne geschmiedet. Eine erste Reise zusammen. Sie hatten Traumziele auf Zettel geschrieben und miteinander verglichen und sich darüber amüsiert, dass keine gemeinsamen Treffer darunter waren. Eine gemeinsame Wohnung. Auch darüber schrieben sie Wünsche auf. Ganz oben wollte Pierre wohnen. Dem Himmel nah. Ganz unten hatte sie sich gesehen. Nah an der Erde und einem Garten. Sie hatten ihren so unterschiedlichen Ansichten an dem Abend keinerlei Bedeutung beigemessen, aber vielleicht, so überlegte sie jetzt, während Niesel das Dachfenster bedeckte, vielleicht hatte es eine Bedeutung gehabt. Sie setzte sich auf den Teppich, glitt in den Spagat und stemmte sich auf den Händen hoch. Hier in diesem Zimmer hatte alles begonnen. Alles, was sie war und nicht mehr war. Aus diesem Grund war sie hier. Meine Wanderschaft, hatte sie beschlossen. Sollte Pierre sie wirklich lieben, so musste ihn die Frage, mit welcher Entscheidung sie von *ihrer* Reise zurückkehren würde, ebenso umtreiben.

8

Es war bereits neunzehn Uhr, als Collin Ayesha von der Nachbarin abholte, wo sie den Nachmittag verbracht hatte, und mit ihr nach Hause fuhr. »Daddy, du hast versprochen, heute mit mir Pilze sammeln zu gehen«, beschwerte sich Ayesha.

»Ein andermal. Dafür hast du mit Bens Eisenbahn gespielt.«

»Nur weil er keine Lust hatte, Verstecken zu spielen.«

Sie plapperte, bis sie vor dem Cottage ankamen, wo Licht in der Küche brannte und Wolfie, ihr Husky, sie freudestrahlend begrüßte. Als Einziger, stellte Collin fest und rief nach seinen Söhnen. Simon, wusste er durch einen Kontrollanruf am späten Nachmittag, war wohlbehalten von seiner Höhlentour zurückgekehrt, wenn auch ohne Schatz, und plante für den morgigen Nachmittag schon die nächste.

»Wann gibt's was zu futtern, Daddy?«, fragte Shawn, der in die Küche geschlurft kam und den Kühlschrank öffnete.

Darin, so wusste Collin, herrschte gähnende Leere. Kathryns Vorräte und vorgekochte Mahlzeiten waren weitgehend aufgebraucht. Um einen baldigen Großeinkauf würde er nicht mehr herumkommen. »Tja, wie wär's mit Nudeln?« Die hatte es schon die letzten drei Tage gegeben, dachte Collin zerknirscht.

»Ich will Pizza.«

»Selbstgemachte? Mit Teig und allem? Wenn du das kannst, gern.«

Shawn grinste ihn mit schief gelegtem Kopf an. Er hatte seit einigen Monaten einen Tick mit seinem Haar, schmierte Gel hinein, färbte es am Wochenende mit auswaschbarer Haarkreide oder verzierte es mit einem geflochtenen Band. Heute war er schwarzhaarig. Um seinen Hals hingen ein Walkman und Kopfhörer, die er seit einigen Monaten mit sich trug wie ein Blinder seinen Gehstock und aus denen ein tiefer Bass dröhnte.

»Pizzataxi Giovanni. Geht schneller.« Simon reichte ihm eine ausgedruckte Menükarte.

»Aus Cambrenne? Und die liefern bis zu uns?«

»Klar. Ich nehm die Hawaii.«

»Also gut. Dann frag die anderen, welche sie haben wollen.«

»Cool.«

»Ich nehm die da.« Collin wies auf die Thunfisch-Pizza.

Als sie später die für seinen Geschmack zu ölige Pizza aus den Pappschachteln aßen und Simon von seinem Abenteuer in einer Meereshöhle erzählte, an deren Grund er getaucht war, fühlte Collin den Druck der Verantwortung von seinen Schultern fallen. Seine Kinder saßen fröhlich mit ihm am Tisch. Kathryn, die auf eine gesunde Ernährung Wert legte, hätte beim Anblick der Pizza gewiss die Nase gerümpft. Heute Abend, wusste Collin, war er der beste Vater der Welt.

Nachdem Collin die Jungs auf ihre Zimmer geschickt und Ayesha eine Gute-Nacht-Geschichte vorgelesen hatte, ging er ins Arbeitszimmer und telefonierte mit Johnny. Bislang hatte das Suchteam keine Spur von Carla auf dem Schulgelände gefunden und der Suchhund nicht angeschlagen. Die Wetterbedingungen waren von Nachteil, ganz zu schweigen von der Dunkelheit. »Bis Mitternacht«, sagte Johnny. »Dann ist für heute Zapfenstreich.«

Collin stimmte zu, fuhr den Laptop hoch und öffnete eine Kopie der Filmaufnahme des Schulkonzerts. Die Analyse der Aufnahme, so die Techniker, würde Zeit brauchen, die sie nicht hatten. Justin Pedrack hatte über die Köpfe der Zuschauer hinweg gefilmt, die sich in den vollbesetzten Reihen wie Scherenschnitte vor der hell erleuchteten Bühne abzeichneten. Collin hörte die Begrüßungsworte von Schuldirektor Barker, sah den jungen Bürgermeister Dolph Milton ans Rednerpult treten und schließlich Liz Gerrick, die in wenigen Worten die Chronologie der Stücke aufzählte, die das Schulorchester zwei Stunden zum Besten geben würde. Dann ging das Licht im Saal aus, gedämpfter wieder an, dazu ein Scheinwerferkegel, in den Carla Wellington geschmeidig mit langen Schritten hineinlief, mit erhobenem Kopf und einem Strahlen, das sie zu beiden Seiten ins Publikum warf, augenscheinlich ganz die Erfahrene auf den Bühnenbrettern. Sie trug eine schwarze Hose mit einer luftigen Tunika, an der Strass glitzerte und die eine Schulter frei ließ, an die sie in einer eleganten Bewegung die Violine legte. Sie schüttelte das dunkle Haar, schloss die Augen und begann voll Leichtigkeit zu spielen, während Liz Gerrick mit gefalteten Händen und versteinertem Gesicht vor dem Bühnenausgang stand. Collin betätigte den Rücklauf, stoppte an einer Stelle, an der Carla in Frontalansicht zu sehen war, und zoomte ihr Standbild heran, bis ihr Antlitz den Bildschirm füllte. Ein für die Bühne stark geschminktes Gesicht, beinahe maskenhaft, alles Mädchenhafte überpudert. Ja, er musste allen Recht geben, die bislang über Carla gesprochen hatten. Sie wirkte voller Selbstbewusstsein, älter und reifer als die meisten ihrer Mitschülerinnen und hatte eine außergewöhnliche

Ausstrahlung. Er betrachtete ihre zierlichen Finger, die schwarz lackierten Nägel, die Ringe, die sie als Schmuck trug, und zoomte auf den Anhänger an der Silberkette, den Carla im Ausschnitt trug. Erst auf den zweiten Blick erkannte er in den unregelmäßig geschnittenen Teilstücken die Form zweier Delfine. Er druckte das Standbild aus, trank von seinem Bier und sah sich den Rest der Aufführung an, ohne etwas zu entdecken, das ihnen weiterhalf.

Ein Bund getrockneter Lavendel stand auf der Fensterbank. Kathryn hatte ihn am Morgen ihrer Abreise dorthin gestellt und Collin aufgefordert, daran zu riechen, wann immer er im Stress war. »Meine beste Aromatherapie bist du«, hatte er gefrotzelt, sie am Bauch gekitzelt, an ihrem Hals und ihrem Ausschnitt geschnuppert und den Kopf zwischen ihre Schenkel gebettet. Jetzt war sie fast dreitausend Meilen von ihm entfernt und acht Stunden Zeitdifferenz lagen zwischen ihnen. Sonst nichts, versuchte er sich zu beruhigen. Ihr Entschluss, eine mehrwöchige Yoga-Ausbildung in Thailand zu absolvieren, war für ihn überraschend gekommen. Er hatte die Nachricht anfangs mit Skepsis aufgenommen. War Kathryn womöglich unzufrieden? War ihr das gemeinsame Leben nicht mehr genug? Langweilte sie sich so sehr, dass sie Tausende von Meilen entfernt sein wollte, obwohl es doch genügend Yoga-Studios in Cornwall gab? Und wenn nicht in Cornwall, so anderswo in Großbritannien. Sie hatte nicht einmal in den Schulferien gebucht, als wollte sie ihm eins auswischen. Ja, einige Wochen vor ihrer Abreise hatte Collin es genau so interpretiert und Kathryn misstrauisch belauert. Das hatte sie ihm in einem Streit vorgeworfen. Inzwischen tat ihm seine Überreaktion leid. Thailand musste Kathryn wie jedes asiatische Land näher sein als ihm. Zwar war sie Britin wie er, doch lag ein

Teil ihrer Wurzeln in Vietnam, von wo ihre Großmutter stammte. Er nahm den Rahmen mit ihrem Foto in die Hand, das er nach ihrer Abreise neben den Lavendel gestellt hatte, und strich mit einem Finger über ihren lächelnden Mund. In ihr Lächeln hatte er sich zuerst verliebt. Die Wangengrübchen, die geöffneten vollen Lippen, ihre ebenmäßigen kleinen Zähne, das Strahlen ihrer Augen – er wollte es jetzt sofort lebendig vor sich haben, stellte das Foto zurück und sah frustriert den leeren Posteingang seines E-Mail-Accounts. Kathryn hatte ihm seit zwei Tagen nichts geschrieben. Sollte er sich Sorgen machen?, grübelte er, klickte sich durch aktuelle Nachrichten über Thailand, las beunruhigt einen Artikel über einen von einem Elefanten totgetrampelten britischen Touristen und recherchierte erfolglos, ob neue blutige Unruhen ausgebrochen waren, die das Land seit Jahren immer wieder erschütterten. Kathryn hatte ihm erklärt, in Klausur zu gehen, was bedeutete, dass sie sich so wenig wie möglich melden wollte. Anfangs hatte sie sogar vorgehabt, einen Ort ohne Satellitenempfang auszuwählen. Ganz bei sich wollte sie sein. Warum, hatte Collin nicht begriffen. Er fühlte sich ohne sie alles andere als ganz bei sich. Es war, als habe man ihm einen Arm amputiert. Die fernöstliche Lebenseinstellung, oder wie immer Kathryn ihre Auszeit von ihm, ihrer Familie, ja von allem nennen würde, war nicht in seinem Sinne, so viel wusste er. Er suchte vergebens nach passenden und originellen Worten für eine Mail an seine Frau und fand am Ende nur welche, die sicherlich schon Millionen vor ihm benutzt hatten: *Ich liebe und vermisse dich.* Dann öffnete er das Skype-Programm, doch in Thailand war es jetzt acht Uhr morgens und Kathryn am Strand, wo sie unter Palmen ihre ersten Übungen machen würde. An einem Ort, wo vor wenigen Jahren noch der Tsunami gewütet hatte.

»Wie kannst du ausgerechnet dorthin reisen?«, hatte er Kathryn vorgeworfen. »Angst stört das Gleichgewicht im Leben«, hatte sie leichthin geantwortet. Vielleicht brachte es sein Beruf mit sich, dass er ein Angsthase war, in den letzten Jahren mehr als je zuvor.

Er vergewisserte sich, dass seine Kinder friedlich in ihren Zimmern schliefen, fühlte sein Herz schwer werden, als er Kathryns fehlender Zahnbürste im Badezimmer gewahr wurde, und wälzte sich dann ruhelos im Bett, mit Bildern einer Riesenwelle vor Augen. »Du bist ein ewiger Pessimist«, hatte ihm Kathryn bei ihrem bislang einzigen Skype-Gespräch kurz nach ihrer Landung unter die Nase gerieben. Ja, vielleicht male ich zu schwarz und sehe Carla genauso ungerechtfertigt in Gefahr wie meine Frau, dachte Collin und sank in einen von Albträumen geplagten Schlaf.

9

Es war, als sei sie niemals fort gewesen. Alles fügte sich in den Rhythmus, die Rituale und Gesten ein, die ihr wohlvertraut waren. Während ihre Mutter nach dem Joggen unter der Dusche stand, saß Sowenna am Küchentisch und sah ihrem Vater dabei zu, wie er vor sich hin summend Gemüse und Obst aus dem Kühlschrank holte, es wusch, in den Entsafter warf und drei große Gläser und die Karaffe bereitstellte. Es war halb vier Uhr nachmittags. Zeit für den zweiten Smoothie, hatte er erklärt. Sowenna wäre eine Tasse Kaffee lieber gewesen, aber der war von der Speisekarte ihrer Eltern gestrichen.

»Magst du immer noch keine Rote Bete?«, fragte er.

»Nein, aber sie ist ja nun schon drin.«

»Kein Cholesterin, kaum Fett, viel Magnesium. Doch genau das Richtige für dich in deinem Beruf«, mischte sich Sowennas Mutter ein, die den Duft des Duschgels mit in die Küche brachte. Und unter fünfzig Kalorien auf einhundert Gramm sowie nur wenige Ballaststoffe, wusste Sowenna, behielt die Information aber für sich. Die Datenflut loszuwerden, die wie Spam über jedes Lebensmittel gespeichert war, stellte eine der größten Herausforderungen dar. »Leiten Sie dieses Abwasser in andere Kanäle«, hatte ihr die Marygold geraten. »Nutzen Sie Ihr fantastisches Datengedächtnis positiv für andere Aktivitäten.« Nur für was? Sowenna hoffte, in Cornwall auch darauf eine Antwort zu finden.

»Also dann Prost«, sagte ihr Vater und sie stießen an. »Welche Zeit, Wendy?«

»Ach, unbefriedigend. Die neuen Laufschuhe machen mir Probleme.«

»Die Wege sind bestimmt auch matschig. Bremsen.«

Wendy zog die Augenbrauen hoch. Laufen war seit ein paar Jahren ihr Metier. Sie nahm regelmäßig an Marathons im ganzen Land teil, nachdem sie das aktive Geräteturnen an den Nagel gehängt hatte.

»Ah, nichts geht über einen frischen Smoothie.« Sowennas Vater strich sich über den Mund. »Und?«, fragte er Sowenna und wuschelte ihr durchs Haar, das sie seit einigen Wochen wieder wachsen ließ. »Was machen die Zirkustiger?«

»Du weißt, dass wir keine Tiger haben.«

»Keine Tiger, keine Löwen, die durch Reifen springen?« Er lachte. »Aber einen Clown?«

»Auch nicht.«

»Als Junge mochte ich am liebsten die Feuerspucker. Die habt ihr doch wenigstens, oder?«

Fragst du jedes Mal, dachte Sowenna und schüttelte den Kopf.

»Aber du tanzt noch auf dem Seil, ja? Wie hoch ist es denn?«

»Auf dem Seil war ich lange nicht mehr.« Sowenna entschied sich dagegen, ihren Eltern von dem Unfall zu erzählen, der ihr eine nicht überwindbare Angst vor der Höhe beschert hatte. Wie durch ein Wunder hatte sie nur ein Halswirbeltrauma und eine gebrochene Rippe davongetragen. Aber der Fall hatte in der Rückschau eine Kette von Ereignissen ausgelöst, die alles in ein anderes Licht rückten. Dabei war sie in den Anfängen als Akrobatikschülerin ständig gestürzt. Sie lernten Abrolltechniken, um die Verletzungsgefahr zu minimieren. Meditation und Balance-Übungen gehörten zum Trainingsprogramm. Das mit vierzig Kilonewton steif gespannte, gefederte Tanzseil war in einer Höhe von sechzehn Fuß angebracht gewesen, und Sowenna hatte gerade einen Sprung mit Drehung absolviert und eine Schrittfolge begonnen, die in der Hocke enden sollte, mit nach vorn aufs Seil gestrecktem Bein. Der blaue Wasserball, den sie gleichzeitig, sich drehend und hüpfend, warf und fing, war ihr aus den Händen gerutscht, und sie war aus dem Gleichgewicht geraten. Sie hörte die erschreckten Rufe der Zuschauer, ein lang gezogenes »Oh« und prallte auf den Boden, der in Lyon nicht dick gepolstert war. Sparmaßnahmen. Sie waren nur mit halber Ausrüstung zu der Aufführung gefahren. Sowenna wurde auf einer Trage ins Umkleidezelt gebracht und von dort ins Krankenhaus. Während ihre Kollegen ohne sie zum nächsten Ort zogen, verbrachte sie drei Tage im Bett, kehrte mit einer Halskrause nach Paris zurück und beschloss, das Seil, auf dem sie viele Jahre wie eine Besessene über dem Boden geschwebt war, einer anderen zu überlassen.

»Und was machst du dann?«, wollte ihre Mutter wissen. »War das Seil nicht dein Spezialgebiet?«

»Akrobatik ist vielfältig«, antwortete Sowenna ausweichend. Auf dem Boden war sie angekommen, eine von sechs Akrobatinnen, die Flickflack und Saltos präsentierten, auf den Händen liefen und Körpertürme bildeten. Während Pierre dem Himmel zustrebte, habe ich mich auf der Erde eingerichtet, fiel ihr ein, und sie fragte sich, ob sie in Wahrheit zu verschieden waren, um ein gemeinsames Leben zu wagen. Wenn sie sich schon nicht über das Stockwerk einigen konnten, in dem sie eine Wohnung einrichten würden, wie könnten sie einen gemeinsamen Nenner für ihren Lebensweg finden?

»Solange es dir gefällt. Das ist das Wichtigste«, meinte ihr Vater und goss Saft nach.

»Immer durch die Lande ziehen …«, warf Sowennas Mutter ein. »Auf Dauer doch kein Vergnügen, oder? Ich meine, in einem Zirkuswagen wohnen, ist das nicht sehr unbequem und kalt im Winter?«

»Wir ziehen nicht mit Zirkuswagen rum«, erklärte Sowenna. »Wenn wir auf Tournee sind, übernachten wir in Pensionen.« Sie hatte das schon mehrfach erzählt und spürte, wie Ärger in ihr aufstieg. Ihre Eltern waren noch kein einziges Mal nach Paris gekommen, um den *Cirque du Rêve*, den Traumzirkus, zu sehen. Immer war etwas dazwischengekommen, wie sie behaupteten. Ein Wettbewerb, eine Schulveranstaltung, eine dringende Renovierung am Haus, eine Zerrung am Fuß oder anderes. War das etwa auch eine zu hohe oder falsche Erwartung? Nein, entschied sie. Die Marygold hat nicht immer recht. Das hatte Pierre ihr bei ihrem letzten Streit vorgehalten, und zwei Tage später war er ins Flugzeug gestiegen. Sowenna schüttelte die Gedanken ab und versuchte ein neutrales Gesicht zu machen.

»Und der Terror?«, hörte sie ihren Vater sagen. »Ist es nicht langsam zu gefährlich, in Frankreich zu leben?«

»Wo ist es das nicht, Neil? Heutzutage ist man doch nirgends sicher.« Wendy schloss das Küchenfenster, das von aufkommenden Windböen zugeschlagen worden war, und stellte Reiswaffeln auf den Tisch.

»Hier bei uns ist es jedenfalls schön ruhig, nicht wahr, Willy?« Sowennas Vater strich dem Dackel, der sich neben seinen Stuhl gesetzt hatte, übers Fell. »Nur ungemütlich derzeit. Dauernd dieser Regen …«

»Hast du keinen Hunger?« Sowenna fühlte den prüfenden Blick ihrer Mutter.

»Reiswaffeln mochte ich noch nie«, wagte sie zu sagen und hob das Kinn. Es war, wie einen Matchball beim Tennis zu gewinnen.

»Ach so. Das ist mir neu. Du kennst ja unseren Speiseplan.«

»Gibt's in Paris wohl nicht zu kaufen«, fügte Neil hinzu und nahm sich eine zweite der nach Sowennas Geschmack wie feuchte Pappe zwischen den Zähnen klebenden Waffeln.

»Natürlich gibt es die da zu kaufen. Sollen aber ziemlich giftig sein«, fügte sie hinzu und rief gleichzeitig die Kalorienmenge aus der Datenflut ab, die sie über Jahre gesammelt hatte.

»Für uns der perfekte Snack zwischendurch«, sagte ihre Mutter. Eine Weile war das Knacken der Reiswaffeln zu hören und das Ticken der Küchenuhr.

»Wie geht's deiner Schulter, Wendy?«, erkundigte sich Neil. »Gehst du wieder zur Arbeit?«

»Bin nicht länger als eine Woche krank geschrieben und ja, es geht. Teilruptur der Rotatorenmanschette«, erklärte sie Sowenna und massierte sich die linke Schulter. »Glaubt der Orthopäde. Aber ich denke, ich habe mich verlegen. Die Matratzen sind nun ja schon zwanzig Jahre alt. Wir haben neue bestellt. Hättest in den Ferien kommen sollen.« Sie warf einen Blick auf die Uhr. »Ich muss los. Montags gebe ich jetzt einen Gymnastikkurs im Seniorenzentrum. Aber mit dem Rad fahr ich heut nicht.«

»Das Seniorenzentrum wollte Wendy unbedingt haben«, erklärte Neil und tätschelte den Arm seiner Frau. »Sie macht das unentgeltlich. Ist das nicht toll?«

»Ist es wohl.«

»Zeig Sowenna, wo das Bettzeug ist, Neil.« Wendy erhob sich. »Und vergiss den Joghurt nicht.«

»Ich fahr dir das Auto raus, Honey.« Neil tätschelte Sowennas Schulter, als er an ihr vorbeiging, und sie zuckte zusammen. War sie wirklich zu empfindlich, wie Pierre ihr immer vorgehalten hatte? Kurz darauf sah Sowenna aus dem zweiten Küchenfenster, wie ihr Vater die Garage öffnete, das Auto herausfuhr und ihrer Mutter ein Küsschen auf die Wange gab. »Deine Eltern«, hatte ihr Ruby, damals ihre beste Freundin, einmal gesagt, »sind noch immer ineinander verliebt.« Damals hatten sie sich noch bei jedem kleinen Abschied lange auf den Mund geküsst und sich innig umarmt, als würden sie sich ewig nicht wiedersehen. Eine Farce, glaubte Sowenna. Doch was weiß ich schon mit meinem verkorksten Liebesleben?

»Und? Was von deinem Verflossenen gehört?«, fragte ihr Vater und grinste, kaum dass er wieder in der Küche war.

Er stellte die Frage seit Jahren auch bei jedem Telefongespräch, was Sowenna ärgerte. »Wird bald heiraten, soviel ich weiß.« Ob er seiner Neuen auch einen Kosenamen gegeben hatte?, überlegte sie. »Twisty« hatte er sie genannt, weil sie dauernd Verrenkungen machte, und hatte damit Sowennas Gymnastikübungen gemeint. Und sie hatte ihm den Namen »Jelly« gegeben, weil er süchtig nach Gummibärchen war. Pierre und sie, fiel ihr ein, hatten keine Kosenamen füreinander. Kein »Mon amour« oder »Chérie«. Sie hatte sich vor einiger Zeit Jellys Facebook-Community angeschlossen. Ob aus Neugierde oder weil sie ihn noch immer mochte, hätte sie nicht sagen können, und nahm sich vor, sich noch heute Abend zu entfreunden. Sie hätte es schon längst tun sollen. Und dann würde sie ihren Eltern vielleicht von Pierre erzählen.

»Was macht Dennis? Kommt er heute Abend vorbei?«, erkundigte sie sich, um vom Thema abzulenken.

»Haben wir lange nicht gesehen.« Ihr Vater wusch die Gläser ab.

»Wohnt er denn noch im Leuchtturm?«

»Wird wohl. Kennst ja deinen Bruder. Hat gern seine Ruhe.«

»Ist denn alles wieder okay?«

»Hundertprozentig.« Er hauchte auf ein Glas und polierte es.

»Ihr habt euch also wieder vertragen?«

»Er macht sein Ding und wir unseres. Stell die doch mal bitte in den Schrank.« Ihr Vater wies auf die Gläser, schlug das Trockentuch aus und hängte es über die Stange.

»Habt ihr ihm denn nun Bescheid gegeben, dass ich hier bin, oder nicht?«, hakte Sowenna nach.

»Haben wir das? Wird deine Mutter wohl.«

Gut, dachte Sowenna, ich muss nicht gleich am ersten Tag alles auf den Tisch bringen. Die Sache mit Dennis konnte warten. Und vielleicht hatte sich in ihrer Abwesenheit wirklich etwas geändert. Sie hoffte es.

»Na, dann wolln wir mal dem Joghurt seine Milch geben«, sagte ihr Vater und lachte. »Nennen wir Harry. Bulgarischer Kefirpilz. Unschlagbar.« Er machte sich pfeifend am Kühlschrank zu schaffen.

»Dachte, ihr seid Veganer.«

»Sind wir. Aber für Milch leidet ja keine Kuh.« Ihr Vater kicherte und maß die Milch für den Kefirpilz ab. »Ist direkt vom Hof. Handgemolken. Die Kuh heißt Betty.«

Sowenna nahm sich vor, zum Einkaufen in die Stadt zu gehen. Sie vermisste schon jetzt Philines Kochkünste und wollte nicht nach drei Wochen im Verzichtshaushalt ihrer Eltern wieder bei null beginnen. Ich hätte daran denken sollen, schalt sie sich innerlich und überlegte, ob sie vielleicht Ruby anrufen sollte. Ihr fiel schon jetzt die Decke auf den Kopf, und wenn Dennis auch nicht kommen würde … Gut, es war der erste Tag. Und die Marygold hatte ihr ja wie ein Mantra eingebläut, alles so positiv wie möglich zu betrachten, nichts in Gedanken hin und her zu schleudern wie schmutzige Wäsche in warmer Lauge. Alles sollte sie mit kühlem Kopf und ruhigem Herzen zur Kenntnis nehmen und nicht gegen sich selbst wenden. »Arbeitet Dennis noch als Tauchlehrer?«, fragte sie.

Ihr Vater unterbrach die Melodie eines Kinderliedes, die er gerade pfiff. »Im Herbst bestimmt nicht. Bin überfragt, wie er gerade sein Geld verdient. Musst dir einen Ableger von Harry mitnehmen. Und immer schön mit Biomilch füttern. Da ist mehr Alpha-Linolensäure drin. So, nun muss das Glas verschlossen, aber nicht fest zugeschraubt werden. Damit die Kohlensäure entweichen kann und Harry nicht erstickt.« Er lachte. »Morgen musst du ihn mal zum Müsli probieren. Fördert die Verdauung.«

»Tu ich. Ihr seht Dennis also nicht oft?«

»Oft?« Ihr Vater wiegte den Kopf und legte ein Küchentuch über das Glas mit dem Kefirpilz. »Öfter als dich.«

»Ist er noch mit Alice zusammen?«

»Alice? Alice?« Ihr Vater sah sich fragend nach ihr um und schnitt dann eine Grimasse. »Meinst du diese kleine Dicke mit den …?« Er hielt die Hände, als würde er Orangen darin halten, mit großem Abstand vor seine Brust.

»Na ja, mollig ist sie.« Sowenna ärgerte sich gleich über die Aussage. Alle, die etwas Hüftspeck, Pausbacken oder ein Kilo über dem idealen Body-Mass-Index hatten, waren für ihre Eltern bereits Dicke, und Dicke setzten sie gleich mit Unsportlichkeit. Und daraus folgten die üblichen Ableitungen. Unsportliche waren nicht ehrgeizig, nicht diszipliniert, nicht interessant, nicht wertvoll. Ja, darauf lief es am Ende immer hinaus. Alice war aus dem Rennen gewesen, weil sie gern Schokolade aß und im Wohnzimmersessel saß.

»Glaub nicht, dass sie noch zusammen sind«, hörte sie ihren Vater sagen. »Na ja, war ja nichts Ernstes.«

»Dann ist Dennis also solo?«

»Hmm. Bin ich überfragt. Ich war in seinem Alter ja ein ziemlicher Hecht.« Sowenna fiel nicht in sein Lachen ein. Sie kannte diese Geschichten, die er ihr jetzt wieder einmal unverblümt in Abwesenheit ihrer Mutter preisgab. Wie sich in der Tanzstunde die Mädchen um ihn gerissen hatten. Wie sie Schlange standen. Und dass er als Schwimmer alle anderen in seinem Freundeskreis ausgestochen hatte. Seiner Ansicht nach zählten bei Mädchen am Ende nur die Muskeln. Was war jetzt davon geblieben?, dachte Sowenna, als sie ihn den Inhalt der Kühlschrankfächer verkünden hörte: »Tofu, Karotten, Kokosmilch«, zählte er auf. »Such doch mal das vegane Kochbuch.« Er wies auf das Regalbrett mit den Kochbüchern. »Da gibt es ein Rezept …«

Sowenna fand es und ging dann in den schmalen Wintergarten, der an die Küche grenzte. Dort entdeckte sie Kräuter in Töpfen und die Tischtennisplatte. Sie zog die Vorhänge auf und blickte in den Garten, eine Rasenfläche, von Bäumen und Büschen gesäumt, durch die hindurch sie das Dach des baufälligen Schuppens sah, in dem sie sich immer ihr eigenes kleines Domizil erträumt hatte, doch nur ein einziges Mal in einer Sommernacht heimlich geschlafen hatte. Das Volleyballnetz flatterte im Wind, ein Basketballkorb hing an einem Pfosten und eine Reckstange stand daneben. Der Swimmingpool, von dem ihr Vater immer gesprochen hatte, war immer noch nicht da, stellte sie fest. Hinter dem Garten erstreckte sich grünes, hügeliges Land mit vereinzelten Häusern, viele davon nicht dauerhaft bewohnt. Sie lebten in unmittelbarer Nähe zum Porthcodna Beach, einer Bucht mit goldenem Sandstrand und seichtem Wasser, einem beliebten Urlaubsziel für Familien. Die Vorbesitzer ihres Hauses waren eine Familie aus Frankreich gewesen. Als eins ihrer Kinder beim Baden ertrank, verkauften sie das Haus zu einem Spottpreis. Glück im Unglück, hatte ihr Vater gesagt. »Vielleicht«, hatte Sowenna ihrer Therapeutin Dr Marygold erzählt, »hat das Unglück dieser Familie einen Schatten in dem Haus hinterlassen«. Manchmal hatte sie im Knarzen der Dachbalken, im Schlagen der Äste des Baumes, der bis zum Fenster ihres Zimmers aufragte, Schritte und die Stimme des ertrunkenen Mädchens wahrgenommen. Und der Baum vor ihrem Fenster war eine algerische Eiche, nicht endemisch, ein Fremdling, wie es die französische Familie gewesen war. »Man kann sich alles Mögliche einbilden, wenn man Fantasie hat und das Gehirn überwiegend dazu nutzt«, hatte die Marygold mit ihrer unterkühlten Art kommentiert. Ich werde nach meiner Rückkehr nicht mehr zu ihr gehen, beschloss Sowenna und lief wieder ins Haus. Sie fand ihren Vater auf dem Sofa im Wohnzimmer. Er hatte den Fernseher eingeschaltet und eine DVD eingelegt. »Das musst du sehen, Häschen«, sagte er und klopfte auf den Platz neben sich. Zögernd setzte sich Sowenna, machte sich steif, als er einen Arm um sie legte, ihr einen Kuss auf die Stirn hauchte und sie an sich zog. Er drückte auf »Play« und ein Amateurfilm mit schlechter Tonqualität und leicht verwackelten Aufnahmen erschien. Gefilmt wurde von einem Boot der Küstenwache, erkannte Sowenna, das auf hoher, gefährlicher See war. Gischt spritzte aufs Deck, das Boot ritt auf Sturmwellen, tauchte durch sie hindurch, wurde hin und her geschleudert und hielt auf einen Fischkutter zu, der in Seenot geraten war. Die Kamera zoomte auf einen Mann, der sich mit einer Schwimmweste versuchte über Wasser zu halten. »Da bin ich«, sagte ihr Vater. Er stand im Thermoprenanzug grinsend vor der Kamera und hielt den Daumen hoch. Einer von der Küstenwache warf einen Rettungsring ins Wasser, der an einer langen Leine befestigt war. Dann setzte ihr Vater die Taucherbrille auf, befestigte den Schnorchel und sprang in einer eleganten Bewegung in die Fluten. Sowenna sah ihn wieder auftauchen, zu dem Mann kraulen und ihn erst zur Rettungsboje und von dort zum Boot ziehen. »Ein Spanier. Schickt mir immer noch Olivenöl.«

»Toll«, murmelte Sowenna und rückte ein Stück von ihrem Vater weg, der schon nach dem nächsten Film griff.

»Ein älterer mit Walt, deinem Verflossenen«, sagte er und legte die DVD ein. Sie sah Jelly inmitten einer Gruppe von jungen Männern, die ihr Vater am Strand ins Rettungsschwimmen einführte. Jahre war das her, und sie mochte nicht daran erinnert werden. Warum, hätte sie nicht sagen können. »Schön, dass du hier bist«, hörte sie ihren Vater sagen, spürte seine Körperwärme und eine bleierne Müdigkeit. Vielleicht war es die lange Anreise, die Aufregung und der Druck, Dinge zu bewältigen, für die sie am Ende weniger gerüstet war, als sie geglaubt hatte.

»Ich gehe eine Runde mit Willy«, verkündete sie, spürte Hitze ins Gesicht schießen und wand sich aus dem Arm ihres Vaters. Sie eilte aus dem Wohnzimmer, zog sich die Regenjacke an, nahm den Dackel an die Leine und lief mit schnellen Schritten ins graue Licht hinaus. *Man kann das Schicksal auch Zufall nennen*, hatte sie als These Nummer fünf aufgeschrieben. Es war ein Zufall, dass am Tag ihrer Ankunft in Cornwall die Vergangenheit zur Gegenwart wurde, indem die Geschichte mit Walt auf der Bildfläche auftauchte. Aber Walt, den sie in Gedanken längst nicht mehr Jelly nannte, war nicht hier, sondern in Japan. *Mit mir hat das nichts zu tun*, rief sie sich die dritte These ins Gedächtnis und zog die Kapuze fest zu. Es hatte zu regnen begonnen. Der Regen roch gut, besser als in Paris. Modrig und salzig. Sie atmete tief die Luft ein, die sie vermisst hatte, ohne es zu wissen, spürte den kalten Wind auf den Wangen und sah den weiten Himmel, der nicht von Häuserreihen verstellt war. Sie lief auf das rauschende Meer zu, und als sie mit Willy auf die Felskuppe geklettert war, wo sie schon früher Zuflucht gesucht hatte, und von dort oben auf die Wellenbrecher hinabblickte, löste sich all das in der sprühenden Gischt auf, was ihre Wirbelsäule wie mit Stahlkugeln beschwert hatte, und sie wusste, dass sie zu Hause angekommen war. Hier oben auf dem Felsen konnte sie ohne Widerspruch sie selbst sein.

10

Liz Gerrick, fand Collin, entsprach dem Klischeebild einer Musiklehrerin, zumindest, wenn man von der Einrichtung auf den Beruf und die Persönlichkeit schließen konnte. Der große Raum, in den sie Johnny und ihn an diesem frühen Dienstagmorgen bat, war Wohnzimmer, Esszimmer, Küche und Musikzimmer in einem. Ein Flügel stand mitten darin, Schallplatten reihten sich auf deckenhohen Regalen, eine HiFi-Anlage mit opulenten Lautsprecherboxen, kleine Porzellanbüsten berühmter Komponisten, unter denen Collin Mozart und Beethoven erkannte. Notenhefte lagen auf einem Tisch verstreut und gerahmte Poster von Musikern zierten die Wände.

»Die Instrumente beherrschen Sie alle?«, wollte Johnny wissen und ließ seinen Blick über den Flügel, den Ständer mit dem Cello und die Instrumentenkoffer schweifen, die an einer Wand lehnten.

»Ein ordentliches Musikstudium erfordert neben der Beherrschung des Klaviers die von mindestens zwei weiteren Instrumenten. Bei mir sind das vo allem Cello, Violine und Querflöte«, erklärte Liz Gerrick mit hochgerecktem Kinn und einer Stimme, die im Chor wohl alle anderen übertönen würde. Dem Bild einer feinsinnigen Künstlernatur entsprach sie nicht, fand Collin, weder in ihrem Verhalten noch in ihrem Aussehen, aber was hieß das schon?

»Sie geben auch Privatunterricht?«, fragte er und wies auf vier Notenständer, die vor Stühlen in einer Ecke standen.

»Die Nachfrage ist groß«, erklärte Liz Gerrick und schlang sich ein langes Tuch mehrmals um den Hals. »Vor allem Klavier und Blasinstrumente.« Sie hatte im Bademantel aufgemacht und war dann rasch in einen Hausanzug geschlüpft. So früh, hatte sie sich verärgert beschwert, hatte sie nicht mit dem Besuch gerechnet.

»Und Carla Wellington nimmt also auch außerhalb der Schule bei Ihnen Geigenunterricht?«

»Donnerstags eine Stunde Einzelunterricht und danach Quartett.«

»Wie erklären Sie sich, dass sie gestern nicht zur ersten Probe für das Konzert in der Philharmonie erschienen ist?«

»Tja, ich habe aufgehört, nach Erklärungen zu suchen. Sie ist sehr begabt, aber genauso unzuverlässig. Bei der Schulaufführung war es auch so. Sie kam zum Üben, wenn sie Lust hatte, und war nicht mal bei der Generalprobe. Obwohl ihr Sibelius sehr am Herzen liegt.« Liz Gerrick redete schnell und lief, während sie sprach, von einer Ecke zur nächsten, stapelte Notenhefte, strich ein Deckchen glatt, putzte mit der Hand Krümel vom Esstisch und trank zwischendurch von ihrem Tee. Sie hatte Collin und Johnny keinen Platz angeboten und schien sie so rasch wie möglich wieder loswerden zu wollen.

»Sibelius? Muss man den Knaben kennen?«, fragte Johnny, der nun mit schräg gelegtem Kopf vor dem Regal mit den Schallplatten stand. Er war selbst ein leidenschaftlicher Sammler von Vinyl, wobei, wie Collin wusste, Klassik in seinem Repertoire gänzlich fehlte.

»Johan Julius Christian Sibelius, 1865 in der Nähe von Helsinki geboren«, rezitierte Liz Gerrick, »wurde auch Jean oder Janne genannt. Hat im Übergang von der Spätromantik zur Moderne gewirkt und nur ein einziges Violinkonzert komponiert.« Sie war nun kaum mehr zu bremsen; als hätte Johnny mit seiner Frage einen Schalter bei ihr umgelegt, spulte sie gespeichertes Wissen ab und hielt endlich mitten in einem Satz über Sibelius' freimaurerische Ritualmusik inne. »Aber darum geht es ja nicht«, sagte sie mehr zu sich selbst, griff nach einer Gießkanne und hielt die Öffnung unter den Wasserhahn.

»Carla wurde zuletzt am Sonntag spätabends im Discozelt auf dem Schulfest gesehen«, lenkte Collin zum Thema zurück. »Machen Sie sich als ihre Musiklehrerin keine Gedanken?«

Liz Gerrick ging mit der Gießkanne zur Fensterbank, auf der mehrere Orchideen standen, und strich sich durchs Haar, das offenbar frisch gewaschen und noch leicht feucht war.

»Gedanken? Natürlich. Ja.« Sie zupfte ein trockenes Blütenblatt von einer Orchidee. »Sie ist schließlich meine Solistin. Ich habe in das Konzert viel Arbeit investiert.«

»Wie lange unterrichten Sie schon an der John-Betjeman-Highschool?«

Liz Gerrick starrte ihn an, als hätte sie die Frage nicht verstanden. »Sieben Jahre oder sind es mehr?«, murmelte sie schließlich. »Ja, mehr. Warum?«

»Dann gehören Sie ja zu den wenigen alten Hasen. Wenn Sie uns eine Liste Ihrer Privatschüler mit Kontaktdaten zusammenstellen könnten …« Collin reichte ihr seine Karte.

»Natürlich. Ist das alles?«, fragte Liz Gerrick. »Ich muss nun wegen der Bestuhlung zur Philharmonie.«

»Ja. Hoffen wir, dass sich alles schnell aufklärt und sich unsere Sorgen um Carla zerstreuen.«

»Natürlich, Detective Inspector Brown. Das hoffen wir alle.« Sie eilte zur Tür, riss sie auf und warf sie, kaum dass Collin und Johnny hinausgetreten waren, wieder ins Schloss.

»War ja ziemlich nervös. Hast du den Knutschfleck gesehen?«, fragte Johnny und gluckste. »Hält Vorträge über diesen Komponisten, aber kein Wort über Jenifer Kellis.«

»Ein ungeklärter Fall ist vielleicht ein noch schlimmeres Tabu als ein aufgeklärtes Verbrechen.« Und die Schatten waren lang, wusste Collin. Hinter vorgehaltenen Händen flüsterten die Menschen über Tragödien, doch offen darüber sprechen? Er nahm sich vor, zu prüfen, ob von Liz Gerrick eine Aussage in der Kellis-Akte, die Anne inzwischen besorgt hatte, protokolliert war.

Sie stiegen in den Ascona, fuhren durch das Zentrum von Cambrenne und machten sich in Richtung Ortsausgang auf den Weg zu den Wellingtons. Anne hatte sie telefonisch darüber informiert, dass Carlas Eltern vor einer halben Stunde von ihrer Reise zurückgekehrt waren. Collin wollte keine Zeit verlieren und sofort mit ihnen sprechen. Er plante zudem, sich noch heute an die Öffentlichkeit zu wenden. Die Nachricht von Carlas Verschwinden würde die friedliche Geschäftigkeit empfindlich stören, wusste er. Überall im Ort hingen Plakate, die für die Musikwoche warben. Die Geschäfte waren bereits mit riesigen gelben Kürbissen dekoriert, in die Gesichter geschnitten waren. Ein früher Auftakt für die Zeit um Halloween. Im Umland fanden Kürbisfeste statt, und an der Marina von Cambrenne wurden die ersten Vorbereitungen für das Austernfestival an diesem Wochenende getroffen. »In einer Stunde dann«, sagte Collin zu Johnny, als sie vor dem Anwesen der Wellingtons hielten. Johnny würde zwei junge Frauen aus Carlas Quartettgruppe befragen. Und auf dem Rückweg von den Wellingtons muss ich einkaufen, dachte Collin. Shawn hatte ihm morgens beim Frühstück demonstrativ eine Wunschliste über den Tisch geschoben. »Saft, Tee, Brot, Obst, Klopapier, Hundefutter«. Bestimmt war das nicht alles. Ich könnte Gwenny um den Gefallen bitten, fiel ihm ein, und er rief kurzentschlossen Kathryns beste Freundin an, die seit zwei Monaten wieder in St Magor lebte und wie seine Frau Apothekenhelferin war. Derzeit vertrat sie Kathryn in der Apotheke im Dorf und half Collin, wo sie konnte.

»Der Kühlschrank ist leer? Das ist ja eine Katastrophe.« Collin hörte Gwennys Lachen, das sich von melodischen Glucksern in eine Welle steigerte, die eine ganze Weile nicht verebbte. Gwenny sollte sich als Lachlehrerin selbstständig machen, hatte Kathryn einmal gesagt. Sie riss jeden mit. Auch Collin spürte diesen Zauber und merkte, wie er vor sich hin grinste, als er Gwennys vergnügter Stimme lauschte. »Vor allem, wenn kein Klopapier da ist.« Sie versprach, zusammen mit Ayesha am Nachmittag einen Großeinkauf zu machen und für die Kinder zu kochen. Collin legte mit dem Gefühl der Erleichterung auf. Wochenlang im Ausland unterwegs zu sein wie die Wellingtons und die halbwüchsige Tochter allein zu lassen, würde für ihn nicht infrage kommen. Aber nun erlebte er selbst, dass äußere Zwänge manchmal dazu führten, eigene Vorsätze über Bord zu werfen. Einen Beruf im Filmbusiness mit dem Wunsch nach einer Familie zu verbinden, entschied er, war am Ende bestimmt nicht einfach.

»Es tut mir leid, Sie gleich zu überfallen, Mr Wellington. Ihr Flug war sicher anstrengend.«

»Scheint wichtig zu sein. Also bitte ...«

Koffer, Rucksäcke und eine Fotoausrüstung stapelten sich im Flur. Desmond Wellington, Carlas Vater, bat Collin in einen fast vollständig verglasten riesigen Wohnraum, in den die Hälfte seines Cottages hineingepasst hätte, und stellte ihm seine Frau vor.

»Grace. Angenehm.« Sie reichte Collin die Hand. »Ihre Nachricht bereitet Sorgen.«

»Die ich Ihnen nur allzu gern nehmen möchte«, sagte Collin.

Sie nahmen an einem langen weißen Tisch mit passenden Stühlen Platz, auf dem eine weiße Stofflilie in einer schlanken weißen Vase auf einem weißen Tischläufer stand. Alles war in Weiß gehalten. Die Wände, die Schiebevorhänge, die Teppiche, der einzige Bilderrahmen, der offene Kamin. Bis auf das Bild, eine Fotografie der Kalkfelsen von Dover, gab es nichts, woran man sich festhalten konnte. Die Einrichtung war ein starker Kontrast zu einem Beruf, der Abenteuer und Exotik bereithielt, fand Collin. Aber vielleicht hatte er falsche und zu romantische Vorstellungen von Filmleuten, die für eine Dokumentation über die Artenvielfalt der Schmetterlinge in den Regenwald von Uganda reisten. Und die karge, farblose Einrichtung, musste er zugeben, verstärkte den Panoramablick auf Felsküste, See und Himmel.

Collin informierte sie über den bisherigen reichlich mageren Stand der Ermittlungen, so man überhaupt von Ermittlungen sprechen konnte und reichte ihnen eine Kopie des Staatsanwalts über den Beschluss, in ihrer Abwesenheit das Haus aufgeschlossen zu haben. Müdigkeit und Ratlosigkeit standen in den Gesichtern der Wellingtons. Angst oder Panik zeigten sie dagegen zu Collins Verwunderung nicht. Vielleicht war die Nachricht über das Verschwinden ihrer Tochter noch nicht vollständig bei ihnen angekommen. Eine zweitägige Reise brachte den Körper zurück, wusste er, aber der Geist war noch unterwegs.

»Carla hatte am Sonntag nach dem Schulfest vor, bei ihrer Freundin Brenda Dodley zu schlafen. Übernachtet Ihre Tochter oft woanders?«

Mr und Mrs Wellington warfen sich einen Blick zu.

»Nun, Carla ist sechzehn«, antwortete Mrs Wellington schließlich. »Da ist es normal, auswärts zu schlafen.«

»Normal?« Collin spürte seinen Rücken. Die Lehne des Plastikstuhls war zu kurz und zu rund und er hatte es am Samstag mit der Gartenarbeit übertrieben, Sträucher und Bäume gekappt und die Hecke geschnitten. »Sie ist also bei einer Freundin, meinen Sie?«

»Wo sonst?«

»Sie ist gestern und heute dem Unterricht ferngeblieben«, sagte Collin.

»Da langweilt sie sich sowieso zu Tode«, warf Desmond Wellington ein und kratzte an einer Kruste am Ellbogen. Er trug eine dreiviertellange Safarihose, Trekkingschuhe, ein T-Shirt mit dem Greenpeace-Logo und eine Sonnenbrille steckte auf seinem Kopf. Braun gebrannt, unrasiert und mit seinem zu einem Zopf gebundenen Pfeffer-und-Salz-Haar gab er sich jugendlicher, als er war. Er entsprach dem Klischeebild eines Abenteurers.

»Wir haben inzwischen mit allen Klassenkameraden und einigen Lehrern gesprochen. Niemand weiß, wo sie ist. Sie ist auch gestern nicht zur Probe für das Konzert in der Philharmonie erschienen, wie wir von Mrs Gerrick, Carlas Musiklehrerin, wissen.«

»Die Gerrick. Hör dir das an, Grace.« Mr Wellington stand auf und verschwand in der angrenzenden Küche. Kurz darauf begann die Espressomaschine zu fauchen.

»Desmond hält nicht viel von ihr«, erklärte Grace Wellington, die nach Collins Schätzung über zehn Jahre jünger war als ihr Mann. »Er findet sie provinziell. Wir haben vor Kurzem mit Carla darüber diskutiert, ob sie nicht besser in einer Musik-Akademie in London oder im Ausland aufgehoben wäre. Die Provinz bietet ja nicht genug für Talente. Aber sie hat sich dagegen entschieden.«

»Musik ist für sie nur ein Hobby. Kann vorübergehen«, fügte Mr Wellington hinzu und stellte Espressotassen auf den Tisch.

»Morgen Abend ist ihr erster wichtiger Auftritt«, gab Collin zu bedenken. »Nach Aussage von Mrs Gerrick hat sich Ihre Tochter sehr intensiv darauf vorbereitet, auch wenn sie den Unterricht oft geschwänzt hat.«

»Die Gerrick will sich nur selbst in Szene setzen. Wenn es Carla wichtig ist, ja, dann ist sie da. Wenn nicht, dann nicht.« Mr Wellington schob ihm Milch und Zucker über den Tisch.

»Ist die Teilnahme am Schulorchester, zumal als Solistin, etwa nicht verpflichtend, oder was möchten Sie sagen?«

»Pflicht?!« Desmond Wellington schnaubte durch die Nase. »Carla ist zu jung, um sich auf irgendetwas festzulegen. Sie hat viele Talente.«

»Und ist im Übrigen eine Hochbegabte«, fügte seine Frau hinzu. »Ein IQ von 135.«

Kein Wunder, dass Carla über wenig Disziplin zu verfügen schien, dachte Collin und trank den nach seinem Geschmack zu starken Espresso. Ihre Eltern lebten ihr offenbar vor, dass Verlässlichkeit keine erstrebenswerte Eigenschaft war. »Ihre Klassenlehrerin hat über Schwierigkeiten mit Carla berichtet ...«

»Ach, was die redet.« Mr Wellington machte eine wegwerfende Bewegung. Seine Stimme wurde immer aggressiver. »Carla langweilt sich, okay? Will aber nicht in ein Internat, wo sie stärker gefördert werden könnte als hier am Arsch der Welt. Okay?«

»Wussten Sie, dass Carla versetzungsgefährdet ist?«

»Versetzungsgefährdet? Wie?« Desmond Wellington schien perplex.

»Sie wird das Schuljahr nicht schaffen. Könnte dies ein Grund sein, dass sie von zu Hause weggelaufen ist?«

»Wusstest du das?«, fragte Wellington seine Frau.

»Nein, aber die letzten Tests, die ich unterschrieben habe, waren nicht gerade Weltklasse«, sagte Grace Wellington, ohne ihren Mann anzublicken.

»Und davon erfahre ich nichts?«

»Wir waren in diesem Jahr sehr häufig unterwegs. Zu häufig«, erklärte Grace Wellington an Collin gewandt.

»Was heißt hier ›zu häufig‹?« Wellington hob die Arme. »Ich garantiere Ihnen, Mr Brown, dass Carla alle Antworten in diesen verdammten Tests weiß. Sie findet sie nur lächerlich einfach. Ein Affront gegen die Intelligenz.«

»Verstehe.« Collin unterdrückte einen Rülpser. Themenwechsel, beschloss er. Womöglich litten Carlas Eltern doch unter Gewissensbissen, was sie vor ihm kaum zugeben würden. Oder sie waren nach dem langen Flug gereizt. »Carla soll bis vor Kurzem einen Freund gehabt haben.« Collin blickte auf die Notiz in seiner Kladde. »Geren Millow. Kennen Sie ihn persönlich?«

Die Wellingtons sahen sich wieder an. »Hieß der Geren, den Carla neulich mitgebracht hat?«, fragte Mr Wellington seine Frau.

»Ich glaube, ja. War aber nichts Ernstes.«

»Passte nicht zu ihr«, ergänzte Mr Wellington.

»Und Sie hatten nichts dagegen, dass Ihre Tochter mit einem Einundzwanzigjährigen zusammen war?«

»Carla hat sich schon als Kind an Älteren orientiert«, sagte Grace Wellington mit Stolz in der Stimme. »Mit Gleichaltrigen hat sie sich kaum abgegeben.«

»Sie haben Geren also nicht darauf hingewiesen, eine Beziehung mit einer Minderjährigen zu haben?«

»Wo sind wir denn? Im Mittelalter? Wollen Sie mit uns Moralvorstellungen erörtern? Hör dir das an, Honey.« Desmond Wellington schnaubte.

»Sex hatte Carla mit Geren nicht, wenn Sie darauf hinauswollen, Detective Inspector Brown«, fuhr Grace fort. »Wir haben sie zu einem verantwortungsvollen jungen Menschen erzogen und sie selbstverständlich früh aufgeklärt, Carla nimmt die Pille, kann jederzeit einen Freund zum Übernachten mitbringen und erzählt mir im Übrigen gern von ihren Erfahrungen.«

»Wir pflegen mit unseren Kindern einen Umgang auf gleicher Augenhöhe«, ergänzte Desmond. »Aber was sollen wir uns hier rechtfertigen?«

Bill hatte Geren, der seit einem halben Jahr eine Ausbildung in der ortsansässigen Filiale der Bank of Scotland absolvierte, im Traineelager der Zentrale in Edinburgh erreicht, wo er sich bis Ende der Woche aufhielt. Carla war nach seiner Auskunft nicht bei ihm. Geren schien allerdings betroffen. »Ich hoffe, sie hat es mir nicht übel genommen, dass ich mit ihr Schluss gemacht habe«, hatte er Bill kleinlaut gesagt.

»Nach Auskunft von Geren ging die Trennung von ihm aus – vor zwei Wochen war das –, und Ihre Tochter hat offenbar nicht gerade positiv darauf reagiert«, sagte Collin.

»Verletzter Stolz. Ist doch normal«, meinte Mr Wellington. »Aber ich glaube nicht, dass sich Carla deshalb irgendwo vergraben und um ihn weinen würde.«

»Bestimmt nicht«, pflichtete ihm seine Frau bei.

»Wissen Sie, ob Carla einen neuen Freund hat?«

»Ich glaube nicht. Du, Honey?«

Grace Wellington schüttelte den Kopf, trank den Espresso aus, gähnte in die hohle Hand und schaute auf die Armbanduhr.

»Wir sind seit zwei Tagen unterwegs. Ich würde mich jetzt gern entschuldigen und den afrikanischen Schweiß loswerden.« Sie erhob sich und machte Anstalten, das Zimmer zu verlassen.

»Wollen Sie mir sagen, dass Sie sich keinerlei Sorgen machen und die Suche nach Ihrer Tochter Zeitverschwendung ist?« Collin stand auf und ging um den Tisch herum. Er spürte ein Grummeln im Magen und einen säuerlichen Geschmack auf der Zunge, ein eindeutiges Zeichen für seine innere Erregung. Denk an deinen Atem, hatte ihn Kathryn vor der Abreise gebeten. Atemtherapie war ihre neue Lieblingsmethode, um gegen die Säure in seiner Speiseröhre, gegen Streitereien zwischen ihren Kindern oder andere Widrigkeiten des Alltags anzugehen. Collin atmete aus.

»Es ist nicht das erste Mal, dass wir von einer Reise zurückkehren und Carla ist nicht da.« Grace Wellington zog sich die reich bestickte Webjacke aus, die sie wohl aus irgendeinem entlegenen Flecken der Welt mitgebracht hatte. Wie ihr Mann gab sie sich in ihrer äußeren Erscheinung als Weltreisende. Sie trug eine lindgrüne Haremshose, eine flattrige Bluse mit orientalischen Mustern, Sandalen und ein Stirntuch um das lange silbergraue Haar, das in auffallendem Kontrast zu ihrem sonnengebräunten Gesicht mit den hohen Wangenknochen und den dunkelbraunen Augen stand. Carla sah ihr ähnlicher als ihrem Vater, stellte Collin fest.

»Sie ist wie eine Katze«, fuhr Grace Wellington fort. »Hat ihren eigenen Kopf, streift gern herum, kommt aber immer zum Futterplatz zurück. Keine Nachricht ist eine gute Nachricht. Den Spruch kennen Sie sicher.«

»Wir halten nichts von Kontrolle«, fügte Mr Wellington hinzu. »Vertrauen, wenn Sie wissen, was ich meine. Was im Übrigen noch kein Mal missbraucht wurde. Carla wägt sehr genau ab, was immer sie tut.«

»Ihre Tochter ist minderjährig. Und schulpflichtig«, sagte Collin nun mit rückhaltloser Schärfe. »Sie haben eine Fürsorgepflicht. Zu Ihrer Information: Für weitere Maßnahmen muss ich Ihr Einverständnis nicht einholen. Allerdings hatte ich auf Kooperation gehofft.«

»Und an welche Maßnahmen denken Sie?«

»Eine Vermisstenmeldung, zunächst in der Lokalpresse.«

»Publicity schätzen wir nicht«, entgegnete Mr Wellington. »Jedenfalls nicht solche.«

»Sie sind im Filmbusiness. Sie müssten wissen, wie man damit umgeht.« Collin spürte auf einmal Lust, diese Eltern zu ohrfeigen. Ihre Sturheit war ihm nicht nur unbegreiflich, sondern zuwider. »Die Geschichte lässt sich kaum vor der Presse verbergen. Die Highschool ist ein öffentlicher Ort, Cambrenne eine Kleinstadt. Und sicher erinnern Sie sich auch an den Kellis-Fall.«

»Dieses Mädchen, das …?«, fragte Desmond Wellington. »Jetzt übertreiben Sie aber. Was hat denn diese alte Story mit unserer Tochter zu tun?«

»Nichts. Aber ich garantiere Ihnen, dass diese alte Story hier im Ort nicht vergessen ist. Damals hat die zuständige Dienststelle tagelang nichts unternommen.«

»Ach so, und das wollen Sie sich nicht vorwerfen lassen. Es geht also um Ihren Ruf. Oder soll ich sagen: Kopf und Kragen?« Desmond Wellington stieß den Zeigefinger in seine Richtung und blickte ihn herausfordernd an.

»Wenn es sein muss, Honey«, sagte Grace Wellington zu ihrem Mann. »Ich bin sicher, dass sich alles schneller aufklärt, als Sie denken, Mr Brown. Letztes Jahr, als wir aus Malaysia zurückkamen, war sie auch nicht da, weißt du noch, Honey?«

»Stimmt. Da war sie für ein paar Tage in Bristol und hat eine Freundin besucht.«

»Ich brauche ein aktuelles Foto Ihrer Tochter und würde mir gern ein genaueres Bild über sie machen und mir ihr Zimmer ansehen«, sagte Collin ungerührt.

»Gut, tun Sie, was Sie nicht lassen können. Gehst du mit, Honey?« Mr Wellington wedelte in Richtung Eingangsbereich, wo eine Wendeltreppe in die obere Etage führte. »Ich mache in der Zwischenzeit ein paar Anrufe. Wir haben hier Verwandte und Freunde. Vielleicht ist Carla bei einem von ihnen.«

»Kommen Sie.« Grace streifte die Sandalen ab und ging mit schwungvollen Schritten voran. Auch im ersten Stock war alles in Weiß gehalten, eine nach Collins Geschmack kühle Atmosphäre, die weder zu der Farbenpracht von Schmetterlingen passte noch zu diesem bunten Elternpaar. Carlas Zimmer war für eine Sechzehnjährige ein wahrer Palast. Sie hatte ein eigenes Bad, einen Ankleideraum, einen abgetrennten Schlafbereich und vor dem Wohnzimmer war ein großzügiger Balkon mit Meerblick. Frühnebel, typisch für die Jahreszeit, löste sich allmählich über der Wasseroberfläche auf, und die Sonne ließ die Herbstfarben an der Küste aufleuchten. Seestechpalmen und Blaustern zwischen Seegras, Heidekraut und gelbe Glockenheide, die Dünen und Fels bedeckten.

Collin wandte den Blick von der Idylle ab und dem Schreibtisch zu, auf dem aufgeschlagene Bücher und Hefte lagen und eine halb volle Schale mit Nüssen und eine Flasche Vitaminsaft standen. Das ungemachte Bett, Knabbersachen auf dem Nachttisch, Hausschuhe auf einem der Bettvorleger und die Schmutzwäsche über dem Badewannenrand verrieten, dass Carla noch vor Kurzem hier gewesen sein musste.

»Also, was wollen Sie sehen?«, fragte Grace und stellte sich mit verschränkten Armen vor Collin.

»Ob etwas fehlt zum Beispiel.«

»Für die Inspektion von Schubladen und Schränken brauchen Sie wohl einen Durchsuchungsbeschluss, richtig? Wir sind nicht damit einverstanden, dass Sie ohne Carlas Zustimmung hier herumschnüffeln. Nicht mal wir tun das. Es handelt sich um die Privatsphäre unserer Tochter.«

»Wenn Sie darauf bestehen.«

Grace Wellington nickte und gab einen Seufzer von sich. Sie macht sich in Wahrheit Sorgen, entschied Collin, aber mochte es vielleicht in Gegenwart ihres Mannes nicht zugeben.

»Ihre Tochter scheint Fische zu lieben«, sagte er und zeigte auf die Fotos über dem Schreibtisch.

»Man liebt oft das, was einem verwehrt ist.«

»Wie meinen Sie das?«

»Carla hat eine Allergie gegen Meeresfrüchte, was Fischgerichte mit einschließt. Sie hat schon als Kind am liebsten Fische und Seeungeheuer gemalt.« Sie wies auf eine Staffelei, auf der eine Leinwand mit der Skizze eines Wals stand.

Collin dachte an den Fotoausdruck mit dem Riesenhai in Carlas Tasche. Hatte das etwas zu bedeuten?

»Ich sage Ihnen Bescheid, sollte …« Grace Wellington führte die Fingerspitzen über der Brust zusammen. »Wobei ich wirklich nicht glaube, dass etwas passiert ist.«

»Das hoffen auch wir nicht.« Collin nickte ihr zu und stieg mit dem Gefühl die Treppe hinunter, mit seinem Appell am Ende auf taube Ohren gestoßen zu sein. Carlas Vater betonte, sich noch keine Gedanken zu machen, obwohl seine Anrufe erfolglos waren. »Es ist ihre Art, zwischendurch abzutauchen. Manchmal geht sie allein zelten«, erklärte er an der Haustür.

»Bei dem Wetter kein Vergnügen.«

»Sie ist in Neufundland geboren, mitten im Winter. Also dann«, schloss Desmond Wellington das Gespräch. »Sollte es Grund zur Sorge geben, hören Sie von uns.«

»Er mischt in der Lokalpolitik kräftig mit«, versuchte Johnny die sture Haltung von Carlas Eltern zu begründen, als sie später zusammen im Hausmeisterbüro der Schule saßen. »Will eine stillgelegte Kupfermine in einen Naturpark verwandeln. Da ist so eine Publicity wohl schlecht. Willst du alles abblasen?«

Collin schüttelte den Kopf und blickte in Richtung des Schulhofs, auf dem seine Söhne mit ihren roten Haaren unter all den anderen Teenagern hervorstachen. Sein Herz ging auf. Schon ihretwegen wollte er nicht klein beigeben.

»Da ist ein Neuntklässler, der uns sprechen will«, informierte ihn Johnny. »Hat irgendwas gefilmt.«

Der Junge, der kurz darauf zusammen mit Barker befangen vor ihnen saß, zog mit einem Seitenblick auf den Direktor ein Smartphone aus der Jackentasche.

»Ich hab Carla auf 'nem Video.« Der Junge, Tim, strich auf dem Display herum. »Vom Disco-Abend.«

Collin schaute sich die kurze Sequenz an, auf der tanzende Jugendliche zu erkennen waren. »Und wo ist sie?«

»Hier.« Tim stoppte den Film an einer Stelle. Auf dem Standbild war ein eng umschlungenes Paar zu erkennen. Tim ließ den Film in Zeitlupe weiterlaufen, bis man Carlas Gesicht erkennen konnte. Aber wer war der junge Mann? Sie übertrugen den Film auf Collins Tablet und vergrößerten die einzelnen Sequenzen, bis Johnny durch die Zähne pfiff. »Müsste mich schon sehr täuschen. Aber das ist doch dieser Justin.«

Collin betrachtete das pixelige Gesicht des jungen Mannes. Ja, Johnny hatte recht. Carla tanzte mit niemand anderem als dem Sohn des Hausmeisters. Die Filmaufnahme zeigte: 22:15 Uhr. Gegen halb zwölf Uhr, kurz vor Ende des Festes, hatte Brenda nach ihrer Freundin Ausschau gehalten, weil sie nach Hause gehen wollte. Doch Carla war weder in dem Discozelt noch in dem angrenzenden Zelt gewesen, wo bis Mitternacht Snacks und alkoholfreie Getränke ausgegeben wurden.

Hatte Carla die Nacht mit Justin Pedrack verbracht?

11

Jory hörte mit halbem Ohr die Zwölf-Uhr-Nachrichten, drehte das Radio bei der Wetterprognose lauter und stellte es schließlich aus. Wechselhaft also. Regen, Sturm und, wie jetzt, etwas Sonne. Er holte das Reklameschild herein, das er vor einigen Wochen an die Straßenecke gestellt hatte. Bislang eine nutzlose Maßnahme. Vielleicht war es ein Fehler gewesen, am Ende einer Sackgasse zu mieten. An diesem Tag hatte sich kein einziger Kunden hierher verirrt. Nicht nur heute, dachte er frustriert, schloss die Eingangstür zu, wendete das Schild auf »Geschlossen« und schob die Gittertür von innen vor. Drei Jahre zuvor war er mit seinem Schlüsseldienst ins preisgünstigere Industriegebiet von Cambrenne gezogen. Hier fühlte er sich wohler als in der belebten Einkaufsstraße. Allen Blicken ausgesetzt. So war es ihm erschienen. Doch inzwischen hatte sich im Zentrum Konkurrenz niedergelassen. Bequemer für die meisten Kunden, als den weiteren Weg ins Industriegebiet auf sich zu nehmen. Eins kommt immer zum anderen, dachte Jory, und immer schließt sich eine Tür. Er stand vor dem Ruin. Insolvenz anmelden, so hatte ihm der Bankberater gestern Nachmittag nahegelegt, war die einzige Möglichkeit. Und dann? Als Schmied, sein Lehrberuf, würde er heutzutage nicht mehr Fuß fassen können. Die Welt drehte sich schwindelerregend schnell weiter, Hammer und Amboss gehörten der Vergangenheit an und er war dazwischen geraten. Das musste sich ändern. Aber wie? Er tippte mit einem Finger die wenigen Bestellungen für fehlende Universalschlüssel in eine Datenmaske, schickte sie an den Großhändler und wärmte dann Heathers Krabbenrahmsuppe in der Mikrowelle auf. Es gab diese Suppe einmal in der Woche. Mittwoch, so wusste er, würde sie Pfannkuchen backen, Poffertjes, so nannte sie das für seinen Geschmack zu süße Mehlgebäck, von dem sie behauptete, es als Kind bei ihren Familienbesuchen in Holland gegessen zu haben. Jory vermutete, dass sie sich diesen Blödsinn ausgedacht hatte. Er wusste jedenfalls nichts von direkten holländischen Verwandten. Heather war nie in Noord-Brabant, nie in Wilbertoord gewesen, woher ihre Vorfahren stammten. Doch Jenifer hatte die Geschichten, die ihre Mutter ihr mit den Poffertjes aufgetischt hatte, geliebt und für bare Münze gehalten. Geschichten, in denen Windmühlen und Holzschuhe klapperten, sich Tulpenfelder bis zum Horizont erstreckten und Kinder auf Booten durch Grachten zur Schule fuhren. Jory tauchte einen Toast in die Suppe und streute Salz nach. An den Tagen der Krabbenrahmsuppe und der Poffertjes wurde er nicht satt. Der Speiseplan muss sich endlich ändern, beschloss er und nahm sich vor, Heather zu konfrontieren. Jenifers Lieblingsgerichte waren nicht die seinen. Es brachte seine Tochter nicht zurück, wenn er extra viel Sirup auf die Pannenkoeken goss, Toast mit süßem Hagelslag oder Muisjes aß oder mit Stäbchen gebratene thailändische Nudeln angelte. Und auch als sie noch bei ihnen war, hatte er die Gerichte nicht gemocht. Wann hatte Heather zuletzt sein Lieblingsessen gekocht? Stargazy Pie, Fischauflauf mit Sardinen, darauf hatte er Lust. Und auf vieles mehr, was seine Frau ihm verwehrte, seit sie Jenifer adoptiert hatten, und erst recht jetzt, da sie nicht mehr da war. Er wusch den Teller ab, setzte die Lesebrille auf und legte den Lottoschein bereit, den er jeden Dienstag ausfüllte. Sechs Zahlen aus neunundfünfzig. Kurz zögerte er, kreuzte dann schnell eine wahllose Zahlenkombination an, steckte den Schein in die Hosentasche, spülte lange den Mund, klopfte sich Aftershave auf die Wangen und blickte sich dabei fest in die Augen. Dann fuhr er im Schleichtempo den Umweg über die Küstenstraße auf die andere Seite des Städtchens, gab den Lottoschein mit den ungewohnten Zahlen ab, widerstand der Versuchung, einen zweiten mit der alten Kombination – Jenifers Geburtsdaten – auszufüllen, und setzte die Fahrt noch langsamer fort. Und wenn die alten Zahlen am Abend gezogen würden? Er wischte den Gedanken beiseite. Jenifer jetzt noch zu finden, lebend zu finden, wäre wie ein Sechser im Lotto. Und umgekehrt.

Es war fast ein Uhr. Den Weg hätte er mit geschlossenen Augen finden können, so oft war er ihn gefahren. Nervös und aufgeregt, ja erregt, wie er zugeben musste. Auch heute ging es ihm nicht anders. Lizzy hatte sicher schon ein Bad genommen, ihr Haar gelöst und ihre Füße gepudert, eine Angewohnheit, die er anfangs befremdlich gefunden hatte. Ich stehe den ganzen Tag, hatte sie erklärt, ihm ihre großen, sehnigen Füße entgegengestreckt und ihn zu einer Massage aufgefordert. Dabei seufzte und trällerte sie vor sich hin. Das Instrument, auf dem er zu spielen gelernt hatte, war ihr schwerer, weicher Körper. Er entlockte ihm Töne, wie er sie in seinem eigenen Schlafzimmer nie gehört hatte, Melodien, die Licht in sein Leben gebracht hatten. Als Schüler hatte ihn seine Mutter zum Orgelunterricht geschickt. Sie war eine strenggläubige Anglikanerin gewesen, die ohne ihren Rosenkranz nicht aus dem Haus ging und das Stundengebet so ernst nahm wie das Zähneputzen. Ihr jüngster Sohn sollte eines Tages auf der kunterbunt dekorierten Orgel in der Landkirche ihres Heimatdorfes St Issey spielen. Das war ihr Plan und Herzenswunsch. Der Orgelunterricht für Jory war allerdings herausgeschmissenes Geld. Er hatte so wenig musikalisches Talent wie ein Ochse und nach wenigen Wochen aufgegeben. »Ich will mich noch mal an die Tasten wagen«, hatte er Heather dagegen weisgemacht und sie in dem Glauben gelassen, im Klavierunterricht seine eigene Therapie gefunden zu haben, mit dem Verlust von Jenifer umzugehen. »Ich könnte es nicht ertragen, ihre Musiklehrerin jede Woche zu sehen«, hatte Heather erklärt. Wie nahe er Lizzy gekommen war, ahnte sie allerdings nicht. Heute sollte der letzte Dienstag sein, an dem er im Hinterhof des Geschäftshauses parkte, in dessen oberster Etage sich Lizzys Wohnung befand. Die Änderungsschneiderei des alten Inders und der Schildermacher hatten wie Jorys Schlüsseldienst ab mittags Ruhetag. Dienstags hatte Lizzy nur bis um elf Uhr Unterricht, dann konnte sie nach Hause. Die John-Betjeman-Highschool rühmte sich damit, ihren Lehrkräften Freiräume zu gewähren, und Lizzy nutzte diese, wie Jory fand, schamlos aus. Konzerte mit dem Schulorchester verlangten intensive Vorbereitungen, und so erbat sie sich regelmäßig Auszeiten vom regulären Unterrichten.

Auch in der Woche vor dem Konzert, auf dem Jenifer als Solistin in der Schulaula aufgetreten war, hatte Lizzy sich vom Schuldienst befreien lassen, ein Umstand, den Heather immer verdächtig gefunden hatte, dem die Polizei aber nie nachgegangen war. Warum auch? Lizzy war so erschüttert gewesen wie er selbst. Sie hatten sich ihre Tränen gegenseitig getrocknet. Nein, das war nicht richtig, erinnerte sich Jory. Es waren ihre Tränen gewesen. Er selbst hatte nicht weinen können. Bis heute hatte er keine Träne um Jenifer verloren. Der Schmerz saß so einbetoniert in seinem Inneren wie seine Wut.

Er hoffte, dass Lizzy seine Entscheidung mit Fassung aufnehmen würde, rückte den Hut zurecht, als er bei ihr klingelte, und gebot sich, unter keinen Umständen von seinem Vorsatz abzuweichen.

»Ach du«, sagte Lizzy und blieb auf der Türschwelle stehen. Heute trug sie nicht ihren seidenen Hausmantel wie sonst, was für sein Vorhaben sowieso störend gewesen wäre, sondern ein rosafarbenes Kostüm, das ihre breiten Hüften betonte, die sie sonst mit fließenden Stoffen dezent zu kaschieren wusste. Mit dem zierlichen Oberkörper wirkte ihre Statur wie eine Birne. »Komm rein.«

»Passt es dir nicht?« Jory folgte ihr und spürte, wie sein Mut sank.

»Wie lächerlich du mit deinem altmodischen Flatcap aussiehst!« Lizzy riss ihm den Stetson aus robustem Schweinsleder vom Kopf und warf ihn auf die Garderobenablage. »Manche Männer macht ein Hut sexy. Bei dir wirkt es sich ganz gegenteilig aus.«

Jory schwieg. Er wollte sich jetzt weder von ihr provozieren lassen noch auf eins ihrer Spielchen einlassen. Lizzy liebte theatralische Szenen. In dem Loft war die HiFi-Anlage in voller Lautstärke aufgedreht. »Flötenmusik?«, fragte er und legte die Jacke ab.

»Fand ich passend heute.« Lizzy machte die Musik leiser. »›She Wou'd & She Wou'd not‹ von Jacques Paisible.«

»Aha.« Jory setzte sich ihr gegenüber an den Teetisch, auf dem eine Flasche Likör und ein volles Glas stand. Lizzy kippte es herunter, ohne ihm eins anzubieten.

»Ein Franzose, der nach England ging«, erklärte sie. »War in London dann Hofkomponist von König Georg von Dänemark.« Sie summte ein Stück mit und bewegte ihre Finger, als würde sie Flöte spielen. »Barock. Die Zeit, als die Harmonielehre ihren Anfang nahm, eine Melodie plus Begleitung, der Dreiklang …« Sie blickte ihn an, die Lippen schmal, ihr Kinn gereckt, eine für sie typische Haltung, die ihn anfangs verunsichert hatte. Was führte sie im Schilde?

»Soso.« Jory rutschte auf dem Sessel herum, der mit einem Stoff in viktorianischem Muster bezogen war, ähnlich dem Polster, das Heather für ihre Wohnzimmergarnitur ausgesucht hatte. Direkt daneben stand das ausladende Sofa. Dort hatten Lizzys musikalische Hände im Präludium und Kanon seine stumm und kalt gewordenen Gefühle *piano, crescendo, appassionato* und *fortissimo* zum Klingen gebracht. Zum letzten Mal am frühen Sonntagabend. Er wollte sich befreien aus dem Morast, in den er gerutscht war. Wollte wieder atmen, die aufgehende und nicht die untergehende Sonne sehen, wieder auftauchen aus dem Meer, den Stürmen standhalten, in eine neue Richtung gehen. In welche, wusste er noch nicht. Nur vorwärts strebte alles in ihm. Den Blick zurück wollte er sich von nun an verbieten wie eine schlechte, ungesunde Angewohnheit.

»Paisible war Günstling des Königs«, hörte er Lizzy in ihrer Lehrerinnenstimme erzählen, die so anders war als ihre Stimme im Bett. »Er hat dessen Mätresse geheiratet.« Sie lachte auf. »Moll Davis hieß sie. Vielleicht war sie auch in Moll-Stimmung. Für Paisible war es nämlich nur eine Scheinehe.«

»Keine Liebe also?«, hakte Jory mit wachsendem Unwohlsein nach.

»Paisibles Liebe galt der Musik.« Sie goss Likör nach. »Die Musik war seine Freude und sein Trost.«

Sie meint sich selbst, entschied Jory und sah bestürzt und erstaunt, dass Lizzy weinte. Doch nicht etwa wegen ihm? Er hatte sie seit damals nie wieder weinen sehen. Ihr Gesicht wirkte nun für Augenblicke verletzlich und offenbarte, was sie nicht sein wollte: eine Frau in den späten Vierzigern, die sich mit Männern wie ihm vergnügte, um nicht allein zu sein. Ihre Forderung, sich ganz zu ihr zu bekennen und Heather zu verlassen, war dennoch nicht ernst gemeint, das hatte er in den letzten Tagen erkannt und zog die Hand wieder zurück, die er nach ihr hatte ausstrecken wollen.

Lizzy fing sich rasch wieder, schnäuzte in ein Taschentuch und machte die Musik aus. »Entschuldige. Dir muss es ja noch näher gehen. Und natürlich deiner Frau …«

»Kann dir nicht folgen. Wovon sprichst du eigentlich?«

»Erst Jenifer, dann Carla … Natürlich denkt man da an einen Zusammenhang.« Sie griff nach dem Likörglas.

»Carla?«

»Meine Solistin. Die Polizei war heute Morgen wegen ihr hier.«

Jory wich ihrem Blick aus und spürte, wie sein Kragen in den Hals schnitt.

»Sie ist seit gestern nicht in der Schule gewesen, war nicht bei den ersten beiden Generalproben. Ob sie gleich um drei Uhr kommt ...« Sie warf einen Blick auf die Armbanduhr. »Und morgen Abend ist das Konzert in der Philharmonie ...«

Jory bemerkte, dass Lizzy schon leicht lallte. »Und die Polizei sieht einen Zusammenhang mit Jenifer?« Er stellte sich ans Fenster, von dem aus man über die Dächer hinweg das Gebäude der Highschool sehen konnte. Die Eröffnung der überregionalen Schule war für die strukturschwache Kleinstadt Cambrenne eine Sensation gewesen. Etwas wie das Licht der Hoffnung. Auch Jory und Heather hatten sich gute Chancen für ihre Tochter ausgemalt und die Zukunft optimistisch gesehen. Jenifer würden nach dem Besuch der Highschool alle Türen offen stehen. Die Musik-Akademie in London, womöglich sogar ein Auslandssemester. Dafür hatten sie angefangen zu sparen. Ihrer Tochter sollte es an nichts fehlen. Es gab keinen Busanschluss in unmittelbarer Nähe ihres Cottages, und so war sie oft mit dem Rad zur Schule gefahren. Ein Hollandrad mit hoher Lenkergabel, ein Geschenk zu ihrem vierzehnten Geburtstag, das sie in ihrer exzentrischen Art in Türkis mit orangen Streifen gestrichen hatte. Statt einer Fahrradklingel hatte sie eine Hupe in Form einer Posaune angebracht. Am Tag nach ihrem Verschwinden wurde es einige Meilen von der Schule entfernt in einem Gebüsch gefunden. Nichts sonst.

»Ich weiß nicht, wie ich das Konzert überstehen soll. Die zweite Geige ist die zweite Geige.« Lizzy trat neben Jory, legte den Kopf an seine Schulter, hakte ein Bein in seins und stieß ihm einen High Heel in die Wade. Ihre Freizügigkeit hatte ihn anfangs erschreckt, dann war er beinahe süchtig danach geworden. Sie hatten sich auf ihrem Flügel, auf und unter dem Esstisch, in der Dusche, auf dem Teppich, ja einmal sogar im Treppenhaus geliebt. Jetzt regte sich nichts in ihm. Er hauchte ihr einen Kuss aufs Haar und löste sich von ihr. »Es kann sich alles aufklären«, murmelte er mehr zur eigenen Beruhigung.

»Ach, es wiederholt sich alles. Ein Refrain.« Sie seufzte. »Und wir ... das ist alles unerträglich. Vorläufig treffen wir uns nicht mehr.«

Als Jory die Treppe hinabstieg, mischte sich in die Erleichterung darüber, dass Lizzy ihm die Entscheidung aus der Hand genommen hatte, das Gefühl, einen Mühlstein um den Hals zu tragen. Er kaufte sämtliche Tageszeitungen, blätterte sie durch, ohne eine Nachricht über die angeblich verschwundene Schülerin Carla zu finden, schaltete das Autoradio ein, bis die Lokalnachrichten kamen: ebenfalls nichts, fuhr die fünf Meilen zu seinem Bootsschuppen, setzte sich auf den Kahn, den er seit Jahren nicht mehr zu Wasser gelassen hatte, und starrte lange durch die offene Tür auf die Wellen, die an den Strand spülten, um Steinbrocken leckten, die mit Kolonien von Miesmuscheln und Napfschnecken überzogen waren. Von einem wie eine Zinne aufragenden Felsen ertönte das »Ra-ra« von Basstölpeln. Einer glitt nahe vorbei, sein Rufen – nun ein »Oh-ah« – wie eine Klage in Jorys Ohren. Er hielt den eleganten weißen Vogel mit den schwarzen Federspitzen eine Weile im Blick, bis dieser sich wie ein Pfeil ins Meer stürzte, wenig später wieder auftauchte, flügelschlagend Anlauf nahm und sich schwerfällig in die Lüfte hob. Kälte drang in seine Glieder. Er wusste nicht, wohin sich wenden mit seiner Scham, seiner Angst, der Lähmung in seinem Inneren und dem Schmerz und der Wut, all dem, was sich seit Jenifers Verschwinden als hoher, niemals verstummender Ton im Innenohr eingenistet hatte.

Er zog den Reißverschluss der Jacke hoch, schob die Fäuste

in die Ärmel, schloss die Augen und zog die Schubladen seiner Erinnerung auf. Wie er sonntags mit Jenifer hinausgefahren war, Wellen ans Boot klatschten, sie die Angeln einholten, silbrige, grün schillernde Makrelen am Haken zappelten, sich der Glanz der Fischschuppen in Jenifers schwarzen Augen widerspiegelte und sie für Momente eins waren, Vater und Tochter. Nein, es durfte sich nicht wiederholen. Wenn die Polizei bei Lizzy war, so kam sie auch noch zu ihm. Und nicht nur, weil er vor einer Woche das automatische Schiebetor an Carlas Elternhaus repariert hatte. Er erhob sich, warf einen letzten Blick auf den alten Kahn und wusste, dass er nie mehr mit ihm hinausfahren würde.

Die Vergangenheit war wie ein Netz, in dem er gefangen war.

12

»Warum erst morgen?«, rief Collin gegen den Wind ins Handy. »Keine Kapazitäten? Verdammt!« Collin beendete das Gespräch, ohne sich von Robert Ashborne, seinem Vorgesetzten, verabschiedet zu haben.

»Arschloch«, sagte er und hob einen der Millionen Steine auf, die den steilen Hang bedeckten – aufgehäuftes Bergematerial der ehemaligen Kupfermine –, und warf ihn in das blaugrüne, vermutlich hochgiftige Grubenwasser, das wie ein Miniaturfjord unter ihnen lag. Lieber würde er jetzt und hier den Stein für eine effektive Suche nach Carla in dieser Gegend, unmittelbar hinter dem Schulgelände, ins Rollen bringen, und zwar mit einem Großaufgebot. Aber Robert Ashborne konnte ihm erst am morgigen Mittwoch zwei Hundertschaften zur Verfügung stellen.

»Wann lernst du, loszulassen?«, hatte ihn Kathryn vor einigen Monaten gefragt, als er sich in einem anderen Zusammenhang wieder maßlos über seinen Vorgesetzten geärgert hatte.

»*Nomen est omen.* Ashborne ist und bleibt ein geborenes Arschloch«, stimmte ihm Johnny zu und biss von dem Sandwich ab, das er für Collin gekauft hatte. Aber diesem war der Appetit vergangen. »Trotzdem legen wir doch heute nicht die Hände in den Schoß.«

Collin schüttelte den Kopf. »Bestimmt nicht. Wenn es sein muss, drehen wir jeden Grashalm eigenhändig um.«

»Gras gibt's hier ja nicht viel«, sagte Johnny und lachte.

Vor ihnen breitete sich eine kahle Landschaft aus, der in zweihundert Jahren Bergbau tiefe Narben zugefügt worden waren – Hügel mit Schotter und hellem Sand, kahle Hochflächen, auf denen inzwischen immerhin Flechten und Moose wuchsen, die einzigen urtümlichen Pflanzen, die den unwirtlichen Bedingungen widerstanden. Das war der Preis, den Cornwall für die damals weltweit führende Rolle im Bergbau zahlen musste. Die Kupfermine wurde in den späten Sechzigerjahren geschlossen. Die Ruine des alten Maschinenhauses lag auf der anderen Seite des Tümpels mit dem Grubenwasser und war ein beliebter Treffpunkt für die älteren Schüler der Highschool und von dort querfeldein in einer halben Stunde zu Fuß erreichbar. Auch Carla war öfter hier gewesen. Die Anhöhe, auf der die Schule stand, hatte auch zum Minengebiet gehört, ein Abraumberg mit Gestein, das aus der Tiefe der einstigen Minen herausgebrochen worden war. Heute waren die ehemaligen Bergbaugebiete UNESCO-Weltkulturerbe. Gut, musste Collin zugeben, diese verwundete Landschaft hatte ihre ganz eigene, oft bizarre Schönheit und die Baudenkmäler verfügten über eine Ästhetik, die ihm besser gefiel als irgendein gläsernes, futuristisches Hochhausgebilde. Vier Kollegen des Technischen Hilfswerks waren den Hang hinuntergeklettert, hangelten sich am rutschigen Ufer entlang und suchten den Tümpel mit langen Stöcken ab.

Collin hob die Hand in Richtung des Leiters der Hundestaffel, der ihnen vom Maschinenhaus aus zuwinkte. In der Hoffnung, dass sie keine schlechte Nachricht erwartete, folgte er Johnny bis zu einer Stelle, wo ein Übergang zum Maschinenhaus war.

»Hier will Wellington also den Naturpark anlegen?«, fragte Collin und blieb schwer atmend stehen. Demnächst, so nahm er sich vor, würde er sich endlich wieder auf das Trimmrad setzen, das ihm Kathryn zu Weihnachten geschenkt hatte. Während sie sich mit fernöstlicher Gymnastik fit hielt, hatte er selbst in den letzten Wochen seine Spaziergänge am Meer – die einzige Form der Bewegung, die ihm gefiel – vernachlässigt.

»Ja, zeig dir nachher die Broschüre. Größenwahn, wenn du mich fragst.« Johnny tippte sich an die Stirn.

»Vielleicht bringt es der Region Geld ein. Mehr Touristen.«

»Du meinst, wie das Projekt Eden?«

»So ähnlich.« Umweltaktivisten hatten vor einiger Zeit begonnen, die Wunden des Bergbaus durch Neuanpflanzungen von Heide und einheimischen Harthölzern wieder in den Ursprungszustand zu renaturieren. Führungen durch ehemalige Bergbaugebiete gehörten auch anderswo in Cornwall zu beliebten Touristenattraktionen.

Johnny balancierte über eine provisorische Brücke, die über einen Ausläufer des Tümpels führte, während Collin skeptisch vor der Bretterkonstruktion stehen blieb.

»Soll ich dich huckepack nehmen, Boss, oder schaffst du das?«, fragte Johnny von der anderen Seite.

»Kümmer dich um dich selbst.« Collin prüfte das erste Brett, das leicht nachgab, atmete tief ein, stellte sich Kathryn im Yoga-Baum stehend vor und schritt mit dem Gefühl, jeden Moment aus der Balance zu geraten, über das wackelige und rutschige Holz. Seit Kathryns Abreise nach Thailand war er aus dem Gleichgewicht geraten, als wäre ihm ihre unsichtbare Hand, die ihn über Abgründe und Hindernisse führte, verloren gegangen. Ich muss mich verdammt noch mal zusammenreißen, ermahnte er sich. Kathryn wollte, dass er standfest war, eine Stahlboje, die jedem Sturm trotzte.

»Kurt hat hier angeschlagen«, informierte sie der Leiter der Hundestaffel und führte sie zum baufälligen Maschinenhaus, um das Gräser wucherten. Das Mauerwerk war aus Natursteinen errichtet, Granit. Das Dach fehlte, auch Fenster und Türen, Wände waren eingebrochen, zwischen Mauerresten spross Unkraut. Schwalben hatten hier Nester gebaut. Der Ort hatte eine Atmosphäre von morbider Kunst wie ein alter Friedhof, fand Collin und betrachtete die Gemäuer mit den Augen eines Bildhauers.

Innen war eine Feuerstelle, um die drei große Mauerblöcke als Sitzgelegenheit lagen, Graffiti an den Mauern, eine zerfledderte Matratze, Reste von Feuerwerkskörpern, rostige Bierdosen und anderer Abfall, vor dem Kurt, der deutsche Schäferhund, mit aufgeregtem Schwanzwedeln und Bellen an der Leine zog.

»Kein schlechter Partyort, zumindest im Sommer«, meinte Johnny.

»Das Rote da, sind das Strumpfhosen?« Collin bückte sich, ihm schauderte. Sie lagen ganz unten im Müllhaufen. Nur die Füße waren zu sehen, die auffällig sauber wirkten. Gruselige Szenarien spulten sich wie der Trailer eines Horrorfilms vor seinem inneren Auge ab. Es mussten nicht Carlas Strumpfhosen sein, versuchte er sich zu beruhigen, oder hatte sie an dem Disco-Abend eine unter ihrer Hose getragen? »Johnny, gib der Spurensicherung Bescheid.«

Sie verließen das Maschinenhaus, schauten sich in dessen Umgebung um, ohne etwas Auffälliges zu sehen, wiesen dennoch an, das Gebiet abzusperren, und liefen zu dem Schotterweg vor dem Bergehang zurück, auf dem Johnnys Ascona parkte. Carlas Verschwinden war wie diese kahle Landschaft, dachte Collin auf der Fahrt nach Cambrenne. Leer und kaum Anhaltspunkte.

Aber das Wenige sprach dafür, dass Carla in der Sonntagnacht etwas zugestoßen sein musste. Davon war er allmählich überzeugt.

Grace Wellington hatte ihm telefonisch mitgeteilt, dass ihr keine Veränderung in Carlas Zimmer oder anderen Räumen des Hauses aufgefallen war, in den Schränken und Schubladen fehlte nichts Wesentliches, allerdings waren zu ihrer Verwunderung sowohl Carlas Fahrrad als auch ihr Mofa kaputt. Wer von zu Hause ausreißen wollte und wie Carla Zeit und Gelegenheit für ein geplantes Vorgehen hatte, würde einen Koffer packen. Eine Sechzehnjährige, glaubte Collin, würde ihre Lieblingskleidung mitnehmen, ihr wichtige persönliche Dinge, Geld, vielleicht Schmuck und Schminksachen. Aber sie hatte lediglich eine Tasche für die Nacht bei Brenda Dodley gepackt. Wenn sie geplant hatte auszureißen, musste sie ein Ziel haben, einen Ort, an dem sie bleiben konnte. Wenn sie nicht bei einer Freundin oder einem Freund übernachtete, kam eine bezahlte Unterkunft infrage, ein B&B, eine Jugendherberge, ein Hotel. Anne hatte alle

Unterkünfte in Cambrenne und in der Umgebung in einem Radius von fünfzig Meilen abgefragt. Ohne Ergebnis. Das Zelt, so hatte Grace Wellington überprüft, lag ebenso auf dem Regal mit den Campingsachen wie Carlas Schlafsack. Die Idee ihres Vaters, sie würde irgendwo campen, war somit ebenfalls hinfällig. Bill prüfte gerade die Frage, ob Carla mit einem öffentlichen Verkehrsmittel Cambrenne oder gar Großbritannien verlassen hatte. Auch die Mitfahrzentralen und Fährhäfen wollte er kontaktieren. Carla bekam ein großzügiges Taschengeld und hatte ihr eigenes Konto, doch hatte es in den letzten Tagen keine Bewegungen darauf gegeben. Auch hatte sie ihr Sparschwein nach Auskunft ihrer Mutter nicht angerührt. Und wenn sie doch mit einem Besucher des Schulfestes mitgegangen war? Jemand, den sie kannte oder den sie dort kennengelernt hatte? Collin schloss nicht aus, dass ihre gefährdete Versetzung, von der sie Ende letzter Woche erst gehört hatte, Panik in ihr ausgelöst hatte. Ihr Vater hatte keinesfalls gelassen auf die Nachricht reagiert. »Mit einem IQ von 135 bleibt man nicht sitzen«, hatte er gesagt. »Es gibt in unserer Familie keine Sitzenbleiber.« Womöglich stand Carla tatsächlich unter einem enormen Erfolgsdruck. Collin nahm sich vor, seinen Kindern die Angst zu nehmen, ihm von schlechten Noten zu erzählen. Sie sollten wissen, dass er sie liebte, ob sie nun As oder Ds nach Hause brachten.

»Was ist jetzt mit der Vermisstenmeldung?«, riss ihn Johnny aus den Gedanken. »Versteh nicht, warum du da zögerst.«

»Wir fahren nachher zur Probe.«

»Und wenn Carla da nicht ist, dann …?«

»Dann geht sie raus.«

Von der erhöhten Stelle, wo der Wagen stand, hatte man einen Rundblick über das unmittelbare Umland von Cambrenne.

Ein Stück der von Buchten geschwungenen Küstenlinie im Süden, landwirtschaftliche Nutzfläche und Waldstücke im Osten, das ehemalige Minengebiet im Westen. Sollte sich Carla irgendwo verstecken, gab es unzählige Möglichkeiten. Leer stehende Scheunen und Minengebäude, Ferienhäuser, Hütten und Höhlen, dachte Collin mit einem letzten Blick aufs Meer, auf dem sein Sohn Simon wieder mit dem Kajak unterwegs war. Die See schaukelte in sanften Wogen und war doch unberechenbar. Collin spürte die Enge in seiner Brust und stieg ins Auto ein.

13

Justin Pedrack, der Sohn des Hausmeisters, war polizeilich im Datensystem Crimint erfasst, hatte Bill bei der morgendlichen Besprechung auf dem Revier von St Magor mit erhobenem Zeigefinger berichtet. Eine lange Liste kleinerer Vergehen. Immer wieder Hausfriedensbruch, Beamtenbeleidigung, Raufereien, Alkohol am Steuer, Ordnungswidrigkeiten. Bislang war er mit Bewährungsstrafen und Geldbußen davongekommen. »Seine familiäre Situation wirkte sich strafmildernd aus«, hatte Bill den Bericht in seiner umständlichen Art geschlossen. Der erste Eindruck, den Justin bei Collin hinterlassen hatte, passte zu seiner Karriere als Unruhestifter. Das Bild von Carla, die auf dem Schulfest eng umschlungen mit ihm getanzt hatte, fügte sich nicht ein. Aber wer weiß, welche Seite Justin dem jungen Mädchen gezeigt hatte. Sie würden ihn jetzt routinemäßig noch einmal überprüfen, auch wenn Collin persönlich nicht davon überzeugt war, dass der Sohn des Hausmeisters etwas mit dem

Verschwinden der Schülerin zu tun hatte. Aber persönliche Überzeugungen waren keine Fakten.

Sie hielten in einer steil zum Meer abfallenden Seitenstraße in der mittelalterlichen Altstadt von Cambrenne vor einem der Dutzenden Reihenhäuser, wie überall in Cornwall Zeugen der einst boomenden Industriekultur. »Kupferviertel« hieß die ehemalige Bergarbeitersiedlung noch heute. Für die wachsende Bevölkerung rund um die Minen musste damals billiger Wohnraum geschaffen werden. Nicht anders als heute, dachte Collin und schaute mit einem Anflug von Mitleid auf die heruntergekommenen Reihenhäuser aus grauem Ziegelstein und mit farbenfroh gestrichenen Holzfenstern und Türen, die in Hanglage gebaut von Weitem wie eine überdimensionale Treppe anmuteten. Während sie hier von sozial Schwächeren bewohnt waren, hatten Immobilienhaie in anderen Orten solche Arbeiterhäuser saniert und zu horrenden Preisen verkauft. Die Älteren konnten sich noch erinnern, wie hart das Leben der Minenarbeiter gewesen war, wie beengt und bescheiden die meist kinderreichen Familien gelebt hatten, wie katastrophal die hygienischen Zustände waren. Fließendes Wasser und eine Kanalisation hatte es hier bis in die Sechzigerjahre nicht gegeben. Diese Siedlung stand für die andere Seite der Grafschaft, eine, die nicht zum Klischee der Ferienhausbesitzer aus London oder der ausländischen Touristen passte: Cornwall war das Armenhaus des Königreichs. Die Pedracks waren nicht auf Rosen gebettet wie die Wellingtons. Nach einem Autounfall lebte Pedracks Frau in einem Pflegeheim, und er selbst kümmerte sich seit Jahren allein um die vier Kinder, wusste Collin von Ronald Barker, dem Schuldirektor. Sie klingelten und ein etwa vierzehnjähriger Junge stand vor ihnen.

»Ist dein Bruder zu Hause? Justin?«, fragte Johnny.

»Milly!«, schrie der Junge ins Haus hinein. Er schlurfte in den Wohnraum, der unmittelbar hinter der Haustür lag und in dem ein Fernseher lief und ein schwergewichtiges Mädchen mit Kopfhörern und geschlossenen Augen auf dem Sofa lag. Der Junge rüttelte an seiner Schulter.

»Was soll der Scheiß?«, fauchte es ihn an.

»Da sind Bullen oder so.«

Milly erhob sich, klapste ihrem Bruder auf den Hinterkopf und versperrte dann, die Hände in die Seiten gestemmt, den Eingang. Sie war mindestens siebzehn und trug vermutlich für ihre jüngeren Geschwister die Verantwortung, seit ihre Mutter im Pflegeheim war.

»Was gibt's?«, fragte sie.

»Wir möchten gern Justin sprechen.« Collin hielt seinen Dienstausweis hoch.

»Nicht hier.« Sie fasste nach der Tür.

»Und wo bitte schön ist er?« Johnny trat einen Schritt auf sie zu.

»Inner Fischfabrik.« Sie machte eine Kopfbewegung in Richtung Straße. »Bis fünf.« Dann beschrieb sie umständlich den Weg und knallte die Tür vor ihren Nasen zu.

»Die Gören brauchen mal was Ordentliches hinter die ungewaschenen Ohren«, sagte Johnny, als sie durch die schmalen Gassen der Altstadt in Richtung Meer fuhren.

»Haben es sicher nicht leicht verkraftet, was mit ihrer Mutter passiert ist.«

»Du mit deinem weichen Herzen. Hoffe nicht, meine Wette gilt und dieser Bengel hat was mit dem Verschwinden des Mädchens zu tun.«

»Verdammt, wann kümmerst du dich endlich um die Scheibe?«
»Schieb mit den Händen.«
Collin versuchte erfolglos das Fenster der Beifahrertür vollends zu schließen. Die Handkurbel war abgebrochen und das Fensterglas verzogen. Regen, der dagegenpeitschte, tropfte ihm auf die Jacke. Lächerliches Problem, dachte er, aber so war der Mensch. Eine Tragödie geschah, die alles infrage stellte, und im nächsten Moment ärgerte man sich schon wieder über das Wetter oder eine kaputte Handkurbel.

Die Fischfabrik lag in Hafennähe und verarbeitete überwiegend Makrelen und Sardinen. Früher ein einträgliches Geschäft, aber heutzutage kehrten die Fischer nicht selten mit leeren Netzen zurück. Überfischung wie überall auf der Welt. Neben dem Eingang der Fabrik hing eine verwitterte Tafel mit Bildern von Heilbutt, Steinbutt, Schellfisch und Scholle, die noch vor einem Jahrhundert in großen Schwärmen in kornischen Gewässern vorgekommen waren. Inzwischen waren sie fast vollständig ausgelöscht. Die Fischquoten der EU erschwerten die schwierige Lage der Fischer zusätzlich. An der Mauer neben dem Eingang stand mit Sprühfarbe »Brexit«, das Zauberwort, das derzeit die Nation spaltete. Erste Arbeiter hatten bereits Feierabend und verließen gerade das Gebäude.

»Justin ist gelegentlich zur Aushilfe hier. Nichts Festes«, erklärte der Schichtleiter und führte sie in eine Kühlhalle, in der sich Paletten mit abgepacktem Fisch neben einem Förderband stapelten und wo Justin Pedrack in Stiefeln und Gummischürze stand und Fischabfall in eine Tonne schaufelte.

»Fuck, was wolln Sie schon wieder?«, fragte er, ohne die Schaufel abzustellen.

»Sie haben uns einiges verschwiegen, Mr Pedrack«, sagte Collin. »Sie scheinen Carla Wellington mehr als gut zu kennen.«

»Wer nich'?«

»Sie waren im Discozelt, haben mit ihr getanzt ...«

»Mann, fuck. Is' das verboten? War nich' der Einzige.« Justin entrollte einen Wasserschlauch und begann den Boden abzuspritzen.

»Das ist richtig.« Collin dachte an die Aussage einer von Carlas Klassenkameradinnen: »Sie hat mit allen rumgeknutscht.« Eine andere hatte es eleganter, aber ebenfalls mit unterschwelligem Neid ausgedrückt: »Carla hatte auf der Party mehrere Verehrer.« Collin sah den Schichtleiter am Eingang der Halle neugierig den Kopf recken und dämpfte seine Stimme. »Laut Zeugenaussagen haben Sie sich länger angeregt mit Carla unterhalten und sind sich am späteren Abend recht nahe gekommen.«

»Was soll'n das heißen?« Justin äffte Collins Stimme nach. »Sind uns nahe gekommen. Fuck.«

Wie konnte Barker, der Schuldirektor, diesen ungehobelten jungen Mann für die Bühnentechnik engagieren? Aber vielleicht machte Justin seinen Job so gut, dass es nichts zu beklagen gab. Oder Barker gab ihm aus Mitleid mit seinem Vater die Chance, sich zu dem mageren Gehalt als Reinigungskraft in der Fischfabrik ein paar Pennys hinzuzuverdienen. »Zeugen haben Carla zuletzt gegen 23 Uhr mit Ihnen gesehen. Sie saßen im Schulhof auf einer Bank.« Auf jener blau gestrichenen, auf der der vergessene Schal gelegen hatte. Der Augenzeuge, ein von Mitessern geplagter Schüler aus Carlas Parallelklasse, hatte dort auf dem Weg zum Fahrradschuppen ein Paar sitzen sehen, das sich umarmte und küsste. Die Bank lag wegen einer kaputten Lampe im Dunkeln, und deshalb war er sich nicht hundertprozentig sicher, ob es wirklich Carla und Justin gewesen sein konnten. Die Sache musste dringend an die Presse. In der Schule verbreitete sich die Geschichte schon wie ein Schwelbrand. Da konnte es leicht passieren, dass die Fantasie Überhand nahm und falsche Sachverhalte aus reinem Eigennutz verbreitet wurden.

»Wann haben Sie das Schulfest verlassen?«

»Fuck, hab keine Uhr.«

»Wo waren Sie ab Mitternacht, nachdem das Schulfest offiziell vorbei war?«

»Mann, inner Koje.« Justin griff nach einer Gummiflitsche und schob blutiges Wasser zu einem Ausguss.

»Hat jemand aus Ihrer Familie mitbekommen, wann Sie ins Bett gegangen sind?«

»Keine Ahnung. Fragen Sie die, wenn Sie so heiß drauf sind.«

»Idiot!«, rief Johnny. »Haste keine Augen im Kopp?« Er sprang mit nassen Schuhen zur Seite und stellte das Wasser ab, das aus dem Schlauch in seine Richtung gespritzt war. »Wir können uns gern auf dem Revier unterhalten, wenn hier zwischen den Sardinenköpfen die Erinnerung nicht funktionieren sollte.« Er tippte sich an die Stirn.

Collin stieß ihm in die Rippen.

»Ist doch die reinste Flunkerveranstaltung.«

»Fuck!« Justin schmiss die Gummiflitsche zur Seite. »Hab keinen Schimmer, wo die Extremschnacke is'. Abtörngirl. Hab ich nix mit zu tun. Soll ich das auf die Bibel drucken?«

»Extremschnacke. Haste das schon mal gehört?«, fragte Johnny, als sie wieder im Auto saßen.

»Zum ersten Mal.« Simon und besonders Shawn überraschten ihn regelmäßig mit Ausdrücken, die ihm neu waren. An ihrer Sprache bemerkte Collin, wie er sich von der Jugend entfernte.

Vielleicht war es auch sein Beruf, der Sachlichkeit forderte. Etwas, das ihm nie gut gelungen war. Auch jetzt spürte er, wie sich Frust und Ärger in ihm stauten. Warum brachte sich Justin Pedrack durch seine aggressive Haltung in noch größere Schwierigkeiten? Sie würden ihn vorladen und seine Aussagen überprüfen. Eine mühselige Kleinarbeit, dachte Collin frustriert. Und währenddessen tickte die Uhr. Mit jeder Stunde, die verstrich, mit jedem Tag, der ohne Ergebnis ins Land ging, sank die Wahrscheinlichkeit, Carla unversehrt zu finden. Es ist erst Dienstag, versuchte Collin sich zu beruhigen. Seit zwei Nächten war sie weg. Im Falle einer Jugendlichen noch zu kurz, um vom Allerschlimmsten auszugehen.

Sie machten sich auf den Weg zur Philharmonie, wo Grace Wellington auf sie wartete. Sie hatte dort um ein Gespräch unter vier Augen gebeten. Ohne ihren Mann.

Vor dem Eingang zum Konzertsaal sahen sie Grace Wellington zusammen mit Liz Gerrick, Carlas Musiklehrerin, stehen und leise miteinander reden.

»Detective Inspector Brown«, begrüßte sie Mrs Gerrick. »Carla ist nicht hier. Sie wollen doch wohl nicht ...« Sie wies zur offen stehenden Tür, hinter der etwa zwanzig Schüler ihre Instrumente auspackten und stimmten. Entrüstung stand ihr ins Gesicht geschrieben. Die dicke Schicht Make-up konnte nicht darüber hinwegtäuschen, dass sie offenbar wenig Schlaf gefunden hatte. Die Haut unter ihren Augen war aufgequollen, ihre Stimme war kratzig, die Wangen gerötet.

»Keine Sorge. Wir stören Sie nicht bei der Probe«, sagte Collin.
»Ich muss nun beginnen. Einen Ersatz für Carla haben wir ja.«
Liz Gerrick eilte hinein und schloss die Tür hinter sich.

Wenig später saßen sie mit Grace Wellington in der Cafeteria der Philharmonie vor dampfendem Tee.

»Ich habe vorhin erst meine Schwägerin Lydia erreicht, Desmonds Schwester«, erzählte sie. »Sie wohnt nicht weit von uns. Aber Fehlanzeige. Sie hat Carla zuletzt bei der Aufführung in der Schulaula gesehen und kurz hinter der Bühne mit ihr gesprochen. Und dann war Lydia bis heute Mittag in London, zusammen mit Arlene, Carlas Cousine.«

»Und jetzt sind Sie sehr beunruhigt?«

Grace Wellington nickte. »Seit Sie da waren ... entschuldigen Sie.« Sie zog ein Taschentuch hervor und schnäuzte sich. »Desmond ist sorgloser, wissen Sie. Jedenfalls oberflächlich. Kinder passen nicht gut zu seinem Lebensstil. Er ... nun, er möchte sie so selbstständig wie möglich wissen, um, wie soll ich es sagen ...?«

»Um ohne schlechtes Gewissen in der Weltgeschichte herumzureisen?«, sagte Johnny.

»Ja, so kann man es ausdrücken. Mir fällt es schwerer, Carla alleine zu lassen, aber nun ist sie ja wirklich schon aus dem Gröbsten heraus. Dachte ich ...« Grace Wellington presste die Lippen aufeinander und starrte auf den Tisch. Die mögliche Tragweite der Ereignisse schien allmählich bei ihr anzukommen, überlegte Collin.

»Haben Sie mit Ihrer Schwägerin eine Vereinbarung getroffen, dass sie sich während Ihrer Abwesenheit um Carla kümmert?«, fragte Collin.

»Lydia ist jetzt die meiste Zeit in London. Sie haben in Belgravia eine Zweitwohnung, und ihr Mann hat in dem Viertel auch sein Büro. Arlene ist Model und daher auch mehr in London als hier. Aber warum erzähle ich Ihnen das alles?« Grace Wellington stieß einen Seufzer aus.

»Sie wollen sagen, dass sich Ihre Schwägerin nicht um Carla gekümmert hat oder kümmern konnte, wenn Sie auf Dienstreise waren?«

Grace nickte. »Wir haben die Kühltruhe gefüllt, ihr genügend Bargeld dagelassen. Die Schule bietet Essen an. Es war nie ein Problem, wirklich nicht.«

Collin glaubte in ihren Augen eine Mischung aus Verzweiflung und Scham zu erkennen und wollte nicht weiter in sie dringen. »Die Vermisstenmeldung geht heute mit den 18-Uhr-Nachrichten raus«, informierte er sie. »In einer Stunde also. Die Tageszeitungen setzen es sofort online und drucken es morgen. Das müsste in Ihrem Sinne sein.«

»Sie sind sich also sicher …? Dass ihr etwas passiert ist … Ich meine …« Grace Wellington kämpfte mit den Tränen.

Collin legte seine Hand kurz auf ihre. »Könnte ja wirklich sein, dass Ihre Tochter wegen ihrer schlechten Noten in Panik geraten ist. Vielleicht hat sie auch Liebeskummer. Oder es geht ihr nicht gut …«

»Aber sie hat doch alles. Warum sollte es Carla nicht gut gehen?« Sie schnäuzte sich die Nase.

»Pubertät. Da knallt schon mal was im Oberstübchen durch«, erklärte Johnny und tippte sich an die Stirn. »Hormonüberflutung. Kriegt man als Eltern manchmal gar nicht mit. Denken Sie an sich selbst.«

»Mein Kollege will sagen, dass vermisste Jugendliche in den meisten Fällen freiwillig von zu Hause weggegangen sind und auch sehr rasch wieder gefunden werden oder aus freien Stücken zurückkehren. Und da Carla in einem Alter ist, in dem sie sich zu helfen weiß, mehr jedenfalls als ein jüngeres Kind, sollten Sie zum jetzigen Zeitpunkt noch positiv denken«, sagte Collin in dem hilflosen Versuch, die Mutter zu beruhigen. »Dennoch tun wir alles, um Ihre Tochter zu finden«, fuhr er fort. »Dafür brauchen wir Ihre Hilfe.« Collin schob ihr einen Durchsuchungsbeschluss zu, den ihm der neue junge Staatsanwalt Alvin Manor umstandslos ausgestellt hatte. »Manchmal finden sich Hinweise in den persönlichen Sachen Vermisster.«

»Gut, kommen Sie später vorbei. Ich rede gleich mit meinem Mann.« Grace Wellington erhob sich und reichte ihnen ihre schmale, kalte Hand. Die Nachricht über das Verschwinden ihrer Tochter hatte allen Schwung aus ihren Bewegungen genommen, und mit hängenden Schultern und Kopf lief sie wie in Trance in Richtung Ausgang.

»Meinst du, wir sollten da jemanden hinschicken?«, fragte Johnny. »Seelsorge oder so?«

»Werd es ihnen anbieten«, murmelte Collin. »Vermutlich kann sie das nicht allein entscheiden.«

Sie blieben kurz an der Tür zum Konzertsaal stehen und lauschten dem Schulorchester. »Alle großen Geiger wollen dieses Stück von Sibelius spielen, obwohl oder gerade weil es eine Herausforderung ist«, hatte ihnen Liz Gerrick bei der Befragung nebenbei erzählt. »Die Erstfassung des Konzerts hatte Sibelius auf Anregung eines Geigers geschrieben.« Collin nahm sich vor, zu Hause in aller Ruhe noch einmal nachzulesen, was Mrs Gerrick in atemloser Stimme an Daten und Namen heruntergerasselt hatte. Ihr größter Kummer, so war es ihm bei ihrem Gespräch am frühen Morgen vorgekommen, war, dass nun die zweite Geige auf der Bühne stand und nicht ihre beste Schülerin mit einer, wie sie mehrmals betont hatte, beneidenswerten Begabung. Wie viel Neid steckte in einer Lehrerin, wenn sie feststellen musste, dass ihre Schüler talentierter waren als sie selbst? Der Komponist Sibelius hatte selbst davon geträumt, ein Violinvirtuose zu sein, doch zu spät mit dem Spielen begonnen. Carla dagegen hatte ab ihrem fünften Lebensjahr Klavier- und Violinunterricht gehabt. Lag der Grund für Carlas Verschwinden in dieser Aufführung? Hatte Liz Gerrick etwas damit zu tun? Sie war augenscheinlich übermüdet und angetrunken zur Probe erschienen und konnte kaum verbergen, dass ihr die Geschichte mehr zu schaffen machte, als sie zugeben wollte. Ich sehe schon Gespenster, dachte Collin, zog sein klingelndes Handy aus der Jacke und erschauerte, als er Simons Nummer auf dem Display sah. Er senkte den Kopf und lauschte den aufgeregten Worten seines Sohnes.

»Wo genau hast du das gesehen?«, hakte er nach, legte dann auf, stützte sich einen Moment an einer Marmorsäule ab und blickte durch die Glasfront der Philharmonie zum Hafenbecken der Marina hinaus, in das gerade eine kleine Jacht mit gedrosseltem Motor einfuhr. Dann informierte er die Küstenwache.

14

Collin kämpfte gegen den Brechreiz an und umklammerte den Haltegriff neben dem Sitzbrett, von dem er bei jeder Welle hochgerissen wurde. Er hatte das Gefühl, in der Spezialkleidung, die er wie alle trug – Wetterjacke, Schwimmweste und Helm –, zu ersticken. Neben ihm saß ein munterer Johnny, der sich gegen den Wind brüllend mit Storm unterhielt, dem Steuermann des Rettungsboots – einem schnellen Schlauchboot mit Festrumpf. Sie steuerten dicht an den wie erodierte Wände aufragenden Kalkfelsen in Richtung der Tarosvan Kav entlang, begleitet von einem Hubschrauber der Küstenwache. Die Brandungshöhle lag in östlicher Richtung etwa sechs Meilen von St Magor entfernt in einer engen Bucht, die nur vom Wasser aus erreichbar war. Collin wurde bewusst, welchen Gefahren sich sein Sohn mit seinem Hobby aussetzte. Sie mussten Sandbänke und aus den Wellen ragende Felsen umschiffen und es gehörte, wie der erfahrene Skipper Storm ihm erklärte, neben Mut eine gehörige Portion seemännischer Kenntnisse dazu, das Boot an der Küste entlangzusteuern, wo es dem Risiko ausgesetzt war, an die Felsen gerissen zu werden.

Der Mann, der hinter ihm saß, einer der beiden Freiwilligen, die Storm mitgenommen hatte, zupfte ihn am Ärmel der Öljacke, und Collin drehte vorsichtig den Kopf. Jede Bewegung verstärkte seine Übelkeit.

»Ein Mädchen wird also vermisst?«, fragte der Mann, von dem er nur ein paar blaue Augen unter dünnen Brauen sah. Er trug einen Thermoprenanzug und eine schwarze Kopfhaube unter dem Helm und hatte sich einen Schal um den Mund gewickelt. Der Wind war um diese Stunde bereits empfindlich kühl, und es nieselte.

»Ja«, antwortete Collin knapp. »Hoffen wir, dass sie da nicht drin ist.«

Storm drosselte gerade den Motor, und sie tuckerten nun langsam durch die enge Bucht, in der durch Erosion Brandungspfeiler und verwitterte Kliffe entstanden waren, in Collins Augen ein bildhauerisches Meisterwerk der Natur. Stein hält der Ewigkeit nicht stand, dachte er, als sie sich der von unablässiger Brandung tief ins steile Kliff gebrochenen Höhlenöffnung näherten. Salzwasser, Wind, Sonne zerstören und zersetzen jeden noch so harten Fels und eine solche Höhle am Meer kann doch kein Ort sein, an den sich ein Mädchen flüchtet und wo sie die Nächte verbringt. In einer Stunde würde die Flut einsetzen. Das Wasser stieg, und bald würde die Dämmerung anbrechen. Die Sonne, deren Strahlen gelegentlich durch dicke Wolken stachen, näherte sich bereits der Horizontlinie. Ein Schwarm Basstölpel stob mit ihren unheimlichen Schreien von einem der zerklüfteten Felsen über ihnen auf, wo sie ihre Brutplätze hatten, und segelte zum Meer hinaus. Einer der Seemänner setzte den Anker und dann wurde ein kleineres Schlauchboot zu Wasser gelassen.

»Kannst hier bleiben«, raunte Johnny Collin zu.

»Geht schon«, murrte Collin und hoffte nicht in der aufgewühlten See zu landen, als er ins schwankende Beiboot kletterte. Zu viert fuhren sie mit gedrosseltem Motor zum Höhleneingang und arbeiteten sich langsam, die Wassertiefe mit Stöcken prüfend, in die Dunkelheit vor, in die das Licht der Suchstrahler fingerte. An den Höhlenwänden glänzten Salzkristalle und klebten in Höhe des Wasserspiegels Schalentiere und Schwämme. Am hinteren Ende verjüngte sich die Höhle immer mehr, stieg jäh an, bildete zwei hohe Stufen und durch eine Spalte weit oben war ein Streifen Himmel zu erkennen. Von schmalen Stalaktiten tröpfelte Wasser.

»Achtung!«, rief Johnny und duckte sich. Das Echo seiner Stimme hallte aus der Finsternis und aus der Höhe stürzten Fledermäuse herab, umkreisten sie und kehrten dann zu ihren Schlafplätzen zurück. Eine Unterwelt tat sich hier auf, die so faszinierend wie unheimlich war, fand Collin.

»Da ist die Stelle«, sagte er und hielt die Polizeilampe auf die hintere Wand. Zwischen zwei Kreuzen stand in großen, groben Lettern der Name »Carla«. Er machte Fotos und kletterte dann mit Johnny über glitschige Felsbrocken, die zu einer breiten, trockenen Stufe führten. Sie fanden eine Reihe keltisch aussehender Zeichen unter Carlas Namen und Kerzenstummel in einer Flasche, sonst nichts. Hatte Carla sich hier selbst verewigt, oder hatte ein anderer ihren Namen an den Felsen gepinselt? Was bedeuteten die Zeichen? Die beiden Kreuze ließen nur eine Interpretation zu, eine, die in Collin Entsetzen auslöste. Hatte sie diesen Ort bewusst ausgewählt? »*Tarosvan Kav*« hieß übersetzt »Geisterhöhle«. Collin spürte beginnendes Sodbrennen.

»Kein Platz zum Übernachten«, sagte Johnny. Er kratzte mit einem Messer vorsichtig etwas von der roten Farbe ab und sicherte die Spur in einem Spezialbehälter. In einen zweiten Behälter legte er die Flasche mit dem Kerzenstummel.

»Wir wissen nicht, ob es sich um unsere Carla handelt«, gab Collin zu bedenken und machte weitere Aufnahmen. Er würde die Spurensicherung auch hierherschicken müssen. Dann bückte er sich nach einem Haken, der an der Kante der Felsstufe befestigt war. Daran hing ein Stück Seil.

»Was kann das sein?«, fragte er Johnny.

»Ein Hilfsmittel, um sich hier hochzuziehen, würd ich sagen.« Johnny knüpfte das Seilstück los und sicherte auch dieses. Inzwischen war der Taucher ins Wasser der Höhle gestiegen und leuchtete den Untergrund ab. Nach einer halben Stunde gründlicher Suche wussten sie, dass Carla nicht ertrunken zwischen Felsen am Grund der Höhle lag. Ob die Flut sie bereits hinausgetragen hatte, war eine andere Frage. Sollte sie freiwillig, durch einen Unfall oder gewaltsam den Tod in den Fluten gefunden haben, würde das Meer sie irgendwann wieder freigeben, überlegte Collin. Wo und wann, war nicht vorauszusehen.

Im letzten Licht der Dämmerung erreichten sie das sichere Ufer. Collin wies die Küstenwache aus Cambrenne an, ab morgen früh bei Sonnenaufgang die Umgebung des Fundortes abzufahren und jede Höhle zu durchleuchten. Doch die Möglichkeiten waren unüberschaubar, bei so vielen kleinen Buchten und Aushöhlungen, wie sie die Felsküste bot. Auch dafür brauchten sie Verstärkung aus anderen Orten. Immerhin hatte die Cambrenner Mannschaft von Baywatch, der freiwilligen Küstenpolizei, ihre Mithilfe zugesichert. Die fünfzig Bereitschaftspolizisten, die Collin für heute hatte mobilisieren können, waren um das Schulgelände ausgeschwärmt, hatten den halbstündigen Weg Richtung Maschinenhaus durchkämmt, während Mitglieder der freiwilligen Feuerwehr ein Waldstück hinter dem Sportplatz der Schule Fuß um Fuß abgesucht hatten. Bislang ohne Ergebnis. Morgen würden sie mehr Einsatzkräfte zur Verfügung haben, versuchte sich Collin zu ermutigen. Doch dann war ein weiterer Tag verstrichen, ohne dass sie etwas über den Verbleib des Mädchens wussten. Collin öffnete die Faust und strich über die Rillen der Herzmuschel, die er auf dem Felssockel unter Carlas Namen gefunden hatte. Jemand musste sie dorthin gelegt haben. Herzmuscheln gruben sich in den Sand in flacher Ufernähe ein, wusste er. Alle bisherigen Spuren und Hinweise hatten etwas Verstörendes an sich. Symbole, Zeichen, Bilder. Wie eine Geheimsprache, die er nicht zu lesen vermochte. Er schloss die Faust und ballte sie, bis die scharfen Kanten der Muschel in seine Haut schnitten.

15

Es hatte etwas Nostalgisches, mit den alten Stelzen, die sie in einer Ecke der Garage wiedergefunden hatte, durch das Haus zu balancieren. Es war still bis auf den Fernseher, den ihr Vater vor seinem Trimmrad im Keller angeschaltet hatte und aus dem die Übertragung eines Fußballspiels lief.

Sie hatte sich die Kinderstelzen zu ihrem neunten Geburtstag gewünscht, nach ihrem ersten Zirkusbesuch einige Wochen zuvor. Weder die durch Reifen springenden Tiger noch der Clown und auch nicht der Feuerschlucker hatten sie fasziniert. Es waren die Akrobaten, darunter ein Mann, dünn wie eine Zaunlatte und hoch wie eine Pappel, der in einer bauschigen Riesenhose durch die Manege stolzierte, dabei Teller fing, sie auf seinen Zylinder stapelte, dann mit einer Kaskade von fünf Bällen jonglierte, während er gleichzeitig Mundharmonika spielte, die an einer Halterung vor seinem Gesicht befestigt war. Sowenna war dieser Riese mit seiner glänzenden blauen Hose wie die Figur aus einem Traum erschienen, und sie war fast enttäuscht gewesen, als er am Ende der Vorstellung in Zwergengröße neben dem bulligen Feuerschlucker stand. Erst da hatte sie der Erklärung ihres Vaters geglaubt: Unter der weiten Hose steckten Stelzen. Eines Tages, hatte sie sich danach geschworen, würde sie wie dieser Akrobat in schwindelerregender Höhe gehen können, ohne zu wanken. Derselbe Akrobat hatte in jener Zirkusdarbietung, die ihrem Leben eine Richtung gegeben hatte, auf einem Drahtseil getanzt. In einem weißen Anzug und mit Sonnenschirm. Als hätte er sich in eine Puppe verwandelt, die magnetische Kräfte auf dem Seil hielten. Sie hatte am Tag nach dem Zirkusbesuch ein Tau zwischen zwei Bäume gespannt, wenige Fuß über den Boden, und war gleich beim ersten Versuch gescheitert. Wenn du den Schwebebalken beherrschst, hatte ihre Mutter gesagt, dann wirst du auf dem Seil keine Schwierigkeiten haben. Vielleicht, so überlegte Sowenna, als sie auf den Kinderstelzen die Treppe hoch in Dennis altes Zimmer lief, vielleicht lag die Ursache von allem, was war und nicht mehr war, was sich richtig und was sich falsch anfühlte, in diesem sechzehn Fuß langen und fünf Zoll breiten Holzbalken, auf den ihre Mutter sie gezerrt hatte, kaum dass sie ihr eigenes Gleichgewicht hatte halten können. Ja, habe ich ihr letztlich nicht alles zu verdanken?, fragte sie sich, als sie von den Stelzen stieg, sich mit gegrätschten Beinen auf den Balken und von dort in den Handstand stemmte, ein Rad schlug, im Ballenstand innehielt und die Zehen spreizte. Sie spürte die gepolsterte Oberfläche des Schwebebalkens unter ihren Wollsocken, und in ihrem Kopf öffnete sich eine Schublade voller Wörter, die ihr damals fremd waren und nur widerwillig über die Zunge gerollt waren und wogegen sich ihr Körper gewehrt hatte wie gegen die Hände ihrer Mutter, die den Takt klatschten und sie ohrfeigten, wenn sie Nachlässigkeit zeigte: Schritt Passé, Développé, Standbein Plié, Sissone-Sprünge, Schweizer Handstand, Menichelli, Flickflack. Sie sah ihre Mutter wieder vor sich, wie sie im Gymnastikanzug und mit einer Stimme, die kein Pardon kannte, Anweisungen gab und jedes französische Wort mit schwerem südenglischen Akzent aussprach – Arabesque und Relevé, Chassé, Rondat. Bei Wettbewerben, zu denen ihre Mutter sie ab dem fünften Lebensjahr geschickt hatte, saß Sowenna heulend in der Umkleidekabine und zitterte so sehr, dass ihr kein einziger Schritt gelang. Sie schied regelmäßig schon in der Vorrunde aus. Obwohl sie Pflicht und Kür doch aus dem Effeff beherrschte. Ihre Mutter hatte sie wie ein Äffchen trainiert, doch das Äffchen scheiterte, sobald es aus dem Käfig in die Manege entlassen wurde. »Und trotzdem«, hatte die Marygold insistiert, »sind Sie aufs Seil und treten vor Publikum auf. Welche Erklärung haben Sie dafür?« War es nicht im Grunde das Gleiche? Ein paar Zoll Fläche unter den Füßen, eine auf wenige Fuß begrenzte Lauffläche und ein Balanceakt in der Höhe? Hatte das Holz unter ihren Mädchenfüßen nicht die Grundlage für ihre spätere Passion und schließlich ihren Beruf geschaffen? Die Körperbeherrschung, das Gleichgewicht, die Konzentration? Ja, musste sie zugeben und dachte zugleich: Nein, das Seil ist etwas anderes. Es ist meins und nicht ihrs.

Sowenna machte mit einer Radwende den Abgang vom Balken und öffnete die Truhe, in der ihr Bruder immer seine Schnorchelausrüstung verstaut hatte. Jetzt lagen darin Boccia-Bälle, eins der Spiele, die ihre Eltern liebten. Sie klappte den Deckel zu und sah sich in dem Raum um, dem größten im Dachgeschoss. Früher hatte hier ein Trampolin gestanden, die Tischtennisplatte und ein riesiger Sitzsack daneben, auf dem sie mit ihrem Bruder zusammen gelegen und Videos angesehen hatte. Oft war das nicht vorgekommen, fiel ihr ein. Ihre Zimmer lagen nebeneinander, aber waren wie durch eine unüberwindbare Mauer voneinander getrennt gewesen. Dennis hatte in seinem Reich gelebt und sie in ihrem. Jetzt waren bis auf seine alten Möbel keine Spuren mehr von ihm zu sehen. Er musste bei seinem Auszug alles mitgenommen haben. Sein Aquarium, die Muschelsammlung, für die er eine Glasvitrine hatte, den Hamster, die Modelsegelschiffe, den Tisch mit den Bootsmotoren, an denen er immer rumschraubte, und den alten Anker, den er irgendwo gefunden hatte. Auch das Fischernetz, das er unter die Decke gespannt hatte, fehlte. Wie der Geruch, der in seinem Zimmer gehangen hatte. Eine penetrante

Mischung aus Fisch und verrotteten Algen, Maschinenöl, Mückenspray und seinem Deo.

Dennis würde heute nicht kommen, dachte sie mit Bedauern. Bis jetzt hatte er auf ihre SMS nicht geantwortet. Sie trug die Stelzen in ihr altes Zimmer. Es war fast sieben Uhr und bereits dunkel. Eine kompromisslose Dunkelheit, vor der sie sich als Kind gefürchtet hatte. Jeden Moment würde ihre Mutter aus dem Seniorenzentrum zurückkehren, wo sie zu einer Teambesprechung war. Sowenna versuchte sich vorzustellen, wie sie dort mit alten Menschen Kniebeugen machte, doch es gelang ihr nicht. Vielleicht hatte sie sich ja verändert. Vielleicht hatte ihre Mutter eine soziale Ader entdeckt, eine Sympathie für Menschen, die keine Leistungssportler waren. Ich werde, ich muss darüber sprechen, beschloss sie und begann endlich ihren Rucksack auszupacken. Sie öffnete den vollgestopften Schrank und hob Kartons aus den Fächern, um Platz für ihre Sachen zu schaffen. Als sie die Skianzüge ihrer Eltern aus dem obersten Fach zog, fiel eine Plastiktüte hinunter und der Inhalt verteilte sich auf dem Teppich. Sie erstarrte. Pornohefte. Titelbilder voll nackter Haut. Irritiert und angewidert stopfte sie die *Hustler*- und *Mayfair*-Magazine zurück in die Tüte, trug sie in Dennis' Zimmer und schmiss sie in die Truhe zu den Boccia-Bällen. Wer hatte die Magazine im Schrank versteckt? Dennis? Oder etwa ihr Vater? »Du bist verklemmt«, hörte sie Pierres Stimme im Hinterkopf, als sie mit fliegenden Händen den Rucksack auspackte und ihre Kleidung in den Schrank legte.

»Ich bin Britin«, hatte sie Pierre erklärt und den Hauch aus Spitze, den er ihr zum Geburtstag geschenkt hatte, zurück in die Schachtel gelegt, »ich bin keine von den Französinnen, die ein Vermögen für Dessous ausgeben, und so was ziehe ich nicht an.« Lag die Ursache ihrer Krise mit Pierre in ihrer Verklemmtheit? Darüber hatte sie nicht mit der Marygold gesprochen und auch mit sonst niemandem. Und sie selbst hatte keine Erklärung dafür, warum sie weder Dessous tragen noch sich vor Pierre nackt in der Badewanne zeigen wollte. Wenn es nur das wäre, dachte sie frustriert, hörte das Auto, dann das Garagentor und schließlich die Stimme ihrer Mutter. Nun begann der zweite Abend mit oder ohne Fernsehnachrichten, mit oder ohne Karten- oder Brettspiele, die ihre Eltern liebten, und sie spürte ihren Mut sinken, die Dinge anzusprechen, die sich wie fest geknotete Stricke um ihr Herz schlangen. Sie schluckte eine Johanniskrautkapsel und ging mit dem Gefühl, jeden Moment in Tränen auszubrechen, hinunter in die Küche, wo ihr Vater bereits den Tisch gedeckt hatte, an dem sie dann wie drei Fremde Platz nahmen. Rohes Gemüse mit Dip, dazu frischer Pfefferminztee und eisige Stimmung. Selbst Sowennas Vater war das Pfeifen vergangen. Ich habe Pornohefte im Schrank gefunden, übte sie den Satz im Kopf und biss von einer Karotte ab.

»Wir fahren morgen weg«, brach Sowennas Mutter das Schweigen. »Ist schon länger geplant. Der Warwickshire-Triathlon in Stratford-upon-Avon. Sind Freitag wieder da.«

»Ach so«, brachte Sowenna hervor und registrierte eine Mischung aus Erleichterung und Enttäuschung. Sportliche Wettkämpfe, so hatte sie früh gelernt, durften unter keinen Umständen versäumt werden. Da musste schon eine höhere Macht dafür sorgen, ein Unwetter, am besten ein Erdbeben. Selbst an Geburtstagen oder anderen wichtigen Feiertagen verzichteten ihre Eltern nicht auf die Gelegenheit, einen sportlichen Sieg zu erringen. Und auch nicht, wenn ihre Tochter nach zwei Jahren zu Besuch kam. »Habt ihr nichts von erzählt«, fügte sie hinzu.

»Tun wir ja jetzt«, sagte ihre Mutter.

»200 Meter Freistil, ganz mein Geschmack«, ergänzte ihr Vater, ohne den Blick von seinem Gurkenstück zu heben, das er in feine Stifte schnitt.

»Ich besuche dann Dennis und übernachte bei ihm«, sprach Sowenna ihre spontane Idee aus.

»Wenn er da ist und das will«, meinte ihre Mutter. »Besuch hat er nicht gern. Kennst ihn ja.«

Sowenna erinnerte sich daran, dass Dennis nie Freunde mit nach Hause gebracht hatte, nie auf Geburtstagen eingeladen war, zu keiner Party ging. Er war schon immer ein Eigenbrötler gewesen. Aber waren sie das nicht alle in ihrer Familie? Wenn man dauernd umzog, wie konnte man dann Freundschaften schließen? Außer Ruby hatte sie ja auch keine einzige Freundin in der Gegend. Sie besuche ich dann auch, nahm sie sich vor.

»Ist Dennis denn endlich mal zu einem Logopäden gegangen?«, fragte sie.

Ihre Mutter blickte sie mit hochgezogenen Brauen an. »Wozu?«

»Teil seiner Probleme ist doch das Stottern.« Wieso hatten ihre Eltern nicht frühzeitig etwas dagegen unternommen? Warum hatten sie Dennis, im Gegenteil, noch zusätzlich unter Druck gesetzt?

»Kann man doch sowieso nix gegen machen, oder?« Ihr Vater lachte auf. »Stotterer bleiben Stotterer. Jetzt hätt ich fast selbst die Zunge verschluckt. Fischers Fritz …«

»Lass das, Neil. Und du brauchst dich hier nicht in Dinge einzumischen, die dich nichts angehen«, sagte ihre Mutter zu Sowenna.

»Er ist schließlich mein Bruder.«

»Ach ja. Plötzlich? Dann kannst du ihm ja sagen, dass er was dagegen tun soll, wenn es dich stört. Ist inzwischen erwachsen.«

Sowenna atmete tief durch und gab sich geschlagen. Es stimmte ja, was ihre Mutter sagte. Sie hatte sich nicht viel um Dennis gekümmert. Er war ihr stotternder älterer Bruder, der in seiner eigenen Welt lebte, so wie sie in ihrer. Ob es zu spät war, etwas daran zu ändern, würde sie herausfinden. *Nimm andere in ihrem Anderssein an*, zitierte sie in Gedanken These zehn. »Gefällt es dir noch an der neuen Schule?«, fragte sie ihre Mutter, um das Gespräch in eine andere Richtung zu führen.

»Na ja, Grundschüler. Kann man wenig erwarten. Aber die restlichen Wochen mit diesen Quälgeistern sitze ich auf einer Pobacke ab.« Sie lachte kurz. Es klang mehr höhnisch als gut gelaunt.

»Wie meinst du das? Willst du aufhören?«

»Nun, Wendy denkt …«, begann Sowennas Vater.

»Woher weißt du, was ich denke?«, unterbrach ihn Sowennas Mutter mit scharfer Stimme. »Es ist doch unsere gemeinsame Entscheidung.«

»Natürlich ist es das, mein Herz.«

»Warum sagst du dann, dass *ich* so denke?«

»Natürlich denken wir beide so.« Neil machte eine Grimasse, die offenbar versöhnlich wirken sollte. »Deine Mutter wird in der Schule, wie soll ich sagen …«

»Gemobbt. Kannst du schon deutlich aussprechen. Die Situation ist unhaltbar geworden. Wir wollen uns in Stratford-upon-Avon umschauen.« Sie strich energisch eine selbst gemachte Paste aus Sonnenblumenkernen auf ihr Brot.

»Wonach?«, fragte Sowenna mit einer Ahnung. Es war nicht das erste Mal, dass ihre Mutter gemobbt wurde. Es gehörte schon fast zu ihrem beruflichen Profil, nach einer Weile von giftigen Kollegen umgeben zu sein, die ihr das Leben zur Hölle machten, und das nur, so ihre Überzeugung, aus Neid auf ihre Leistungen, ihre Kompetenz und Erfahrung, auf die Siege ihrer Leistungsgruppen, die sie an jeder neuen Schule unverzüglich gründete. Die Wahrheit, hatte Sowenna sich irgendwann erklärt, musste woanders liegen. Wahrscheinlich war ihre Mutter einfach nicht teamfähig.

»Die JNB-Gymnastikschule sucht eine ausgebildete Lehrerin«, sagte Sowennas Vater. »Genau das Richtige für Wendy. Sie hat morgen ein Vorstellungsgespräch.«

»Und dann wollt ihr nach Stratford-upon-Avon ziehen?«

»Zum alten Shakespeare, ja. Sein oder Nichtsein.« Sowennas Vater kicherte und kitzelte Sowenna am Kinn.

Sie zog ihren Kopf weg. »Und das Haus?«

»Kommt nächste Woche auf den Markt. Ist jetzt sowieso zu groß für uns.«

»Also zieht ihr schon wieder um.«

»Ist das eine Kritik? Du bist doch eh weg.« Sowennas Mutter schnalzte mit der Zunge und biss mit verärgertem Gesicht in ihr Brot.

Sowenna verkniff sich eine Antwort und überlegte, ob es der fünfte oder sechste Umzug ihrer Eltern war, warum sie an keinem Ort zur Ruhe kamen, immer auf der Suche waren. Vielleicht hatten ihre eigene innere Unruhe und der Wunsch, sich zu erden, mit der Tatsache zu tun, dass sie so oft den Ort, die Schule, den Freundeskreis wechseln musste und nirgendwo Wurzeln schlagen konnte. In diesem Haus war ihre Familie bislang am längsten gewesen, und sie hatte gedacht, ihre Eltern wären nun endlich angekommen. Ihr eigener Wunsch, sich wie ein Baum an einer einzigen Stelle zu verwurzeln, war übermächtig geworden. Auch das teilte sie nicht mit Pierre, der gerade das Gegenteil entdeckt hatte, seine »nomadische Seele«, wie er es nannte, womit er die Weiten der unbekannten Welt erobern wollte, mit der großen Freiheit im Gepäck und der Sehnsucht nach Überwindung von Grenzen.

»Neuer Ort, neues Glück«, hörte sie ihren Vater sagen, als hätte er ihre Gedanken gelesen. »Der Triathlon-Club ist dort sehr aktiv und sucht 'nen Trainer.«

»Wofür du dich bewerben willst?«

»Bin ganz positiv.«

»Eingeladen haben sie dich noch nicht«, bemerkte Wendy mit spitzer Zunge.

Einen Augenblick fühlte Sowenna etwas wie Mitleid mit ihrer Mutter. Sie war immer die Hauptverdienerin gewesen. Vielleicht war es eine schwerere Bürde für sie, als alle dachten.

»Werd die Gelegenheit beim Schopfe packen und mal anklopfen«, sagte ihr Vater. »Vis-à-vis ist ja immer das Beste.« Er klopfte mit dem Knöchel auf den Tisch.

»Dann überleg dir, was du denen erzählst, Neil. Schwarz auf weiß hast du ja nichts groß vorzuweisen.« Sowennas Mutter stieß einen ihrer Seufzer aus.

»Diplom als Rettungsschwimmer. Werd sie schon überzeugen, Honey«, murmelte Neil, und eine Weile kaute jeder von ihnen schweigend die Gemüseschnitzer.

Die Spannung zwischen ihren Eltern war an diesem Abend wie ein zu stramm gespanntes Schlappseil, auf dem man ins Schwanken geriet, wenn es nicht locker über den Boden hing. Slackliner, die modernen, hippen Seiltänzer, spannten ein solches Seil zwischen Hochhäusern oder über tiefen Schluchten. Es war der neue

Extremsport, von dem sich Pierre hatte mitreißen lassen. Nach seinem Grönlandtrip wollte er zum Grand Canyon und dort über einen Abgrund balancieren. »Das ist das wahre Wagnis, wenn es um Leben und Tod geht«, hatte er Sowenna erklärt. Sie holte tief Atem und sprach aus, was sie aussprechen wollte: »Ich hab Pornohefte in meinem Zimmer gefunden.«

»Pornohefte?« Sowennas Mutter ließ die Gabel sinken und blickte zwischen ihr und ihrem Vater hin und her. »Wo?«

»Im Schrank.«

»Da waren sie versteckt?«

Sowenna nickte mit hochrotem Kopf.

»Und jetzt kannst du nicht schlafen?«, fragte ihr Vater, leckte sich über die Lippen und fiel in das Lachen seiner Frau ein.

»Ich dachte ...« Sowenna hielt inne. Was hatte sie gedacht? Sie wusste es nicht mehr.

»Jeder hat sein kleines Geheimnis, oder?« Ihr Vater zwinkerte ihr zu und legte die Hand auf ihren Rücken. »Und wenn Dennis zur Erleichterung einen *Playboy* braucht, na und? Ist ein junger Hecht ...«

»Kannst sie ihm ja mitbringen, wenn du ihn besuchst«, sagte Sowennas Mutter. »Es ist kühl. Kümmer dich schon mal ums Feuer, Neil. Ich muss noch meine Schulterübungen machen.«

»Als Mann sieht man sich gern mal was Hübsches an«, raunte ihr Vater Sowenna ins Ohr, kaum war Wendy aus der Küche verschwunden. Sie roch seinen leicht säuerlichen Atem und drehte ihr Gesicht weg. *Ich muss die Meinung anderer nicht teilen*, rief sie sich These sieben in Erinnerung und versuchte ihren Vater zu ignorieren, der vor sich hin pfeifend Hüftschwünge machte und das Gemüse in den Kühlschrank räumte. Sie stellte das Geschirr zusammen und begann mit dem Abwasch.

»Deine Mutter hat schon genug Sorgen«, sagte ihr Vater mit leiser Stimme und schnappte sich ein Trockentuch. »Und sie erfährt es schon früh genug.«

»Was?«

Neil wandte sich zur offenen Küchentür um, schloss diese, zog ein zusammengefaltetes DIN-A4-Blatt aus der Hosentasche und reichte es ihr. »Hier. Lies selbst.«

Sowenna faltete das Papier auseinander – ein Ausdruck aus dem Internet, die Online-Ausgabe des *Coastal Observer* – und starrte ungläubig auf das Foto, auf dem sie nur schwer die Züge der damals Zehnjährigen wiedererkannte, die sie als verwöhnte und altkluge Nervensäge in Erinnerung hatte. »Carla Wellington wird seit Sonntagnacht vermisst«, las sie, ohne dass die Worte ihr Gehirn erreichten. »Daddy, wo könnte sie sein?«

»Wieso fragst du mich das?«, murmelte ihr Vater mit verschlossenem Gesicht.

»Warst du deshalb gestern noch mal weg?«

»Wenn die Küstenwache mich ruft …« Er hielt eins der Smoothiegläser unter heißes Wasser und stellte es auf das Abtropfgitter.

»Und wieso soll Mum …?«

»Du weißt, was das für deine Mutter bedeutet«, sagte ihr Vater mit scharfer Stimme. »Ist schließlich an ihrer alten Schule passiert. Und die Polizei hat schon bei ihr angerufen und nach Carla gefragt.«

»Warum?«

»Routine. Fragen alle Lehrer …«

Kurz trafen sich ihre Blicke, bevor beide die Augen niederschlugen. Ihr Vater, ahnte sie, würde ebenso wenig weiter darüber sprechen wie sie, auch wenn es Walts Schwester war und er sonst an allem interessiert war, was Walt anging. Den Teppich heben und Unangenehmes darunterkehren, darin waren sie alle Meister. Sie schluckte und war unfähig, ein Wort herauszubringen. Die Nachricht über Carlas Verschwinden erschien ihr wie ein großes Hindernis auf ihrem Weg zu einem anderen Leben, einem Leben voller Leichtigkeit, so, wie ein Zuschauer den Seiltanz wahrnahm.

Sowenna zog den Stöpsel aus dem Becken und konzentrierte sich auf das gurgelnde Geräusch des ablaufenden Wassers.

»Sie nimmt wieder Schlaftabletten. Wird Zeit, dass sie da wegkommt. Die Grundschule ist nichts für sie. Dann noch ihre Schulter. Alles hier.« Ihr Vater tippte sich gegen die Stirn. »In Stratford-upon-Avon hat sie mehr Anregung. Gleichgesinnte. Hier veröden wir ja langsam. Bist ja selbst in einer Großstadt und weißt, was ich meine. Und immer dieser Wind.« Er schmiss das Handtuch auf den Tisch, als Sowennas Mutter ihn rief, und eilte aus der Küche.

Das Handtuch schmeißen und davonlaufen, dachte Sowenna und hängte es an den Haken, darin sind wir alle gut. Sie hoffte, dass Carla in Wahrheit nicht vermisst wurde, dass es eine Falschmeldung war, ein Missverständnis, das sich in Luft auflösen würde. Die Katastrophen sollten ein für alle Mal der Vergangenheit angehören. Darum war sie gekommen. Um allen Dreck abzuspülen und mit sauberem, heilem Geschirr im Schrank zurückzukehren und eine verlässliche Zukunft zu bauen.

Wenig später saßen sie vor dem Kamin und spielten Rommé. Ihr Vater hatte gleich Robbie Williams aufgelegt, die Lieblingsmusik ihrer Mutter, und die Karten ausgeteilt. Die TV-Nachrichten blieben ausgeschaltet, und die sieben Karten in ihren Händen bestimmten ihre Gespräche. Nachziehen, auslegen gültiger Folgen, anlegen und ablegen. Zufälle, Überraschungen, Siege und

Niederlagen fanden im Regelwerk des Kartenspiels statt, und für zwei Stunden hatte Sowenna durchaus das Gefühl, sich in einem harmonischen Gefüge ihrer Familie zu befinden, auch wenn, wie Neil sagte, Dennis fehlte, der vierte Spieler. Er hatte damals immer gewonnen.

Als sie gegen elf Uhr am Dachfenster stand, auf das Regentropfen fielen, und im Schein der Deckenlampe den Schattenriss ihres Gesichts betrachtete, wurde die Sehnsucht nach Pierre übermächtig und sie konnte die Tränen nicht mehr zurückhalten. Was ließ sie derart aus dem Gleichgewicht geraten, dass sie sich beim Anblick von Regen innerlich auflöste wie ein Stück Zucker? Sie zog energisch am Rollo, legte sich in das ausgekühlte Bett, versuchte die Gedanken an nackte Busen zu verdrängen und an Schlittenhunde, mit denen Pierre jetzt irgendwo zwischen Gletschern seiner Freiheit nachjagte. Sie schreckte auf, als sie die Stimmen ihrer Eltern aus dem Schlafzimmer hörte, das auf der anderen Seite des Flurs lag. Sie knipste die Nachttischlampe an, richtete sich auf, lauschte und war sich sicher, zwischen den gedämpften Wortfetzen, die zu ihr drangen, einen Namen zu hören: Wellington. Sie ahnte, warum.

16

»Die Tarosvan Kav?«, fragte Desmond Wellington und drückte einen Anruf weg. »Die Höhle ist mir kein Begriff.«

Seit die Vermisstenmeldung vor einer Stunde rausgegangen war, stand das Telefon nicht mehr still, hatte er sich beschwert. Zwei Streifenpolizisten hatten sich vor dem Haus postiert und verscheuchten Neugierige und Presse. Die erste Negativschlagzeile in der Online-Presse hob unverhohlen das Versäumnis der Polizei hervor, viel zu spät mit der Suche nach dem verschwundenen Mädchen begonnen zu haben. Sollte Carla etwas passiert sein, hatte Collin sich vorgenommen, würde er den Job quittieren. Er rieb sich die brennenden Augen.

»Hat Carla die Höhle mal erwähnt?«, fragte er.

»Nein«, murmelte Desmonds Frau und starrte auf die Fotos von Carlas Namen auf der Höhlenwand, die Collin gerade hochgeladen hatte. »Hat sie nicht.«

»Könnte sie denn ihren Namen selbst geschrieben haben? Erkennen Sie die Schrift Ihrer Tochter?«

Grace Wellington zuckte mit den Schultern und brach dann in Tränen aus. Die Wellingtons hatten das Angebot abgelehnt, mit einem Psychologen zu sprechen, doch Collin meinte, es sei nun an der Zeit, ihnen Hilfe zu schicken.

»Wissen Sie denn von Höhlentouren, oder ist Carla regelmäßig mit einem Boot unterwegs gewesen?«

»Wir alle sind Wasserratten«, antwortete Desmond Wellington. »Wer ist das nicht in Cornwall? Und wie Ihnen meine Frau schon sagte, Carla liebt das Meer, Wasserski, Rafting, alles, was Spaß macht. Letztes Jahr hat sie einen Tauchschein in der Karibik gemacht.«

Collin folgte ihm in die Dreifachgarage, wo die Wassersportausrüstung untergebracht war. Ein kleiner Zweitwagen, ein Campingwagen, eine luxuriöse Campingausrüstung, zwei Quadbikes, ein Kajak, Surfbretter, Sporträder, Neoprenanzüge, ein Motorrad, Angelausrüstung, ein Webergrill, Gleitschirme, Hängematten, Skiausrüstungen – Desmond Wellington zählte alles mit der Stimme eines Mannes auf, für den diese Dinge selbstverständlich waren, und sagte: »Fehlt nichts. Aber das Mofa war vor unserer Abreise noch zur Inspektion. Und jetzt fehlen die Zündkerzen. Und das Rad … sehen Sie selbst.«

Collin inspizierte Carlas Mofa und Fahrrad. Das Rad hatte an beiden Reifen einen Platten, und die Kette war gerissen. Oder durchtrennt? Am Mofa war auch das Zündkabel zerschnitten. Ein Fall für die Kriminaltechniker. Collin blieb vor der Mülltonne stehen, die neben der Verbindungstür zwischen Garage und Wohnhaus stand, und öffnete sie. Obenauf lagen zwei Pizzakartons. »Von Ihnen?«, fragte er Desmond Wellington. Doch dieser schüttelte den Kopf.

»Wir haben seit unserer Ankunft nichts in der Tonne entsorgt. Das wollten Sie doch wissen, oder?«

Collin bejahte und versiegelte den Deckel der Mülltonne mit rotem Klebeband, auf dem sich das Wort »Beweis« wiederholte. Ob ihnen der Inhalt tatsächlich weiterhelfen würde, würde sich herausstellen.

»Ab morgen bekommen wir zwei Hundertschaften Bereitschaftspolizei«, erklärte Collin, als sie wieder im Wohnzimmer waren. »Auch weitere Hundeführer, zwei zusätzliche Hubschrauber mit Wärmebildkamera und vier Boote der umliegenden Küstenwachen. Kollegen der Feuerwehr und des Technischen Hilfswerks, die Nachbarschaftswache und ein Dutzend Freiwillige beteiligen sich.« Collin hatte die Karte von Cambrenne und Umgebung vor den Wellingtons ausgebreitet und zeigte ihnen, wo die Suchmannschaften heute aktiv waren und wo er sie morgen einsetzen würde.

»Aber was sollte Carla denn bei dem Wetter da draußen machen?«, fragte Grace Wellington. »Und das ehemalige Minengebiet ist doch eine unbebaute Gegend, und dann kommt die Küste...« Ihr Finger wanderte auf der Landkarte herum. »Wir suchen ab morgen auch die Umgebung Ihres Hauses ab«, erklärte Collin. »Wir beginnen bei den Orten, an denen sich Carla regelmäßig aufgehalten hat, wie die Highschool und ihr Elternhaus, und ziehen von dort immer größere Kreise. Parallel werten wir jeden eingehenden Hinweis aus. Bislang haben wir rund dreißig sachdienliche Hinweise, denen wir nachgehen. Das heißt, von jenen Anrufern, die glauben, Carla gesehen zu haben.«

»Oh Gott, wo denn?«, fragte Grace Wellington und nieste. Sie trug einen dicken, langen Pullover über einem Schlafanzug und hatte sich zusätzlich eine Decke um die Schultern gehängt.

»Einige waren hier aus Cambrenne. Diesen Hinweisen gehen wir vorrangig nach. Andere Anrufe gingen von außerhalb der Region ein. Wir überprüfen alle Besucher des Schulfestes. Es ist möglich, dass Carla dort jemanden kennengelernt hat. In dem Alter schließt man schnell Freundschaften...«

Die beiden anderen »Verehrer«, mit denen Carla im Discozelt getanzt hatte, zwei Schüler der Abschlussklassen, waren um Mitternacht von ihren Eltern abgeholt worden. Es war ein Kommen und Gehen gewesen und äußerst schwierig zu rekonstruieren, wer von den Schülern der Highschool und wer von außerhalb der Schule in der Disco war.

»Carla ist sehr wählerisch«, schaltete sich Desmond Wellington ein. »Sie schließt nicht auf die Schnelle mit irgendeinem x-Beliebigen Freundschaft und übernachtet gleich mehrere Nächte lang dort. Davon wüssten wir. Sie hätte uns eine Nachricht hinterlassen. Und warum sollte sie nicht an ihr Handy gehen? Reden wir Klartext. Sie gehen von einem Verbrechen aus, richtig?«

»Desmond!«, rief Grace Wellington. »Was stellst du hier für entsetzliche Vermutungen an?«

»Suchtrupps, Spürhunde, Hubschrauber…«, entgegnete er mit scharfer Stimme. »Was glaubst denn du, Honey, worum es hier geht? Ist mir ja selbst gerade klar geworden. Dachte erst, das ist ein Witz.«

»Ein Witz? Es soll ein Witz sein, wenn unsere Tochter nicht zu Hause ist und wir keine Ahnung haben, wo sie sein könnte? Wie stehen wir denn da?«

»Na, wie wohl? Nicht anders als sonst, wenn wir unterwegs sind. Muss ich mir doch immer anhören.« Desmond Wellington sprang vom Stuhl und tigerte im Zimmer herum. Die wenigen Möbel ließen ihm genug Raum, und offenbar war er ein Mensch, der sich Bewegung verschaffen musste, wenn es brannte, dachte Collin.

»Ich werde ein paar Freunde mobilisieren und selbst auf die Suche gehen«, verkündete Wellington. »Hier rumsitzen und Fragen beantworten bringt uns nicht weiter.« Er stemmte eine Hand in die Hüfte, blieb vor Collin stehen, der ebenfalls aufgestanden war, und blickte ihn mit einer Mischung aus Herablassung und Trotz an.

»Es ist gut, wenn Sie sich an der Suche beteiligen, Mr Wellington.« Collin versuchte, seine Stimme neutral und ruhig zu halten. Eltern vermisster Kinder, hatte ihn eine Mitarbeiterin von »Amber Alert« gewarnt, neigten zu Kurzschlusshandlungen, die die polizeilichen Ermittlungen stören konnten. Sachlichkeit war ein ausgleichendes Moment, wenn die Gefühle der Betroffenen übermächtig zu werden drohten. Aber wäre er selbst an ihrer Stelle anders? Desmond Wellington machte nur den Anschein von kühler Handlungsfähigkeit, wie Collin bald klar wurde.

»Ach, plötzlich tust du beunruhigt«, griff Grace Wellington ihren Mann an. »Heute Mittag hast du mich noch als überbesorgte Glucke bezeichnet. Ja, so hat er es ausgedrückt«, fuhr sie an Collin gewandt fort. »Wir wollten schon vor zwei Wochen wieder da sein, aber Desmond musste ja noch einen Papilio fangen.«

Collin sah sie fragend an.

»Einen Schwalbenschwanzschmetterling«, erklärte Desmond. »Davon gibt es einunddreißig Arten in Uganda.«

»Es musste ja unbedingt der türkisblaue mit schwarzer Umrandung sein. War wichtiger, als Carla beim Schulkonzert zuzusehen. Und dann ist er dir noch fast entwischt.«

»Ja, reib mir nur unter die Nase, dass ich schuld bin. Wer wollte denn noch Gorillas sehen?«, konterte Desmond lautstark. Von der Harmonie zwischen ihnen war nun nichts mehr zu spüren. Die gegenseitigen Vorwürfe, so vermutete Collin, zeigten womöglich ein tiefergehendes Zerwürfnis. So weit will ich niemals sinken, dachte er, Probleme vor Fremden auszutragen. Aber wer weiß, vielleicht verwandelt einen die Sorge und Verzweiflung in ein Ungeheuer.

»Wollen Sie sagen, dass Carla traurig oder verletzt sein könnte, weil Sie Ihre Abreise verschoben haben, und sie aus diesem Grund weggelaufen ist?«

»Das Schulkonzert war ihr wichtig«, antwortete Mrs Wellington.

»Aber nicht so wichtig wie der Auftritt morgen in der Philharmonie. Richtig?« Grace nickte mit abgewandtem Gesicht. »Gern würde ich mir mit Ihrer Hilfe ein Bild von Ihrer Tochter machen, um die Aussagen von ihren Lehrern und Klassenkameraden zu ergänzen. Welche Interessen hat Carla noch außer Geige spielen und Wassersport?«

»Interessen? Was soll die Frage?« Desmond Wellington hatte wieder Platz genommen und trommelte mit den Fingern auf der Tischplatte herum, die aus poliertem Glas bestand und das Licht der darüber hängenden drei weißen, wie Metallkörbe geformten Lampen einfing. Collin hatte sich, als ihm sein schemenhaftes Spiegelbild auffiel, gleich weit zurückgelehnt. An diesem Tisch, an dem er jetzt wieder saß, würde er keinen Bissen runterkriegen.

»Sie hat immer gern gemalt und nimmt seit einem Monat Zeichenunterricht«, antwortete Grace Wellington. »Bei einem lokalen Künstler. Wie hieß der gleich, Desmond?«

»Bin ich überfragt.«

»Wenn Sie den Namen und die Anschrift bitte schnellstmöglich ausfindig machen würden«, bat Collin. »Nach Aussage von Carlas Klassenlehrerin ist Ihre Tochter in einer Sportgruppe am Nachmittag aktiv.«

»War sie«, erklärte Grace Wellington. »Aber das hat sie schon vor Monaten an den Nagel gehängt. Sie hatte dauernd Knieprobleme.«

»Sie soll im Haus der Lehrerin …«, Collin blätterte in seiner Kladde, »… Wendy Ashton, ein- und ausgegangen sein.«

Die Wellingtons blickten sich stirnrunzelnd an. »Das ist uns neu. Carla mochte diese Lehrerin nicht sonderlich«, sagte Grace Wellington.

Collin machte sich eine Notiz und fragte: »Ist sie in einem Verein, einer Jugendgruppe? Geht sie in die Kirche? Hat sie vor Kurzem ihren Freundeskreis gewechselt?«

Wieder tauschten die Wellingtons einen Blick, und schließlich antwortete Carlas Mutter: »All das kann ich verneinen. Ob sie ihren Freundeskreis gewechselt hat? Ihre Cousine Arlene ist ihre beste Freundin, auch wenn sie schon älter ist. Zu Besuch bringt sie nur sporadisch jemanden mit.«

»Carla ist eigenständig. Sie braucht nicht dauernd Leute um sich«, sagte Mr Wellington.

»Schüler haben ausgesagt, dass Ihre Tochter recht beliebt bei den Jungs ist«, fuhr Collin fort. »Sie hat auf dem Schulfest mit mehreren getanzt.«

»Und?« Desmond Wellington sah ihn stirnrunzelnd an. »Was haben *Sie* denn so auf Partys gemacht?«

Collin ignorierte die Frage. »Kennen Sie Justin Pedrack, den Sohn des Hausmeisters?«

Die Wellingtons schüttelten den Kopf. Es stand ihnen ins Gesicht geschrieben, dass Collin gerade eine unbekannte Seite ihrer Tochter schilderte.

»Mit dem jungen Mann hat sie auf dem Schulfest einen sehr innigen Kontakt gehabt, wenn man den Zeugen Glauben schenken kann. Wir werden die Aussagen von zwei Schülerinnen überprüfen, die behaupten, Carla und Justin seien ein Paar.«

»Was wollen Sie uns sagen?«, fragte Mr Wellington ungeduldig. »Weiß dieser Justin, wo Carla ist?«

»Nein. Aber alles ist wichtig, verstehen Sie? Wenn Ihnen also irgendetwas einfällt oder irgendjemand, mit dem Carla in den letzten Wochen oder Monaten Kontakt hatte, sagen Sie bitte unverzüglich Bescheid. Dürfte ich mich jetzt noch einmal genauer in ihrem Zimmer umsehen?« Collin legte den Durchsuchungsbeschluss auf den Tisch.

»Ich habe alles so gelassen, wie es war«, murmelte Grace Wellington. »Darum hatten Sie ja gebeten. Ihre Koffer sind noch da ...« Sie stockte und presste sich die Faust auf den Mund.

»Danke«, sagte Collin, stieg die Treppe hoch zu Carlas Zimmer und setzte sich an ihren Schreibtisch, der vor einem Fenster stand. Der Blick aufs Meer war spektakulär. Durch die erhöhte Lage des Hauses, das auf eine Felsnase gebaut war, hatte man eine weite Sicht über die Bucht, an deren Ufer zur Linken Cambrenne lag. Collin hatte den Eindruck, auf einem Schiff zu sein, hörte die Wellen und den Wind. Im letzten Licht der untergehenden Sonne verfärbte sich die dichte Wolkenschicht in feinen Abstufungen violett, dann schwarz. Was mag ein sechzehnjähriges Mädchen empfinden, wenn es in diesem hellen, großen Zimmer sitzt, immerzu das endlose Meer vor Augen? Sie ist eine Wasserratte, liebt das Meer, Fische und Seeungeheuer, fielen Collin die Worte ihrer Mutter ein, hat aber eine Fischallergie. Sie ist kreativ, spielt Geige, malt. Er streifte sich Einmalhandschuhe über und blätterte durch ihre Schulhefte, die nachlässig geführt waren und voller Anmerkungen mit Rotstift. *Arbeit nicht beendet. Hausaufgaben nicht gemacht.* In den Schulbüchern waren Eselsohren und kleine Zeichnungen. Delfine, Herzen, Boote, Nixen. Nun gut, sagte er sich, Cornwall ist voller Legenden und Mythen, und da man hier nirgendwo dem Meer ausweichen kann, wächst jedes Kind mit Geschichten über Seeungeheuer und Meerjungfrauen auf. Er selbst hatte ja gerade den Auftrag bekommen, eine Nixe zu meißeln. In den Schubladen fand er nicht, worauf er gehofft hatte. Kein geheimes Tagebuch, keine Briefe, kein Adressbuch. Aber wer in dem Alter hatte schon ein Adressbuch? Es wird doch alles im Handy gespeichert, dachte er und beschloss, Carlas Laptop mitzunehmen. Auf einem Tisch neben der Staffelei hatte sie ihre Malsachen säuberlich zurechtgelegt. Aquarellfarben, sorgfältig gespitzte Bleistifte, saubere Radiergummis. Offenbar legte sie beim Malen größeren Wert auf Ordnung als bei ihren Schulsachen. Aber auch das fand Collin nicht auffällig. Sein Sohn Shawn behandelte seine Gitarre ebenfalls mit mehr Aufmerksamkeit als seine Hausaufgaben. Er schlug die Zeichenmappe auf und betrachtete die verstörenden Bilder, alle in dunklen Blau- und Brauntönen gehalten. Immer nur das Meer und darin unheimliche Fische mit riesigen Mäulern, Fangzähnen, wie überdimensionale Piranhas. Hatte Carla ein Faible für Horror?, überlegte er und dachte an das Foto mit dem Riesenhai in ihrer Übernachtungstasche. Ihr Biologielehrer hatte ausgesagt, dass sie an diesem Donnerstag ein Referat über diesen Fisch halten sollte. Collin betrachtete eine andere Zeichnung, auf der eine Figur mit geschlossenen Augen und einem überbetonten Lächeln von einem Felsvorsprung in die vor Haien wimmelnde See sprang. Zeigten die Bilder etwa die unglückliche Innenwelt eines Mädchens, das als erfolgreich und selbstbewusst wahrgenommen wurde? Collin öffnete den Schiebeschrank im Ankleidezimmer, fächerte durch eine Reihe von Kleidern, schob Schubladen auf und fragte sich, warum Carla, die laut ihrer Eltern nur Musik im Kopf hatte, ihren Notenständer und den Violinenkasten in einer Ecke im Ankleideraum und nicht im Wohnraum aufbewahrte. Würde eine Musikliebhaberin nicht überall Notenhefte herumliegen haben, wenn ihr erster wichtiger Auftritt bevorstand? Er ging ins Schlafzimmer. Auf dem Nachttisch lagen neben einer leeren Flasche Cidre und Ketchup eine angebrochene Packung Salzstangen und Servietten. Carla hatte vielleicht auf dem Bett gegessen und dabei ferngesehen, wovon die Krümel auf dem Laken zeugten. An der gegenüberliegenden Wand hing ein Flachbildschirm. Hatte sie Besuch gehabt?, fragte sich Collin. Das Bett war zerwühlt, Hausschuhe lagen auf einem der weißen Bettvorleger, der andere war wie von schlammigen Schuhsohlen verschmutzt. Er informierte die Kollegen der Spurensicherung, setzte sich auf das in knalligen

Farben gestreifte Sofa im Wohnraum, vor dem ein zweiter, größerer Flachbildschirm hing, zog DVDs aus einer Kiste – ausschließlich Dokumentationen über Wale und andere Meeresbewohner – und blieb einen Moment mit geschlossenen Augen sitzen. Vom Erdgeschoss drangen gedämpfte Geräusche nach oben. Möwen kreischten. Das Meer tobte. In diesem Zimmer konnte er Carla nicht spüren. Sie war abwesend.

17

Die Abende, wenn die Hände ruhten, die Gedanken in freien Bahnen kreisten und er allein mit Heather im Wohnzimmer vor dem Fernseher saß, waren die unerträglichsten. Drei Tage die Woche hatte er Ausflüchte gefunden, um nach Ladenschluss später als üblich nach Hause zu kommen. Montags erledigte er die Buchhaltung, dienstags fuhr er nach den Besuchen bei Lizzy in der Gegend herum, bis »The Miner's Inn« öffnete, der Pub, wo er sich zum Euchrespielen mit Cliff und zwei anderen traf. Freitags putzte er den Laden, staubte jeden Schlüssel ab, trödelte so lange herum, bis er sich sicher war, dass Heather das Essen zum Aufwärmen in die Backröhre gestellt hatte und ins Bett gegangen war. An diesem Dienstagabend hatte Jory eine Ausrede für seine Mitspieler gefunden und war die Küstenstraße in westlicher Richtung bis zum Ortsausgang gefahren, hatte auf dem Parkplatz oberhalb des Pedn Rock Beach geparkt, sich in den feuchten Wind gestellt, auf den Lichtpunkt des weit entfernten Leuchtturms am Ende der Bucht gestarrt und den Film in seinem Kopf in Slow Motion abgespielt, von dem ihm jede einzelne Sequenz wie eine Feuerqualle auf der Netzhaut brannte. Auf dem lang gestreckten Strand lagen an einer Stelle rundgeschliffene Felsbrocken, als hätte ein Riese sie aus dem Himmel auf den feinen, weißen Sand geworfen. Das Wochenende vor Jenifers Verschwinden war er mit ihr hierhergefahren, während Heather eine alte Schulfreundin in Brighton besucht hatte. Ein seit Jahren geplantes Wiedersehen, zu dem sie sich erst entschließen konnte, nachdem Jenifer ihr zugeredet hatte, und zum ersten Mal war Jory mit seiner Tochter zwei Tage lang allein gewesen. Sie verbrachten an jenem ungewöhnlich sonnigen Septembernachmittag drei Stunden am Meer, und es war Jory so erschienen, als hätte er gerade ein neues Kapitel in einem spannenden Buch begonnen, das man ihm kurz darauf ohne Erklärung aus der Hand gerissen hatte. Am Pedn Rock Beach hatten sie an dem Samstag die Strandtücher ausgebreitet und hatten mit Bodyboards die Wellen geritten. Nicht Vater und Tochter, Freunde waren sie in jenen Stunden gewesen. Jenifers Kreischen, als sie ins kalte Meer tauchte, ihr Lachen und wie sie ihn nass spritzte, sie Fangen spielten, nebeneinander im nassen Sand lagen, die Wellen an ihren Beinen leckten und sie »mit Matsche spielten« wie damals, als Jenifer ein kleines, zartes, scheues Mädchen war ...

Und was ist noch passiert?, hatte die Polizei ihn gefragt. Nichts. Nichts war passiert. In Blickweite hatte eine Gruppe grölender junger Männer Volleyball gespielt, und einmal war der Ball in ihre Richtung geflogen. Jenifer hatte ihn aufgehoben, war auf die Männer zugelaufen, hatte den Ball geworfen und dann eine Weile mitgemacht. Ihr schwarzes Haar flog hin und her, ihr Busen hüpfte, sie trug einen knappen Bikini. War es falsch, Jenifer zurückzurufen? Ihr ins Gewissen zu reden? Das Strandlaken hinter einen der Felsbrocken zu ziehen, um sie vor den Augen der

Männer zu schützen? Sie hatten später Dinge über ihn zu Protokoll gegeben, die nicht stimmten. »Wäre ich nur nicht nach Brighton gefahren«, wurde Heather nicht müde zu sagen, mit diesem lauernden, misstrauischen Blick. Am Sonntag nach dem Strandbesuch hatte Jenifer, ohne zu fragen, frühmorgens das Haus verlassen und war irgendwohin geradelt. Wohin, wusste er nicht. Vor Einbruch der Dunkelheit war sie mit glühendem Gesicht wieder zurück gewesen, hatte ihre Badesachen auf die Leine gehängt und sich in ihrem Zimmer eingeschlossen. Dann war das Wetter umgeschlagen, und eine Woche später war sie verschwunden.

Es ist, wie es ist, dachte Jory und machte sich auf den Rückweg. Als er zu Hause ankam, lag das Cottage bis auf das Dachfenster von Jenifers Zimmer und das Windlicht im Flurfenster im Dunkeln. Er wusste, was ihn erwartete. Heather hatte in all den Jahren ebenso stoisch an ihren Zeremonien festgehalten, wie sie ihre Psychopharmaka schluckte. Die Tage nach dem alljährlichen Schulfest verbrachte sie in Jenifers Dachzimmer. Dort wischte sie Staub, entfernte Spinnweben, schüttelte die Betten auf und bezog sie neu, wusch, bügelte und faltete die Kleidung und reinigte die Gardinen. Dann saß sie an Jenifers Schreibtisch, hörte ihre CDs, blätterte ihre Schulhefte und Fotoalben durch, las in Jenifers Büchern oder lag einfach stundenlang auf dem Bett und starrte an die Decke. Sie hatte nichts in dem Zimmer verändert. Im ganzen Haus nicht. »Erst, wenn meine Tochter wieder da ist«, erklärte sie hartnäckig, wenn Jory etwas reparieren oder erneuern wollte. Schon lange war eine Renovierung fällig. Die Tapeten hatten Grauschleier, die Fliesen im Badezimmer waren stumpf und die Fugen voller Schimmelflecken, die Holztreppe zum Dachgeschoss musste abgeschliffen und gewachst werden und der Stauraum neben Jenifers Zimmer brauchte eine Isolierung. Damit sollte ich wenigstens anfangen, dachte Jory, als er im zugigen Hausflur stand, von wo aus die Treppe unters Dach führte. Er machte sich nicht die Mühe, diese hinaufzusteigen und Heather zu begrüßen. Wozu? Sie nahm seine Gegenwart doch sowieso kaum wahr.

Er zog sich die Arbeitsschuhe aus, schaltete das Licht im Wohnzimmer an und begann den Kamin zu reinigen. Es war empfindlich kühl geworden, und er hatte den Eindruck, dass eine Grippe im Anmarsch war. Ein Feuer würde die Kälte in seinen Fingern und um sein Herz vertreiben. Er lief in den Schuppen neben der Garage, legte vier armlange dicke Äste von der Buche, die er im letzten Jahr gefällt hatte, neben den Spaltblock, fasste die Axt und begann die Äste zu zerkleinern. Eine halbe Stunde lang klang ihm das Knirschen von trockenem Holz in den Ohren, er spürte die Armmuskeln und wie ihm unter der Arbeitsweste allmählich wärmer wurde. Während sich andere in seiner Situation einem Forum für Betroffene im Internet oder einer Elterngruppe vor Ort anschlossen, zu einem Psychologen oder in die Kirche rannten oder einen Viertausender bestiegen, um ihren Schmerz zu verdrängen, hackte er Holz und schmiedete nach traditioneller Art Schlüssel mit verzierten Räuten, die einen guten Zusatzverdienst darstellten, wenn die Anfragen dafür auch sehr selten waren. Er hatte sich eine gebrauchte Schmiedeeinrichtung angeschafft, die in einer Ecke des Schuppens untergebracht war, wohin er sich jede freie Minute zurückzog, wenn er der Stille im Haus und den schwarzen Gedanken entfliehen wollte. Lizzy war auch nichts als Ablenkung gewesen, wurde ihm bewusst. Wenn sie wenigstens Gewissheit hätten. Wenn sie Jenifer beerdigen könnten, es ein Grab gäbe, dann, so glaubte er, würden sie eher zur Ruhe kommen. So war es, als befänden sie sich in der Wartehalle eines Bahnhofs und würden seit Jahren darauf hoffen, dass endlich der Zug eintreffen würde, in dem Jenifer saß.

Jory legte das Holz in einen Korb, trug ihn ins Wohnzimmer und stapelte vier Scheite in den Kamin, der schlecht zog und zu viel Rauch in den Raum drückte. Auch daran wollte er seit Langem etwas ändern. Die Lethargie war wie eine schwere Krankheit, die an allen Stellen Symptome zeigte. Wie sollten sie aus diesem Dämmerzustand herauskommen, wenn Jenifer nicht zurückkam? Und davon war Jory überzeugt, auch wenn immer wieder Wunder geschahen, Vermisste nach Jahren irgendwo quicklebendig auftauchten und Heather diese frohen Botschaften sammelte wie ihre Pillen im Küchenschrank. Mit einer Tasse Tee setzte er sich vor die auflodernden Flammen und versuchte Antworten darin zu finden. Die ersten Wochen hatte ihn die Polizei verdächtigt, Schuld an Jenifers Verschwinden zu haben. Heather hatte nie unter Verdacht gestanden. Aber er als Vater. Ein psychologisches Gutachten wurde angefertigt. Sie wollten herausfinden, ob er eine Beziehung zu Jenifer hatte, wie sie ein Vater nicht haben sollte. Alles, so hatte er den Eindruck, wurde gegen ihn verwendet. Seine Ungeduld, gelegentliche Wutausbrüche, die ein ehemaliger Mitarbeiter zu Protokoll gab, seine Schulnoten, mit denen er nicht geglänzt hatte, der frühe Tod seiner Schwester, seine alten Liebschaften, bevor er Heather kennengelernt hatte, die sich alle nach kurzer Zeit von ihm getrennt hatten, Eheprobleme, vor allem die Tatsache, dass sie Jenifer adoptiert hatten und er nicht hundertprozentig für diese Entscheidung gewesen war, wie er sogar, naiv, wie er anfangs war, unumwunden zugegeben hatte. Ist ja nicht das eigene Fleisch und Blut, hatte er ohne Argwohn verlauten lassen. Dass man nicht wisse, welche Schwierigkeiten da auf einen zukommen könnten. Zudem ein Kind aus einer fremden Welt. Dem man das ansah. Eine zwiespältige Beziehung und Eifersucht auf die Tochter hatte man ihm danach vorgehalten. »Mr Kellis zeigt eine auffällige Tendenz des Sich-zurückgesetzt-Fühlens«, rief er sich eine Zeile des Gutachtens in Erinnerung. Das Schlimmste war Heathers Misstrauen ihm gegenüber. Es hatte sich seither nie ganz gelegt. Der Ausflug an den Pedn Rock Beach war für sie ein Auslöser für die Tragödie. Irgendetwas war dort geschehen, glaubte sie, was er ihr verschwieg, und die Lokalpresse hatte dazu beigetragen, ihren Argwohn zu schüren. *Das Schicksal der ungeliebten Adoptivtochter.* So hatte die Überschrift eines Artikels gelautet. Ganz für sich allein, hatte Jory mit Schrecken festgestellt, hätte er auf einer Skala von eins bis zehn nicht ankreuzen können, wie sehr er Jenifer liebte. Seine Zuneigung zu ihr war gewachsen wie der Schößling der Hanfpalme, den Heather für sie gepflanzt hatte. Im Jahr 1830 hatte der deutsche Arzt und Naturforscher Philipp Franz von Siebold erstmals Samen dieser Palmenart von Japan nach Europa gebracht. Jenifer war in ihr Leben gekommen wie jene Samen oder wie die zugelaufene Katze, die ein paar Jahre auf ihrem Hof gewohnt hatte. Zu einem Zeitpunkt, als ihre Ehe eigentlich nur noch auf dem Papier existierte, war Jenifer der Kitt, der sie zusammenhielt. Das Glück war nach der Hochzeit von kurzer Dauer gewesen und mit kalten medizinischen Fakten aus der Tür gegangen. *Impotentia generandi* durch Mumpsorchitis. Kurz: Die Schuld ihrer Kinderlosigkeit lag bei ihm. Auch das hatte der Polizeigutachter als Indiz für seine Ablehnung von Jenifer angeführt und als möglichen Grund, seine Adoptivtochter, die ihm seine versagende Männlichkeit täglich vor Augen geführt hatte, aus dem Weg zu räumen. Lächerlich! Aber Worte zu seiner Verteidigung hatte er nicht parat gehabt. Das Reden war nie seine Sache gewesen, und er hatte nicht wirklich erklären können, wie es damals zu der Adoption gekommen war. Es war, wie es war. Heather hatte die Unterlagen einer Organisation auf den Tisch gelegt, die Waisenkinder aus Thailand vermittelte, ohne Begeisterung hatte er alle Angaben in das Formblatt eingetragen, sich danach eingeredet, Heathers Zufriedenheit, ihre Ehe, sein eigenes aus dem Lot geratenes Gleichgewicht, ihre Zukunft wären gerettet und gesichert, wenn nur ein Kind da wäre, und hatte bei den Vorstellungsgesprächen und Prüfungen, die sie als zukünftige Adoptiveltern durchführen mussten, dann mit ehrlichem Engagement für ihr neues Leben als Familie gekämpft. Mr Kellis macht einen verantwortungsvollen Eindruck, hatte man ihm bescheinigt, und so waren sie an einem nebeligen Novembertag ins Flugzeug gestiegen und nach Bangkok geflogen, das Foto von Jenifer in der Tasche, die damals fünf Jahre alt war, die Tochter einer alleinstehenden Frau ohne Angehörige, die bei der Geburt gestorben war. Phuong-Anh hatte diese das Mädchen getauft, und sie waren sich gleich einig gewesen, dass sie diesen schwierigen Namen ändern würden. Sie wird wie meine Tante heißen, hatte Heather beschlossen und war aufgekratzt gewesen wie lange nicht mehr. Wie zuletzt auf ihrer Hochzeitsreise, die sie auch nach Thailand geführt hatte. Ihre einzige Urlaubsreise. Ein Schnäppchenangebot, das dennoch ein großes Loch in die Haushaltskasse gerissen hatte. Dass Heather unbedingt ein thailändisches Kind adoptieren wollte, war ohne Zweifel eine romantische Erinnerung an ihre zwei Flitterwochen auf der Insel Ko Samui, wo ihre Liebe noch frisch war wie ein ofenwarmer Brotteig. Sie besuchten ihre zukünftige Adoptivtochter jeden Tag im Kinderheim, gingen mit ihr in den Benjasiri Park und zur Fantasia Lagoon auf dem Dach von The Mall Bangkapi, und schließlich übernachtete die Kleine eine weitere Woche bei ihnen im Hotel. Jenifer kam ihm scheu, dickköpfig und verschlossen vor. Heather dagegen fand sie bezaubernd. Sie erledigten einen Berg Papierkram und flogen zu dritt zurück nach Cornwall. Und danach drehte sich ihr Leben nur noch um eins: Jenifer.

War er eifersüchtig auf sie gewesen? Ja, gestand sich Jory im Geheimen ein. Das Mädchen bekam die Aufmerksamkeit von Heather, die er nie erhalten hatte. Deshalb trug er aber nicht die Schuld an ihrem Verschwinden.

Am Ende musste die Polizei zugeben, dass sein Alibi wasserdicht war, zumindest zu achtzig Prozent. An jenem verhängnisvollen Sonntag war er nach dem Schulkonzert mit Heather nach Hause gefahren, hatte sich eine Stunde dort aufgehalten und war dann in den Pub gegangen, wofür er Zeugen hatte. Um zweiundzwanzig Uhr war er wieder zurück gewesen und Heather schon im Bett. »Und dann?«, wurde er gefragt. »Dann habe ich ferngesehen und bin auf dem Sofa eingeschlafen«. Das waren die fehlenden zwanzig Prozent. Jory hatte dafür keine Zeugen. Er hatte am nächsten Morgen nicht wie sonst mit Heather gefrühstückt, war bereits gegen vier erwacht, zur Küste gefahren und hatte sein Boot zu Wasser gelassen. Fünf Meilen war er hinausgefahren, hatte die Angel ausgeworfen und nach kurzer Zeit wieder eingezogen, um sich dann auf der an jenem Morgen glatten See treiben zu lassen. Auf dem Boot, mit nichts als Himmel und Meer um ihn herum, fand er Ruhe, mehr als das: Frieden. Im Zwiegespräch mit Wellen und Licht, kamen ihm Antworten auf drängende Fragen. An jenem Morgen hatte er nach einer rastlosen Nacht voller Sorge um Jenifer an die nahe Zukunft ohne sie gedacht. Daran, dass sie schon bald mit den Flügeln schlagen und aus ihrem Nest flattern würde. Eine Vorstellung, die zwiespältige Gedanken zwischen Hoffen und Bangen in ihm ausgelöst hatte. Hoffnung, dass Heather dann endlich wieder zu ihm finden, und Bangen, wohin es ihre unstete Tochter treiben würde. Geduld, Verständnis? Nein, das hatte er für sie weniger als Heather gehabt, manchmal gar nicht. Angebrüllt hatte er Jenifer, die Hand gegen sie erhoben. Regelmäßig, wie Heather der Polizei verraten hatte. Auch das hatte man ihm angelastet. Aber war es nicht sein Recht, wenn sie tat, was sie wollte, und jede Vereinbarung ignorierte? Nach dem Schulkonzert hatte sie bei Dolph Milton übernachten wollen. Um Erlaubnis hatte sie nicht gefragt, sondern Jory um Mitternacht ihr Vorhaben per SMS mitgeteilt und danach sofort ihr Handy ausgeschaltet. Doch Dolph Milton hatte niemand verdächtigt. Der hatte ein stichfestes Alibi. Enkel des Schulgründers und seit Kurzem: frisch gewählter Bürgermeister. So ist das, dachte Jory und legte Holz nach. Und da Jenifer angeblich nicht bei Dolph Milton gewesen war, ging die Polizei davon aus, dass Jory gelogen hatte. Auch die Bootsfahrt am frühen Morgen konnte niemand bezeugen. Und dass er allein im Morgengrauen auf dem Meer gewesen war, glaubte man ihm ebenso wenig. Es hatte am Ende nur keine Beweise gegen ihn gegeben.

Zur vollen Stunde hörte er mit dem Ohr am leise gestellten Küchenradio die Lokalnachrichten und erschrak, als eine Vermisstenmeldung zu Carla Wellington gesendet wurde. »Erinnerungen an den Fall Jenifer Kellis werden wach«, hörte er die Sprecherin sagen und schaltete ab. Er legte einen Scheit nach, beobachtete, wie erst eine, dann die nächste Flamme daran leckte und sich das Holzstück schließlich entzündete. Was sollte er tun? Über kurz oder lang würde Heather davon erfahren. Würde jetzt, wie Lizzy glaubte, alles wieder hervorgezerrt werden, was seit Jahren verstaubt in einer vergessenen Akte lag? Würde die Polizei einen Zusammenhang sehen und damit neue Hoffnung für sie bestehen?

Oder würde alles wieder von vorne beginnen und man ihn erneut verdächtigen? Würde die Polizei herausfinden, dass er eine Affäre mit Lizzy hatte und es gegen ihn verwenden? Und dann die Sache mit der Schließanlage am Haus der Wellingtons, fiel ihm ein. Eins entzündet sich am anderen und Rauch steigt auf. Wäre ich damals nur zur Schule gefahren, um sie abzuholen, würde Jenifer heute Abend an unserem Tisch sitzen, dachte er nicht zum ersten Mal. Ja, am Ende gibt es nur einen Schuldigen für ihr Verschwinden: mich.

18

Justin Pedrack zog an seinen Fingern, bis die Gelenke knackten, und machte Angaben zu seiner Person mit zusammengepressten Zähnen. Immerhin war er der Vorladung gefolgt und zum ordentlichen Verhör in die ehemalige Polizeistation von Cambrenne gekommen, von wo aus Collin nun die Sonderkommission unter dem Namen »Carla« leitete. Logistisch einfacher, als alle Einsatzkräfte für Besprechungen nach St Magor zu zitieren. Justins Vater hatte zugegeben, keine Kontrolle mehr über seinen ältesten Sohn zu haben. Collin hatte die Wohlfahrt eingeschaltet und mit Ronald Barker gesprochen. Der Hausmeister der Highschool brauchte Unterstützung, das lag auf der Hand. Sein Ältester war bereits mit dem Gesetz in Konflikt geraten, die drei Jüngeren fielen durch Schulprobleme auf.

»Ihre Geschwister können nicht beschwören, dass Sie am Sonntagabend nach Hause gekommen sind«, sagte Collin. »Auch Ihr Vater ist sich nicht sicher. Wo haben Sie die Nacht verbracht?«

»Mann, bin irgendwo versackt. Kann mich nich' erinnern. Festplattenriss.«

»Sie haben somit ein recht schwankendes Alibi.«

»Schwankendes Alibi. Was zum Teufel soll 'n das heißen?« Justin nahm einen Zahnstocher aus seinem Mundwinkel.

»Uns liegen die Aussagen zweier Zeugen vor, die angeben, dass Sie und Carla ein Paar waren«, fuhr Collin nun mit schärferer Stimme fort.

»Bullshit.«

»Gut, fangen wir woanders an. Hat Carla Ihnen am Sonntagabend erzählt, wo sie übernachten wollte?«

»Nee. Wir haben nich' rumgequatscht. Was weiß ich, wo die pennen wollte.«

Collin spürte, wie sich seine Magenwände zusammenzogen. Er rief sich Kathryns Atemübung in Erinnerung und tat tiefe Züge, bis sich der Reiz im Zwerchfell gelegt hatte. Justin wusste, dass sie ihn nicht grundlos festhalten konnten, und hatte auf einen Anwalt verzichtet. »Haben Sie die Nacht mit Carla verbracht?«

»Wie oft soll ich die Platte noch auflegen? Nein, hab ich nich'.«

»Also – du hast mit dem Mädchen 'ne Runde Klammerblues getanzt und …«, mischte sich Johnny ein, und sein Gesicht verriet, dass er auf hundertachtzig war.

»Was für'n Ding?«

»Kapierst genau, was ich meine. Warst scharf auf sie, stimmt's? Ihr habt auf der Bank draußen ein bisschen geknutscht, aber sie hat gezickt, und du hast ihr was vom Weihnachtsmann vorgesülzt und sie rumgekriegt, richtig? Sie ist mit dir mitgegangen, zu 'nem trockenen Plätzchen, und dann?«

»Nix dann. Bisschen Geknutsche, okay. Fuck, ja, Mann. Aber nix weiter. Die hat mich eiskalt abserviert. Bin nich' ihr Typ, klar?«

»Und da biste sauer geworden, gib's doch zu«, konterte Johnny und drehte sich dann um zur Tür, an der ein Beamter stand, der Collin dringend ans Telefon bat. Sie hatten Helston erreicht, der bis vor einem Jahr Detective Inspector in Cambrenne gewesen war.

»Bin in Lissabon«, hörte Collin Helstons kratzige Stimme. »Beim Europa-Championat.«

»Wegen deiner Vögel?«

»Weißt doch, bin Schatzmeister beim WBO, der internationalen Wellensittich-Organisation. Filo, mein blau-gelber, hat gerade Gold gewonnen.«

»Glückwunsch.«

Jeder schien seine kleinen und großen Fluchten zu haben. Helston hat die Zucht von Rainbow-Wellensittichen, und ich habe meine Steine, dachte Collin.

»Eine Schülerin der John-Betjeman-Highschool ist verschwunden?«

»Ja, Carla Wellington. Kennst du sie?« Collin schlug seine Kladde auf und betrachtete das Familienfoto, das er nach Kathryns Abreise hineingelegt hatte. Sie saßen alle lachend auf dem Rasen hinter ihrem Cottage mit Wolfie, ihrem Husky, in der Mitte. Er selbst hatte einen Arm um seine Frau gelegt, in den anderen schmiegte sich seine Tochter Ayesha. Sie trug das Kraushaar in dünnen geflochtenen Zöpfen, die eng am Kopf lagen, und das Weiß ihrer Augen leuchtete in ihrem dunklen Gesicht.

»Wellington senior kenne ich ganz gut und hab seinem Töchterchen am Sonntag in der Aula zugeschaut. Spielt wunderbar«, erzählte Helston. »Jetzt willst du mich wohl wegen des alten Kellis-Falls sprechen. Seht ihr Parallelen?«

»Vage. Acker mich noch durch die Akte.« Collin blickte frustriert auf die Uhr. Es war inzwischen fast halb neun Uhr abends. Ein Stapel Notizen lag auf seinem Tisch, den es zu sichten galt. Erste Hinweise aus der Bevölkerung, Zusammenfassungen der Aussagen vom Lehrpersonal und von Carlas Klassenkameradinnen, der Bericht der Kriminaltechniker über Carlas Mofa und Fahrrad. In der Tarosvan Kav, wo ihr Name an einer Wand stand, musste sie vor längerer Zeit gewesen sein. Die Farbe, hatte eine erste Laboruntersuchung ergeben, war nicht frisch, an einigen Stellen bereits abgeblättert und von einer feinen Salzschicht überzogen. Die heutige Suche in der Umgebung der Schule hatte zu keinem Ergebnis geführt. Sie hatten weder Anhaltspunkte, wo sich Carla aufhalten könnte, noch eine abschließende Vorstellung vom Geschehen am Disco-Abend und somit von den letzten Stunden und Minuten, in denen sie gesehen worden war. Lebend, dachte Collin und schob den Gedanken schnell beiseite.

Die Presse war schon einen Schritt weiter. Die letzte Meldung im *Coastal Observer*, eine halbe Stunde zuvor online gestellt, hatte Fotos beider Mädchen als Aufmacher und eine Überschrift gewählt, die nach einem Kitschroman klang: »Schatten der Vergangenheit«. Für den Donnerstag war eine weitere Pressekonferenz angesetzt, und Collin wollte bis dahin brauchbare Aussagen präsentieren können. Wenn Kinder spurlos verschwanden, kochten die Emotionen hoch wie eine Springflut. »Ich hab damals ja auf den Adoptivvater getippt«, sagte Helston. »War ihm aber nichts nachzuweisen.«

»Und warum hast du ihn verdächtigt?«

»Hat sich in seinen Aussagen verstrickt und – wie soll ich es ausdrücken? Jenifer war ja adoptiert. Kein Grund, aber sie waren sich nicht grün. Sind immer aneinandergeraten.«

»Verstehe. Wenn dir noch was einfällt …«

»Den Fall hat ja damals Ladock bearbeitet.«
»Weißt du, wo er steckt?«
»Macht sich jetzt ein schönes Leben auf den Kanaren. Ich schick dir seine Nummer«, versprach Helston.

Nach dem Gespräch ging Collin unter dem Eindruck, auf der Stelle zu treten, zum Verhör zurück. Justin Pedrack war am Ende keine Hilfe, um den Sonntagabend vollständig zu rekonstruieren, und die Verdachtsmomente gegen ihn reichten nicht aus, um ihn festzuhalten. Collin entließ ihn mit der Auflage, den Ort nicht zu verlassen und ihnen jederzeit zur Verfügung zu stehen, und fuhr zwei Stunden später nach Hause.

Das Cottage lag dunkel vor ihm, Ayesha und seine Söhne schliefen längst, nachdem Gwenny sie mit einer Fischpastete verköstigt und bis zu seiner Rückkehr am späten Abend beaufsichtigt hatte. So hatte es Shawn mit säuerlicher Miene ausgedrückt. Er fand, dass sie mit dreizehn keinen Babysitter mehr brauchten. Das hatten die Wellingtons auch gedacht, als sie ihre Tochter für Wochen allein ließen. Bei den Eltern von Jenifer Kellis war es eine einzige Nacht gewesen, in der sie nicht in der Nähe ihrer Tochter waren. Und in dieser Nacht war sie verschwunden. Am Ende schützte nichts und niemand davor, dass ein Mensch einfach verschwinden konnte, hatte ihm eine Mitarbeiterin von »Amber Alert« erklärt. Dennoch hatte er Gwenny gebeten, ihn die nächsten Tage zu unterstützen. Er wollte seine Kinder keine Minute mehr aus den Augen lassen. Der Umstand, dass Jenifer Kellis ein Adoptivkind wie Ayesha war, hatte bei ihm die Alarmglocken zum Schrillen gebracht. Außerdem stammte Jenifer aus Thailand, wo sich gerade seine Frau aufhielt. Er war zu sehr Sohn seiner abergläubischen Mutter, um nicht über diese Fügungen ins Grübeln zu geraten, obgleich er die mahnende Stimme von Owen Peters, seinem ehemaligen Chef in Southampton, im Hinterkopf hatte, der ihn stets davor gewarnt hatte, dem Bauchgefühl zu folgen oder dem sogenannten Schicksal eine Chance zu geben. Es waren die Fakten, die es zu lesen galt. Collin hatte im Lesesessel der Werkstatt, umgeben von seinen Steinen, mit einem Gefühl der Machtlosigkeit in den Unterlagen des Kellis-Falls geblättert. Zweitausend Seiten, auf mehrere Ordner verteilt. Ein ungelöster Fall war wie eine vernarbte Wunde, die bei einem Wetterumschwung zu jucken begann. Sein ehemaliger Cambrenner Kollege Ladock schien alles getan zu haben, um das Mädchen zu finden, sein Nachfolger Helston hatte ebenfalls erfolglos Nachforschungen betrieben. Zeitweilig war ein junger Lehrer in Verdacht geraten, ein Verhältnis mit Jenifer angefangen zu haben, konnte dann aber entlastet werden, ebenso wie Dolph Milton, der damalige Freund der Schülerin. Es hatte sich sogar eine in der Region bekannte Wahrsagerin eingeschaltet, die glaubte, einer der kornischen Geister, eine der Feen oder Hexen habe die Schülerin entführt. Ein Anhänger der Parapsychologie hatte vermutet, sie habe dem Rufen ertrunkener Seemänner in der berüchtigten Mernans Bay, einer Bucht nahe Cambrenne, nachgegeben oder sich vom Gwydn Kleger hinuntergestürzt, dem »Felsen der Selbstmörder«, eine Granitwand, die senkrecht zum Meer abfiel und bei Paraglidern als Absprungfläche beliebt war. Es gab Dutzende Theorien, viele verworrene Indizien, Hinweise, die im Sande verlaufen waren, Hunderte von Zeugenaussagen, die zu keinem Ergebnis geführt hatten, und am Ende bis zum heutigen Tage keine Erklärung für Jenifers Verschwinden. Aber nicht nur das ließ Collin dann schlaflos in seiner Hütte umhertigern. Es war der nicht von der Hand zu weisende Zusammenhang mit Carla, den er nun schwarz auf weiß aus den Akten herauslesen, aber nicht wirklich greifen und jetzt, da er den Stimmen der Nacht ausgesetzt war, nicht mehr leugnen konnte. Die Tatsache, dass beide Mädchen Schülerinnen der John-Betjeman-Highschool und Solistinnen im Schulorchester waren, ergab bislang allerdings den einzigen sichtbaren gemeinsamen Nenner.

Die Mittelmäßigkeit einer Lehrerin, verbunden mit einem auf ihre Schüler übertragenen Ehrgeiz als Grund, Carla aus dem Weg zu räumen? Ein an den Haaren herbeigezogenes Motiv, fand Collin. Und durch die Faktenlage nicht zu halten. Es musste etwas anderes sein, was sie noch nicht erkannt hatten. Er stellte sich vor die Hütte. Es war weit nach Mitternacht und der Himmel riss gerade auf. Collin zündete seine Pfeife an, legte den Kopf in den Nacken und überlegte, ob Kathryn in Thailand die gleichen Sternbilder des Septembers sehen würde wie er. Das Viereck des Pegasus, den hellen Fomalhaut im Südlichen Fisch und das »Lächeln des Himmels«, den Steinbock, Kathryns astrologisches Sternzeichen. Sie würde den Orion mit seinen drei Gürtelsternen ohne Zweifel sehen, entschied er. In Thailand hieß diese Himmelskonstellation »Tierfalle«, hatte ihm Kathryn vor ihrer Abreise aus einem Reiseführer vorgelesen. Hier war er der Jäger des Himmels, der, begleitet vom Großen und Kleinen Hund gegen wilde Tiere kämpfte. Doch wilde Tiere gab es nicht mehr, und letztlich wären sie keine so große Bedrohung wie jene Menschen, die sich nicht an Gesetze und Moralvorstellungen hielten, Menschen, denen er als Polizist nachjagte, um andere vor ihnen zu beschützen. War er dazu überhaupt in der Lage? An diesem noch nachtschlafenden frühen Mittwochmorgen zweifelte er daran. Während er hier Pfeife rauchend stand, befand sich ein Mädchen möglicherweise in Gefahr, konnte irgendwo in St Magor oder Cambrenne ein Verbrechen geschehen, das seine Präsenz nicht zu verhindern vermochte. Gesetze, Strafmaßnahmen, religiöse oder ethische Werte – nichts verhinderte Gewalt, Terror oder am Ende kriegerische Auseinandersetzungen. Das lehrte die Geschichte der Menschheit, fand Collin. Lieber wollte er sich in diesem Augenblick den Orion als Sohn des Meeresgottes Poseidon vorstellen, von dem jener die Fähigkeit geerbt hatte, über Wasser zu gehen. Und vielleicht tat Orion das gerade mit mächtigen Schritten, denn das Meer wütete überlaut, Wind rauschte in den Bäumen, die den Garten säumten, und eben hatte er den Schrei von Minny gehört, wie seine Tochter Ayesha die Schleiereule getauft hatte, die auf der Zirbelkiefer zu Hause war. Nachts verwandelte sich die Küste Cornwalls in einen Ort, der nicht den Menschen gehörte, sondern den Gezeiten, dem Wind, dem Mond und den Sternen, ein von Geistern beherrschter, unheimlicher Ort, und in einer Herbstnacht wie dieser tat man gut daran, einen warmen Platz zu haben, Feuer in einem Ofen, wie es Collin vor einigen Stunden in seiner Hütte entfacht hatte. Er schaute ein letztes Mal zum Orion hoch, wünschte sich, in dem Licht der Vergangenheit, das auf seine Netzhaut traf, Antworten zu finden, ging mit dem Vorsatz, sich nun ein wenig mit dem Nachdenken über seine Auftragsarbeit abzulenken, zurück in die Hütte, knipste die Lampe über der Werkbank an und setzte sich vor den Granit, dessen blaue Körnung glitzerte. Daneben lag ein dickes Buch von Ayesha, das er aufschlug, bis er die »Meerjungfrau von Zennor« fand, ein Volksmärchen, eine Legende und für viele, die der übersinnlichen Aura nachgaben, die die Südküste Englands seit jeher umgab, die wahre Geschichte einer fatalen Liebe. In der kleinen sechshundert Jahre alten Kirche von St Senara in Zennor, die Collin einmal mit seiner Familie besucht hatte, stand eine Holzbank mit kunstvoll geschnitzter Seitenwand, in der die schöne junge Fremde Morveran mit Kamm und Spiegel verewigt war, die, so die Legende, jeden Sonntag zum Gottesdienst erschienen war und alle mit ihrer göttlichen Stimme verzückt hatte, auch einen jungen Mann namens Matthew Trewella, der ihr eines Tages ans Meer nach Pendour Cove folgte und fortan nie wieder gesehen ward. Viele Jahre später ankerte ein Schiff eine Meile vor der Pendour Cove, und kurz darauf erschien eine Meerjungfrau und bat den Kapitän, den Anker doch bitte zu lichten, da dieser die Tür zu ihrem Zuhause versperrte. Der Kapitän gehorchte aus Furcht vor einem schlechten Omen und segelte dann flugs davon. Als die Bewohner von Zennor davon hörten, waren sie überzeugt, dass die Meerjungfrau niemand anderes gewesen war als jene schöne Unbekannte. Und sie glaubten, Matthew Trewella hätte sich ebenso in ein Meerwesen verwandelt und lebte mit ihr am Meeresgrund.

Eine Zeit lang war dieses Märchen die Lieblings-Gute-Nacht-Geschichte seiner Tochter gewesen, und an diesem Abend hatte sie ihn ängstlich gefragt, ob sich Carla in eine Nixe verwandelt hatte. Collin hatte keine Antwort gewusst und sie nur fest in den Arm genommen.

Eine Meerjungfrau vereint beides in sich, entschied er, nachdem er die Geschichte noch einmal überflogen hatte: das Glück und das Unglück. Der alte Tamar, der am Dienstag mit seinem Rad zur Polizeistation gefahren war, um nach dem Fortschritt seiner Auftragsarbeit zu fragen, würde von ihm keine Nixe mit einem glatten Gesicht wie aus Elfenbein und korallenroten Lippen bekommen, ihr Leib würde nicht wie Alabaster, ihr Haar nicht wie aus purem Gold sein, ihre Schwanzflosse nicht glänzen vor Silber und Perlmutt. So wie das Meer zwei Gesichter hatte, ein türkisblaues, zahmes Sommergesicht und ein wütendes, schwarzes Winterantlitz, so waren die mythischen Bewohner der See, halb gute Fee, halb Ungeheuer, halb Mensch, halb Fisch, singend und stumm, lebendig und tot zugleich. Collin strich über den Stein, folgte Kanten und Einschlüssen, schob den Stuhl ein Stück weg und sah auf einmal etwas, das sicherlich ganz und gar nicht Tamars Vorstellungen entsprach. Er nahm sich vor, seinen Eindruck sorgfältig bei Tageslicht und im wachen Zustand zu prüfen, schaltete die Lampe aus und ging zum Cottage. Die Nacht würde kurz werden, die Träume dunkel. Er konnte sein ungutes Gefühl nicht auf der Schwelle zu seinem Schlafzimmer ablegen. Sie mussten mit allem rechnen, auch damit, dass sich Carla ins Meer gestürzt hatte.

19

Am nächsten Morgen saß Collin mit seinen Kindern am Frühstückstisch und musste mit Schrecken feststellen, dass sich Carlas Verschwinden in ihrem Cottage ausgebreitet hatte. Die Zwillinge redeten über nichts anderes.

»Vielleicht ist Carla ja in einer anderen Höhle. Berry meint, wir können helfen, sie zu suchen«, sagte Simon.

»Das überlassen wir besser der Küstenwache«, antwortete Collin und hoffte, dass sich sein Sohn daran halten würde.

»Stimmt es, dass da so 'n Mädchenfänger rumläuft, der Carla mitgenommen hat?«, fragte Shawn.

»Wie kommst du denn darauf?« Collin schüttelte mit einem

Seitenblick auf Ayesha den Kopf. »Wolltest du nicht noch deine Kaninchen füttern?«, fragte er seine Tochter und schickte sie in den Garten.

»Erzählen sie in der Schule«, fuhr Shawn fort. »Der soll aus Russland kommen oder so, mit 'nem dicken Wagen, einer Limousine, und dann sucht er Mädchen und verschleppt sie.«

»Ins Bordell«, flüsterte Simon mit knallroten Wangen.

»Wer erzählt denn so was?«

»Die aus Carlas Klasse. Sie sagen, das ist so ein Mafiaboss und dass du Angst vor dem hast. Das stimmt nicht, oder?«

»Das mit dem Mädchenfänger aus Russland oder dass ich Angst vor ihm habe?«

Shawn zuckte mit den Schultern und rührte in seinen Cornflakes herum.

Hatten seine Söhne zu allem Überfluss nun auch noch seinetwegen Ärger mit Mitschülern?, überlegte Collin empört. Gestern hatten ihn die Anrufe mehrerer Eltern aus Carlas Klasse erreicht, die teils verängstigt, teils vorwurfsvoll die Gewissheit von ihm haben wollten, dass ihre eigenen Kinder in Sicherheit waren.

»Sagt denen, dass sie zu viele Actionfilme schauen.«

»Mir ist übel. Kann ich heute zu Hause bleiben?«, fragte Shawn.

»Musst du brechen, oder wie übel ist dir?« Er glaubte Shawn kein Wort, räumte das Geschirr in die Spüle und füllte die Futterschüssel für Wolfie. Der Husky hatte verschiedenfarbige Augen und symbolisierte die bunte Vielfalt in ihrer Familie, fand Kathryn. »Also raus mit der Sprache: Ihr wollt meinetwegen nicht zur Schule?« Er nahm ein leichtes Nicken von Simon wahr, während Shawn eine Grimasse zog, die er nicht deuten konnte.

»Wäre das nicht eher Öl ins Feuer dieser Gerüchte gießen?«

»Kann sein«, murrte Shawn. »Aber du findest Carla doch, oder?«

»Natürlich.« Collin hoffte, dass seine Stimme überzeugend klang. Zweifelten seine Söhne etwa an ihm? Im Kindergarten und in der Grundschule, so erinnerte er sich, war er für seine Söhne und deren Freunde der große Held gewesen. Ein Polizist als Vater, das war für sie etwas, womit sie prahlen konnten, worum sie beneidet wurden. Jetzt schien sich der Wind gedreht zu haben. »Also, packt eure Sandwiches ein und ab ins Auto. Zeigt allen, die irgendwas von Mädchenfängern erzählen, einen Vogel. Beweise zählen, sonst nichts. Das wisst ihr doch, Jungs. Ayesha, kommst du? Und vergiss nicht Wolfies Leine.«

Er hatte Ayesha versprochen, sie heute zu »Fridas Farm« zu fahren, die auf dem Weg nach St Magor lag, wo eine passionierte Lehrerin ihren Traum einer andersartigen Schule für Kinder bis elf Jahren verwirklicht hatte. Die Hälfte des Tages verbrachten die Schüler draußen, außerhalb eines normalen Klassenzimmers. Es gab einen Schulgarten, eine Werkstatt, eine Schulküche und natürlich die Farmtiere. Genau der richtige Ort für seine tierliebende Tochter, denn ein Teil des Unterrichts bestand darin, sich um ein Pflegetier zu kümmern. Ayesha hatte sich eins der Herdwick-Schafe ausgesucht, die Fridas Familie seit Generationen züchtete. Die Kinder durften nach Absprache ihre eigenen Haustiere mitbringen, was Collin gerade mehr als gelegen kam, denn Zeit zum Gassigehen mit Wolfie hatte er nicht. Alles kam nun zu kurz. Dabei hatte er sich vorgenommen, während Kathryns Abwesenheit ein vorbildlicher Vater zu sein, wollte sich mindestens zwei Tage frei nehmen, um endlich einmal am Unterricht in Ayeshas Schule teilzunehmen, was den Eltern nach vorheriger Terminvereinbarung gestattet war. Er schaltete den Scheibenwischer an, fuhr langsam den Schotterweg bis zur Küstenstraße hinunter und bog wenige Meilen vor St Magor in Richtung Landesinneres ab, wo es auf einer schmalen, von Hecken gesäumten Landstraße an Weiden und teils schon abgeernteten Getreidefeldern vorbeiging und auf ein Waldstück zu, das im Herbstkleid leuchtete. Mitten in dieser Idylle standen das weinrot gestrichene Farmhaus und die drei Nebengebäude von Fridas Grundschule.

»Daddy, wusstest du, dass Teddys Ur-Ur-Urgroßeltern aus Norwegen kommen?«, fragte Ayesha.

»Wer ist Teddy?«

»Daddy, das ist doch mein Schaf.«

»Ach so, ja.« Ich nehme mir heute zumindest die Zeit, es mir anzusehen, nahm sich Collin vor. »Und das stammt aus Norwegen?«

»Die Wikinger haben es nach Cornwall gebracht. Und *Herdvik* ist Norwegisch und heißt ›Schaffarm‹.«

»Du hast's gut ...«, sagte Shawn. »Kannst dein Schaf füttern und musst kein Mathe büffeln.«

»Muss ich doch!«, rief Ayesha. »Aber ich will Tierärztin werden oder Farmerin. Da brauch ich Mathe nicht.«

»Klar brauchst du das«, belehrte sie Simon. »Zum Schäfchenzählen.«

Die drei kicherten und neckten sich weiter, bis sie vor dem Farmhaus hielten. Das ganze Leben stand noch offen für sie, dachte Collin, als er kurz darauf an einem Zaun stand, die Hand auf Teddys bärendicke braune Wolle legte und ihm in die sanften Augen blickte, alle Träume konnten noch wahr werden, überall waren Anfänge, alles noch ein Werden und keine Endstationen. Ein Schaf brachte das große Glück ins kleine Herz seiner Tochter und wischte mit einem »Mäh« jegliche Zweifel weg.

»Teddy ist ein Junge ohne Hörner. Siehst du, Daddy? Die

anderen Böcke haben ganz runde Hörner, außer Ernie, der ist krank.«

»Bin ich ja froh, dass Teddy keine hat.«

»Irgendwann wird seine Wolle ganz weiß«, sagte Ayesha.

»Wie, am Kopf?«

Sie nickte und lehnte sich an ihn. »Daddy, wirst du Carla heute finden?«

»Hoffe ich.« Collin schluckte und nahm seine Tochter fest in den Arm.

Wie konnte es sein, dass unweit dieses kleinen Paradieses ein Verbrechen geschehen war?, überlegte er, als er sich auf den Weg nach St Magor machte.

Die Zwillinge saßen schweigend auf der Rückbank und stiegen mit langen Gesichtern an der Haltestelle von St Magor aus, die nahe der Küstenstraße lag. Der Bus ist in fünf Minuten da, beruhigte sich Collin, als er die mit einer Natursteinmauer gesäumte Straße bergan zum Polizeigebäude fuhr, vorbei an Häusern, in denen das Leben erwachte. Weiß und farbig verputzte Fassaden neben Altbauten aus grauem Ziegel und noch älteren aus unregelmäßigen Granitsteinen. Blumenampeln mit Herbstblumen hingen neben Haustüren, in Vorgärten blühten Goldruten, Sonnenblumen, Hortensien, Dahlien und Astern. Efeu und Kletterpflanzen wie die Schwarzäugige Susanne rankten an Mauern hoch. Ein Duft nach Wildkräutern und Salz lag in der Luft und es sah nach einem sonnigen Tag aus, dachte Collin, als er das Fenster seines Büros öffnete und in den Himmel blickte, an dem sich zarter Morgennebel über dem Meer auflöste. Er griff nach seiner Kladde und überflog die Notizen, die er sich zu nachtschlafender Stunde gemacht hatte. Die Kladde steckte in einer abgegriffenen Lederhülle und war ein Geschenk seines Vaters zum

Abschluss der Highschool gewesen. Collin sollte darin das Buch aller Bücher, die Bibel, einschlagen und jeden Abend darin lesen, um eine Orientierung für sein Leben zu haben. Sie hatte ihm nur ein paar Wochen gedient, dann fing er bei der Polizei an und das Buch der Bücher ins Regal verbannt. Kein Gott dieser Welt, hatte er beschlossen, konnte ihm erklären, warum Verbrechen, wie sie ihm erstmals bei der Mordkommission in Southampton begegnet waren, geschahen und warum Verbrecher vor Gott Vergebung empfingen. Als Johnny, Bill und Anne um ihn versammelt waren, fasste Collin die bisherigen, reichlich dünnen Erkenntnisse zusammen. »Die Rechtsmedizin hat sich wegen der Strumpfhose aus dem Maschinenhaus der Mine gemeldet. Sie gehört nicht Carla. Es deutet nichts darauf hin, dass sie dort war. Die Kriminaltechniker haben eindeutig festgestellt, dass ihr Mofa und ihr Fahrrad vorsätzlich fahruntüchtig gemacht wurden.« Die Radreifen wiesen mehrere glatte Schnitte wie von einem Messer auf, die Fahrradkette war mit einer Eisenzange durchtrennt, Spezialschrauben an Nabe und Gabel waren entfernt worden. Am Mofa fehlten die Zündkerzen, Zündkabel und der Benzinschlauch. Wer war dafür verantwortlich? Und warum hatte sich Carla keine Hilfe geholt, um die Schäden zu beheben?

»Fingerabdrücke sind an den Fahrzeugen gesichert. Warten wir ab, ob uns der Abgleich mit der Datenbank weiterhilft. Ihr Laptop ist bei den Informatikern. Wir lassen ihre Media-Aktivität prüfen. Sie war auf Facebook, Instagram, WhatsApp, Snapchat, wie die meisten in ihrem Alter.«

»Snapshot?«, fragte Johnny und blickte von seinem Smartphone auf. »Was zum Teufel ist das? Gewaltvideos?«

Anne kicherte. »Johnny, wo lebst du denn?«

»In Cornwall. Wo sonst? Und da angele ich Snapper.«

»Snapchat ist ein Instant-Messaging-Dienst«, erklärte Bill in Oberlehrerstimme. »Kostenlos, deshalb attraktiv für Jugendliche. Man kann damit Fotos verschicken. Die zerstören sich kurz darauf von selbst.«

»Aha.« Johnny kraulte sich den Bart. »Braucht man den Quatsch?«

»Nun, es hat gewisse Vorteile ...« Bill zupfte an der Krawatte, ein untrügliches Zeichen dafür, dass er zu einer Ausführung ansetzen wollte.

Collin klopfte mit dem Knöchel auf den Tisch. »Euren Disput könnt ihr bitte vertagen. Es ist durchaus möglich, dass Carla in einem Social-Media-Dienst Kontakt zu einem Unbekannten aufgenommen hat ...«

»Und dann Romance Scamming?«, warf Bill ein. »Als Sechzehnjährige? Halte ich für unwahrscheinlich.«

»Warum nicht? Oder Romance Scaring«, meldete sich wieder Johnny zu Wort. »So 'n Schleimer, der ihr das Blaue vom Himmel vorgegaukelt hat.«

Collin hörte dem Wortgefecht zwischen Johnny und Bill eine Weile zu, stand schließlich auf und schloss das Fenster, an dem der Wind rüttelte. Der Rahmen war leicht verzogen, die Metallriegel hatten Rost angesetzt. Das Gebäude stand unter Denkmalschutz und sollte im nächsten Jahr endlich renoviert werden. Zumindest das undichte Dach, Fenster und Türen. Auch die Heizung brauchte eine Rundumerneuerung. In den ungemütlichen Jahreszeiten war es empfindlich kühl in den Räumen. Doch Collin wollte nirgendwo anders sein. Die Meeresbrise drang durch jede Ritze. Hier konnte er klar denken, Entscheidungen treffen, atmen. In einem modernen Bürogebäude würde er ersticken. So war es mit der Cyber-Welt, dachte er, in der die meisten Menschen wie

Cursor über glatte Oberflächen glitten und in der er sich selbst bewegte wie ein Wal auf dem Land. Carla konnte durchaus in der Tiefe eines Social-Media-Kontaktes verschwunden sein. Er bat um Ruhe und wandte sich an Bill.

»Zwei Zeugen haben sich gemeldet, die Carla angeblich nach Mitternacht in der Stadt gesehen haben, am Kiosk ›Fish Burger‹. Geh dem bitte noch mal nach. Anne, werden die Poster heute fertig?«

»Ja, ich meine, ich denke …« Sie setzte sich aufrechter hin, nachdem sie in Gedanken versunken Bella, das Kätzchen, auf ihrem Schoß gestreichelt hatte. In den letzten Tagen trug sie dieses unergründliche Lächeln. Was vermochte sie so verwandelt haben?

»Ich will sie heute um spätestens zehn auf dem Tisch haben. Dann rufst du bitte Mellyn von der Nachbarschaftswache an. Sie kümmert sich um die Verteilung.«

Grace Wellington hatte für das Poster ein Foto von Carla ausgesucht, auf dem sie eine türkisfarbene Strickmütze mit großem Bommel trug. Es war das aktuellste Foto und doch bereits ein Jahr alt. »Wir benutzen unsere Kamera für die Arbeit, nicht fürs Privatleben«, hatte sie erklärt. Sie würden das DIN-A0-Plakat überall in Cambrenne und Umgebung aufhängen und hofften, dass die in fetten roten Lettern gedruckte Frage – »Wer hat Carla gesehen?« – zu weiteren und vor allem brauchbaren Hinweisen aus der Bevölkerung führte.

»Ich kümmere mich«, versprach Anne.

»Sonst noch etwas?« Collin blickte in die kleine Runde seines Teams. Das fehlende Mitglied, Sandra, kam am Donnerstag. Mit einer Überraschung, hatte sie ihm gestern spätabends gesimst. Sie würde doch nicht wirklich DI Belmore, ihren derzeitigen

Chef, heiraten und für immer in den New Forest ziehen?, überlegte Collin. Wenn dem so war, würde er restlos an Sandras Urteilsvermögen zweifeln. Vorerst wollte er ihre kryptische Nachricht für sich behalten. Johnny war ein zappeliges Nervenbündel, seitdem er von ihrem Besuch wusste.

»Hier ist eine natürlich nicht vollständige Liste der Konzertbesucher.« Bill schob ihm eine säuberlich getippte, in verschiedenen Farben bearbeitete Auflistung zu. »In Gelb sind die Eltern und andere Familienmitglieder der Schüler, die im Orchester mitgespielt haben, in Orange die Lehrer, in Grün anwesende Schüler. Somit dürften alle anderen sozusagen normale Zuschauer gewesen sein.«

»Und was soll uns das bringen?«, fragte Johnny. »Wir brauchen eine Namensliste aller, die zwischen – sagen wir – 22:00 Uhr und Mitternacht noch auf dem Schulgelände waren. Das ist relevant.«

»Haben wir.« Bill hielt eine weitere Liste hoch und reichte sie Collin. »Wenn auch noch nicht lückenlos. Aber daran arbeite ich.«

»Gut. Wie viele haben wir schon befragt?« Collin blickte auf die dreißig Namen.

»Alle«, antwortete Bill. »Es sind ja Schüler der Highschool …«

»Na prima«, rief Johnny. »Sind wir damit einen Schritt weiter? Und was ist mit den anderen?«

»Eine Frage der Zeit.« Bill begann mit säuerlichem Gesicht seine Brille zu putzen.

»Die wir nicht haben.« Johnny sprang auf und lief vor sich hin schimpfend ins angrenzende Büro und zur Küchenzeile. Sie hörten den Wasserkocher und Geschirrklappern.

»Einige Schüler sind bereits der Aufforderung nachgekommen

und haben ihre Handyfotos von dem Abend zur Verfügung gestellt«, fuhr Bill ungerührt fort.

»Gut. Macht auch da weiter. Was ist mit dieser Sportlehrerin von der freiwilligen Leistungsgruppe?«

»Wendy Ashton?«, fragte Bill. »Klappt leider frühestens Freitag. Sie ist ab heute zu einem dringenden Termin außerhalb unterwegs.«

Johnny kam mit zwei Kannen mit Kaffee und Tee zurück in den Besprechungsraum. Anne eilte ihm zu Hilfe, holte Tassen, Zucker und Milch und goss jedem ein.

»Steht der Termin heute mit diesem Romano?«, fragte Collin nach einem kräftigen Schluck Kaffee.

Bill bejahte und schob ihm eine Notiz hin. »Heißt mit bürgerlichem Namen Oliver Steel. Sein Atelier ist in Menydhvalis. Carla hat seit August Einzelunterricht bei ihm genommen, immer mittwochs. Und jetzt das Interessante …« Er schaute in die Runde. »Steel hat ausgesagt, dass Carla in Begleitung eines Mannes kam. Riley Murphy, Nachbar der Wellingtons.«

»Der auch Unterricht nimmt?«, hakte Collin nach.

»Nein, aber er hat Carla regelmäßig zum Atelier gebracht.«

»Tatsächlich interessant. Johnny und ich knöpfen uns heute sowieso die Nachbarschaft der Wellingtons vor.« Und Carlas Tante und ihre Cousine Arlene, die am Nachmittag aus London zurückgekehrt waren, dachte Collin und starrte in seine Kladde. Die Buchstaben tanzten vor seinen Augen. Wie wenig Carlas Eltern über ihre Tochter wussten. Sie hatten weder mitbekommen, dass ein Nachbar sie zum Zeichenunterricht brachte noch kannten sie Oliver Steel persönlich.

»Hat sich Marion gemeldet?«, wandte er sich an Anne. Er hielt große Stücke auf die engagierte Kriminalpsychologin aus Truro, die sie in kniffeligen Fällen schon mehrmals durch überraschend andere Sichtweisen weitergebracht hatte.

»Hat ein Fax geschickt«, sagte Anne leise und drehte eine Strähne ihres dünnen, mausbraunen Haars. »Du wolltest ja vor allem ihre Meinung zu dieser Zeichnung ...« Sie hielt Carlas Zeichnung der Figur hoch, die sich mit geschlossenen Augen von einem Felsen in ein schwarzgraues Meer voller Haie stürzte. »Sie glaubt, das Motiv sei von einem berühmten griechischen Wandbild inspiriert, *Das Grab des Tauchers*. Ich zitiere: ›Das altgriechische Grab in Paestum, bei Neapel, ist erst 1968 entdeckt worden und eines der wenigen verbliebenen Zeugnisse antiker griechischer Malerei. Auf der Deckplatte ist die Darstellung eines Kunstspringers, daher der Name *Grab des Tauchers*.‹« Anne legte eine Farbkopie der Freske auf den Tisch. Die schlicht gemalte Figur sprang schwungvoll und kopfüber in ein blaues Meer. »Archäologen haben das Bild als Todessymbol interpretiert«, fuhr Anne fort. »Der Sprung vom irdischen Leben ins Jenseits. Andere sehen darin die Darstellung eines sportlichen Ereignisses.«

»Antikes Turmspringen also?« Collin legte die Freskendarstellung neben Carlas Zeichnung.

Anne nickte. »Es gab damals schon Badeanstalten und Thermen.«

»Und was bringt uns der Geschichtsunterricht?«, fragte Johnny und gähnte. »Schließt die Psychotante daraus, dass Carla ins Meer gesprungen ist?«

»Sie hat aus diesem und anderen Bildern etwas in der Richtung herausgelesen«, entgegnete Anne. »Alle Bilder sind in dunklen Farben gehalten. Und dann die Motive. Seeungeheuer, die winzig gezeichnete menschliche Figuren bedrohen. Carla könnte vor irgendetwas große Angst haben oder durch das Malen ein traumatisches Erlebnis verarbeiten.«

Collin holte alle Zeichnungen aus Carlas Mappe und betrachtete sie. Ja, jetzt erkannte er die in den dunklen Farben der Wellen beinahe unkenntlichen Figuren auch. Sie trieben mit geschlossenen Augen und Mündern vor den Mäulern der Seeungeheuer herum, und auf manchen Bildern wurden sie verschluckt. Ihm schauderte. Welche Untiefen in ihrer jungen Seele mochten zu solchen Darstellungen geführt haben? Hatte Marion recht und Carla Todessehnsucht?

Nach der Besprechung machten sich Collin und Johnny auf den Weg nach Cambrenne. Collin nahm sich vor, mit seinem Vorgesetzten zu sprechen. Auf Dauer wollte er nicht für zwei Orte zuständig sein. Er sehnte sich in sein Büro in St Magor zurück, in eine Normalität, die durch Carlas spurloses Verschwinden Risse bekommen hatte.

»Ausgerechnet wenn Sandra kommt, ist Scheißwetter«, murrte Johnny, als sie die kurvige Küstenstraße bergauf und bergab fuhren, minzgrüne Muster aus geraden und schräg verlaufenden Plateaus vor Augen, an denen die Felsen zum Meer schroff abfielen, während auf der anderen Seite eine hohe, üppig bewachsene Böschung zu sehen war, hinter der sich Wiesen mit grasenden Schafen erstreckten.

»Deine Strandparty kannst du dir sowieso abschminken, wenn wir den Fall noch auf dem Tisch haben.«

»Und Sandra?«

»Das muss man ihr ja wohl nicht erklären.«

Johnny schaltete fluchend runter, als ein Laster vor ihnen auftauchte. Die Küstenstraße war viel zu eng und für den zunehmenden Verkehr nicht ausgelegt. Seit Jahren plante man in der Region eine Umgehungsstraße über Land, bislang hatte sich allerdings keine geeignete Trasse gefunden. Umweltschützer machten sich stark, Naturschutzgebiete und kleine Dörfer vor Lärm und Gestank zu bewahren, doch eine verbesserte Infrastruktur war unerlässlich, um die Region auch für Kurzurlauber vor allem aus London attraktiv zu machen.

»Hab schon den Grill gereinigt. Mann!« Johnny puhlte ein Kaugummi aus einer angebrochenen Packung und schmiss das Papier zu Collins Füßen. Sein alter Ascona war ein Mülleimer auf vier Rädern. Würde sich das ändern, wenn Sandra seine heimlichen Gebete erhörte und seine Frau würde? Möglich, dachte Collin und überlegte, welche schlechten Angewohnheiten, Launen und Neigungen er Kathryn zuliebe abgelegt hatte. Ich trage keine gestreiften Hemden mehr, fiel ihm ein, gehe nicht mehr mit ungewaschenen Füßen ins Bett, frühstücke nicht mehr im Stehen … Und was ihm nicht gelungen war zu ändern, konnte er dank ihr nun besser annehmen. Er fühlte Mitleid gegenüber seinem Freund. Ja, auch Johnny wäre zu allem Möglichen bereit, wenn Sandra ihn nur erhören würde. Da war er sich sicher.

»Also gut, kauf ein und stell den Grill unters Verandadach.«

»Weiß schon, was du vorhast, Boss. Du schiebst Überstunden, während ich Fisch grille. Kommt nicht infrage. Jetzt aber.« Johnny gab Gas und überholte den Laster.

»Genau, ich bin der Boss. Und wenn ich dir für deine Wiedersehensparty ein paar Stunden freigebe, hast du dich gefälligst danach zu richten. Und jetzt reiß dich zusammen.«

»Musst du gerade sagen. Wer muffelt denn seit zwei Wochen rum? Unser Mr Strohwitwer.« Johnny knuffte ihn in den Oberarm.

»Gwenny springt als Babysitter ein. Das löst einige Probleme.«

»Und was hält Kathryn davon?« Johnny drehte den Kopf zu ihm. »Sag bloß, sie weiß nichts ...« Er schnalzte mit der Zunge.

»Soll sich keine Sorgen machen«, murmelte Collin, nahm den Anruf auf seinem Handy an und lauschte einige Minuten mit wachsender Erregung. Grafton, der Leiter der Spurensicherung, rief vom Haus der Wellingtons aus an und bestätigte in wenigen Worten die Vermutung, die Collin seit seinem Besuch am gestrigen Abend hegte. Jetzt hatte er Gewissheit. Indizien sprachen dafür, dass Carla nicht allein gewesen war. Die eine der beiden Pizzaschachteln, die er in der Mülltonne gefunden hatte, trug neben Carlas Fingerabdrücken die einer unbekannten Person. »Polizeilich sind die Abdrücke nicht erfasst«, erläuterte Grafton. »Die Verpackungen haben kein Label. Wir klappern die drei Pizzadienste in Cambrenne ab. Dürfte leicht herauszufinden sein, wo das Mädchen die Pizza bestellt hat.«

»Kann man feststellen, wie lange die Kartons schon im Mülleimer liegen?«, fragte Collin und dachte mit mulmigem Gefühl an den Pizzaabend mit seinen Kindern.

»Nicht so einfach.« Collin hörte den Kollegen niesen. »Aber sie lagen obenauf, sind in einem noch guten, trockenen Zustand. Weiterer Müll ist nicht hinzugekommen, und die Eltern versichern, dass der Eimer vor ihrem Abflug vollständig leer war. Wir gehen davon aus, dass die Schachteln nicht länger als eine Woche dort liegen. Eine genauere Zeitbestimmung wird hoffentlich das Laborergebnis bringen.«

»Was sonst?«, hakte Collin nach, stupste gleichzeitig Johnny an und wies auf das neue Blitzgerät nahe des Ortseingangs von Cambrenne, auf das sie in überhöhter Geschwindigkeit zurasten. Johnny drosselte das Tempo.

»Okeydoke. Das Bettzeug hat interessante Spuren …«

Collin lauschte Graftons Beobachtungen und beendete das Gespräch mit dem Gefühl, einen kleinen Schritt weiter zu sein. Graftons Bericht drängte zwei Fragen in den Vordergrund: Mit welchem Mann hatte sich Carla nicht nur zum Pizzaessen getroffen? Und hat der Unbekannte etwas mit ihrem Verschwinden zu tun?

20

Sie hatte ihre Kraft überschätzt. Gegen den Seewind und auf dem huckeligen, sandigen Weg neben der Küstenstraße zu strampeln war sie nicht mehr gewohnt. Ein kurzer Schauer hatte sie durchnässt und die letzten zwei Meilen bis Cambrenne saß sie frierend auf dem Rad. Dort angekommen, fuhr sie zur Marina und setzte sich im Hafen-Café »Mynor« an einen Tisch am Fenster, trocknete die Regenjacke über dem Heizkörper, wärmte die Hände an einer Schale Tee und blickte hinaus auf das Hafenbecken, das von Kaimauern umschlossen war. Hier hatte sie sich im Sommer oft mit Walt getroffen, mit ihm auf der Terrasse gesessen und davon geträumt, eines Tages mit ihm über das Meer in die weite Welt hinaus zu fahren. Am Ende waren sie getrennt voneinander losgezogen. Sie hatte es nur über den Ärmelkanal geschafft, ein Hüpfer, und doch für sie ein großer Sprung, wohingegen Walt nach Neuseeland, Australien und den USA nun in Japan gelandet war. Hoffentlich werden wir nicht nur über ihn sprechen, dachte Sowenna, als sie Ruby ins Café eintreten sah.

»Hi, hab dich kaum erkannt mit der Frisur«, begrüßte Ruby

sie nach einer verkrampften Umarmung. »Wie geht's denn? Und wie läuft's in Paris?« Sie schälte sich aus einem Parka, schüttelte braunes Haar aus einer Wollmütze, das zu einem dicken Zopf gebunden war, trocknete die Brille und strahlte Sowenna aus ihren nussbraunen Augen erwartungsvoll an.

Vergangenes vergangen sein lassen, zitierte Sowenna innerlich die zweite These und erzählte ein paar belanglose Dinge, die sie positiv genug fand, um sie mit Ruby zu teilen. Sie waren zusammen mit dem Bus ins College gefahren, hatten nebeneinander im Unterricht gesessen und für die Abschlussprüfungen gebüffelt, im Sommer am Strand gelegen, Kleidung getauscht, waren zu Partys gegangen und einmal für ein Wochenende nach London gefahren. Jetzt lagen Jahre und Welten zwischen ihnen, fand Sowenna, nachdem sie eine halbe Stunde lang dem Tratsch über ehemalige College-Studenten zugehört hatte, an die sie sich kaum noch erinnern konnte. Warum Ruby damals ihre Freundin gewesen war, die einzige und somit beste, konnte sie sich auf einmal selbst nicht mehr erklären. Womöglich lag es daran, dass auch sie eine andere gewesen war.

»Und? Hat Walt sich schon bei dir gemeldet?«, fragte Ruby und machte sich über das zweite Stück Zimtkuchen her, das sie nach einem Plausch mit der Café-Besitzerin bestellt hatte.

Sowenna schüttelte mit gerunzelter Stirn den Kopf.

»Hab gehört, dass er gerade hier ist.« Ruby leckte sich Puderzucker von den Lippen.

»Kann sein.« Sowennas Herz klopfte bis zum Hals. Walt ist hier?, dachte sie. Davon stand nichts auf seiner Facebook-Seite. Ist er wegen Carla gekommen? Ja, das könnte die Erklärung sein. Seine kleine Schwester war verschwunden. Da wollte und musste er zur Stelle sein.

»Er is' ja echt süß.« Ruby machte einen Kussmund. »Carla ist übrigens von zu Hause abgehauen. Haste schon mitgekriegt, oder?«

»Hmm. Wieso glaubst du, dass sie weggelaufen ist?« Sowenna versuchte sich darauf zu konzentrieren, Honig in ihren Tee zu rühren. Sie hoffte, Ruby würde ihr nicht anmerken, wie unwohl sie sich bei dem Thema fühlte. Die Vergangenheit holt einen immer ein, hatte Pierre an ihrem letzten Abend vor seinem Abflug gesagt. So kam es ihr seit gestern vor. Ich hätte mich nicht mit Ruby treffen sollen, schalt sie sich, die doch eigentlich damals schon eine zweifelhafte Freundin gewesen war. Immer neidisch auf sie. Auf ihre zierliche Figur, ihre Erfolge in der Rhythmischen Gymnastik, auf ihre Beziehung zu Walt Wellington. Eine Weile hatte sie Mitleid mit Ruby gehabt, die unter extremer Akne vulgaris litt und aus diesem Grund wohl weniger Chancen bei den Jungs hatte. Ihre Gesichtshaut war infolge der Krankheit voll kleiner Narben.

»Kennst doch ihre Cousine Arlene, oder?«

»Die jetzt Model ist?«, fragte Sowenna und erinnerte sich vage an ein blasses, dünnes Mädchen, das sich damals für nichts als Mode interessiert und ihr Foto an eine Agentur geschickt hatte. Mit Erfolg.

»Genau. Die Lady-Di-Frisur hat sie aber nicht mehr.« Ruby verdrehte verschwörerisch die Augen. »Die hat mal erzählt, dass da jeden Tag die Fetzen fliegen. Kein Wunder.« Ruby beugte sich vor. »Der Alte ist ja ein ziemlicher Choleriker.«

»Ich fand ihn nett.« Sowenna hatte Mr Wellington vor Augen, hochgewachsen, geerdet, voller Energie bei allem, was er sagte und tat. Und Walt sein jüngeres Ebenbild.

»Dann haste ihn an guten Tagen erwischt oder so. Keine Ahnung. Hab jedenfalls selbst mehrmals erlebt, wie der ausflippen kann.«

»Du warst bei ihnen?«

»War ich.« Ruby grinste sie mit schief gelegtem Kopf an. Ein triumphierendes Grinsen, so erschien es Sowenna.

»Hast du Carla besucht?«, hakte sie nach.

»Die kleine Zicke? Quatsch. War bei Walt.«

»Ach so.«

»Puh, jetzt bin ich aber vollgefressen.« Ruby schob den leeren Teller von sich weg und lehnte sich zurück. »Letztes Jahr, als er länger auf Heimaturlaub war. Also so fünf Monate. Wir haben jeden Tag was zusammen gemacht. Und na ja ... Kannst dir ja denken.« Sie löste den Pferdeschwanz und strich mit den Fingern durch ihr Haar, für das sie immer viel Pflege aufgewendet hatte. Ihre Brauen waren gezupft, die Fingernägel gerade geschnitten und matt lackiert. Sie trug an der linken Hand einen schmalen Ring, den sie nun zu drehen begann. »Aber mit ihm nach Japan? Nein danke. Ist ja echt süß, dass er dich ›Twisty‹ nennt. Aber der Spitzname, den du ihm verpasst hast, ist echt daneben. ›Jelly‹. Wie biste denn dadrauf gekommen?« Sie kicherte, während Sowenna sprachlos vor Enttäuschung und Wut war.

Hatte sie gerade richtig gehört? Ruby war mit Walt zusammen gewesen? Er wollte sie mit nach Japan nehmen? Wie konnte das sein? Er hatte für Ruby doch nichts als Verachtung empfunden. Engstirnig hatte er sie genannt, Provinztante, strohdoof fand er sie, und am Ende hatte Sowenna nur noch selten etwas mit ihr unternommen, hatte sich seinetwegen von ihr abgewendet. Und jemandem wie Ruby hatte er ihre Kosenamen verraten? Und warum hatte er ihr nie gestanden, dass er seinen Spitznamen »Jelly« nicht mochte?

»Na ja, wie das Leben so spielt«, sprach Ruby ungerührt weiter. »Echt verrückt eigentlich, wie sich alles entwickelt hat ... Seit einer Woche bin ich nämlich verlobt. Und dass du nun auch noch da bist.« Sie streifte den Ring ab und hielt ihn hoch. »Dreimal darfst du raten.«

»Was soll ich raten?« Sowenna knöpfte die Strickjacke auf. Auf einmal schwitzte sie. Das Gespräch, die ganze Situation entglitt ihr. Ich sollte mich verabschieden, dachte sie. Allem entfliehen, immer gleich weglaufen ist keine Lösung, hörte sie Pierres Stimme im Hinterkopf. Sie überkam ein Frösteln.

»Rätst du nie.« Ruby schlug lachend die Hände zusammen. »Wetten?«

»Kann sein.«

»Weiß ja noch keiner. Nicht mal meine Eltern und deine sowieso nicht. Du bist also die Erste. So ein Zufall, dass du heute angerufen hast. Oder die Sterne warn's.« Ruby steckte den Ring zurück an den Finger, beugte sich mit verschwörerischem Blick vor und griff nach ihrer Hand. »Schwägerin«, flüsterte sie und kicherte.

»Bitte?« Sowenna zog die Hand weg und versuchte zu begreifen, was ihr Ruby gerade mit einem Wort, das ihr wie ein Paukenschlag vorkam, erklärt hatte.

»Da biste baff, nich'?« Ruby schaute sich schnell im Raum um, wo außer ihnen nur vier ältere Café-Besucher an zwei Tischen verteilt saßen. »Muss schon sagen, ganz schön scharf ist dein großer Bruder«, fuhr sie mit gesenkter Stimme fort. »Wenn er erst mal aus sich rauskommt. Stotterer, sagt man, sind ja Spätzünder. War wohl noch Jungfrau.« Ruby schlug sich theatralisch die Hand vor den Mund und gluckste.

Sowenna spürte einen Kloß im Hals. Dennis, ihr Bruder, sollte mit Ruby zusammen sein? Nicht nur einfach zusammen, sondern mit ihr verlobt? Erst Walt, dann Dennis? Der Raum begann sich zu drehen.

»Glückwunsch«, presste sie hervor.

»Er hat's dir also noch nicht erzählt?«

Sie schüttelte den Kopf.

»Wenn du ihn siehst ... Er will momentan nämlich keinen Besuch.« Ein Anflug von Ärger legte sich auf Rubys Gesicht. »Auch nicht von mir. Büffelt für irgendeine Prüfung.«

Sowenna nickte. Ruby musste nicht wissen, dass sie Dennis noch gar nicht gesprochen, geschweige denn gesehen hatte. Er verkroch sich, weil er für eine Prüfung lernte, beruhigte sie sich. So kannte sie ihren Bruder. Hatte er sich etwas in den Kopf gesetzt, konzentrierte er sich nur darauf. Und das Lernen war ihm immer schwergefallen.

»Apno-Dingsda. Irgendein Tauchabzeichen«, sagte Ruby. »Tauchen ist ja nun echt gar nix für mich. Aber wird er wohl mit aufhören, wenn wir erst mal verheiratet sind.«

»Sagt Dennis das?«

»Ich sag das. Kann man ja wohl keine Familie von ernähren.«

»Ihr wollt ...?«

»Wird doch wohl Zeit mit Anfang zwanzig. Meine Eltern haben am Haus angebaut. Da hab ich jetzt 'ne schnuckelige Wohnung. Vier Zimmer. Nicht weit zum Büro. Bin bei 'nem Steuerberater.«

»Und da will Dennis mit einziehen?«

»Muss er wohl.« Das Strahlen in Rubys Gesicht erlosch, und nun zeigte sich eine Mischung aus Stolz, Trotz und Wut. Sie strich sich über den Bauch.

»Du bist ...?«

»Erraten, Tante.«

»Schön«, presste Sowenna hervor.

»Tja, Dennis weiß noch nix.«

»Ach so.« Sowenna entschuldigte sich und floh auf die Toilette. Dort benetzte sie ihre heißen Wangen, kämpfte gegen ein Würgen an und vermied ihr Spiegelbild. In ihrem Kopf explodierten die Informationen, die ihr Ruby gerade serviert hatte. Sie zitierte innerlich These sechs – *Ihr Leben ist nicht deins* – und ging mit dem Entschluss ins Café zurück, das Gespräch nun so schnell wie möglich zu beenden.

»Und du? Was macht dein Liebesleben?«, empfing Ruby sie, kaum dass Sowenna wieder auf ihrem Platz saß. »Biste in festen Händen?«

War sie das? Sie dachte an Pierres lange Nase, die wie ein Fremdkörper aus seinem ebenmäßigen Gesicht herausstach, für die er sich als Kind geschämt und auf die er als junger Mann gelernt hatte, stolz zu sein.

»Ja, ich habe einen Lebensgefährten«, antwortete Sowenna und hielt Rubys neugierigem Blick stand. Aber das ging Ruby nichts an, entschied sie, kramte die Geldbörse aus dem Rucksack, winkte nach der Bedienung und verabschiedete sich kurz darauf mit einer fadenscheinigen Ausrede.

Sie sprang aufs Rad und trat, so kräftig sie konnte, in die Pedalen, ließ sich eine Straße bergab rollen, die zum Meer führte, und hielt im Gegenwind auf Sainsbury's zu, auf die Filiale nahe der Marina. Sie irrte durch die Gänge, packte Schinken, Eier, Roastbeef, mehrere Packungen Shortbread und noch ein großes Stück Yarg – Käse in Brennnesselblättern – in den Einkaufskorb, stopfte alles in den Rucksack und fuhr dann zu dem Parkplatz eines nahen Aussichtspunkts. Zu ihrer Linken lag Cambrenne an der weit geschwungenen Bucht, die sich s-förmig entlang des Meeres zog. Ein Polizeihubschrauber flog niedrig an der Küstenlinie entlang und warf Schatten auf das türkisfarbene Wasser, das glitzerte, sobald sich die Sonne aus den Wolken schob. Zu ihrer Rechten begann der Pfad, der zu Dennis führte. Morgen, entschied sie gegen ihren ursprünglichen Plan und dachte an Philines Worte: »Alles im Leben muss reifen wie ein guter Käse.« Sie würde zurück zu ihrem Elternhaus fahren, Roastbeef braten, Brotscheiben dick mit Yarg-Käse bestreichen, schwarze Holunderbeeren pflücken, die üppig und ungenutzt den Garten säumten, und Gelee kochen. Sie würde sich bei ihren Eltern nützlich machen, und vielleicht würden die sich bei ihrer Rückkehr dagegen entscheiden, aus Cornwall wegzuziehen. Sie hatte erkannt, dass ihr die Ankündigung ihrer Eltern, sich in Stratford-upon-Avon um Stellen zu bewerben, nicht gefiel.

21

»Knöpfen wir uns diesen Riley Murphy zuerst vor?«, fragte Johnny und bog in die Strandstraße ein, die von den Küstenbewohnern nur »die Millionärsmeile« genannt wurde. Großzügige, weit auseinanderliegende Luxusanwesen in attraktiver Meerlage außerhalb Cambrennes, alle mit eigenem Bootsanleger, Privatstrand und Swimmingpool. Viele Häuser gehörten Auswärtigen, die nur in den Ferien kamen. Dort wohnten auch die Wellingtons. Sie hatten betont, keinen Kontakt zu ihren Nachbarn zu pflegen, auch Carla nicht, da niemand hier Kinder in ihrem Alter hatte, und waren überrascht gewesen, dass Riley Murphy, der direkt neben ihnen wohnte, ihre Tochter zur Schule gebracht hatte. Ein alleinstehender Amerikaner, der sich vor zwanzig Jahren in Cornwall niedergelassen hatte, zurückgezogen lebte, laut Desmond Wellington ein Sonderling, der Oldtimer sammelte, zum Ärgernis vieler Anwohner Freikörpergymnastik am Strand praktizierte und Hühner hielt. Mitschüler hatten erst gestern über den Direktor den Hinweis gegeben, dass Carla in der letzten Woche vor ihrem Verschwinden in einem schwarzen Cadillac zur Schule gefahren worden sei. Reichlich spät, ärgerte sich Collin. Vielleicht stammte das Gerücht über die Russenmafia, die Carla entführt haben sollte, daher. Es schien für Murphys Chauffeurdienst einen einfachen Grund zu geben: Carlas Rad und Mofa waren fahruntüchtig. Sie musste also eine Lösung finden, um zur Schule zu kommen. Ihre Tante und ihre Cousine Arlene konnte sie wohl nicht um Unterstützung bitten. Beide wohnten zwar auch in der Strandstraße und nur eine Meile entfernt, hielten sich aber überwiegend in London auf. Vielleicht war es Carla bequemer erschienen, die Hilfe von Riley Murphy, ihrem nächsten Nachbarn, anzunehmen? Dieser hatte Collin für drei Uhr zu sich bestellt.

»Noch zu früh. Zuerst zur Tante«, entschied Collin.

Sie parkten vor einem mit Reet gedeckten zweistöckigen Haus. Ein Gärtner mähte den Rasen im Vorgarten, ein anderer trimmte die Feuerdornhecke. Desmond Wellingtons Schwester wartete bereits in der Haustür. Alles an ihr wirkte resolut, streng und kontrolliert. Das geschminkte Gesicht, das dauergewellte, sorgfältig frisierte Haar mit der silbernen Spange, das hellgraue Kostüm mit dem seitlich geknoteten Halstuch. Collin schätzte sie trotz ihres gepflegten Äußeren und der glatten Haut auf Anfang sechzig.

»Lydia«, stellte sie sich vor. »Wer von Ihnen ist DI Brown?«

Johnny wies mit dem Daumen auf Collin und tätschelte abwechselnd die beiden Doggen, bis sie in seinem Schritt schnüffelten und er fluchend zurücktrat.

»Aus jetzt!« Lydia trieb die Hunde ins Haus. »Entschuldigen Sie bitte. Mein Mann behauptet, ihre Fehlfarben sind schuld an ihrem ungezogenen Benehmen. Porzellantiger. Ungewöhnlich, nicht wahr? Wenn ich bitten darf.«

Sie führte sie ins erste Stockwerk in einen kahlen Wohnraum mit hellgrauen Wänden und bat sie, auf einer weißen Sofalandschaft Platz zu nehmen, deren Design Collin an Waben oder Muscheln erinnerte. Ein grauer Kronleuchter hing über dem flachen Glastisch, dunkelgraue Vorhänge mit Paisley-Muster waren vor einer wandlangen Glasfront aufgezogen und gaben den Blick auf einen überdachten Balkon frei, wo eine junge Frau in eine Decke gehüllt auf einer Hängeschaukel saß und in einem Magazin blätterte. Das musste Arlene sein, Carlas Cousine. Neben ihr brannten zwei Heizstrahler. Wer es sich leisten konnte, dachte Collin, konnte auch bei widrigen Wetterbedingungen eine Sommeratmosphäre schaffen.

»Schick!« Johnny pfiff durch die Zähne und klopfte mit dem Knöchel an ein Sideboard, das wie aus überdimensionalen bläulichen Eiswürfeln zusammengesetzt schien. »Ist das Holz?«

»Sotirios Papadopoulos«, erklärte Lydia. «Ein genialer Grieche. ›Vollmond‹ heißt das gute Stück. Leuchtet bei Nacht.« Sie schob die Balkontür auf. »Arlene, kommst du bitte?«, bat sie ihre Tochter herein. Dann zog sie an einer Glocke, und einen Augenblick später tauchte eine Angestellte auf und brachte Tee. Auch das Teeservice war grau, registrierte Collin. Eine Farbe, die er bei seinen Steinen mochte, aber nicht in den Räumen, in denen er lebte. Er war froh in Kathryn eine Frau gefunden zu haben, die mit dezenten Farben Wärme in ihr Zuhause gebracht hatte.

»Dann können wir wohl anfangen.« Lydia zückte Stift und Notizblock, setzte eine Lesebrille auf und blickte sie erwartungsvoll an, während Arlene mit abwesendem Gesicht neben ihr Platz nahm und ihre Nägel zu feilen begann. Wer will hier wen verhören?, fuhr es Collin durch den Kopf. Die Bilder, die er sich von Carlas Tante und der Cousine gemacht hatte, stimmten nicht mit den Personen überein, die ihm hier gegenübersaßen. Desmond Wellington und seine Schwester schienen Welten zu trennen. Aber eine teilten sie offensichtlich: die Welt des Reichtums und der großen, farblosen, kahlen Räume.

»Haben Sie Carla nach der Aufführung am Sonntag noch einmal gesehen oder gesprochen?«, fragte er.

»Haben wir nicht«, antwortete Lydia. »Ist doch richtig, meine Liebe, nicht wahr?« Sie legte eine Hand auf Arlenes Arm. Ihre Tochter, deren Schönheit auf etlichen Fotos über dem Designer-Sideboard eingefangen war, nickte und widmete sich weiter ihren Nägeln. Sie sollte Carlas Vertraute und beste Freundin sein? Wären da nicht ein stärkeres Interesse, mehr Gefühle, ja zumindest Sorge über Carlas Wohlergehen angebracht? Oder hatte Arlene in dieser hellgrauen Umgebung gelernt, Emotionen hinter ihrer perfekt geschminkten Maske zu verbergen? Collin räusperte sich. »Laut Ihrer Schwägerin haben Sie direkt nach dem Schulkonzert mit Carla gesprochen. Worüber?«

»Worüber wir gesprochen haben?« Lydia wandte sich an ihre Tochter. »Erinnerst du dich? Ich mich nicht. Vermutlich haben wir ihr zu ihrem Solo gratuliert. Es war ein ziemliches Tohuwabohu hinter der Bühne. Wir sind nur kurz geblieben.«

»Ist Ihnen irgendetwas an Carlas Verhalten aufgefallen?«

»Nein.« Lydia drehte den Kugelschreiber auf und zu und schüttelte den Kopf. »Sie war wie immer, nicht wahr, mein Engel? Fröhlich, natürlich aufgedreht.« Arlene nickte kurz. »Etwas enttäuscht, dass Arlene nicht bleiben konnte. Meine Tochter hatte eine Magenverstimmung. Deshalb sind wir gleich nach dem Konzert wieder nach Hause gefahren.«

»Ihr Bruder und Ihre Schwägerin waren ein paar Wochen in Uganda. Haben Sie sich in der Zeit um Ihre Nichte gekümmert?«

»Natürlich habe ich hin und wieder angerufen. Aber ich war mit Arlene vor dem Schulfest und danach in London. Carla wusste, dass ich nicht da bin. Wenn irgendetwas gewesen wäre, nun, sie hätte sich wohl gemeldet.« Lydia trank von ihrem Tee. Nichts regte sich in ihrem Gesicht, registrierte Collin.

»Wann hatten Sie denn vor der Aufführung zuletzt Kontakt miteinander?«

»Da muss ich überlegen.« Sie griff nach einem Terminkalender, blätterte darin und sagte: »Vor einer Woche muss das gewesen sein. Ja, da rief sie an und fragte irgendetwas. Ach, jetzt erinnere ich mich. Das elektrische Eingangstor schloss nicht mehr. Ich habe jemanden geschickt.«

Collin machte sich eine Notiz. »Haben Sie gewusst, dass Carlas Mofa und auch ihr Rad kaputt waren und sie einen Nachbarn um Hilfe gebeten hat, um zur Schule zu kommen?«

»Da muss ich passen. Wusstest du davon, mein Engel?«

Arlene schüttelte den Kopf.

»Da ist Ihre Nichte wochenlang allein, und Sie rufen nicht jeden Tag an oder schauen nach dem Rechten? Habe ich das richtig verstanden?«, fragte Johnny, stand auf, legte eine Hand ins Kreuz und ging zum Fenster.

Lydia verschränkte die Arme vor der Brust. »Um eins klarzustellen, Detective Inspector Brown. Ich fühle mich nicht verantwortlich, so bestürzend Carlas Verschwinden ist. Ich bin ihre Tante, nicht ihre Mutter. Ich habe meine eigene Familie und auch eine Tochter.« Sie hielt mit zusammengepressten Lippen inne und erwiderte Collins Blick, ohne mit der Wimper zu zucken. Vielleicht lag der wahre Grund ihrer harten Haltung tiefer. Sie schien nicht gerade gut auf Desmond und Grace Wellington zu sprechen zu sein. Und das bekam Carla zu spüren, die an einem möglichen Zerwürfnis der Geschwister bestimmt vollends unschuldig war.

»Warum haben Sie Ihrem Bruder und Ihrer Schwägerin nicht angeboten, Carla zu sich zu nehmen, während sie in Uganda waren?«, wagte Collin dennoch zu fragen.

»Das hätte niemand gewollt.«

»Niemand? Wie meinen Sie das? Und Sie?«, richtete sich Collin an Arlene, die noch immer an den Nägeln herumfeilte. Zsssss. Leise schabende Geräusche. Er hätte ihr am liebsten die Feile aus der Hand gerissen.

»Antworte dem Inspector, mein Engel«, sagte Lydia. Es klang nach einem Befehl.

Arlene zuckte mit den Schultern.

»Sie haben sich zerstritten«, ergriff Lydia wieder das Wort. »Beim letzten Mal, als Carla hier übernachtet hat. Mein Mann und ich waren nicht da. Arlene war danach ganz aufgewühlt. Ich habe das für die Zukunft unterbunden.«

»Sie wollten also nicht, dass Ihre minderjährige Nichte hier übernachtet, während ihre Eltern auf Geschäftsreise sind?«, fragte Johnny.

»Geschäftsreise?« Lydia lachte auf. Es klang hässlich, fand Collin.

»Gut, wie auch immer. Und dann war nach dem Streit Funkstille, oder wie?«, hakte Johnny nach und blickte dabei Arlene an. Doch sie war wieder in ihre Maniküre versunken.

»Wir waren ja beim Konzert. Von Funkstille kann wohl nicht die Rede sein«, antwortete Lydia anstelle ihrer Tochter. »Und Streit ist doch das falsche Wort, nicht wahr, mein Engel? Carla ist einfach in vielerlei Hinsicht zu jung für meine Tochter. Carla ist noch nicht volljährig, auch wenn sie schon recht entwickelt ist. Und immer das Risiko eingehen, das wollen wir nicht, stimmt's, mein Engel?«

»Risiko?«, fragte Collin.

»Na, in den Clubs zum Beispiel. In Pubs. Da geht Carla hin und behauptet, achtzehn zu sein. Ist sie aber nicht. Mein Bruder lacht nur, wenn ich das anspreche.« Lydia schnalzte mit der Zunge. »Arlene steht als Model gerade vor ihrem internationalen Durchbruch. Ich will nicht, dass sie das vermasselt. Und sie hat auch jetzt einen Verlobten. Darf ich doch erzählen, oder, mein Engel? Ein wunderbarer junger Mann. Anwalt mit eigener Kanzlei. Kanadier. Aus gutem Haus. Sie wollen demnächst heiraten, und dann ist sie sowieso hier weg. Natürlich nicht leicht für Carla. Aber so ist das Leben. Wenn Sie mich einen Moment entschuldigen würden.« Sie trat auf den Balkon hinaus und rief den Gärtnern etwas zu.

Eine Frau, die alles im Griff zu haben scheint, dachte Collin. Neben der ihre Tochter verschwand, verstummte, sich dem Willen der Mutter beugte. Wie anders die Wellingtons über ihre Kinder sprachen. Collin schauderte. Kaum saß Lydia wieder an ihrem Platz, wurde er deutlicher. »Haben Sie eine Ahnung, wo Ihre Nichte sein könnte?«

»Verantwortlich fühle ich mich nicht«, entgegnete Lydia mit

spitzer Stimme und erhobenem Zeigefinger. »Das möchte ich nochmals klarstellen. Das sind ihre Eltern. Und wenn man seinen Lebensunterhalt in den Dschungeln dieser Welt verdient, dann sollte man keine Familie gründen. Kein Wunder, dass Carla keine Manieren hat und sich herumtreibt.«

»Und wo könnte sie sich bitte schön herumtreiben?«, sagte Johnny. »Verdammt, das Mädchen ist weg, kapiert? Es geht hier nicht um Erziehungsfragen. Es geht darum, sie zu finden, und zwar möglichst unversehrt. Lesen Sie Zeitung, schauen Sie aus Ihren polierten Fenstern. Da draußen laufen Hundertschaften herum und suchen das Mädchen. Was würden Sie tun, wenn Ihre Tochter verschwindet?« Johnny fuchtelte mit den Armen. Seine emotionale Art, wie es manche Vorgesetzte diplomatisch formuliert hatten, war ihm in der Vergangenheit immer wieder zu einem Hindernis geworden. Er war aus mehreren Teams geflogen, hatte Abmahnungen erhalten und war schließlich zu Collin in die Provinz »strafversetzt« worden. Hier, in der Grafschaft der Gespenstergeschichten, Eigenbrötler, Künstler und Exzentriker konnte Johnny der sein, der er war. Ein eingefleischter Korne mit Dickkopf, oft ungehobelten Manieren und einem Herz, so groß wie die Sonne.

»Wo sie sich herumtreibt?«, sagte Lydia mit spitzer Stimme. »Was weiß ich? Der Schuldirektor ruft mich an, wenn sie schwänzt, mich …« Sie stach mit dem Finger zwischen ihre Brüste, die aus der knappen Kostümjacke hervortraten. »Weil ihre Eltern nicht da sind. Mr Barker, habe ich ihm gesagt. Ich bin nicht die Mutter. Aber die gute Grace hat ja ihre eigenen Vorstellungen. Und mein Bruder hat sie offenbar übernommen. Das führt zu nichts. Das Mädchen hat ja Talent. Sie könnte schon heute auf den Bühnen der Welt stehen. Aber von Ehrgeiz keine Spur. Sie sollte sich ihren Halbbruder Walt zum Vorbild nehmen. *Seine* Mutter hat ihn anders erzogen.« Sie hielt inne und lehnte sich zurück. Sie und ihr Mann waren Persönlichkeiten in Cambrenne, wusste Collin. Lydia Perghen war Vorstand in zig Vereinen und Organisationen, ihr Mann, ein Private-Equity-Manager, mischte in der Lokalpolitik mit, war im Stadtrat, hatte Anteile an der Fischfabrik und an einer der Porzellanminen im Inland. Sie waren es gewohnt, unantastbar zu sein, egal, was sie taten. Das erklärte wohl die Vehemenz, mit der sie jede Verantwortung für Carla weit von sich wies. An ihr bissen sie sich die Zähne aus. Collin beschloss, Arlene allein zu befragen, und bat Lydia Perghen den Raum zu verlassen.

»Meine Tochter hat nichts zu verbergen. Aber gut, wenn es sein muss. Ich bin unten, wenn du mich brauchst, mein Engel.« Lydia lief die Treppe hinunter, und sie hörten sie kurz darauf im Garten Befehle austeilen.

»Welches Verhältnis hatten Sie vor dem Streit mit Carla?«, wollte Collin wissen.

Arlene blickte Collin zum ersten Mal an. Alles an ihr wirkte mager und lang. Ihre Hände, der Hals, die Nase, die Beine. Sie trug eine Stoffhose, eine Rüschenbluse und darüber einen Cardigan mit aufgestickten Rosen. Eine junge Frau, die offenbar Wert auf Stil legte. Das nach hinten gekämmte halblange Haar verlieh ihrem Antlitz Strenge und Distanziertheit. Auf den ersten Blick ein Ebenbild ihrer Mutter, dachte Collin.

»Tja, vielleicht wie eine Schwester.« Arlene legte endlich die Feile beiseite und begann nun ihre Hände zu kneten.

»Worum ging es in dem Streit? Es muss ja schon etwas Heftiges passiert sein, dass Sie mit Ihrer Cousine nichts mehr zu tun haben wollten.«

»Sie wollte mir Edmund ausspannen, meinen Verlobten. Lächerlich, aber sie hat es versucht.« Ihre Stimme war leise und monoton.

»Dazu gehören immer zwei«, gab Collin zu bedenken.

»Ich vertraue Edmund. Sie hat sich ja regelrecht auf ihn gestürzt. Wir haben beide beschlossen, dass wir den Kontakt zu Carla abbrechen.«

»Trotzdem sind Sie zur Aufführung gegangen.«

»Meine Mutter bestand darauf. Sie musste sich da sehen lassen, und sie weiß ja nicht, was genau geschehen ist.«

Er bat um die Kontaktdaten von Edmund, Arlenes Verlobtem, und fragte dann: »Haben Sie Carla besucht und mit ihr Pizza gegessen?«

»Pizza?« Arlene rümpfte die Nase. »Nein. Wie meinen Sie das?«

»Carla hatte Besuch und zwei Pizzen bestellt«, erklärte Johnny. »Wer könnte sie besucht haben?«

»Keine Ahnung.«

»Hat Carla einen festen Freund?«, fragte Collin.

Arlene zuckte mit den Schultern. »Geren. Mit ihm hat sie viel unternommen. Sie hat ihn über mich kennengelernt.«

»Wussten Sie, dass Geren sich von Carla getrennt hat?«

»Hat er? Ach so.«

»Glauben Sie, dass Carla vielleicht Liebeskummer seinetwegen hatte?«

»Vielleicht.«

Collin bedeutete Johnny zu übernehmen. Die einsilbigen Antworten und das offensichtliche Desinteresse der jungen Frau begannen ihm auf die Nerven zu gehen. Wieso wusste Arlene nicht, dass Geren die Beziehung zu ihrer Cousine beendet hatte? Hatten sich Carlas Eltern nur eingebildet, dass Arlene eine Vertraute war, weil sie die Freunde ihrer Tochter gar nicht kannten?

»Welche Erklärung haben Sie denn persönlich für Carlas Verschwinden?«

»Vielleicht ist sie irgendwohin gefahren? Nach London oder Brighton oder Plymouth. Sie mag große Städte.«

»Sie glauben also, dass Carla Lust auf ein bisschen Großstadtluft hatte und niemandem Bescheid gegeben hat, weder Ihnen, ihrer angeblich besten Freundin, noch jemandem aus der Schule, dass sie ihren Eltern auch keine Nachricht hinterlassen hat, obwohl sie genau wusste, wann sie zurückkommen würden, und sich irgendwo allein oder mit irgendwem, den niemand sonst kennt, gerade wunderbar vergnügt? Diese Version glauben Sie also?« Johnny steckte sich einen neuen Kaugummi in den Mund. »Ich höre, Miss Perghen.«

»Kann sein.« Arlene knetete wieder ihre Hände, die blass und sommersprossig waren wie ihre ganze Haut. Ein zerbrechliches Schneewittchen, dachte Collin und erinnerte sich vage an einen Artikel über den aktuellen Schönheitstrend in der Modelwelt. Vornehm, elegant und geheimnisvoll mit porzellanweißer Haut wie das Supermodel Erin O'Connor, der Arlene womöglich nacheiferte. Deren Ausstrahlung hat sie nicht, fand er.

»Wenn Sie bitte etwas deutlicher werden könnten, Miss Perghen?« Johnny verdrehte die Augen und haute auf die Sessellehne.

»Carla ist so. Sie setzt sich was in den Kopf und macht es. Letztes Jahr ist sie mir nach Berlin zur Fashion Week hinterhergeflogen. Meine Mutter hat meinen Onkel angerufen, aber, nun ja ...«

»Aber es gab kein Donnerwetter, oder wie?«, hakte Johnny nach.

»Nein. Mein Onkel hat ihr noch Geld überwiesen.«

»Sie machen sich also null Komma null Sorgen um Ihre Cousine?«

Arlene wiegte den Kopf. »Schon. Aber noch nicht so sehr.«

»So, noch nicht so sehr.« Johnny blies in die Luft und raufte sich die Locken, die an diesem Tag in alle Richtungen drängten. Bevor Sandra kommt, sollte er dringend zum Friseur, fand Collin und bedeutete Johnny mit einem Nicken, dass sie die Befragung nun beenden sollten.

»Wenn Ihnen noch irgendein sachdienlicher Hinweis einfallen sollte, wissen Sie, wo Sie uns erreichen können.« Collin verabschiedete sich von Carlas Tante und Cousine. Die Befragung hinterließ bei ihm den Eindruck, dass hier eine Sechzehnjährige allein gelassen worden war. Von ihren Eltern und Verwandten. Von der ganzen Familie. Sollte sie doch von zu Hause ausgerissen sein, so mochte der Grund in dem Gefühl liegen, ihren Eltern im Wege zu stehen, von ihrer Tante nicht wirklich akzeptiert, von ihrer Cousine weggeschoben zu werden, von ihrem Freund Geren verlassen worden zu sein. Verletzungen, mit denen ein junger Mensch nicht gut umgehen konnte.

»Lass uns kurz an die See, bevor wir weitermachen«, schlug er Johnny vor. Sie fuhren zum Strand, wo Johnny eine Chipstüte auspackte und Collin Ayesha anrief. Er wollte seiner Tochter jetzt sofort sagen, dass er sie liebte. Das konnte man nicht oft genug, fand er. Und doch hatte er in der letzten Zeit zu selten mit Worten ausgedrückt, wie sehr ihm seine Kinder am Herzen lagen und wie stolz er auf sie war.

22

»Zeig mir, was du sammelst, und ich erkenne, wer du bist.« Den Spruch hatte Collin als Kind von seinem Onkel Fred gehört. Sein Beruf als Zugführer war seine Leidenschaft und auch sein Hobby gewesen, allerdings besaß er keine Modelleisenbahn, sondern Vitrinen voll antiker Miniaturloks und Triebwagen aus Zinn, Blech und Holz, mit Schildchen versehen, die Hersteller, Epochen, Nenngrößen, Schienenspurweiten, Antriebstechnik und den Sammlerwert angaben. Seine Juwelen waren eine Lok mit Uhrwerkantrieb und ein Tröpfler, eine mit Spiritus angetriebene Dampflok, die nicht auf Schienen, sondern auf dem Boden lief. Lokomotiventick hatte es seine Tante genannt, wenn sich ihr Mann in seinen Hobbyraum verkroch, Filme über Dampfloks anschaute und seine Schätze polierte. Wahrscheinlich sammelte jeder Mensch zu einem Zeitpunkt seines Lebens irgendetwas. Und wer es nicht tat, war wohl ein Jäger, dachte Collin. Riley Murphy gehörte offenbar zur Kategorie der Sammler.

»Den Knaben wollte ich schon immer mal kennenlernen. Soll sechs Cadillacs haben. Sechs!«, sagte Johnny, als das hohe Metalltor vor Murphys Anwesen aufglitt. Dahinter lagen eine ehemalige, nun ausgebaute Fischerkate und ein Neubau mit vier Garagentoren, vor dem ein schwarzer Cadillac mit weißem Dach parkte. »Ein Coupé DeVille, Baujahr 1959, Serie 63. Wahnsinn!« Johnny ging um die Luxuslimousine herum, strich über die spitz zulaufenden Heckflossen und bückte sich zu den abgedeckten Hinterreifen.

»Seit wann bist du Fan von solchen Spritschleudern?« Collin stand mit mulmigem Gefühl vor der von Kletterrosen umrankten Hausfassade. Dornröschen.

»Mann, guck dir die Rücklichter an. 325 PS. V-8, sage ich nur. Geht ab wie 'ne Sputnik.« Johnny spähte ins Wageninnere. »Alles noch tipptopp. Mann, damit würd ich gern 'ne Spritztour machen.«

»Wenn das die Karre ist, mit der Murphy Carla herumkutschiert hat, müssen wir sie erst mal checken.« Collin klopfte an die Eingangstür, an die mehrere Nummernschilder genagelt waren, und musste sich zusammenreißen, nicht laut loszuprusten, als ein untersetzter Mann in Rockabilly-Kleidung öffnete. Oder war es die Verkleidung für einen Kostümball? Hellblauer Teddy-Boy-Anzug, schmale gelbe Krawatte, eine leicht getönte Hornbrille, das schwarz gefärbte Haar zu einer Tolle geknetet.

»Heiland!«, hörte Collin Johnny rufen, versuchte einen neutralen Ausdruck zu bewahren und zückte die Dienstmarke. »Mr Murphy?«

»Höchstpersönlich. Sie kommen also wegen der lieben Carla. ›Always on my Mind‹, würde der gute Elvis singen. Eine Tragödie, ja, fürwahr eine Tragödie. ›Blue Eyes Crying in the Rain‹. Habe Zeitung gelesen. ›I feel so bad‹«, sagte Murphy lispelnd, mit einer hohen Stimme und nuschelndem Südstaaten-Akzent. »Gut, gut, begeben wir uns in die Laube.« An den Gerüchten, die über den exzentrischen Amerikaner in Cambrenne kursierten, scheint etwas dran zu sein, dachte Collin. Murphy wirkte wie das Abziehbild eines Sonderlings, der in einer anderen Zeit lebte und für sich eigene Maßstäbe setzte. Er stolzierte in halbhohen Schnürstiefeln mit Absätzen vor ihnen her, führte sie durch einen Torbogen in einen Wintergarten mit Blick auf Rosenbeete, zwischen denen Hühner scharrten und eine alte Kutsche und eine lebensgroße, pink gestrichene Pferdeskulptur standen. Eine Hommage an die Vorläufer der Automobile? Zwei Gänse flitzten mit gereckten

Hälsen und schlagenden Flügeln schnatternd auf sie zu. »Buddy und Holly! Putt-putt«, rief Murphy, zog eine Tüte aus der Hosentasche und streute ein paar Körner aus. »Und nun ist es gut. Hier herein, meine Herren.« Er schob die Schiebetür zum Wintergarten auf, in dem das Feuer in einem offenen Kamin wohlige Wärme verströmte. Die Einrichtung passte zu Murphys Sammelleidenschaft. Autositze als Sessel, übereinander geschweißte Felgen wie Säulen in dem Raum verteilt, darauf Ranken, Fotos von Cadillacs und Rock-'n'-Roll-Größen an den Wänden. Vor allem aber ließ eine Glasscheibe den Blick in die Garage zu, in der fünf weitere Cadillacs standen. Johnny lugte mit offenem Mund hinein.

»Gut, ›It's Midnight‹. Spot an.« Riley drückte auf einen Schalter, und die Edelkarossen tauchten in vollem Glanz auf. »Voilà!«

»Ein exklusives Hobby«, sagte Collin.

»Jeder gibt sein ›Money Honey‹ für irgendetwas aus.« Murphy öffnete einen aus Karrosserieteilen zusammengesetzten Schrank, auf dem ein großes Foto von Marilyn Monroe klebte. Dahinter befand sich eine Bar. Er goss sich einen Cognac ein. »Was darf ich den Herren anbieten?«

»Danke. Sind im Dienst. Mit welchem Ihrer Cadillacs haben Sie Carla denn zur Schule gefahren?«

»Mit dem 75er Fleetwood. Carla wollte natürlich lieber im Eldorado chauffiert werden.« Er lachte mit geschlossenem Mund und durch die Nase. »»Girls, Girls, Girls‹ schwärmen für Pink. Aber der Gute schwächelt.« Er seufzte und hob beide Arme hoch. »Ich warte nun schon seit sechs Wochen auf Ersatzteile aus Übersee. ›If I can dream‹. Es ist nicht schön, nicht schön.«

»Können Sie uns die genauen Daten sagen, wann Sie Carla zur Schule gefahren haben?« Collin nahm auf einem Autositz aus weichem Leder Platz.

»Die Daten? Letzte Woche, ja.« Murphy ließ sich ebenfalls auf einen der Autositze fallen, nahm eine Fernbedienung in die Hand und die dunkle Stimme von Johnny Cash drang aus vier Lautsprechern, zu der er mit den Fingern den Rhythmus auf sein Knie trommelte. Er zitiert unablässig Elvis-Songs und hört Cash, dachte Collin verwundert. »Montag rief sie an. Und da ich sowieso in die Stadt wollte. Dienstag, ja auch Mittwoch. Donnerstag auch. Ja, die Tage ...« Murphy begann die Melodie mitzusummen.

»Freitag also nicht? Donnerstag vor einer Woche haben Sie Carla zum letzten Mal zur Schule gebracht und wieder abgeholt. Habe ich das richtig verstanden?«

»Freitag nicht. Genau, genau.«

»War es ungewöhnlich, dass die Tochter Ihrer Nachbarn Sie um Hilfe bat? Oder ist das schon mal vorgekommen?«

»*Well* ...« Murphy schob die Hornbrille zurecht, die ihm wie ein Fremdkörper im Gesicht klebte. Seine knollige Nase war wie Wangen und Teile der Stirn von Papeln und schuppigen Rötungen einer Kupferrose verunstaltet. »Es war das erste Mal. Ja, ›Don't ask me why‹.«

»Hat es Sie verwundert?« Collin suchte nach Worten. Er stellte sich vor, an Murphys Stelle gewesen zu sein, aus heiterem Himmel den Anruf einer minderjährigen Nachbarstochter zu bekommen, die er kaum kannte und die ihn darum bat, sie zur Schule zu bringen. Was hätte er getan? Natürlich auch seine Hilfe angeboten. Die eigentliche Frage war, warum Carla ausgerechnet Murphy kontaktiert hatte, nicht Eltern von Schulfreunden, einen ihrer Lehrer, jemanden aus ihrem Freundeskreis, der womöglich schon einen Führerschein besaß. Waren es praktische Überlegungen gewesen? War sie spät dran gewesen und hatte deshalb den nächsten Nachbarn angerufen?

»'It's now or never'. Das Leben ist voller Überraschungen, nicht wahr?«, antwortete Murphy.

»Hatten Sie zu Carla zuvor Kontakt? Kennen Sie das Mädchen näher?«, fragte Collin und machte sich Notizen. Der seltsame Mittfünfziger, die durch das Feuer stickige, fast klebrige Atmosphäre in dem Raum, die schnatternden Gänse im Garten und die dunklen Riffs von Cashs Gitarre verstärkten sein Unwohlsein. »*I hurt myself today to see if I still feel. I focus on the pain. The only thing that's real*«, erklang dessen dunkler Gesang. Collin fror und schwitzte zugleich. Er zog die Jacke aus.

»Man hat sich gesehen. Der Strand, das Meer gehören jedem. Und ein bezauberndes Mädchen wie Carla ...« Murphy ließ das Ende des Satzes in der Luft hängen und rieb sich mit zur Seite geneigtem Kopf die Hände.

»Wie? Ein bezauberndes Mädchen wie Carla? Können Sie mal Klartext reden?«, fragte Johnny, der sich endlich vom Anblick der Cadillacs gelöst hatte. »Waren Sie scharf auf sie, oder was wollen Sie sagen?«

»'Don't be cruel', will ich sagen.«

»Hören Sie, Mister Elvis, ich kenne die Songs nicht auswendig und habe keine Lust, die Schnulzen zu hören, um zu kapieren, was Sie da reden. Das hier ist ein Vorgespräch. Auf dem Revier wiederholen wir das Ganze, klar? Mit Protokoll und allem.« Johnny öffnete die Bar, kramte darin herum, fand eine Saftflasche und nahm ungefragt einen Schluck.

Murphy starrte ihn mit offenem Mund und aus seinen blauen Augen an. »Gut, gut. Was soll ich sagen? Sie war viel am Meer. Da traf man sich schon mal und sagte Hallo.« Er unterstrich die Aussage mit einem albernen Winken.

Johnny warf Collin einen Blick zu. »Sie sind sich also am

Meer begegnet und haben sich ein Hallöchen zugewunken.« Johnny ahmte Murphys Stimme und Handbewegung nach. »Sonst noch was?«

Murphy schüttelte mit spitzen Lippen den Kopf. Die Leute munkelten, er sei Sohn und Erbe eines Multimillionärs mit Dreck am Stecken, zumindest mit einer unlauteren Vergangenheit, die ihn genötigt hatte, seine Heimat zu verlassen. Andere glaubten, er wäre schwul und hätte sich aus einer homophoben, konservativen Umgebung der Südstaaten ins freigeistige Europa begeben. Jemand, der mit Elvis-Tolle und Satinanzügen herumläuft und sündhaft teure Cadillacs fährt, dazu abgeschottet mit Hühnern und Gänsen lebt, fortwährend Elvis-Songs zitiert und mit Mitte fünfzig seit Jahren keiner geregelten Arbeit nachgeht, provoziert Tratsch und Klatsch, dachte Collin, auch wenn Cornwall schon immer Individualisten aus aller Welt angezogen hatte. Ein Quäntchen Wahrheit war am Gerede der Leute immer dran. Am Ende der Befragung würde er Murphy um Fingerabdrücke bitten und den Cadillac, mit dem er Carla zur Schule gebracht hatte, sicherstellen.

»›Kentucky Rain!‹«, sagte Murphy. »Ist es ein Verbrechen, jemanden mitzunehmen, der im strömenden Regen nach Hause läuft? Mit einer schweren Schultasche?«

»Wann war das?«, wollte Collin wissen.

»Vor zwei Wochen.« Murphy streckte zwei Finger hoch, an denen breite Silberringe mit orientalischen Ziermustern und Onyxsteinen steckten. »›When it rains, it really pours‹. Sie war ganz nass, ganz nass.«

»Hat Carla Ihnen bedeutet anzuhalten? Ist sie getrampt?«, hakte Johnny nach und bewegte den Daumen.

Murphy verneinte mit hängendem Kopf. »Sie lief die Straße

hoch. ›Girl next door went walking‹. Es hat geregnet und geregnet ...«

Ein Schulmädchen läuft im strömenden Regen nach Hause, man hält an und bietet ihm eine Mitfahrgelegenheit an. Eine menschliche Geste der Hilfsbereitschaft, überlegte Collin, die heutzutage sogleich Misstrauen gegenüber dem männlichen Fahrer schürte und mit Leichtsinn aufseiten des Mädchens verbunden wurde. Wie sich die Zeiten geändert hatten.

»Wir wissen von Romano alias Oliver Steel, dass Sie Carla auch zum Zeichenunterricht in sein Atelier gebracht haben. Hat Carla Sie darum gebeten?«

»Wenn die Kunst ruft, bin ich zur Stelle. ›In the Ghetto‹.«

Steels Atelier, zu dem sie vor dem Besuch bei Carlas Tante gefahren waren, befand sich im inzwischen eingemeindeten Fünfzig-Seelen-Ort Menydhvalis, einige Meilen von Cambrenne entfernt, wo in einem engen Tal ehemalige Fischerkaten zwischen dem Grün der Hügel eingebettet lagen, das türkisfarbene Wasser der Morvleydh Cove zu Füßen, ein Ort, an dem Künstler ins Träumen gerieten und vielleicht auch ein halbwüchsiges Mädchen mit Talenten und einer kreativen Ader wie Carla. Gut vorstellbar, dass Oliver Steel, ihr Zeichenlehrer, selbst eine Anziehungskraft auf sie ausübte. Er war jung, Single, ambitioniert, unkonventionell und verdammt gut aussehend.

»Was kann ein Künstler seine Schüler schon lehren?«, hatte er mit Herablassung zwischen schmalen Lippen hervorgepresst und die Finger, an denen Farbe klebte, wie ein Klavierspieler bewegt. Vor einigen Jahren war er aus Birmingham nach Cornwall gekommen, hatte zuerst mit der Hoffnung in Newlyn gelebt, dort Spuren und Inspirationsquellen der berühmten Künstlerkolonie aus dem 19. Jahrhundert zu finden, um selbst, wie er ohne Scheu behauptete, eine eigene Gruppe zu gründen, in deren Mittelpunkt er sich sah. Nicht der Erste, der mit solchen Ambitionen hierherkam, dachte Collin. Einer von vielen. Und was war am Ende dabei herausgekommen? Steel unterrichtete Hobbykünstler, um sich über Wasser zu halten. Enervierende Grundschüler, wie er sie nannte, Jugendliche mit pubertären Krisen wie Carla und gelangweilte Hausfrauen. »Alle in und aus Cornwall wollen doch pinseln«, hatte er wie den Tabakkrümel, der ihm in den Mund geraten war, ausgespuckt und nichts in Carlas Werken gesehen, was die Kriminalpsychologin als auffällig interpretiert hatte. »Ach, Vanitas, ach der Tod!« Oliver Steel hatte abgewunken. »Das Mädchen ist eine alberne Gans wie alle in dem Alter. Leidet an Selbstüberschätzung.« Und das Bild mit dem *Grab des Tauchers*? Eine Kopierarbeit, hatte Steel erklärt. Eine Hausaufgabe. Ohne Bedeutung. Er hatte über den Unterricht hinaus keinen Kontakt zu Carla und ein Alibi für den Sonntagabend.

»Wo waren Sie am Sonntagabend?«, fragte Collin den exzentrischen Nachbarn der Wellingtons.

»Ich mache gern eine Spritztour am Sonntag. ›My way‹. Ich war im Rockcafé.« Murphy summte vor sich hin.

Collin notierte, dass sie bei Albert's Rockcafé vorbeifahren und die Aussage überprüfen müssten. Das Albert's war ein beliebter Pub direkt oberhalb eines Surferstrandes.

»Und was haben Sie anschließend gemacht?«

»Da war ich hier.« Murphy wies mit dem Zeigefinger aufs Parkett, auf dem flauschige, in Pink gefärbte Schaffelle verteilt waren. »Genau hier.«

»Allein?«

»Allein bin ich immer und nie. Das kann man sehen, wie man will.« Murphy drückte erneut auf die Fernbedienung und nun erklang der Elvis-Song »Are you lonesome tonight«.

»Bis auf Buddy und Holly, meine Gänse, und meine Hühner, Priscilla und Marilyn, und Roy, meinen Hahn.« Murphy bekam einen Kicheranfall und schnaufte durch die Nase.

»Der hat doch einen Knall«, sagte Johnny, als sie nach dem Eintreffen zweier Kollegen von der Spurensicherung Murphys Anwesen verließen. »Ich wette mit dir um einen Kasten Proper Job, dass der Vogel was verschweigt.«

»Du weißt, ich mag dieses Zitronenbier nicht. Ein Korev ist mir lieber. Und Wetten schließe ich auch nicht ab.«

»Zitronenbier? Indian Pale Ale, Mann. Mit kornischem Quellwasser gebraut, heimischer Maris-Otter-Gerste, was gibt's da zu meckern?«

Johnny hatte vor drei Wochen mit Freunden die berühmte Bierbrauerei von St Austell besucht, gab seitdem sein dort erlangtes Wissen ungefragt bei jeder Gelegenheit zum Besten und schwärmte nun für alle möglichen neuen Sorten.

»Suchst du was?«, rief Collin ungeduldig.

Johnny hatte den Kofferraum seines Asconas geöffnet und wühlte darin herum. »Hatte doch irgendwo noch zwei Dosen Big Job rumfliegen. Wär jetzt auch genau das Richtige.«

»Es ist fünf, Johnny. Der Tag und damit der Job sind noch lange nicht vorbei. Also beeil dich gefälligst.«

Collin griff zum Diensthandy und rief den Staatsanwalt an. Er brauchte einen Durchsuchungsbeschluss auch für Murphys Haus. Das Interesse des Nachbarn an der jungen Carla war mehr als auffällig.

»Miesepeter!« Johnny stieg mit zwei Dosen Bier ein und warf sie auf den Rücksitz. »Müssen erst mal in den Kühlschrank. Also auf zu den anderen Nachbarn. Wie viele?«

»Vier sind's noch. Von den Ferienhausbesitzern ist derzeit ja keiner da.« Collin seufzte. Er hatte Kopfschmerzen, sehnte sich nach einer Tasse Kaffee und nach einem Durchbruch in dem Fall. Doch die Sonne stand schon niedrig, und es war bislang keine positive Meldung von den Sucheinheiten gekommen. Auch die Hubschrauber, die seit dem frühen Morgen ununterbrochen im Einsatz waren, hatten keine Spur von Carla gefunden. Collin hoffte, dass dies eher ein gutes als ein schlechtes Zeichen war. Nach einer Stunde fuhren sie mit der Erkenntnis zu den Wellingtons, dass außer Riley Murphy alle anderen Nachbarn in der Strandstraße keinen Kontakt zu Carla und Alibis für den Sonntagabend hatten. Er würde mit leeren Händen und vagen Versprechungen zu ihnen kommen. »Hoffnung ist ein gutes Frühstück, aber ein schlechtes Abendbrot.« Wer hatte das gesagt? Francis Bacon. Ich klammere mich an Worte eines Philosophen, andere an die eines Kirchenvertreters, dachte Collin, als er den Wagen von Pfarrer Steren vor Wellingtons Haus sah.

23

Carlas Zimmer erinnerte an die Szenerie eines Tatorts, und vielleicht war es das am Ende auch. Vielleicht war Carla von jener unbekannten Person verschleppt worden, mit der sie vermutlich Sonntagnacht Pizza auf dem Bett gegessen hatte, um das jetzt ein Absperrband gespannt war. Oder war sie freiwillig mitgegangen?

Die Nummernschildchen der Spurensicherung im Schlafzimmer, in Carlas Wohnraum und sonst wo im Haus schienen eine andere Geschichte zu erzählen. Eine mit vagen Anzeichen von Gewalt.

»Beruht bislang alles auf Vortests. Aber das weißt du ja selbst.« Grafton, der Leiter der Spurensicherung, massierte eins seiner kleinen, geknickten Ohren, die wie festgenäht am Kopf saßen und ihm den Spitznamen »Gundi« beschert hatten, nach einem dem Meerschweinchen ähnlichen Nager aus der Sahara.

»Ja.« Collin wandte den Blick vom Bett ab. Die Bettwäsche war abgezogen und sichergestellt. Auf dem Laken hatten die Kollegen mithilfe einer Tatortlampe schwache Blut- und Sekretspuren ausgemacht und ein Farbwechsel-Test hatte den Hinweis auf Sperma gegeben, ein Verdacht, der im Labor genauer überprüft werden würde. Grafton wollte die DNA des unbekannten Mannes isolieren und klären, ob dieser Carlas Pizzagast gewesen war. Eine Pizza war mit Schinken, Ananas, Tomaten und Käse, die andere mit Meeresfrüchten belegt gewesen. Reste klebten in den Kartons, die Collin im Mülleimer gefunden hatte. Meeresfrüchte, so hatte Grace Wellington betont, hätte Carla nicht gewählt. Wegen ihrer Allergie. Ein Unbekannter, der Muscheln und Shrimps mochte. Gut, besser als nichts, dachte Collin. »Fingerabdrücke?«, fragte er Grafton.

»Zu viel des Guten. Mindestens sechs verschiedene Personen, abgesehen von Carla. Wir halten uns erst mal an die auf den Pizzakartons. Irgendwelche Verdächtigen?« Er unterdrückte ein Gähnen.

»Von Verdächtigen können wir noch nicht sprechen. Nimm Abgleiche vor. Justin Pedrack und vor allem Riley Murphy, der Nachbar.« Magere und bislang nicht haltbare Ergebnisse, ärgerte sich Collin. Aber wer konnte wissen, was mikroskopische und chemische Analysen, Daktyloskopie und modernste Computertechnologie ans Tageslicht bringen würden.

»Kommt Zeit, kommt Rat.« Grafton streifte die Einmalhandschuhe ab und wies seine beiden Kollegen an, die Utensilien zusammenzupacken. »Okeydoke. Dann geh ich mal zum Nachbarhaus und schau, wie weit die Kollegen sind.«

»Stellt das ganze Haus auf den Kopf«, sagte Collin.

»Mit Vergnügen. Soll dir übrigens Grüße von Hampton ausrichten.« Grafton zwinkerte ihm zu.

»Lässt sich auf Mallorca die Sonne auf den Bauch brennen, stimmt's?«

Grafton lachte. »Und wie! Will gar nicht mehr in dieses Mistwetter zurück.«

Dann soll er bleiben, wo er ist, dachte Collin und schämte sich sofort. Er war froh, in diesem Fall nichts mit dem Rechtsmediziner Hampton zu tun zu haben, der für seine unerträglich zynischen Witze bekannt war – wohl ein Schutzpanzer gegen die Gräuel, die sein Beruf mit sich brachte. Einen solchen Panzer wünschte er sich, als er sich von Grafton verabschiedete und ins Wohnzimmer ging, wo Carlas Eltern und Pfarrer Steren in der Sofaecke leise miteinander redeten.

»DI Brown, was können Sie uns …?« Grace Wellington löste sich aus den Armen ihres Mannes und blickte Collin mit einer Mischung aus Hoffnung und Angst an.

Collin spürte seinen Körper, die Armmuskeln von Tausenden Schlägen gegen Stein, die rissigen Hände, die Beine, die ihn durchs Leben getragen hatten, seine wie entzündeten Lider, die er vor den kalten Fakten kaum zu schließen vermochte, die brennenden Augen, vor die sich der Nebelschleier der Unkenntnis gelegt hatte, seine von Wind und Salz spröden Lippen und die belegte Zunge mit dem bitteren, sauren Geschmack der Trostlosigkeit. Bei den Eltern falsche Erwartungen zu schüren wäre nicht der richtige Weg. »Carla hatte Besuch«, begann er. »Vermutlich männlichen«, fügte er hinzu. »Es könnte sein, dass er mit ihr intim wurde …«

»Mit wem?«, unterbrach ihn Desmond Wellington.

»Die Frage wollen wir schnellstmöglich beantworten.«

Grace Wellington verbarg das Gesicht in den Händen und schluchzte auf. Pfarrer Steren rückte neben sie und sprach mit gefalteten Händen leise auf sie ein, während Desmond Collin mit einer Kopfbewegung andeutete, ihm zu folgen, und kurz darauf saßen sie in dessen unaufgeräumtem Arbeitszimmer.

»Reden wir Klartext«, sagte Desmond, kramte in Schubladen, bis er ein silbernes Etui fand, nahm eine Zigarette heraus und zündete sie an. »Carla hatte Besuch von einem Mann, Sex mit ihm und was dann?«

»Einiges spricht dafür, dass es im Verlauf der Begegnung zu einer Auseinandersetzung kam …«

»Zu einer Auseinandersetzung? Wie?«

Collin versuchte beschwichtigende Worte für die Bilder zu finden, die sich vor seinem inneren Auge abspielten. Wie der Unbekannte Carla vielleicht überwältigt und vergewaltigt, sie dabei leicht verletzt aus dem Bett, dem Zimmer, dem Haus geschleift hatte. Schwache Sekretspuren, die auf Blut hindeuteten, winzige Fasern und Verschmutzungen stützten die Vermutung, nichts sonst. »Wir müssen die Laboruntersuchungen abwarten, Mr Wellington. Ich weiß, wie schwer es Ihnen fällt, Geduld und Ruhe zu bewahren.«

»Geduld und Ruhe, pfff!« Wellington zog heftig an der Zigarette und pustete den Rauch hörbar aus. »Meine Frau ist ein nervliches Wrack. Ich habe mit Ihrem Vorgesetzten telefoniert, Mr Brown, und mich beschwert. Ich verlange hier professionelle Unterstützung. Sie scheinen mit der Sache überfordert.«

»Nun, es ist Ihr gutes Recht ...« Collin unterdrückte einen Rülpser.

Es wurde bereits dunkel, die Hubschrauberpiloten hatten vor einer halben Stunde gemeldet, nach dem Überfliegen eines letzten Sektors die Suche für den heutigen Tag zu beenden. Gerade waren die Propellergeräusche über dem Haus der Wellingtons zu hören.

»Über meine Rechte brauchen Sie mich nicht aufzuklären«, versetzte Desmond Wellington mit feindseliger Stimme. »Ihr Distriktchef hat diesen alten Fall erwähnt. Sehen Sie also einen Zusammenhang? Und wenn ja, gehen Sie ihm nach?«

»Jenifer Kellis meinen Sie?« Collin stand vor einer Vitrine mit einer beachtlichen Schmetterlingssammlung. Farbenfrohe, teils handtellergroße Exemplare aus allen Teilen der Welt. Es schien ihm, als hätte er es in diesem Fall mit erstaunlich vielen Sammlern zu tun. Er schob den Gedanken beiseite. Es war irrelevant, ob Carlas Vater Schmetterlinge sammelte. »Unsere Ermittlungen gehen zu diesem Zeitpunkt in alle möglichen Richtungen, Mr Wellington. Ich verstehe, wie schwer es Ihnen fällt, Vertrauen aufrechtzuerhalten. Der Tag ist noch nicht zu Ende ...«

»Äußerst beruhigend, dass Sie noch nicht Feierabend machen.« Wellington drückte die Zigarette in einem Teller mit Brotkrümeln aus und nahm gedankenverloren eine aus Jade gemeißelte Schlange in die Hand, deren Körper aufgerichtet war. Aus dem Kopf züngelte eine gespaltene Zunge. »Mein Sohn ist überraschend aus Tokio eingetroffen. Mit seiner Verlobten. Will hier heiraten.«

»Meinen Glückwunsch«, sagte Collin. »Die Umstände für eine Feier sind natürlich alles andere als erfreulich.«

»So ist es.« Desmond stellte die Schlange in das Chaos auf dem Schreibtisch zurück. »Andererseits hat er uns nicht vorher informiert. Grace weiß noch nichts von seinen Plänen.«

»Und nun fragen Sie sich, wie Sie sich verhalten sollen?«

»Glauben Sie bloß nicht, ich brauche hier Ihren Rat. Lynne, seine Mutter, nun, sie besteht natürlich auf einem reibungslosen Ablauf der Zeremonie. Ohne Presse. Ich hoffe, Sie können das garantieren.«

»Tue mein Möglichstes«, versprach Collin.

Haltung bewahren, sich im Fahrwasser vorantreiben lassen, Normalität aufrechterhalten – dies schien Wellington wichtig. Aber womöglich hatte er recht, überlegte Collin, als Johnny ihn kurz darauf abholte und sie in der Dämmerung durch Cambrenne zu Giovannis Pizzeria fuhren, wo Johnny in der Zwischenzeit recherchiert hatte. Rauch stieg aus Schornsteinen, aus einem Restaurant drang der verlockende Duft nach gebratenem Fisch, über die Begrenzungsmauer ihrer Vorgärten hinweg unterhielten sich zwei Frauen, Kinder spielten Fußball auf einem brach liegenden Grundstück und die Glocke der alles überragenden Kirche St Davids läutete mit dunklen Tönen den Abend ein. Wenn die eigene Welt ins Wanken geriet, die Abgründe zu tief waren, half es, sich ans Alltägliche zu klammern, an den Stundenzeiger zu heften, der gnadenlos vorrückte.

»Giovanni senior hat seine Pizzeria vor 'nem Jahr an den Junior abgegeben. Seitdem schmeckt's nur noch halb so gut«, unterbrach Johnny seine Gedanken. »Aber stört keinen. Nummer eins im Ort.«

»Italienische Mafia, oder wie?«

»Munkelt man. Hier, hab dir ein Stück mitgebracht.« Johnny langte auf den Rücksitz nach einem Karton und reichte ihn Collin. »Thunfisch, Oliven und Käse.«

»Mir ist der Appetit auf Pizza vergangen.«

»Ein Biss, und du bist erleuchtet.« Johnny lachte. »Die Pizzen haben alle Namen von italienischen Heiligen. Die da heißt Cristina. Starb einen Märtyrertod. Und meine heißt Klara. Die Leuchtende.«

»Hast du dich in den letzten Stunden in Kirchengeschichte weitergebildet?«, fragte Collin und warf den Pizzakarton wieder auf die Rückbank.

»Carla hat die gleiche wie ich gegessen. Die Schutzheilige Klara hat ihr ganzes Hab und Gut gegen 'ne Kutte getauscht und komplett in Armut gelebt. Carla, Klara. Verstehste?«

»Nein.«

»Mann, ist doch klar wie Kloßbrühe, warum Carla ausgerechnet diese Pizza bestellt hat.«

»Was soll uns das helfen?« Collin sah die Hinweisschilder zum Industriegebiet, an dessen Rand sich die Pizzeria niedergelassen hatte. Breite Kundschaft, darunter viele Angestellte und Arbeiter, hatte der Eigentümer am Telefon erklärt. Nach einer Auszeichnung Anfang des Jahres war der Umsatz gestiegen. Fünfzig Bestellungen pro Wochentag waren nichts Ungewöhnliches, am Wochenende verdoppelte sich die Menge. Auch sein Sohn Shawn hatte, wie sich Collin mit mulmigem Gefühl erinnerte, am Montagabend dort die Bestellung für seine Familie aufgegeben.

»Die Meeresfrüchtepizza heißt Franziskus. Die einzige männliche Pizza«, sagte Johnny. »Fand ich schon auffällig.«

»Hmm. Hast du den Fahrer des Pizzataxis schon?«

Johnny verneinte. »Hoffe, Giovanni hat jetzt seine Siebensachen zusammen. Kein Einsatzplan. Arbeitet mit Honorarkräften. Alle auf Abruf. Studenten, ältere Schüler, Rentner. Die Kollegen der IT überprüfen die telefonischen Bestellungen zwischen letztem Freitag und Sonntag.«

Sie hielten vor einem hell erleuchteten niedrigen Gebäude, das sich zwischen zwei mehrstöckigen Bürogebäuden duckte. Vier Autos parkten davor, im kleinen Gastraum war jeder der Plastiktische besetzt, an der Theke kein Barhocker mehr frei. Die Luft stand vor Hitze, die aus dem Steinofen drang, es roch nach Öl, Bier und Zwiebeln. Eine Angestellte zog mit einem breiten Holzschieber zwei dampfende Pizzen heraus, legte sie auf Teller und strich sich über die erhitzen Wangen. »Giovanni ist hinten«, rief sie gegen die Gruppe grölender Männer in Arbeitskluft an und wies mit dem Daumen auf einen Türvorhang aus Muscheln, hinter dem ein fensterloses Kabuff mit Regalen voll leerer Pizzakartons lag. Aus einer Kompaktanlage drang eine italienische Schnulze, die Giovanni junior, ein untersetzter Mittfünfziger, leise mitsang. »*Porca miseria! Maledizione! Polizia!*«, rief er statt einer Begrüßung und hob theatralisch die Arme. »Hier, Platz eins.« Er riss eine Urkunde von einem Pinboard und hielt sie Collin hin. »Und jetzt diese *merda*.«

»Haste die Liste jetzt?«, fragte Johnny ungerührt.

»Zehn arbeiten für uns.« Giovanni überreichte einen handgeschriebenen Zettel mit Namen und Telefonnummern.

»Und wer hatte am letzten Sonntagabend Dienst? Wir brauchen Ihren Einsatzplan. Das hat Ihnen mein Kollege doch deutlich gemacht, oder?« Collin überflog die Namen. Es war keiner darunter, der ihm etwas sagte.

»*Che vada al diavolo!*« Giovanni schob Papiere beiseite und setzte sich halb auf den Tisch. »Ich bin hier nicht jeden Tag. *Capito?* Hab meine Angestellten und zähle *moneta*.« Er rieb Daumen und Zeigefinger erst aneinander und drückte dann die Fingerkuppen an die Lippen. »Teresa, meine Tochter, ist meistens hier. Und der Pizzaservice läuft so: Wir haben zwei Autos, zwei Mopeds.« Er hielt zwei Finger hoch. »Die Autos liefern an Kunden, die außerhalb wohnen. Die Mopeds fahren in Cambrenne. *Capito?* Teresa notiert die Bestellungen, Adresse, Telefonnummer.« Er machte Schreibbewegungen und schlug auf einen Bestellblock. »Die Küche macht die Pizzen fertig, legt den Bestellzettel mit der Adresse auf den Karton und legt ihn in eine Warmhaltekiste. *Subito!* Die stehen da nebenan. Eine für die Autos, eine für die Mopeds. Die Fahrer nehmen dann von oben runter. *Capito?* Teresa weiß nicht, zu welcher Adresse die Fahrer unterwegs sind. *Non abbiamo tempo. Ma è chiaro!*«

Ein einfaches und effektives System, musste Collin zugeben, nachdem sie den Nebenraum inspiziert hatten, dessen Tür auf den Hinterhof führte. Die Pizzaausliefer mussten so nicht den Gastraum betreten. »Kann sich Ihre Tochter erinnern, wer von den Fahrern am Sonntag da war?«

»Sprechen Sie selbst mit ihr!« Giovanni tippte ein paar Nummern in sein Handy, sprudelte einen italienischen Redeschwall hinein und hielt es ihm schließlich hin. Am Ende des Gesprächs hatte Collin drei Namen auf der Liste angekreuzt und zwei weitere mit Fragezeichen versehen. Das Gedächtnis der meisten Menschen war lückenhaft und auch formbar, die Aussagen von Zeugen bargen stets Unsicherheiten. Teresa Monti hatte das Wochenende zwei Schichten gearbeitet, weil ihre jüngere Schwester erkrankt war. Wer von freitags bis sonntags von zehn Uhr morgens bis ein

Uhr nachts Bestellungen abarbeitete, entschied Collin, dachte am Ende nur noch an eines: schlafen.

Es war nur eine Frage der Zeit, wann sie den Fahrer identifizieren würden, der Carla die beiden Pizzen gebracht hatte.

24

Als die Standuhr im Wohnzimmer neun dumpfe Schläge von sich gab, schreckte Jory aus dem Sessel hoch. Er musste eingenickt sein, spürte die Kühle – das Feuer war heruntergebrannt –, rappelte sich mit steifen Gliedern auf, tastete nach dem Lichtschalter und machte den Fernseher aus. Wind war aufgekommen und im ersten Stock klapperte ein Fenster. Später, dachte er, ging in den Flur und pustete die Kerze im Windlicht aus, das im kleinen Fenster stand, nahm den Schlüsselbund vom Haken und begann seine Schließrunde. Alle Türen im Haus waren mit unterschiedlichen, zumeist antiken Schlössern und dekorativen Blechen ausgestattet, die er auf Flohmärkten und in Antiquitätenläden gekauft hatte, eine Liebhaberei, auf die er nur bei der Haustür aus Sicherheitsgründen verzichtet hatte. Er vergewisserte sich, dass der Bewegungsmelder vor dem Eingang funktionierte, steckte die unterschiedlichen Schlüssel nacheinander in die drei Schließzylinder und drehte sie um. In den ersten Wochen nach Jenifers Verschwinden hatten sie die Eingangstür in dem Glauben unverschlossen gelassen, sie würde vielleicht mitten in der Nacht zurückkommen und sollte ihr Elternhaus nicht zugesperrt vorfinden, ein unerträglicher Gedanke für Heather. In den letzten Jahren dagegen war die Sorge gewachsen, dass ihr abgelegenes

Cottage leichtes Ziel für Diebe und Einbrecher werden konnte. Heather hatte sich zeitweise in krankhafte Fantasien hineingesteigert, ihn mehrmals täglich aufgelöst im Geschäft angerufen, weil sie angeblich etwas Verdächtiges wahrgenommen hatte, und so hatte er sich entschieden, sie mit einem dicken Bund zumeist schwerer, gusseiserner Schlüssel zu beruhigen – und am Ende auch sich selbst. Für die Küche hatte er allerdings ein kleines Schloss für die Replik eines Wikingerschlüssels aus Zamak-Guss eingebaut mit einer ornamentalen Raute im Greiftierstil, in jener Zeit, wie er wusste, Bestandteil der Frauentracht und deshalb, wie er fand, sehr passend für Heathers Reich. Vielleicht wäre alles anders, wenn sie eine Arbeit hätte und wie er gezwungen wäre, ihr Schneckenhaus zu verlassen, überlegte er nicht zum ersten Mal, als er den Vorhang vor das Küchenfenster zog und dann in den Backofen schaute. Er merkte erst jetzt, dass ihm der Magen knurrte und er die Abendmahlzeit versäumt hatte. Doch die Backröhre war zu seiner Verwunderung leer, keine Pfanne mit Poffertjes, die Heather jeden Mittwoch backte, stand auf dem Herd, das Frühstücksgeschirr war nicht gespült. Er ging zurück in den Flur und inspizierte die Garderobe. Heathers Mantel fehlte und auch der zweite Schlüsselbund. Sie war nicht da, wurde ihm schlagartig klar. Wo war sie? Mit aufkommender Unruhe stieg er die Treppe hoch, horchte an der Tür zu Jenifers Zimmer, in dem er seine Frau bei seiner Rückkehr Stunden zuvor schlafend geglaubt hatte, streckte die Hand zur Klinke aus, ließ sie sinken und nahm dann allen Mut zusammen. Die Male, die er seit dem Verschwinden seiner Tochter in ihrem Dachzimmer gewesen war, konnte er an einer Hand abzählen, und wenn er es betreten hatte, dann nur, um Reparaturarbeiten vorzunehmen. Eine lockere Fußleiste, ein Heizkörper, vollgesaugt mit Luft, ein Schimmelfleck an der

Wand. Er blieb auf der Türschwelle stehen. Jenifers Bett war zerwühlt, eine Großpackung Papiertaschentücher lag auf dem Nachttisch, daneben Heathers Handy. Das Kleid, das seine Tochter beim Schulkonzert getragen hatte, hing auf dem Bügel am Schrank. Es hatte sie ein kleines Vermögen gekostet. Jory schluckte und schaltete die Musikanlage aus. Dann schaute er ins Schlafzimmer und ins Bad, schloss dort das klappernde Fenster, machte eine Runde auf dem Dachboden, lief ratlos ins Erdgeschoss zurück, prüfte dort vergebens alle Räume, setzte sich wieder vor den Kamin, stocherte in der Glut herum, legte einen Scheit nach und überlegte fieberhaft, ob Heather an diesem Abend irgendetwas vorgehabt hatte. Sie war so selten allein unterwegs. Doch stand er nicht seit gestern vollends neben sich? Er aktivierte sein Handy, das er wegen Lizzy seit gestern ausgeschaltet hatte, und stellte beunruhigt fest, dass Heather ihn mehrmals zu erreichen versucht hatte. Es war beinahe zweiundzwanzig Uhr, Regen setzte ein, trommelte aufs Dach, tropfte in die Tonne hinter dem Wohnzimmerfenster. Jory sah den Minutenzeiger vorrücken und musste an die Schlüsselzeremonie im Tower von London denken, eine Touristenattraktion, der er bei seinem letzten Besuch in der Hauptstadt beigewohnt und die zu Zeiten von Königin Victoria allabendlich dafür gesorgt hatte, dass kein Gefangener aus der Festung hatte fliehen können. Gleich, um 21:53 Uhr, würde der Chief Yeoman Warder sein Quartier mit der Laterne verlassen, zum Bloody Tower schreiten und unter Begleitung von vier Soldaten die Tore am Middle Tower und Byward Tower schließen, zum Bloody Tower zurückkehren und den jahrhundertealten Dialog mit dem Wachposten führen. »Halt! Wer kommt dort?« – »Die Schlüssel.« – »Wessen Schlüssel?« – »Die Schlüssel der Königin.« – »Passiert, Schlüssel der Königin. Alles ist in Ordnung.«

Er hatte keine Königin mehr und keinen passenden Schlüssel, und nichts war in Ordnung, wusste Jory, fühlte sich in den eigenen vier Wänden, ja in seinem eigenen Kopf gefangen und saß einfach nur da wie eine Maus in der Falle, wissend, dass die Wahrheit wie ein lockendes und zugleich verhängnisvolles Stück Käse war, bis er einen Wagen in die Einfahrt fahren und eine Autotür schlagen hörte. Er ging mit schweren Schritten zur Haustür, in der Erwartung, einen Polizeiwagen vorzufinden, doch kaum hatte er die drei Schlösser endlich aufgesperrt, sah er nur noch die Rücklichter eines Wagens und seine Frau, blass, mit verweinten Augen und ungekämmtem Haar und einer Zeitung in der Hand.
»Weißt du schon?«, fragte sie.

»Was?«

Sie starrte ihn an, schob sich an ihm vorbei und schwankte ins Wohnzimmer. Hatte sie getrunken? Sie rührte doch sonst keinen Tropfen an.

Er schloss mit fahrigen Händen ab, eilte ihr nach und fand sie schluchzend auf dem Sofa.

»Alle reden davon ...« Sie hielt ihm die Titelseite des *Coastal Observer* hin. »Hier!«

Jory nahm die Zeitung und las die Überschrift, die er schon kannte. »Wer hat Carla gesehen?« Er hatte am späten Nachmittag sämtliche Tageszeitungen gekauft, hinter der Ladentheke durchgeblättert, und das Foto des Mädchens mit der Pudelmütze verfolgte ihn seither. Er ließ die Zeitung sinken und setzte sich mit dem Gefühl neben seine Frau, sich auf eine Anklagebank zu begeben. Das Unvermeidliche, wusste er, kam nun auf den Tisch.

»Hat mir Mrs Fraddon gegeben.« Heather schnäuzte sich die Nase.

»Mrs Fraddon?«, sagte er lahm und sah die kleingewachsene,

pummelige Gestalt der einzigen Bekannten vor sich, die Heather regelmäßig besuchte, stets einen Stapel Illustrierte daließ und die Tageszeitung brachte, die Jory im vorletzten Jahr mit der Ausrede von Kostenersparnis abbestellt hatte, nachdem er Heathers Klagen darüber nicht mehr ertragen konnte, dass nichts mehr, gar nichts mehr über Jenifer veröffentlicht wurde, als würde Druckerschwärze helfen, die Hoffnung zu bewahren.

»Na, ihre Tochter Anne ist doch bei der Polizei in St Magor.«

»Hmm.« Natürlich wusste er das. Heather tischte es ihm nach jedem Besuch von Mrs Fraddon auf und hatte deren Tochter, eine junge, schüchterne Polizistin, einmal zum Sonntagstee eingeladen, ihr die Geschichte haarklein erzählt und wochenlang auf einen Anruf gewartet, aber natürlich war nichts geschehen. Ohne neue Hinweise würde die Polizei nichts tun, sie konnte nichts tun. Er hustete sich den Hals frei. »Wo warst du denn so lange?«

»Na, sag ich doch, bei Mrs Fraddon. Konnte dich ja nicht erreichen und ...«

»Probleme mit dem Handy«, murmelte er. »Bauarbeiten im Industriegebiet. Kein Netz ...«

»Deshalb also ... Hab den ganzen Tag überlegt, ob ich selbst anrufen soll ...« Heather strich sich über den Bauch, eine Angewohnheit, die sie neben anderen Marotten seit Jenifers Verschwinden angenommen hatte. Nachts trug sie eine Zahnschiene, weil durch ihr massives Knirschen bereits der Kiefer angegriffen war. Sie litt unter Schlafproblemen, Panikattacken, Augenzucken, Herzproblemen und chronischen Rückenbeschwerden, Folgen der Last, die sie trug, hatte der Hausarzt diagnostiziert. Wie konnte er sie verlassen?

»Wo?«

»Na, wo wohl? Bei der Polizei. Bei Detective Inspector Brown.«

»Bei Detective Inspector Brown?«, wiederholte Jory und hatte das Gefühl, sein Hals würde von innen anschwellen.

»Na, der Chef von Mrs Fraddons Tochter, aber Mrs Fraddon meint, es wär besser, wenn ich erst mit meinem Mann spreche, wenn wir zusammen ... Hätt ich längst schon tun sollen.«

»Was denn?«

»Da anrufen, aber du ...«

»Was ich?«

»Wenn es nun ...« Sie schlug eine Hand vor den Mund, in der sie ein Taschentuch barg, und griff mit der anderen nach seiner. Die ungewohnte Berührung ließ ihn zusammenfahren.

»Werden selbst drauf kommen. Suchen jetzt erst mal.«

»Es muss jemand aus der Gegend sein, Jory, hab ich ja immer gesagt. Irgendein Kranker, der ...«

»Hat vielleicht nichts mit Jenifer zu tun.« Jory zog seine Hand unter Heathers hervor, legte den Arm um ihre Schulter, und sie lehnte sich an ihn. Wann hatten sie zuletzt so gesessen? Anfangs hatten sie sich wie Ertrinkende aneinandergeklammert, bis der Verdacht auf ihn gefallen war. Danach hatte jeder für sich allein den Schmerz ertragen, schien es ihm. Nur ihre eigene Suche nach Jenifer hatte sie später wieder miteinander verbunden. Sie waren monatelang an der Küste und im Landesinneren unterwegs gewesen. Immer zu Fuß, hatten mit Spazierstöcken unter Büschen gestochert, waren in Bauruinen und unzugänglichen Buchten herumgeklettert, mit Jenifers Foto in der Tasche in Jugendherbergen und preiswerten Pensionen in ganz Cornwall gewesen, hatten Ersparnisse in die Milchaktion gesteckt, Jenifers Foto auf fünftausend Verpackungen drucken lassen, waren in jede Großstadt des Inselreichs gefahren, selbst nach Berlin und Paris. Heather hatte Wochen damit zugebracht, Fotos von jungen Mädchen im Internet zu betrachten, hatte die Ledercouch, das Hochzeitsgeschenk seiner Eltern, verkauft, um einen Privatdetektiv zu finanzieren, eine Wahrsagerin beauftragt, einen Computerfritzen engagiert, der eine Internetseite gebaut hatte, Phantombilder einer älter gewordenen Jenifer anfertigen lassen, sich mit anderen betroffenen Eltern vernetzt. All das war Jahre her, und jetzt brannte die Hoffnung auf winziger Flamme. Doch erloschen war sie nie. Wie die Kerze, die Heather jeden Abend im Windlicht am Fenster neben der Haustür anzündete, um Jenifer den Weg nach Hause zu weisen.

»Wieso bist du dir da so sicher?«, entfuhr es Heather mit ungewohnt lauter Stimme.

»Bin ich nicht ... ich ...«

»Was also?« Sie löste sich von ihm, rückte ein Stück weg, zog den Mantel aus und schmiss ihn auf einen Sessel. Darunter trug sie die »Trauerrüstung«, wie Jory die drei Kleidungsstücke und Accessoires seiner Tochter nannte, die sie seit Jenifers Verschwinden jeden Tag trug, nie wusch, nur in feuchte Luft hängte. Eine Jeansweste, die ihr zu eng war, einen Holzreif, einen Schal aus Krinkelseide. Das hatte Jenifer am Morgen vor ihrem Verschwinden angehabt. Dazu eine ausgefranste Jeans und ein rotes Sweatshirt. Diese Sachen lagen, wie Jory wusste, im Zimmer seiner Tochter auf einem Stuhl.

»Ist letzten Sonntag nach dem Konzert passiert, genau wie bei Jenifer«, sagte Heather. »Und das Mädchen hat auch Violine gespielt.« Ihre Augen hatten einen seltsamen Glanz, irre, fand Jory, wandte sich ab, legte Holzstücke in den Kamin, wedelte mit einem Stück Zeitung, bis eine Flamme aufzüngelte, und spürte seine Zunge schwer im Gaumen, als er sich in seinen Sessel fallen ließ. »War bei Liz Gerrick«, hörte er sich sagen.

»Wie? Heute?«

Jory schüttelte den Kopf.

»Gestern also, wie immer?«

»Nein, ich meine: ja, auch gestern, ich ...«

»Und?« Heather stellte sich vor ihn. Hinter ihrem Rücken zuckten die Flammen im Kamin.

Fegefeuer, dachte Jory, hob leicht den Kopf und sagte mit der Stimme eines Fremden: »Am Sonntagabend. Nach dem Konzert.«

Heather starrte ihn einen Moment mit gerunzelter Stirn an. »Da warst du also bei Mrs Gerrick? Warum?«

»Wir ... ich ...« Er hüstelte in die Faust. »Wollt's dir schon längst sagen, aber dich nicht unnötig ...«

»Na, was denn?«

»Das Geschäft ...« Jory krallte die Hand in die Sessellehne. »Muss wohl Insolvenz anmelden.«

»Insolvenz?« Heather sank in den Sessel ihm gegenüber.

»Tja, ich ... Das Beste wäre, von hier wegzugehen.«

»Du willst weg?«

Jory nickte und fragte sich, ob ihre Frage das bedeutete, was er sich wünschte: allem den Rücken zu kehren. Und zwar allein. Ohne Heather. Ohne die Bürde der Vergangenheit. Ohne die Last der Gegenwart.

Einen Moment lang waren nur das Knacken des Feuers zu hören und der Regen, der nun auch gegen die Fenster schlug.

»Und deshalb warst du Sonntag bei Mrs Gerrick?«, brach Heather schließlich mit wispernder Stimme das Schweigen.

»Nun ... ich ... wir leben nicht mehr«, brachte Jory hervor.

»Nein, tun wir nicht.«

»Es, es tut mir ...«

»Leid tut es dir? Was?« Heather krallte die Hände in den Krinkelschal.

»Es war ... es ist vorbei. War nichts, nichts Ernstes ...«

»So, war nichts.« Heather sprang vom Sofa, holte das Telefon und hielt es ihm hin. »Ruf an.«

»Wo?«

»Wo? Herrgott noch mal. Bei der Polizei!«

»Jetzt?«

»Ja, jetzt.«

Er blickte in Heathers verquollenes Gesicht und sah darin seine eigene Abscheu und seine Angst widergespiegelt, die stärker wog als der Funken Zuversicht. Was, wenn sie ihn mit Handschellen abführen würden? Was, wenn die Polizei auf der Suche nach Carla auch Jenifer finden würde?

Was, wenn sie tot war?

25

Vor einer Stunde war Collin in seinem Cottage angekommen, hatte einen Tee mit Gwenny getrunken, bevor sie nach Hause fuhr, und sich dann in die Werkstatt geflüchtet, nachdem er das Küchenradio mitten in den Lokalnachrichten ausgeschaltet hatte. Der Sonderbericht über Carla hallte in seinem Kopf nach, dessen Inneres sich unter der Schädeldecke wie entzündet anfühlte. Es kam ihm falsch vor, hier untätig zu sitzen, während irgendwo in der Gegend ein Mädchen in der Gewalt eines Unbekannten war, womöglich in Gefahr schwebte oder gar schon tot war, ein Szenario, mit dem sein Team rechnen musste und das die Radiosprecherin mit butterweicher Stimme wie einen Wurm in die Ohren ihrer Hörer geschoben hatte. Collin stellte sich die Wellingtons vor, die in ihrem großen Haus nun voller Angst um ihre Tochter in die Nacht horchten, Eltern von Carlas Mitschülern, die ihre Haustüren überprüften und ihren Kindern verboten, auszugehen. Alle wollten eine Antwort.

Er feuerte den antiken gusseisernen Ofen mit dem Eichhörnchenmotiv an, stopfte sich eine Pfeife, setzte sich mit seiner Kladde in den Lesesessel, blätterte die Notizen durch, strich Vermutungen durch, schrieb offene Fragen auf, umkringelte Namen, übertrug sie in eine Liste und versuchte sie in eine Rangfolge zu setzen. Einige der jüngeren Lehrer hatten sich im Discozelt blicken lassen, nichts Ungewöhnliches, wie Barker versichert hatte, er selbst war schließlich auch eine halbe Stunde dort gewesen, und irgendwer hatte ja Aufsicht führen müssen. Die Aufsichtspflicht war nicht so weit gegangen, dass alle anwesenden Lehrer bis zum Ende geblieben waren, und die beiden Englischlehrerinnen, die um Mitternacht zusammen mit einigen älteren Schülern und Pedrack, dem Hausmeister, die letzten Gäste nach Hause geschickt, Kassensturz am Getränkestand gemacht, die Musikanlage abgebaut und das Schulgelände abgeschlossen hatten, konnten sich zwar daran erinnern, Carla gesehen zu haben, aber nicht, wann und mit wem sie das Schulfest verlassen hatte.

Collin öffnete auf seinem Tablet die Handyfotos vom Discozelt. Bill wollte an diesem Abend jedes einzelne Gesicht mit einem Namen versehen – eine zeitaufwändige Arbeit. Eine Datei enthielt drei Fotos, auf denen Carla in der Menge zu sehen war. Mit einem Glas in der Hand, eng umschlungen tanzend mit Justin – ein Standbild der Videoaufnahme, die sie schon kannten. Auf dem dritten Foto, das Collin nun größer zoomte, war sie mit verschlossenem Gesichtsausdruck hinter einem Mann zu erkennen, der sich halb nach ihr umdrehte. Collin spürte seine Kopfhaut kribbeln. Der Mann war niemand anderes als Dolph Milton, Jenifers damaliger Freund, Sohn des Schulvorstands und Cambrennes jüngster Bürgermeister der Geschichte. Doch war das verdächtig? Collin brachte drei Ausrufezeichen neben dessen Namen auf seiner Liste der Verdächtigen an und klappte das Tablet zu. Dann las er nochmals die Aussage des Taxifahrers, der Carla am Sonntagmorgen abgeholt und zu Brenda Dodley gebracht hatte. Carla war mit ihrer Übernachtungstasche über der Schulter die Eingangstreppe hinuntergerannt, hatte sich auf der Taxifahrt mehrmals umgesehen, sich auf kein Gespräch mit ihm eingelassen, ihn zur Eile angetrieben, obwohl die Straßen leer waren, ihm fünfzig Pfund in die Hand gedrückt, nicht aufs Wechselgeld gewartet und als Ziel die Adresse ihrer Schulfreundin Brenda angegeben. Carlas Nervosität, das fluchtartige Verlassen ihres Elternhauses um sechs Uhr morgens mochten darauf hindeuten, dass im Vorfeld etwas geschehen war, das sie beunruhigt hatte. War zu diesem Zeitpunkt jemand im Haus gewesen, vor dem sie davonlaufen wollte? Nein, entschied er. Sie hatte das Haus und das elektrische Tor abgeschlossen und den Schlüssel vermutlich den ganzen Tag bei sich getragen. Hatte sich vielleicht telefonisch ein Besuch angekündigt, dem sie ausweichen wollte? Wenn man jemanden nicht sehen will, macht man die Tür nicht auf. Hatte sich tatsächlich jemand Zugang zum Grundstück verschafft und Steine an Carlas Fenster geworfen, wie sie Brenda erzählt hatte? Wenn das Mädchen vor etwas oder jemandem Angst hatte, warum hatte sie sich nicht einem Erwachsenen anvertraut, bei ihrer Tante angerufen oder mit einem Lehrer gesprochen? Die Analyse der Telefonkontakte vom Festnetz der Wellingtons stand noch aus, aber Collin vermutete, dass Carla eher ihr Handy benutzt hatte. Und in dem Alter, hatte Johnny betont, bleibt das angeschaltet wie ein Beatmungsgerät. Doch es blieb ausgeschaltet, und sie hatten es noch immer nicht orten können. Morgen würden sie hoffentlich genauer wissen, wann Carla die Bestellung beim Pizzaservice aufgegeben hatte. Fünf der zehn Pizzalieferanten hatten zwischen letztem Freitag und Sonntag Dienst, aber angeblich hatte keiner von ihnen – laut telefonischer Aussage – in der fraglichen Zeit eine Lieferung für die Wellingtons übernommen. So viele Personen mit Gedächtnislücken konnte es doch nicht geben. Sie würden die Fahrer nochmals einzeln befragen. Morgen, morgen, morgen, schimpfte Collin im Stillen vor sich hin. Am meisten ärgerte ihn, dass sie keine verlässlichen Aussagen über den Verlauf des Disco-Abends hatten. Wie lange war Carla dort gewesen? Mit wem außer Justin war sie näher in Kontakt gekommen? Wann und mit wem hatte sie das Fest verlassen? Der Schulhof war am Festtag lediglich um die beiden Zelte herum beleuchtet gewesen, und der Parkplatz verfügte nur über wenige Lampen. Der Abend war stark bewölkt gewesen, zu vorgerückter Stunde hatte es immer wieder Schauer gegeben. Im Zwielicht konnte man in Regenjacken gehüllte und unter Schirmen verborgene Gesichter schwerlich erkennen. Das mochte die Erklärung sein, warum es keine verlässlichen Aussagen darüber gab, ob sich Carla allein oder in Begleitung auf den Weg gemacht hatte. Zwei Zeugen, ein Ehepaar aus Cambrenne, hatten ein Mädchen, dessen Beschreibung auf sie passte, kurz nach Mitternacht vor »Sharkys« gesehen. Sie kamen gerade von einer Hochzeitsfeier zurück und passierten den kleinen Imbiss an der Hauptstraße auf ihrem Nachhauseweg, der um diese Zeit längst geschlossen und doch hell erleuchtet war. Unter einem Vordach stand ein langer Tisch mit Holzbänken, zum Ärger des Betreibers ein beliebter Treff für Jugendliche, die in Cambrenne wenige Orte hatten, an denen sie sich aufhalten konnten. Auch Sonntagnacht saßen einige dort. Vorhin war er an der Stelle vorbeigefahren und hatte die Aussage des Ehepaars danach mit Fragezeichen versehen. Auch die Angaben der beiden Zeugen, die Carla angeblich um Mitternacht vor dem Kiosk »Fish Burger« erkannt hatten, waren nach Bills Überprüfung nicht aussagekräftig. Der rote Mantel, das auffälligste Kleidungsstück des Mädchens, fehlte in der Beschreibung.

Collin ließ die Kladde sinken, blickte in die Glut des Feuers, ein in den Augen schmerzendes Rot, stocherte darin herum, bis Asche durch den Rost in den Aschekasten fiel, legte zwei Scheite nach und dachte an Carlas Mantel, ein Glutrot, auffällig, aber in der Nacht waren alle Katzen grau. Dann fiel ihm Murphy, der Nachbar mit dem Cadillac-Tick, ein, der entweder Erinnerungslücken oder schlichtweg gelogen hatte. Die Spurensicherung hatte Carlas Fingerabdrücke nicht nur in dem Fleetwood, sondern auch im pink lackierten Eldorado gefunden. Ein Schal lag im Handschuhfach des Eldorado, den Grace Wellington eindeutig als Carlas identifiziert hatte. Murphy fand keine Erklärung, wie der Schal dorthin gekommen war. Hatte sich das Mädchen ohne sein Wissen in den Eldorado gesetzt? »Mr Elvis?«, hatte Albert vom Rockcafé gesagt und mit der Zunge geschnalzt. »Stammgast. Am liebsten sonntags und noch lieber dienstags, weil dann die Jukebox läuft und er sein Kleingeld für seinen Rock 'n' Roll verpulvern kann. Kommt gern mit jungem Gemüse.« Albert hatte Carla auf dem Foto als Murphys Begleitung erkannt. Mindestens zwei Mal war er mit ihr im Rockcafé gewesen. Am morgigen Donnerstag würde die Spurensicherung damit fortfahren, sein Haus auf den Kopf zu stellen. Collin schloss kurz die Augen, sah Wälder, Moore und Flüsse vor sich – Carla konnte überall sein, und die Suchmannschaften hatten erst wenige Meilen abgesucht. Morgen würde Robert Ashborne, der Distriktchef, eine Spezialdrohne schicken. Würde die neu entwickelte Technologie ihnen schnell helfen, das Mädchen aufzuspüren?

Collin schloss seine Kladde, erhob sich vom Lesesessel und warf einen Blick auf den Laptop, den er aus dem Arbeitszimmer mitgenommen hatte. Er hatte das Skype-Programm geöffnet und Kathryn kurz zuvor eine Nachricht geschickt, doch sie war noch immer offline. Keine falschen Erwartungen, es ist zwei Uhr morgens in Thailand, und vermutlich schläft sie tief und fest, ermahnte er sich zum wiederholten Male. Keine Chance, sie in diesem Augenblick zu erreichen. Und wenn, würde er sie nicht nur beunruhigen? Kurz zögerte er, dann tippte er, ohne nachzudenken. »Wir müssen nicht alles teilen, aber die strahlendste Sonne und die dunkelste Nacht«, hatte Kathryn ihm einmal gesagt. Collin überflog seine Zeilen, fügte *Anh yêu em* hinzu, »Ich liebe dich« auf Vietnamesisch, wie es Männer zu Frauen sagen, wobei er keine Ahnung hatte, wie man es aussprach. Als er Kathryn kennengelernt hatte, besuchte sie gerade einen Vietnamesisch-Kurs. Bis auf einige Bezeichnungen für typische Gerichte beherrschte sie die Sprache ihrer Vorfahren mütterlicherseits nicht. Sie hatte damals den Eindruck, nie zu sich selbst finden zu können, wenn sie dem Singsang dieser Sprache nicht auf die Spur käme, beendete ihr Vorhaben jedoch nach wenigen Monaten. Das ursprüngliche Vietnamesisch gab es nicht mehr, hatte sie festgestellt, tausend Jahre Unterdrückung und Sprachbeeinflussung durch China und die französische Kolonialmacht. »Ich bin also Britin«, hatte sie über das ganze Gesicht strahlend verkündet, »mit Pass, Herz und Sprache.«

Sie hatten sich an jenem Tag im »Sông Quê Café« getroffen, einem der vielen vietnamesischen Restaurants der »Pho Mile« im Londoner Shoreditch, wo er Kathryn mit vor Aufregung grummelndem Magen gegenübergesessen und fasziniert ihren Ausführungen gelauscht hatte, während er gleichzeitig versuchte, Reisnudeln mit Stäbchen aus der Suppenschüssel zu angeln, ohne sich zu blamieren. Eine Woche zuvor hatte Collin nach langem Hadern zwei Entscheidungen getroffen, die er Kathryn an jenem Samstagabend offenbaren wollte. Er hatte beschlossen, sein Studium der Kunstgeschichte an den Nagel zu hängen und die Polizeiakademie zu besuchen. Und er wollte allen Mut zusammennehmen und Kathryn bitten, seine Frau zu werden. »Sag doch mal was auf Vietnamesisch«, hatte er sie aufgefordert und über den Tisch vorsichtig nach ihren weißen Händen gegriffen, die ihm zart wie Porzellan erschienen waren. Sie hatte ihn angelächelt, einen Stift aus der Handtasche gezogen, drei Wörter auf ihre Serviette geschrieben. *Em yêu anh.* »Und was heißt das?«, hatte Collin gefragt. Mit einem Zwinkern hatte Kathryn die drei einsilbigen Wörter geflüstert und sie mit einem Herz umrahmt. »*I love you*, aber nur wenn eine Frau spricht«, hatte sie erklärt. Und danach war alles wie ein Rausch gewesen, aus dem er nicht mehr hatte erwachen wollen.

Noch eine Woche, dann war Kathryn wieder da, sagte Collin sich, knipste das Licht über der Werkbank an und setzte sich vor den blauen Granit. Die Nixenfigur für den alten Tamar war darin eingeschlossen wie in einem Gemäuer. Ich muss nur dem Meister Michelangelo folgen und den überzähligen Stein entfernen, wusste Collin, dann ist die Nixe frei. Doch an diesem späten Abend war daran nicht zu denken. Seine vollen Kräfte würde er brauchen, wache Augen, eine ruhige Hand. Ein misslungener

Schlag, und die Figur im Inneren würde verletzt werden oder gar zerbrechen. Nicht anders erschien es ihm mit seinem Fall. Wenn Carla noch am Leben war und gegen ihren Willen irgendwo festgehalten wurde, würde ihr Entführer jeden Schritt der Polizei genau beobachten, womöglich in Panik geraten, kämen sie ihm auf die Spur, und dann gäbe es für Carla kaum mehr eine Chance. Die lokalen Medien berichteten ununterbrochen über das Mädchen. Es war unwahrscheinlich anzunehmen, dass sie nichts davon mitbekommen hatte, sollte sie aus freien Stücken von zu Hause ausgerissen sein.

Collin stellte einen anderen Rohling auf die Werkbank, einen ohne Gesicht und Geschichte, setzte die Schutzbrille auf und begann auf ihn einzuschlagen. Der Klang von Eisen und Schlegel übertönte halbwegs die Hilferufe von Carla und alle anderen Stimmen. Manchmal wünschte er sich, nichts anderes zu tun, als Formen aus Steinen zu schälen, nichts anderes wahrzunehmen als Steinstaub, sich Schlag für Schlag in jene Zeit zurückzuarbeiten, in der er vor den Gabelungen seines Lebens stand. In seinen Träumen sah er sich aufrecht und erhaben wie eine Statue, festen Schrittes den unwegsamen, steinigen Weg, den Weg des Bildhauers gehen und unnachgiebig wie Marmor seinem Vater trotzen, der ihm diese andere Richtung gewiesen hatte, zu Recht und Gesetz, zum festen Monatseinkommen, zu Fakten, die seine Träume in Beton legten. Doch die Zeit ließ sich nicht zurückdrehen. Im Hier und Jetzt war er Polizist und wollte auch nichts anderes sein, erkannte er, als jener, der verzweifelten Eltern eine verlorene Tochter zurückbrachte wie ein rettender Engel.

Das Klingeln seines Diensthandys riss ihn mit einem Schlag aus seiner Versenkung. Er horchte der Stimme am anderen Ende, dem Räuspern und Haspeln, den gestammelten Halbsätzen. Als er auflegte, ließ er sich in den Lesesessel fallen, starrte in das heruntergebrannte Feuer und versuchte zu begreifen, was er gerade erfahren hatte. Dann griff er nach dem ersten Aktenordner des Falls Jenifer Kellis.

26

Sie hatten die heutige Teambesprechung in die ehemalige Polizeistation von Cambrenne verlegt, wo um neun auch die Pressekonferenz stattfinden sollte. Bill hatte die knapp gefasste Pressemitteilung gestern Abend noch an Collin gemailt. Den Journalisten würden die allgemein gehaltenen Aussagen nicht genügen. Sie wollten Namen, Gesichter, Bilder, Motive, eine Geschichte voll Adjektive und Ausrufezeichen. Antworten erwarteten sie. Es würde die Stimmung im Ort gehörig anheizen, wenn er zugäbe, nun doch nach Parallelen zum Kellis-Fall zu suchen.

Collin blickte zum Himmel, an dem der Wind die Wolken zusammentrieb, aus denen bald Regen fallen würde – nicht die besten Voraussetzungen für das Hubschrauberteam, geschweige denn für die Suchmannschaften, die er heute weitere Meilen entlang der Bucht absuchen lassen wollte. Er klemmte die Kellis-Akten unter den Arm und stieg die Stufen zu dem grauen Betongebäude hoch, das Anfang des nächsten Jahres abgerissen werden und einem Shoppingcenter weichen sollte. Wenig später saß er seinen Kollegen gegenüber, versuchte die gedrückte Stimmung mit Zuversicht und Motivation aus dem Raum zu drängen und forderte Grafton, den Leiter der Spurensicherung, auf, seinen Bericht zu präsentieren.

»Okeydoke. Viel ist's noch nicht in der kurzen Zeit«, begann dieser mit verschnupfter Nase. »Justin Pedrack kann jedenfalls als Carlas Pizzagast ausgeschlossen werden. Ebenso Murphy. Der allerdings in Carlas Wohnzimmer war. Okeydoke. Bislang können wir die Fingerabdrücke auf dem einen Pizzakarton also nicht zuordnen. Die DNA-Analyse ist noch nicht abgeschlossen, aber wir wissen nun eindeutig, dass Carla Geschlechtsverkehr hatte. Das Sperma stammt weder von Pedrack noch von Murphy, allerdings von unserem unbekannten Pizzagast.«

»Und die Blutspuren?«, fragte Collin. »Können wir davon ausgehen, dass Carla verletzt worden ist?«

»Durchaus möglich.« Grafton blätterte in seinem Bericht. »Jedoch keine schwere Verletzung. Vermutlich Schürfwunden. Die Blutspuren finden sich vor allem im Bereich der Treppe, die ins Erdgeschoss führt. Wir gehen davon aus, dass Carla die Stufen hinuntergeschleift wurde und dabei Hautrisse entstanden sind, vielleicht auch kleinere Platzwunden.«

»Deutet denn irgendetwas auf einen Kampf hin?«, meldete sich Bill zu Wort.

»Tja, schwer zu sagen.« Grafton zwirbelte sein linkes Ohr. »Aber ich bin davon überzeugt, dass sie nicht bei Bewusstsein war. Das Bett, ja das gesamte Schlafzimmer hat nicht den Eindruck gemacht, als habe dort eine physische Auseinandersetzung stattgefunden.«

»Der Täter könnte alles aufgeräumt haben.«

Grafton schüttelte den Kopf. »Dann wäre er gründlicher vorgegangen. Er hätte das Bett gemacht, die Salzstangen, die Flaschen, alles weggeräumt, die Pizzakartons keinesfalls im Mülleimer gelassen. Er hätte dafür gesorgt, dass möglichst keine Spuren zu finden wären.«

»Eine spontane Tat also?«, fragte Collin.

»Meine persönliche Schlussfolgerung.« Grafton steckte den Zeigefinger ins rechte Ohr und bohrte darin herum.

»Es sind eine ganze Reihe von Fingerabdrücken auch auf dem Fahrrad und dem Mofa, von Carla auf jeden Fall, und …« Er machte eine Pause. »… von Riley Murphy.«

»›Jailhouse Rock‹ wäre da der passende Elvis-Song oder ›Devil in Disguise‹«, rief Johnny.

»Es wird noch besser«, fuhr Grafton fort, öffnete eine Sicherungskiste, streifte sich Einmalhandschuhe über und holte zwei Kameras mit Stativ und ein Fernglas heraus. »Eine Kamera stand an Murphys Schlafzimmerfenster und war direkt auf Carlas Schlafzimmerfenster gerichtet. Die andere war im Salon, wie er sein Wohnzimmer nennt. Auf den Strand ausgerichtet. Die SIM-Karten sprechen Bände. Motiv Nummer eins ist Carla. Und dann unzählige andere Mädchen am Strand. Fotos und Filmaufnahmen.«

Einen Moment herrschte Schweigen am Tisch, dann redeten alle durcheinander. Hatten sie einen Durchbruch in dem Fall? Collin rief unverzüglich den Staatsanwalt an, schilderte die Wende in den Ermittlungen und erhielt von ihm die Zustimmung, Murphy sofort in Untersuchungshaft zu nehmen. Er erteilte die Order an zwei Cambrenner Kollegen und versuchte sich danach wieder auf die Besprechung zu konzentrieren.

»Fassen wir erst mal zusammen, was wir über den Sonntagabend wissen. Carla muss das Schulfest früher verlassen haben, als wir bislang dachten, und zwar gegen 22:30 Uhr. Sie ist vermutlich mit einem Fahrzeug nach Hause gefahren.«

»Also mit jemandem mitgefahren«, präzisierte Bill.

Collin nickte. »Zu Fuß hätte sie über eine halbe Stunde gebraucht, und es hat geregnet. Bei normaler Geschwindigkeit benötigt man mit einem Auto zehn Minuten. Giovannis Pizzeria macht um Mitternacht zu, ihre Bestellung ging rund eine Stunde früher ein, um 22:56 Uhr. Sie hat von ihrem Handy aus angerufen. Teresa Monti, Giovannis Tochter, kann sich an das Gespräch nicht erinnern, es war extrem viel los an dem Abend. Sie hatte eine Großbestellung von fünfzig Pizzen für eine Geburtstagsfeier auf der Medlock-Farm und dafür zwei Fahrer abbestellt. Das war kurz nach 22:00 Uhr. Richtig, Bill?«

»Exakt.« Bill strich sich über den wie mit einem Lineal gezogenen Seitenscheitel, befeuchtete den Zeigefinger und blätterte eine Seite in der Akte, die vor ihm lag, um. »Andrew Danton und sein Sohn Bob haben das übernommen. Sind mit den Medlocks verwandt und daher auf zwei Bier auf der Feier geblieben, was natürlich nicht erlaubt und vorgesehen war. Andrew hatte danach Feierabend, Bob noch weitere Auslieferungen. Carla war nicht auf seiner Liste. Wobei mir seine Aussagen widersprüchlich erscheinen. Ist für zehn Uhr zur Vernehmung vorgeladen. Bei uns in St Magor. Da wohnt er seit einem Monat.«

»Johnny, das übernimmst du«, sagte Collin.

»Was soll ich?« Johnny blickte von seinem Smartphone auf. Heute trug er seinen besten Pullover, den blau-melierten, eine schwarze Jeans und gewienerte Schuhe.

Collin klopfte mit dem Kugelschreiber auf den Tisch. »Du knöpfst dir um zehn Bob Danton vor. In St Magor.«

»Capito!« Johnny zwinkerte ihm zu.

»Was ist mit den anderen Fahrern, die am Sonntag Dienst hatten?«, fragte Collin Bill.

»Angeblich hat keiner von ihnen an Wellingtons Adresse geliefert.«

»Irgendwer muss ja dahin gefahren sein. Nehmt sie in die Mangel. Zum jetzigen Zeitpunkt ist alles denkbar. Auch dass der Unbekannte einer der Pizzalieferanten war.« Er räusperte sich. Emotionen konnte er sich so wenig leisten wie Resignation. »Fahren wir mit den Hypothesen fort«, nahm er den Faden wieder auf. »Wir gehen davon aus, dass Carla den Mann vermutlich kannte oder auf dem Schulfest kennengelernt hat, aller Wahrscheinlichkeit nach im Discozelt. Sie haben zusammen vor dem Fernseher gesessen und eine DVD angeschaut ...«

»*Im Herzen der See*«, ergänzte Grafton. »Die DVD war im Laufwerk, Carlas Fingerabdrücke sind drauf und die Fernbedienung lag auf dem Nachttisch.«

»Eine Moby-Dick-Verfilmung?«, fragte Johnny. »Da wären wir wieder bei den lieben Fischen.«

»Sie haben Pizza gegessen«, ergriff Collin das Wort. »Haben miteinander geschlafen, wobei nicht sicher ist, ob Letzteres gegen ihren Willen geschah. Der Unbekannte nutzte die Atmosphäre des Vertrauens, fand Mittel und Wege, Carla wehrlos zu machen, zerrte sie die Treppe hinunter und nahm sie mit. Was wissen wir über diesen Mann? Er ist womöglich nicht der Kräftigste, sonst hätte er das Mädchen, das lediglich einhundertzehn Pfund wiegt, die Treppe hinuntergetragen. Zudem muss er über ein Fahrzeug verfügen, um sie mitten in der Nacht von ihrem Elternhaus fortzubringen. Wie weit sind wir mit der Liste der Fahrzeughalter, die am Sonntagabend auf dem Fest waren?« Er blickte Bill an, der die Hände hob.

»Erfasst sind lediglich zehn Fahrzeuge von Besuchern, die zwischen 20 Uhr und Mitternacht dort waren und sich bislang gemeldet haben.«

»Und noch was. Der Typ hat das Licht überall ausgeschaltet«, gab Johnny zu bedenken. »Hat brav alles verriegelt. Haustür, Tor. Alarmanlage angeschaltet. Liegt auf der Hand, dass er das Haus kannte. Oder ist Carla doch freiwillig mit und hat selbst abgeschlossen?«

»Dann wird sie zumindest unfreiwillig festgehalten«, sagte Grafton, stand auf und reckte sich. »Mach mich dann mal auf den Weg. Ihr hört von mir.«

Er hatte die Nacht durchgearbeitet und würde auch heute nicht ruhen, bis er Ergebnisse hatte. Collin blickte auf die Uhr. Noch eineinhalb Stunden bis zur Pressekonferenz. Er besprach mit den Leitern der Suchmannschaften die Einsatzorte und kennzeichnete sie auf der Karte, die an der Wand hing. Mit Fähnchen waren Orte markiert: die John-Betjeman-Highschool, Carlas Elternhaus, das Haus ihrer Tante und das des Nachbarn Murphy, Giovannis Pizzeria, Liz Gerricks Wohnung, das Haus der Pedracks und das Atelier von Carlas Kunstlehrer. Die Welt des Mädchens musste doch viel größer sein, überlegte Collin, zeichnete zwischen den Fähnchen imaginäre Linien, fand das Muster eines schiefen Rechtecks und keine Verknüpfungen.

Nun allein mit Bill und Johnny stellte er sich ans Fenster und schaute vom zweiten Stockwerk hinunter auf die erwachte Stadt, wo Türen auf- und zugingen, Menschen sich in alle Himmelsrichtungen bewegten, Autos hupten und Möwen gen Meer zogen, und ließ dann den Blick hinauf zum Hügel gleiten, auf dem die John-Betjeman-Highschool stand. Die Schulflagge war gehisst und flatterte im Wind. Sie müsste auf Halbmast stehen, fand Collin. »Irgendwann meldet sich ein Entführer«, sagte er und setzte sich zurück an den Tisch. »Will Lösegeld oder etwas anderes. Meldet er sich nicht bei den Eltern, den Medien oder uns, geht es ihm um etwas anderes.«

»Und um was?« Johnny riss eine Packung Erdnüsse auf und schüttete sich welche in die hohle Hand. »Verknallt bis über beide Ohren und will das Mädchen keine Sekunde mehr aus den Augen lassen? Verbotene Liebe, und beide machen die Fliege?«

»Kann alles sein. Oder es geht um etwas, das wir nicht sehen.« *Der Blick des Verstandes fängt an scharf zu werden, wenn der Blick der Augen an Schärfe verliert. Platon.* Collin hatte das Zitat im Innendeckel des ersten schwarzen Ordners der Kellis-Akte gefunden. Jemand hatte es mit der Hand auf ein Stück Linienpapier notiert, eine energische, schräg nach rechts verlaufende Schrift, und es mit Tesafilm befestigt.

»Also, Boss, spuck's aus«, sagte Johnny. »Du brütest doch an was rum.«

»Jory Kellis hat mich gestern am späten Abend angerufen. Er hat uns sozusagen das Alibi für Liz Gerrick geliefert. Er war am Sonntagabend bei ihr. Von 20 Uhr bis 23 Uhr.«

Johnny pfiff durch die Zähne. »Die Musiklehrerin hat 'ne Affäre mit Jenifers Vater? Damals schon?«

Collin schüttelte den Kopf, zog ein Foto von Jenifer aus der Akte und hängte es neben Carlas. »Ähnlichkeiten. Also, ich höre?«

»Ein kleines Quiz?«, fragte Johnny. »Okay. Beide zum Zeitpunkt des Verschwindens sechzehn Jahre alt. Zierlich. Langes, dunkles Haar, dunkle Augen. Typ Exotik, oder ist das politisch nicht korrekt?« Er schaute grinsend in die kleine Runde.

»Ist es nicht«, sagte Bill. »In gewisser Weise beide Einzelkinder. Carlas Bruder Walt stammt ja aus erster Ehe. Beide Klassenbeste …«

»Ehemals Klassenbeste«, korrigierte Collin. »Beide haben in dem Schuljahr ihres Verschwindens in den Leistungen stark nachgelassen, oft die Schule geschwänzt, Hausaufgaben vernachlässigt und die Klassenlehrer haben über fehlende Disziplin geklagt. Das mag in dem Alter normal sein. Interessant ist, dass die Veränderung ab dem zweiten Trimester, also im Frühling und beginnenden Sommer einsetzte.«

»Wer will bei schönem Wetter in der Schule hocken?«, fragte Johnny. »Und was soll uns das bringen?«

»Jenifer fuhr wie Carla oft mit dem Rad zur Schule. Sie wohnte hier.« Collin nahm ein blaues Fähnchen und markierte ihr Elternhaus. »Am Samstag vor ihrem Verschwinden ist sie mit dem Rad zur Generalprobe in die Schule gefahren und hat es in den Fahrradschuppen der Schule gestellt, der auf der Rückseite des Schulhofs liegt. Dolph Milton, ihr damaliger Freund, hat sie nach der Probe mit dem Auto nach Hause gebracht, am Sonntag ist sie mit ihren Eltern zum Konzert gefahren. Sie hat ihrem Vater per SMS mitgeteilt, dass sie bei Dolph Milton übernachten wollte. Das hat sie aber nicht getan. Er ist allein nach Hause gefahren, hat ein Alibi, ist entlastet worden. Ihr Rad wurde hier in einem Gebüsch gefunden.« Er markierte die Stelle oberhalb des Küstenwanderwegs auf der Karte. »Zehn Meilen von der Schule entfernt. Es haben sich damals keine Zeugen gefunden, die gesehen haben, wie Jenifer in der Nacht, am Sonntag ihres Verschwindens, das Rad aus dem Fahrradschuppen der Schule geholt und damit weggefahren ist. Es konnte auch nicht geklärt werden, ob sie es womöglich am frühen Montagmorgen geholt hat. Wo wollte sie hin? Eine von vielen ungeklärten Fragen. In der Gegend hat man jeden Stein umgedreht.« Er kreiste mit der Hand über der Karte. »Im persönlichen Umfeld beider Mädchen gibt es auf den ersten Blick keine Verknüpfungen, von der Highschool und dem Musikunterricht abgesehen.« Oder ich sehe sie nicht, fügte Collin in Gedanken hinzu. Bei Gewalttaten gegenüber Frauen, so zeigte die Statistik, handelte es sich bei zwei Dritteln um Beziehungstaten, das heißt, Täter und Opfer kannten sich im Vorfeld zumindest flüchtig. »Die Familien stehen nicht miteinander in Kontakt. Schon allein wegen des Altersunterschieds, Jenifer wäre heute vierundzwanzig, gibt es auch keine Überschneidungen im Freundeskreis. Bis auf Liz Gerrick und Pedrack, den Hausmeister, ist das gesamte Kollegium der Schule ausgewechselt. Keines der Mädchen war in einem Verein, einer Jugendgruppe oder einer anderen Organisation aktiv. Abgesehen von der Musik teilen sie nach jetzigem Stand keine Hobbys miteinander.«

»Also bleibt das Aussehen«, unterbrach Johnny Collins Ausführungen. »Mr Unbekannt steht auf langes, dunkles Haar.«

»Mag sein.«

Es klopfte an der Tür, und eine Kollegin der Bereitschaft steckte den Kopf herein. »Die ersten Journalisten sind da.«

»Danke, Maggie. Bin gleich so weit.« Collin strich sich über die Stirn. »Bill und Johnny, ihr knöpft euch die Pizzalieferanten zuerst vor. Dann Punkt für Punkt bitte die Liste abarbeiten. Ich fahre später bei den Kellis vorbei.«

Johnny schielte mit missmutigem Gesicht auf die Liste. »Dolph Milton, unseren Bürgermeister, willst du vorladen? Du heiliger Strohsack! Soll er gleich nach der Pressekonferenz ins Vernehmungszimmer, oder wie stellst du dir das vor?«

»Gut«, entschied Collin. »Ich kümmere mich selbst um ihn.«

War Dolph Milton, Sohn des Schulvorstands und seit der letzten Wahl jüngster Bürgermeister von Cambrenne, damals Jenifers Freund und beim diesjährigen Schulfest Eröffnungsredner, der Unbekannte, den sie suchten? Collin dachte an die Fotoalben auf Carlas Laptop, die einzig brauchbaren Dateien, die sie vielleicht weiterführten und die von den Technikern noch ausgewertet wurden. Auf einem Gruppenfoto stand Carla neben Dolph Milton. Arm in Arm. Eine eindeutige Geste, fand Collin, griff nach den Unterlagen für die Pressekonferenz und kämpfte auf dem Weg zu den wartenden Journalisten gegen ein Gefühl der Niedergeschlagenheit an. Sollte ein Lokalpolitiker in den Fall verwickelt sein, so wusste er, würden sie gegen Mauern rennen.

27

Sowenna blieb mit dem Fahrrad auf dem schmalen Sandweg stehen, der entlang der Küste zu Dennis führte. Zwei Boote der Küstenwache glitten auf der gegenüberliegenden Seite der Bucht nahe am Ufer entlang, und ein Suchhubschrauber flog darüber hinweg. Ein Anblick, der die bezaubernde Atmosphäre störte. Über allem ergoss sich ein mildes Morgenlicht, das auf dem Wasser tanzte. Die Hänge und Klippen waren mit Gras, Stechginster, Schlehdorn und Glockenheide bewachsen, dazwischen leuchtete Heidekraut. Eine Landschaft, die Sowenna in sich aufsog wie die klare Luft und die Stimmen der Seevögel. Je weiter sie sich von Cambrenne entfernte, desto freier fühlte sie sich. Dass sich Dennis entschieden hatte, hier draußen zu leben, konnte sie verstehen. Hier war er dem Wasser ganz nah, das er liebte wie sein Vater, wenn auch auf eine andere Weise. Während Neil das Schwimmen als Wettkampf betrachtete, tauchte Dennis in die Tiefe des Meeres, weil er die geheimnisvolle Welt dort unten liebte. Sie stieg mit dem Entschluss wieder aufs Rad, sich diesen Tag durch nichts verderben zu lassen.

Seit Dennis vor vier Jahren von zu Hause ausgezogen war,

wohnte er einige Meilen außerhalb von Cambrenne in einem alten Leuchtturm mit einem kleinen Nebengebäude, in dem er Tauchtouristen beherbergte und unterrichtete. Die einzigen anderen Gebäude weit und breit waren das zerfallene Maschinenhaus einer stillgelegten Mine auf einer Klippe direkt am Meer und der neue Leuchtturm, der unbemannt und mit neuester Technik ausgestattet ein paar Meilen weiter errichtet worden war. Auch wenn ihre Eltern Dennis' Aktivitäten für befremdlich hielten, so mussten sie ihm zumindest seinen Geschäftssinn lassen, dachte Sowenna, während sie ihr Rad das letzte Stück, das steil bergab führte, schob und schließlich vor dem weißen Leuchtturm stand. Seit sie das letzte Mal hier gewesen war, hatte Dennis offensichtlich angefangen, ihn zu renovieren. Die Außenwände hatten einen frischen Anstrich erhalten, die kaputten Fenster im Leuchtturmraum waren ersetzt, die Türen abgeschliffen und gebeizt, eine windgeschützte und überdachte Sitzecke mit einer Bank befand sich neben dem Eingang, und die Auffahrt war gekiest. Sie rief Dennis, klopfte, ging um den Leuchtturm herum, doch ihr Bruder schien nicht zu Hause zu sein. Auch das Nebengebäude, das abseits stand, war verschlossen. Offenbar hatte Dennis dem Häuschen einen Namen gegeben: »Lyonesse« stand in verschnörkelter Schrift auf dem Holzschild über der Tür. Ihr fiel nicht ein, wo sie diesen Namen schon einmal gehört hatte. Sie stieg die in Fels gehauene Treppe zum leeren Bootsanleger hinunter. In einem ebenfalls zugesperrten Geräteschuppen war die Taucherausrüstung aufbewahrt, wie sie mit einem Blick durchs Fenster feststellte. Enttäuscht setzte sie sich auf eine Klippe und betrachtete die wie Zungen aus den Wellen ragenden Felsen. Der Leuchtturm lag an der äußeren Spitze einer weitläufigen Bucht, an deren Ufer zu früheren Zeiten, wie Dennis ihr einmal erzählt hatte, etliche Fischerboote und einmal auch ein Ausflugsschiff mit Hochzeitsgästen auf dem Weg in den Hafen von Cambrenne zerschellt waren. Auf zwei vorgelagerten größeren Felsen erinnerten Holzkreuze an die Unglücke, die vor einigen Jahrzehnten geschehen waren. »Grabesbucht« hatten Fischer dieses für seine tückischen Strömungen und unberechenbaren Winde berüchtigte Gewässer getauft. Noch immer, so hieß es, lagen Wracks auf dem Meeresboden und mit diesen die Knochen der Ertrunkenen. Vielleicht aber auch Schätze, glaubte Dennis und tauchte immer wieder hinab in die Tiefe.

Sie sah hinter einem der vorgelagerten Felsen ein Boot näher kommen und erkannte bald, dass ihr Bruder am Steuer stand, und winkte ihm zu. Er drosselte den Motor, hob nah am Ufer kurz die Hand und sprang wenig später auf den Anlegesteg, an dem er das Boot festzurrte und eine Sporttasche heraushob. Erst dann drehte er sich zu ihr um. »Was ... machst du ... denn hier?«, fragte er in seiner schleppenden Art, die für gewöhnlich als Stottern galt.

»Haben dir Mum und Dad nicht erzählt, dass ich in den Ferien hier bin?«

»Kann ... Kann sein.«

»Ich bin jedenfalls drei Wochen hier.«

»So. Bist du ... das.« Er schulterte die Tasche, stiefelte ohne ein weiteres Wort in Richtung Treppe, und sie versuchte mit ihm Schritt zu halten. Dennis überragte sie um zwei Köpfe und schien noch kräftiger geworden zu sein. Kaum hatte er die Haustür zum Leuchtturm aufgeschlossen, ging er schnurstracks zur Küchenzeile, füllte den Teekessel und stellte ihn auf den Gasherd.

»Schön, dich zu sehen«, begann Sowenna erneut. Statt Wiedersehensfreude glaubte sie Irritation und Missmut in seinen Augen zu lesen. Sein Gesicht war männlicher geworden, das letzte Weiche und Runde darin gewichen. Ruby hatte recht: Ihr Bruder war sehr attraktiv. Gebräunte Haut, die seine blauen Augen unter dunklen, wie Bumerangs geformten Brauen betonte, das eckige Kinn mit dem Grübchen, die kantige Nase und sein Mund mit der schmalen Oberlippe, über der jetzt ein gestutzter Schnäuzer wuchs, das sehr kurz geschnittene helle Haar, das er von ihrer Mutter geerbt hatte, die muskulöse Gestalt – sie konnte sich vorstellen, dass Dennis von vielen jungen Frauen umschwärmt wurde. Aber dass er sich ausgerechnet für Ruby entschieden hatte? Sowenna schielte auf seine breiten Hände, die voller Kratzer waren. Einen Ring trug er nicht. Sie würde ihn nach der Hochzeit fragen, sobald sich eine passende Gelegenheit ergab.

»Warst du tauchen?«, fragte sie und setzte sich auf einen der beiden Barhocker, die vor einem Küchentresen mit Blick zum Meer standen.

»Zu ... zu kalt heute.« Dennis verschwand kurz hinter einer Tür, sie hörte die Klospülung und Wasser laufen und fragte sich, was sie eigentlich erwartet hatte. Sie hatte nie ein enges Verhältnis zu ihrem Bruder gehabt. Die vier Jahre Altersunterschied hatten sich in ihrer Kindheit bemerkbar gemacht. Sie war die kleine Schwester, mit der Dennis nichts anfangen konnte, und auch später hatte sich das nicht geändert. *Eigentlich kenne ich ihn gar nicht*, wurde Sowenna bewusst, als er in die Küche zurückkehrte, Tee einschenkte und schweigend aus dem Fenster starrte. Aber auch deshalb war sie gekommen. Um ihn kennenzulernen, um sich ihm anzunähern. Ihm und ihren Eltern. Sie spürte, wie unvorbereitet sie dieser Aufgabe gegenüberstand. In ihrer Familie wurde nicht geredet, jedenfalls nicht über das Wesentliche, und sie hatte so wenig Übung darin wie Dennis.

»Gemütlich hast du es hier«, brach sie das Schweigen.

»Yep.«

»Und hast 'ne Menge Arbeit reingesteckt. Der Leuchtturm sieht jetzt richtig einladend aus. Bestimmt willst du hier nie mehr weg.«

»Nee.« Dennis rieb sich mit dem linken Zeigefinger unter der Nase, eine Angewohnheit, die er schon als Junge gehabt hatte. Immer dann, wenn er sich unwohl fühlte. Störte sie ihn? Sie verscheuchte den Gedanken und rief sich These acht in Erinnerung: *Zweifle nicht an allem.*

»Wie laufen denn deine Tauchkurse?«

»Hun ... Hundertpro.«

»Das freut mich wirklich für dich«, sagte Sowenna.

»Werd mal ... mal nach ... oben. Bess... Bessere Sicht.« Er erhob sich und wies mit dem Daumen in Richtung Decke. Sowenna verstand die Geste als Einladung, ihm die steile Wendeltreppe unter das Dach des Leuchtturms zu folgen. Einen Moment wurde ihr schwindelig, als sie an den Fenstern entlangging. Dem Himmel so nah, rückte alles andere in die Ferne und wurde ganz winzig.

»Wow! Das ist ja fantastisch, Dennis. Ein bisschen wie auf einer Burg. Und du der Burgherr. Muss ja ein tolles Gefühl sein, hier zu wohnen.«

»Yep.« Dennis hatte ein hohes Matratzenlager auf Paletten aufgebaut, auf dem er sich jetzt, die Hände hinter dem Kopf verschränkt, ausstreckte und in die Regenwolken blickte. Schweigsam war er schon immer gewesen, beruhigte sie sich. Wie ein Fisch eben. Die Marygold hatte vielleicht doch recht mit ihrer Ferndiagnose, und Dennis konnte keine Gefühle zeigen, weil er an Alexithymie litt. *Nimm andere in ihrem Anderssein an*, rief sie sich These zehn in Erinnerung. Er würde sich ihr schon öffnen, dachte sie, stellte sich an das Fernrohr und schwenkte es in alle Richtungen über das Meer.

»Ist ja ein Superding. War das hier drin, oder hast du das gekauft?«

»Ge…schenk«, murmelte Dennis.

»Ein Geschenk? Von wem denn? Muss ja wahnsinnig teuer gewesen sein.«

»Yep.«

»Gestochen scharf.« Sowenna zoomte auf einen Fleck auf einer Klippe und jauchzte auf. »Da sitzt ein Wanderfalke. Guck mal.«

»Sitzt da … da immer. Hat da sein Ne… Nest.«

»Wow! Ich könnte hier stundenlang nur sitzen und schauen.«

»Dann … Dann tu's doch«, sagte Dennis unwirsch.

Sie drehte sich zu ihm um und beobachtete irritiert, wie er nun barfuß im Buddhasitz und mit geschlossenen Augen ein- und ausatmete, dann mit einem Finger im Wechsel je ein Nasenloch zuhielt und in schnaufendes Atmen verfiel. Hatte er sich auf Meditation verlegt? An einem Ort wie diesem vielleicht kein Wunder, dachte sie mit einem Anflug von Bewunderung und Neid. Ich sollte meine gesamten Ferien hier verbringen statt im Haus meiner Eltern, überlegte sie und schwenkte das Fernrohr erst in Richtung Cambrenne, dann die Küstenlinie entlang, wo sie einige Häuser erkannte. Sie zoomte eins nach dem anderen heran, bis sie die weiße Fassade von Walts Elternhaus ausmachte, das auf einem mächtigen Felsvorsprung stand. Pierre war der Ansicht, dass Walt immer noch ihr Herz beherrsche. Auch dieser Frage wollte sie während ihres Aufenthalts in Cornwall nachgehen, doch hatte sie nicht damit gerechnet, dass Walt in persona da sein würde, wie Ruby behauptete. Sie schwenkte das Fernrohr aufs offene Meer und nahm eins der Boote der Küstenwache ins Visier und dann die in der Bucht verstreuten Felsen, die wie Buckelwale aus dem Wasser ragten. Auf zweien, so wusste sie, konnte man anlegen und an schmalen Strandstreifen sonnenbaden. Sie selbst war noch nie dort gewesen. Die Angst vor dem Meer schloss Bootsfahrten mit ein. Plötzlich verspürte sie Lust, Dennis um eine Tour zu den Inseln zu bitten. Wenn ich das schaffe, sagte sie sich, dann brauche ich die Marygold wirklich nicht mehr, und Pierre würde endlich glauben, dass ich an mir gearbeitet habe.

»Hab gehört, du lernst für 'ne Tauchprüfung«, sagte sie zu Dennis, als dieser wieder die Augen geöffnet hatte.

»Yep.«

»Und was musst du da lernen?«

»Nicht zu ... zu atmen.«

»*Nicht* zu atmen?«

»Ap... Apnoetauchen. Ohne ... ohne Sauer...stoff«, erklärte Dennis. »Die ... die Silber... Silberprüfung.«

Sowenna setzte sich neben ihn und umschlang ihre Beine. Vielleicht würde das so ersehnte Gespräch nun seinen Anfang nehmen. Sie nahm sich vor, Dennis nicht zu unterbrechen, ihm Raum und Zeit zu geben, bis er die Worte über die Lippen gebracht hatte. Früher, fiel ihr ein, hatte sie für sein Gestotter keine Geduld gehabt. Niemand hatte es. Weder ihre Eltern noch die Lehrer. Dennis war zu dumm, zu faul zum Sprechen, störrisch. Das war die allgemeine Meinung. Bis auf einen Lehrer, erinnerte sie sich, hatte sich keiner für ihren Bruder eingesetzt. Jung, gerade mit der Uni fertig, noch voller Enthusiasmus und Engagement hatte dieser Lehrer eines Nachmittags ohne Vorankündigung an die Tür geklopft, als sie gerade zusammen ihr Fitnessprogramm absolvierten, und wollte mit ihren Eltern über Dennis sprechen. »Wenn Sie schon nicht kommen«, hatte er sein forsches Vorgehen begründet, wollte Dennis' Zimmer sehen und wissen, ob es Probleme in der Familie gab. Sowennas Mutter hatte ihn wütend aus dem Haus gejagt und sich bei der Schule beschwert. Danach hatte niemand mehr nach ihrem Bruder gefragt.

»Stell ich mir schwierig vor, ohne Sauerstoff zu tauchen«, sagte sie zu Dennis. »Und gefährlich.«

»Kin… Kinderspiel für … für mich. Alles 'ne Frage des … des Willens.« Dennis tippte sich an die Stirn. »Und … und der … Übung.«

»Wann ist denn die Prüfung?«

»Näch… näch…sten Juli.«

»Die schaffst du bestimmt mit links. Kann mich noch erinnern, wie du als Junge vom Zehnmeterturm gesprungen bist. Da hattest du auch keine Angst.«

»Ang…st?«

»Na ja.« Sowenna biss sich auf die Lippe. »Ich trau mich nicht aufs Trapez. Und du bist da mit Saltos runter. Fand ich toll. Und jetzt tauchst du ohne Sauerstoff…«

Er gab keine Antwort, kniete sich auf eine Matte und stemmte sich in den Kopfstand.

»Manches ist nicht zu ändern«, hatte die Marygold ihr erklärt. »Man muss nur lernen, sich nicht dagegen aufzulehnen und es anzunehmen.« Sie wagte es nicht, Dennis zu fragen, ob er inzwischen sein Sprachproblem für sich akzeptiert hatte oder sich Hilfe wünschte und einen Logopäden aufsuchen würde. Spielte es am Ende eine Rolle? Ein Regenguss prasselte an die ovalen Fenster des Leuchtturms, und die Sicht war auf einmal verschwommen. Ich werde nicht in ihn dringen, nahm sie sich vor. »Kann ich heute hier bleiben?«, fragte sie, als Dennis sich nach langen Minuten aus dem Kopfstand löste.

»Wa ... rum?«

»Bin mit dem Rad und ...« Sie wies zum Fenster.

»Regen nicht ... nicht mehr ge ... wohnt?« Er blickte sie zum ersten Mal an. Mit zusammengezogenen Brauen und ohne Lächeln.

»Mum und Dad sind gestern nach Stratford-upon-Avon gefahren. Wegen 'ner neuen Stelle für Mom. Kommen erst Freitag zurück.«

»Hmm.«

»Wollen das Haus verkaufen.«

Dennis reagierte nicht und schien alle Konzentration auf sein Zwerchfell zu bündeln, auf das er eine Hand gepresst hatte.

»Wär schön, wenn ich bis morgen bleiben könnte.«

»Hab viel ... zu tun.«

»Ich stör dich nicht.« Was hat er nur gegen mich?, fragte sich Sowenna. Gut, er hat das College abgebrochen, danach gekellnert, lange in der Fischfabrik in Cambrenne gejobbt, wohingegen sie nach Toulouse gegangen war, eine Ausbildung in der berühmten Artistikschule Lido begonnen und sofort eine feste Stelle im *Cirque du Rêve* bekommen hatte. Nein, er hat nichts gegen mich, es muss diese Prüfung sein, entschied sie. Wer lernen muss, nicht zu atmen, wird bestimmt einsilbig, weil es so viel Konzentration erfordert. Nicht atmen war vielleicht gleichbedeutend mit nicht sprechen, und das, überlegte sie, kam Dennis mit seinem Stottern entgegen. Und wenn nicht mal Ruby ihn stören durfte.

»Hab mich vorhin mit Ruby getroffen«, sagte sie und warf einen forschenden Blick auf ihren Bruder. Doch nichts regte sich in seinem Gesicht. »Stimmt es, dass ihr bald heiratet?«

»Was?«

»Ruby sagt, ihr seid verlobt und dass du dann zu ihr ziehst. In ihre Wohnung. Und dass sie schwanger ist.«

»Sie ist … Sie ist was?«

»Schwanger. Von dir.«

Dennis fuhr hoch und begann zu lachen. Es war ein hässliches Lachen, fand sie. Aber seine Reaktion konnte ja nur bedeuten, dass Ruby alles erstunken und erlogen hatte. Das würde zu ihr passen. Sie hatte schon im College die seltsamsten Geschichten erzählt, fiel ihr ein, und sie spürte, wie erleichtert sie war.

»Hab auch gedacht, die spinnt.« Sie fiel in sein Lachen ein. »Ihr passt ja nun überhaupt nicht zusammen.«

»Zero.« Dennis war abrupt wieder ernst. Sie hatte seine Stimmungsschwankungen vergessen. Zumindest darin waren sie sich ähnlich.

28

Dolph Milton warf einen kurzen Blick auf das Foto und legte es zurück auf den Tisch. »Natürlich kenne ich Carla auch persönlich«, erklärte er mit seiner durchdringenden Stimme, schlug die Beine übereinander und verschränkte die Arme hinterm Kopf. An den Achseln seines Hemdes zeichneten sich Schweißflecken ab, er hatte einen hochroten Kopf und fiebrige Augen. Das Amt – und vermutlich auch dieser Fall, der für Wirbel sorgte – schien seinen Tribut zu fordern. »Cambrenne ist überschaubar. Man sieht sich auf Stadtratssitzungen. Carlas Vater ist schließlich aktives Mitglied von Mebyon Kernow.«

Die kleine nationalistische Partei, der auch Collin zwei Mal seine Stimme gegeben hatte, setzte sich vor allem für die Autonomie Cornwalls ein und hatte sich ein grünes Bewusstsein auf die Fahnen geschrieben. Sie passte zu Desmond Wellington und seinem Engagement für einen Naturpark mitten im ehemaligen Kupferabbaugebiet. »Sie waren zusammen im ›Box‹«, sagte er. »Nach einer politischen Veranstaltung sieht das nicht aus.«

»Darf ein Bürgermeister nicht mal in einen Club?« Milton lehnte sich vor und blickte Collin an. »Hören Sie, Detective Inspector Brown, die Tatsache, dass ich eine kurze Zeit, genauer gesagt einen Monat mit Jenifer Kellis befreundet war, was Ewigkeiten her ist, dürfte kein Grund sein, mich als Tatverdächtigen für eine mögliche Entführung von Carla Wellington zu handeln.«

»Den Rückschluss haben Sie gezogen.«

»Was soll denn sonst diese Befragung? Sie haben eben selbst auf der Pressekonferenz von einer möglichen Entführung gesprochen. Und suchen also nach einem Entführer, richtig?«

Während der Pressekonferenz hatte sich Dolph Milton ins rechte Licht gesetzt, seinen persönlichen Einsatz betont, dass er sich am Vorabend selbst einer Gruppe Freiwilliger angeschlossen und trotz widriger Wetterverhältnisse nach Carla gesucht hatte. »Bürgernähe«, »Schulterschluss«, »Mitgefühl« und andere Begriffe hatte Milton bemüht, um in den Medienberichten als engagiertes Stadtoberhaupt dazustehen. Alles politisches Kalkül, wusste Collin. Viele in Cambrenne vertrauten dem blutjungen Bürgermeister nicht, glaubten, sein Vater habe Stimmen gekauft, oder sahen ihn als Marionette der Tories. Mit den Machenschaften der Lokalpolitik wollte sich Collin jetzt nicht herumschlagen. »Die Fragen, die wir uns stellen, kommen auch anderen in den Sinn«, belehrte er Milton. »Es dürfte in Ihrem Interesse sein, mögliche

Ungereimtheiten und Gerüchte zu zerstreuen. Zeugen haben Sie während des Schulfestes am Sonntagabend im Discozelt gesehen.«

»Als Bürgermeister dieser Stadt ...«

»Muss man sich zeigen und künftige Wählerstimmen angeln, indem man mit Minderjährigen ...?«

»Was macht?« Milton sprang auf und stemmte seine Hände in die Hüften. »Ist Tanzen etwa verboten? Tsss.« Er schüttelte den Kopf, zog den marineblauen Pullover zurecht, den er sich über die Schultern gelegt hatte, und stach mit dem Zeigefinger in Richtung Collin. »Ich betone noch mal: Wir sind in einer Kleinstadt. Hier kennt jeder jeden. Da muss man auch in einer Position, wie ich sie habe, nicht jemand anderes sein. Ich gehe angeln wie fast jeder hier. Trinke gern mein Bier, surfe, fahre mit dem Boot raus. Standardtanz ist mein Hobby. Und ich bin noch jung genug, um auch mal in die Disco zu gehen. Die Wellingtons gehören zu den einflussreichen Familien der Stadt. Selbstverständlich kommt es da auch zu privaten Kontakten.« Er legte die Hände auf den Tisch, lehnte sich vor und fügte hinzu: »Ich muss mich hier aber wirklich nicht verteidigen.«

Reden kann er, dachte Collin. Und einschüchtern ließ er sich offenbar von niemandem. Mit seinem blonden, leicht welligen Haarschopf, der schlanken, hochgewachsenen Gestalt und dem dynamischen Auftreten war er ein junger Mann, der aus der Masse herausstach. Achtundzwanzig Jahre alt, noch Junggeselle, sogar Single, gut, nichts Ungewöhnliches heutzutage, überlegte Collin und fragte: »Was wollen Sie damit sagen?«

»Ach!« Milton machte eine wegwerfende Handbewegung. »Finden Sie das Mädchen, das will ich sagen. Verschwenden Sie nicht kostbare Zeit, indem Sie die Falschen verdächtigen.«

»Im Fall Jenifer Kellis sind Sie entlastet worden, Mr Milton. Sie haben damals angegeben, nach einem Streit mit ihr früher als geplant nach Hause gefahren zu sein. Ursprünglich hatte das Mädchen die Absicht, bei Ihnen zu übernachten.«

»Hatte sie, aber ich nicht. Herrgott noch mal, das ist doch alles Schnee von gestern und hunderttausend Mal durch den Fleischwolf gedreht.«

»Sie spielen Geige, richtig?«

»Seit Ewigkeiten nicht mehr.«

»Laut Mrs Gerrick haben Sie erst vor fünf Monaten mit dem Unterricht aufgehört. Wegen Ihrer Verpflichtungen.«

»Und?« Milton lief nun auf und ab.

»Eine Weile haben Sie zusammen mit Carla in der Quartettgruppe gespielt.«

»Ja, verdammt, hab ich. Und? Zwei andere haben das auch. Ellen und Fiona. Haben Sie die auch schon …?«

»Selbstverständlich.« Die beiden jungen Frauen, beide einige Jahre älter als Carla, hatten ausgesagt, dass Carla und Dolph Milton nach der Quartettstunde öfter auf einen Drink in den nächstgelegenen Pub gegangen waren. Manchmal hatten sie sich dazugesellt und beobachtet, wie die beiden miteinander geflirtet hatten. »Also, in welcher Beziehung stehen Sie zu Carla?«

»Beziehung?« Milton warf den Kopf nach hinten und lachte. »Ein Küken, ein verrücktes Huhn. Sie wollen mir doch nicht ernsthaft unterstellen, dass ich …«

»Zeugen haben Sie mit Carla im Discozelt in eindeutiger Zweisamkeit gesehen, um es mal so auszudrücken.« Johnny hatte Brenda Dodley und andere Klassenkameradinnen von Carla noch mal in die Mangel genommen, und schließlich hatten alle mit dem Finger auf den Bürgermeister gewiesen.

Milton starrte ihn einen Augenblick sprachlos an, kramte dann in seiner Aktentasche und warf eine Visitenkarte auf den Tisch. »Kontaktieren Sie meinen Anwalt. Mir geht das hier jetzt zu weit.«

»Gut, wie Sie wollen. Eine letzte Frage: Sie haben angegeben, am Sonntagabend um elf Uhr zu Hause gewesen zu sein …«

»Habe ich. Fragen Sie meinen Vater. Wir haben Schach gespielt. Sonst noch was? Habe einen dringenden Termin.« Milton machte einen Schritt auf die Tür zu.

»Ihre Fingerabdrücke«, sagte Collin ungerührt. »Und eine Speichelprobe.«

»Pfff.« Milton hielt ihm die gespreizten Finger hin. »Bitte schön. Tun Sie, was Ihnen Spaß macht. Meine Hände sind sauber.«

Collin schickte Milton zu einem der Cambrenner Kollegen. Auch die unauffälligen, vermeintlich braven Bürger begingen Verbrechen. Sie würden ihn im Auge behalten.

Collin setzte sich in seinen Dienstwagen und fuhr zum nördlichen Ortsausgang von Cambrenne, wo er nach einer Meile in die Copper Street abbog, die gen Westen am ehemaligen Minengebiet entlang und ein Stück parallel zur Küstenstraße verlief. Nach etwa sechs Meilen führte eine für Pkws gesperrte Abzweigung zur Küstenstraße, und mehrere Fußwege durchzogen das ehemalige Minengebiet, die inzwischen häufig von Wanderern genutzt wurden. Jenifer Kellis musste diese Strecke mit dem Rad gewählt haben. Welches Ziel sie gehabt hatte, konnte damals nicht ermittelt werden. Collin prüfte die GPS-Daten, bis er das Weißdorngebüsch fand, unter dem ihr Rad gestanden hatte. Er stieg aus und lief durch das feuchte Gras um den Busch herum, der baumhoch im gelb-kupfernen Herbstkleid vor ihm stand, die

Früchte wie Blutstropfen an den wippenden Ästen, eine mehlige Kernfrucht, die Kathryn zu Mus verarbeitete. In diesem Herbst nicht, dachte Collin und griff nach einem der vielen Stoffwimpel, die an die Äste geknüpft waren. Wie Gebetsfahnen. Jahreszahlen waren mit rotem Faden daraufgestickt und der Name »Jenifer«. Gebete. Was sonst war der Familie geblieben? Seine abergläubische Mutter hatte auf einer Weißdornhecke bestanden, die den Garten vor bösen Geistern schützen sollte. Welcher böse Geist hatte Jenifer damals hier überrascht? Oder hatte sie das Rad hier vor Dieben verstecken wollen, war zu Fuß weitergegangen oder in ein vorbeifahrendes Auto gestiegen? Seine Vorgänger Ladock und Helston hatten all diese Fragen überprüft, doch jede Spur war im Sande verlaufen. Collin ging die steil ansteigende Wiese hinter dem Weißdorn hinauf, wo eine Bank unter einer Eiche stand, die dem steten Küstenwind ausgesetzt und schief gewachsen war. Eine halbe Meile dahinter lag ein Waldgebiet, das weder den Minen noch den Farmen zum Opfer gefallen war. Dort hatte das damalige Einsatzteam besonders intensiv nach Jenifer gesucht. Er wischte Feuchtigkeit von der Sitzfläche der Bank, die ein beliebter Treffpunkt für Liebespaare zu sein schien. Zwei Herzen, Daten und Namen waren in die Rückenlehne geritzt. Er setzte sich und blickte das begrünte Land hinab, hinter dem das Meer glitzerte. Ein Teil der Küstenstraße war zu erkennen, die Bucht von Cambrenne, der Hügel mit der Highschool, der alte Leuchtturm im Westen und schemenhaft ein anderer jenseits der Bucht. Hatte Jenifer hier auf jemanden gewartet? Ja, dachte Collin. Sie ist ganz bewusst zu dieser Stelle gefahren. So musste es gewesen sein. Es hatte keine einzige Spur gegeben, die auf Gewalt hindeutete. Das Rad war abgeschlossen gewesen, hatte am Weißdorn gelehnt, eine Plastiktüte gegen Regen über den Sattel gestülpt, die Sicherheitskette um den damals noch jungen Stamm gebunden. Jenifer hatte eine Verabredung gehabt, und der Ort dieser Verabredung barg ein Geheimnis. Ein heimliches Treffen also. Sechs Meilen von der Stadt und acht von ihrem Elternhaus entfernt, nahe der Küstenstraße und ebenso nahe zur Miners Road, die ins Landesinnere führte, zu den Adern der Autobahnen. Und dennoch war es ein abgeschiedener Ort. Keine Häuser in der Nähe, kaum Verkehr. All das hatte Ladock, der damalige DI, bedacht und fein säuberlich in Jenifers Akte festgehalten, doch geholfen hatte es nicht. Collin kniff die Augen zusammen und schaute gegen die Sonne, die sich jetzt zaghaft aus den Wolken schob, ihre Strahlen auf die See warf, die in der Bucht von Cambrenne grün-türkis schimmerte. Smaragdbucht. So hieß sie im Volksmund. Gedanken irrten durch sein Hirn und nahmen keine klare Gestalt an. Einen Augenblick glaubte er, sie fassen zu können, dann entglitten sie ihm wie ein Stück Seife. Er schirmte die Augen ab und beobachtete einen Suchhubschrauber, der über dem gegenüberliegenden Ufer der Bucht kreiste. Carla ist nicht ins Wasser gegangen, sagte sich Collin. Sie hat sich von keinem Felsen hinabgestürzt. Er hatte das Bild einer lebenslustigen jungen Frau vor Augen, der alle Türen offen standen, die gern flirtete, auch als sie mit Geren Millow zusammen war, hatte sie keine Gelegenheit ausgelassen, was ihn zur Trennung veranlasst hatte. Nachgeweint hat sie ihm bestimmt nicht, wenn auch ihr Stolz verletzt gewesen sein mochte, überlegte Collin.

Er erhob sich mit steifen Gliedern, fuhr bis zur Kreuzung zurück und dann die Miners Road hinauf, von der die schmale Landstraße abging, die bergab zu Jenifers Elternhaus führte, einer ehemaligen Mühle, zu einsam gelegen für eine Sechzehnjährige, die es in die Welt hinaus drängt. Vor dem Cottage parkte ein älterer Ford. Jenifers Vater hatte zugesagt, in der Mittagspause für das Gespräch nach Hause zu kommen. Collin steckte gegen seine Gewohnheit einen Kaugummi in den Mund und überprüfte den Posteingang seines Handys. Verzögerungstaktiken, schalt er sich selbst. Besuche wie dieser schlugen ihm auf den Magen. Polizisten, hatte ihm Owen Peters, sein Ausbilder in Southampton, ans Herz gelegt, sind nicht nur Hüter des Gesetzes, sondern auch Seelsorger. Er stieg aus, hielt sein Gesicht in die Nieselluft und betätigte den Türklopfer, einen schmiedeeisernen Fisch mit offenem Maul an einem Ring. Als schreie er stumm oder finde keine Worte. Über der Tür hing eine Kette aus Stoffwimpeln. Auch hier Jenifers Name und die Jahreszahl 2008 eingestickt, das Jahr, in dem sie spurlos verschwand. Wie viele Steine hätte ich behauen, würde ich warten und hoffen?, dachte er. Oder würde ich stattdessen mit dem Vorschlaghammer alles zertrümmern, was mir in die Hände geriet?

Dann saß er zwischen dunkel gebeizten Möbeln an einem Esstisch, den Heather Kellis schnell abräumte, um eine Kanne Tee daraufzustellen. »Dass sich nun endlich jemand wieder kümmert«, sagte sie. »Hab gleich gedacht, da ist ein Zusammenhang. Ein Irrer, der erst unsere Jenny und dann diese Carla ...« Sie sah ihn aus Augen an, die Collin wie erloschen erschienen, müde, mutlos und unendlich traurig. Der Kummer hatte sich tief in ihr Gesicht eingegraben. Sie sah älter aus, als sie war. An der Wand hingen vergrößerte Fotos von Jenifer, eine Chronologie ihres jungen Lebens, vom pausbäckigen Kleinkind im rosa Prinzessinnenkleid bis zur jungen Frau, ein Strauß frischer Rosen auf der Anrichte davor und eine dicke Kerze, die eine Schleife zierte, auf der in Goldlettern »Liebe, Glaube, Hoffnung« gedruckt war. Die Vorhänge waren zugezogen, gedämpftes Licht unter zwei mit Blümchenstoff bespannten Lampenschirmen. Die Wanduhr tickte, und im angrenzenden Wohnzimmer summte die Strömungspumpe eines Aquariums. Es roch nach Bohnerwachs, kalter Asche und Feuchtigkeit. Wie in einer Gruft, dachte Collin und räusperte sich. »Wir sehen einige Parallelen«, begann er mit einem Seitenblick auf Jory Kellis, der ihm gegenübersaß und über das Karomuster der Plastiktischdecke strich. »Beide hatten Unterricht bei Liz Gerrick.«

»Hab Ihren Vorgängern immer wieder gesagt, dass ich dieser Gerrick nicht über den Weg traue. Der beste Beweis ist doch, dass sie sogar meinen Mann ... Sie hat ihn verführt. Und warum? Um etwas zu vertuschen. Sie sollte ...«

»Heather, bitte!«, meldete sich Jory Kellis erstmals zu Wort.

»Willst du sie etwa noch verteidigen?«

Jory Kellis biss sich auf die Lippen und zog den Kopf zwischen die Schultern. Schuld, wusste Collin, konnte einem das Rückgrat brechen. Auch der Vater war nicht mehr derselbe wie vor acht Jahren. Collin dachte an die Fotos in der Kellis-Akte, die ein Ehepaar mit unbedarften, arglosen Gesichtern zeigten, die Wunde noch offen, die Kraft, ihre Tochter wiederfinden zu wollen, noch eine lodernde Flamme.

»Ihre gestrige Aussage, Mr Kellis, würde ich gern auf dem Revier zu Protokoll nehmen. Wann immer es Ihnen passt.« Collin registrierte das Nicken und die Erleichterung von Jory Kellis, seine Affäre mit Liz Gerrick nicht vor seiner Frau ausbreiten zu müssen. Collin schlug seine Kladde auf und fragte: »Sie haben damals angegeben, Mr Kellis, dass Jenifer am Sonntag, eine Woche vor ihrem Verschwinden, mit dem Rad unterwegs war. Wo ist sie denn hingefahren?«

Eine Passage im Protokoll einer der ersten Vernehmungen, die

DI Ladock damals mit den Eltern geführt hatte, nachdem man Jenifers Rad unter dem Weißdorngebüsch gefunden hatte. Danach hatte Ladock das Thema nicht wieder aufgegriffen. Und jetzt war er auf einem Kreuzfahrtschiff. Nicht erreichbar. Helston, sein Nachfolger, hatte nichts zu jenem Wochenende vor Jenifers Verschwinden protokolliert.

»Hat sie nicht erzählt«, murmelte Jory Kellis. »Hab sie noch gefragt … Mit ihr geschimpft …« Er schielte zu seiner Frau. »Es war warm an dem Wochenende …«

»Jahrhunderttemperaturen«, unterbrach ihn seine Frau. »Aber nur das Wochenende. Danach … nun …« Sie seufzte schwer. »Schwimmen war sie. Das denken wir.« Sie zog ein zerknülltes Taschentuch aus dem Blusenärmel und tupfte sich die Augenwinkel. Collin kannte den Inhalt der damaligen Aussage, doch er unterbrach sie nicht. »Hat ja ihren Badeanzug auf die Wäscheleine gehängt, als sie zurückkam, und ein Handtuch. Hing da noch, als ich wiederkam. Warst du schwimmen, mein Schatz?, hab ich sie gefragt. Ja, war tolles Wetter, hat sie gesagt. Mit wem warst du denn schwimmen?, hab ich dann gefragt. Ach, allein, hat sie gesagt. War ja nicht ungewöhnlich. Hab ich mir ja nichts bei gedacht. Aber natürlich trotzdem etwas geschimpft«, fügte sie schnell hinzu. »Du sollst doch nicht ganz allein ans Meer, hab ich gesagt. Wollte mich nur kurz abkühlen, war so heiß, hat sie geantwortet. Sie war böse mit mir. Bin alt genug, hat sie auch noch gesagt. Sie war ja eine gute Schwimmerin, aber die Strömungen. Ja, wer hätte das gedacht? Kommt heile wieder und dann …« Heather Kellis seufzte und schob Collin einen Teller Biskuits zu.

Jeden Satz, jede Geste, jeden Blick ihrer Tochter wird sie immer und immer wieder in Gedanken wälzen, wusste Collin. Und jedes Detail hatte gewiss an Gewicht gewonnen, auch die Tatsache, dass Heather Kellis mit ihrer Tochter geschimpft hatte. »Am Tag vor ihrem Verschwinden, Mr Kellis, waren Sie mit Ihrer Tochter am Pedn Rock Beach, und sie ist kurz mit vier jungen Männern in Kontakt gekommen. Sie hatten damals nicht den Eindruck, dass Jenifer sie kannte.«

Jory Kellis schüttelte den Kopf. »Kamen nicht von hier.«

Die vier jungen Männer, Freunde aus einem der Nachbardörfer, hatten ein Alibi für den Abend von Jenifers Verschwinden und keine Verbindung zu dem Mädchen.

»Richtig«, sagte Collin. »Die vier hatten das Wochenende zusammen verbracht, eine Ferienwohnung gemietet und am Samstagabend dort eine Party veranstaltet. Und Jenifer war auch dort.«

»Wär ich zu Hause gewesen …«, schaltete sich Heather Kellis ein.

»Hat mich ja gefragt«, sagte ihr Mann.

»Und du hast es ihr erlaubt, ja.« Heather Kellis schüttelte den Kopf. »Die waren doch alle älter als sie …«

Diesen Wortwechsel hatte das Ehepaar wohl schon Dutzende Male geführt, ging es Collin durch den Kopf. Der Wunsch, die Zeit anzuhalten, nein, sie auf die Stunde null zurückzudrehen und den Lauf der Dinge zu ändern, musste übermächtig sein.

»Sie ist in Begleitung ihres damaligen Freundes Dolph Milton zu der Party gegangen«, sagte Collin. »Wie standen Sie zu dieser Beziehung? Dolph war ja auch um einiges älter …«

»Sie haben mal was zusammen unternommen, gut. Mehr war da wohl nicht, wenn Sie wissen, was ich meine.« Heather Kellis faltete die Hände auf dem Tisch. Kleine Hände mit dünner Haut, auf denen Altersflecken eine Landkarte der Zeit beschrieben. »Jetzt isser Bürgermeister und damals, nun, wie so ein junger Mann aus so 'nem Haus ist.«

Alle, die DI Ladock damals befragt hatte, waren sich einig gewesen: Für beide war es nichts Festes gewesen. Was immer das hieß. Vielleicht zeigte sich darin nur die Einschätzung Erwachsener, die Beziehungen zwischen Jugendlichen nicht ernst nahmen, weil sie wussten, wie schnell es in dem Alter auch wieder vorbei sein konnte.

»Hat Jenifer Ihnen von der Party erzählt? Namen erwähnt, Leute, die sie dort kennengelernt hat?« Auch das hatte Ladock damals zumindest flüchtig überprüft, aber manchmal half ein zeitlicher Abstand, winzige Details zu erinnern, die am Ende ausschlaggebend sein konnten.

»Sie war um elf wieder da«, ergriff Jory Kellis mit leiser Stimme das Wort, ohne den Blick vom Tisch zu heben. »So war's vereinbart. Ging ins Bett und nein, hat nichts gesagt.«

Natürlich hatte Jenifer ihrem Vater nichts über die Party erzählt, an die sich ein Dolph Milton angeblich nicht mehr erinnerte, dachte Collin frustriert. Ladock hatte die vier jungen Männer vom Nachbarort, die die Party ausgerichtet hatten, in die Mangel genommen. Alle hatten ein Alibi. War dieses Ereignis also wichtig oder nicht? Alles ist wichtig, entschied er und schlug seine Kladde zu. »Ich würde gern das Zimmer Ihrer Tochter sehen«, bat er Heather Kellis und stand kurz darauf mit ihr unter einer Dachschräge aus Kiefernholz, an der mit Heftzwecken Poster befestigt waren. Nicht die üblichen Motive von Boygroups, sondern Landschaftsaufnahmen. Kobaltblaues Meer, darin bewachsene hohe Felsen und Boote. »Thailand?«, fragte er und spürte einen Stich. In diesem berückend schönen Landstrich befand sich Kathryn gerade.

Heather Kellis nickte. »Sie hat für eine Reise dahin gespart. Die Hälfte vom Taschengeld ging ins Sparschwein.« Sie zeigte auf ein großes rosa Schwein auf einem Regal. »Mit achtzehn wollte sie ...« Sie zog wieder ihr Taschentuch aus dem Blusenärmel und schnäuzte sich.

»Wie kam Jenifer damit zurecht, ein Adoptivkind zu sein?« Collin dachte an Ayesha, die damit, zumindest bislang, keine Probleme hatte.

»Wir haben's ihr von Anfang an erzählt und sie hat auch immer wieder gefragt. Ich denke, sie war, sie ist uns dankbar, weil sie ja dort keine Familie mehr hat. Ich hoffe es ...«

»Bestimmt. Was ist das?« Collin zeigte auf ein purpurfarbenes Band, das an einem Stock befestigt von der Holzdecke hing.

»Ach, das hab ich dort hingehängt, obwohl Jenifer es in die Ecke geschmissen hat. Sie hat eine Weile Rhythmische Gymnastik gemacht und war da sehr gut. Aber sie hatte dann keine Lust mehr. Mir hat's gut gefallen, darum ... Bis auf das Band ist noch alles so, wie Jenifer es hinterlassen hat.«

Ein Zimmer, das auf die Rückkehr eines Mädchens wartete, das hier sein kleines Reich hatte. Doch wenn Jenifer zurückkehren sollte, würde sie nicht mehr dieselbe sein wie vor acht Jahren. In Jenifers Akte waren aktuelle Computerbilder ihres Gesichts als nun Vierundzwanzigjährige mit verschiedenen Haarschnitten und Simulationsvarianten von Umständen, die ihre Gesichtszüge verändern würden. Vielleicht war sie drogensüchtig, hatte Gewalterfahrungen gemacht, war krank.

»Hier ist ihre Geige.« Heather öffnete einen Geigenkasten. »Eine Meistervioline von Josef Tomasek«, erklärte sie stolz.

»So heißt der Geigenbauer?«, fragte Collin und betrachtete das filigrane Instrument, das laut Liz Gerrick schwerer zu erlernen war als andere Instrumente, ein gutes Gehör, Geduld und natürlich Motivation waren unabdingbare Voraussetzungen.

Heather Kellis schüttelte den Kopf. »So hieß der Vorbesitzer. Ein Tscheche, glaub ich, sehr berühmt. War natürlich nicht billig, weil sie antik ist, aber nun ...«

»Hat Jenifer selbst den Wunsch gehabt, Geige zu lernen?«

»Hat sie«, sagte Heather Kellis mit Stolz in der Stimme. »Vanessa-Mae ist ihr Vorbild. Da hängt ihr Bild.«

»War sie nicht die erste thailändische Wintersportlerin, die an einer Olympiade teilgenommen hat?«

»Ja, auch das findet Jenifer toll.«

»Ein schönes Vorbild für ein junges Mädchen«, sagte Collin.

»Nicht wahr? Für das Schulkonzert hat sie sich richtig fein gemacht. Dieses Kleid hat sie angehabt. Passt ihr sicher jetzt nicht mehr.«

Es hing an einem Bügel am Schrank, darunter standen schwarze Pumps. Collin schauderte.

»Ihre Kette, die sie an dem Abend umhatte, trag ich seither«, unterbrach Heather Kellis seine Gedanken, knöpfte zwei Blusenknöpfe auf und zog eine Silberkette aus dem Ausschnitt. »Bis sie zurückkommt.«

Collin starrte auf den Anhänger.

»Woher hat Jenifer die Kette?«

»Nicht von uns. Ein Geschenk von irgendwem. Hat sie immer zu besonderen Anlässen getragen.« Sie strich über den silbernen Anhänger.

Zwei Delfine. Zwei verschwundene Mädchen mit der gleichen Kette.

War das die Antwort auf die fehlende Verbindung zwischen ihnen?

29

Als Sowenna erwachte, lag sie allein auf dem Matratzenlager und fühlte sich ausgeschlafen und frisch wie seit Monaten nicht mehr. Mitten in der Nacht war sie hochgeschreckt und hatte den Blick dann nicht von dem aufgerissenen Himmel mit den Abermillionen Sternen abwenden können. Wie lange hatte sie nicht mehr so viele gesehen? In der Lichterstadt Paris konnte man sie an einer Hand abzählen. Sie hatte sich vorgenommen, die ganzen Ferien hier in diesem Leuchtturm zu verbringen und allmählich die Angst zu verlieren, vor der Tiefe, vor der Höhe, vor sich selbst, und dann könnte sie vielleicht endlich auf dem Trapez des Lebens balancieren, ohne die Hilfe von Pierre oder sonst jemandem nötig zu haben.

Auf der Suche nach Dennis stieg sie die Treppe hinunter zur Wohnküche, doch ihr Bruder war nicht da. Sie brühte Tee auf, machte ein Sandwich und schaute vom Küchentresen aus aufs Meer, das sich in tiefem Blau vor ihr ausbreitete. Himmel und Meer – darauf waren Dennis' Augen jeden Tag gerichtet. Er schien den Ort gefunden zu haben, der ihm ein Zuhause war, und hatte seine Passion zum Beruf gemacht wie alle in ihrer Familie. Pokale, Urkunden, Medaillen und Fotos von Tauchwettbewerben reihten sich an der Wand zwischen den beiden Fenstern aneinander. Auf einem Gruppenfoto in Schwarz-Weiß mit zwei Dutzend Männern in Taucheranzügen hatte Dennis sein Gesicht, das in der dritten Reihe zwischen zwei anderen Köpfen hervorlugte, mit einem roten Kreis gekennzeichnet. Wie eitel, dachte sie, nahm Bücher über Apnoetauchen aus einem Regal, schlug Fachmagazine auf, die in einem Stapel auf dem Sofatisch lagen, fand Zeitungen neben dem gusseisernen Feuerofen, blätterte sie auf und stutzte. Aus jeder Ausgabe waren Artikel ausgeschnitten. Ob Dennis noch immer seiner Sammelleidenschaft frönte? Er hatte Briefmarken gesammelt, Alben mit Bildern von Booten gefüllt, Vitrinen mit Muscheln. Vielleicht hob er jetzt Zeitungsartikel auf, die ihm wichtig erschienen. Sie stieg unters Dach, stellte sich vor das Fernrohr und richtete es erst auf den Anleger, an dem Dennis' Boot fehlte, und dann hinaus auf die Bucht, wo sie es als kleinen roten Punkt ausmachte, zoomte es näher heran und folgte ihm, bis es hinter einem der Felsen verschwand. Eine Weile hielt sie das Fernrohr auf den Felsen gerichtet, aber Dennis' Boot kam nicht wieder zum Vorschein. Vielleicht hatte er Anker gelassen und fischte oder hatte sich trotz der kühlen Wassertemperaturen für einen Tauchgang entschieden. Sie beschloss, zum Haus ihrer Eltern zu radeln, den Dackel zu füttern und danach für ein Mittagessen einzukaufen.

Als sie zwei Stunden später bei Sainsbury's eingekauft hatte und ihr Fahrrad aufschloss, hörte sie eine wohlbekannte Stimme. »Hallo, Twisty«, vernahm sie und drehte sich mit pochendem Herzen um. An einen Sportwagen gelehnt stand in schwarzer Lederjacke und Schiebermütze niemand anderes als Walt vor ihr.

»Welch ein Zufall.« Er grinste sie an und machte mit ausgebreiteten Armen einen Schritt auf sie zu.

»Ruby hat mir schon erzählt, dass du da bist«, sagte sie und verschränkte die Arme vor der Brust.

»Unsere goldige Ruby. Immer auf dem Laufenden.« Er zwinkerte ihr zu. »Und du? Ein bisschen frische Meeresluft schnuppern?«

»Urlaub. Du wohl nicht, oder?«, fragte sie. »Hab in der Zeitung …«

»Zeitung lesen hier alle. Und dann wird Fisch drin eingepackt.« Walt drehte sich zum Eingang von Sainsbury's um und winkte einer jungen Asiatin zu, die mit einer Plastiktüte auf ihn zukam. Sowenna registrierte die zierliche Figur, das lange, pechschwarze Haar, den Goldschmuck, die hochhackigen Stiefel, den Wollmantel im Leopardenmuster und die passende Mütze. Walt legte den Arm um die Schulter der Frau. »Aimi, das ist Twisty, meine Verflossene. Ist gerade aus Paris hier.«

»Du bist die vom Zirkus?«, fragte Aimi und reichte Sowenna die Hand. »Dann kenne ich ja bald alle hier im Dorf.«

»Ja, kennst du einen, kennst du alle.« Walt lachte. »Und, hast du bekommen, was du wolltest?«

»Kein Sake, kein Senbei, nicht einmal Shirataki-Nudeln.« Aimi zog eine Grimasse.

»Nun, mein Engel, wir sind *in the middle of nowhere*. Montag fahren wir zum Shoppen nach London, okay?« Er drückte ihr einen Kuss auf die Wange. »Bin gleich bei dir.«

Aimi nickte lächelnd, setzte sich in den Sportwagen, zog sich die Lippen nach, holte dann ein überdimensionales Tablet aus der Handtasche und begann darauf herumzuwischen.

»Deine Braut?«, fragte Sowenna und versuchte ein neutrales Gesicht zu machen. »Meinen Glückwunsch.«

»Danke, danke. Ja, ab Sonntag bin ich nicht mehr frei, Twisty. Ist meine Geisha nicht 'ne Wucht?« Er lachte. »Freitag ist Junggesellenabschied. Noch mal mit den alten Kumpels losziehen und auf den Putz hauen. In Tokio feiern wir dann richtig schick. Die Hochzeitsreise geht übrigens nach Dubai. Nach meinem neuen Dreh. Jumeirah Creekside Hotel. Gefiel Aimi besser als das Ritz-Carlton. Sie will natürlich shoppen und …«

»Du bist also nicht wegen Carla hier?«, unterbrach Sowenna

seinen Redefluss, den er mit Gesten unterstrich, die ihr fremd erschienen. Alles an ihm wirkte übertrieben. Seine Kleidung, der ausgefranste, über ein Auge fallende Pony, in dem er rote Strähnen trug, der Sportwagen mit dem Logo einer Leihfirma, und selbst Aimi, seine baldige Ehefrau, erschien Sowenna wie ein Statussymbol, das er zur Show trug. Nichts an ihm erinnerte mehr an den verträumten Jungen, der in die Welt hinaus wollte, der gern Gummibärchen aß und den sie deshalb »Jelly« genannt hatte. Das ist jetzt vorbei, beschloss sie. Er ist von nun an niemand anderes für mich als Walt Wellington.

»Meine Dramaqueen von Halbschwester?« Walt schob die Sonnenbrille kurz auf die Nasenspitze, und sie sah in seine nussbraunen Augen, unter denen Schatten lagen, als hätte er Nächte durchgefeiert. »Nein, Twisty. Aber sie versalzt mir natürlich die Suppe. Ist nicht das erste Mal, dass sie ausgebüxt ist.«

»Du glaubst also nicht, dass ihr was passiert ist?«

»Polizei und Presse malen den Teufel an die Wand, sag ich dir. Typisch in so einem Kaff. Aber davon lass ich mir nicht den Spaß verderben. Und du? Ruby erzählte, du hast was Festes am Laufen? Die Franzosen sind ja Charmeure, die selbst Eis mit einem Augenaufschlag zum Schmelzen bringen, sagt man. *Oh, là, là. Je t'aime, je t'aime.* Und, ist es deinem Pariser Lover gelungen?«

Was habe ich eigentlich an ihm gefunden?, dachte Sowenna sprachlos. Walt hatte sich in jenen Menschen verwandelt, der er wohl immer sein wollte, zeigte sich als erfolgreicher, welterfahrener und arroganter Strahlemann. Einst hatte sie ihn bewundert. Er hatte sich wie sie aus dem Mief ländlicher Abgeschiedenheit befreien wollen, was ihm leichter gefallen war als ihr. An seinem Zuhause hatte stets ein Hauch fremder, weiter Welt gehaftet. Schon als Kind war er in andere Länder und Kontinente gereist, hatte eine Zeit lang mit seinen Eltern in Nigeria gelebt, war ein Jahr lang in einem Schweizer Internat gewesen, ein weiteres als Austauschschüler in den Staaten, und die internationalen Freunde und Kollegen seiner Eltern gingen ein und aus.

»Ich muss dann mal«, sagte sie statt einer Antwort und schulterte den Rucksack.

»Noch immer verschlossen wie 'ne Auster und Radfahrerin. Niedlich.« Walt griff nach der Fahrradklingel und spielte damit. »Nett, dass hier noch alles beim Alten ist. Wenn du mal mit dem Zirkus in Japan bist, melde dich.« Er boxte ihr kurz in den Arm, ging schwungvoll um den Sportwagen herum, ließ den Motor aufheulen und fuhr winkend mit Aimi davon. Mit einem Gefühl des Abscheus stieg Sowenna in die Pedalen und konnte sich erst beruhigen, als sie auf den schmalen Küstenweg einbog. Wie lange sie Walt nachgetrauert, wie viele unnötige Tränen sie an ihn verschwendet hatte. Wie sie auf sich selbst wütend gewesen war, dass sie seinem Drängen nicht nachgegeben hatte, und wie glücklich sie sich nun schätzte, dass nicht er, sondern Pierre der erste Mann in ihrem Leben gewesen war. Am Ende hatte Walt sie wohl deshalb verlassen, weil sie nicht, noch nicht mit ihm hatte schlafen wollen. Und wenn sie es damals getan hätte? Dann wäre ich jetzt trotzdem nicht an Aimis Stelle, entschied sie, und wäre es auch nicht gern, wurde ihr erleichtert klar. Sie stieg oberhalb des alten Maschinenhauses nahe des Leuchtturms vom Rad und genoss eine Weile den Wind, der mit ihrem Haar spielte, Büsche bog und das Wasser kräuselte. Sie machte einen zugewachsenen Pfad hinter der Absperrung aus, der zu dem ehemaligen Maschinenhaus führte, und beschloss, trotz der Verbotsschilder, später den Abstieg zu der Ruine zu wagen.

Zurück im Leuchtturm, begann sie Gemüse zu putzen und Fleisch anzubraten, fand einen Musiksender und erwischte sich dabei, wie sie mitsummte. Sie war froh, Walt begegnet zu sein, und hätte am liebsten auf der Stelle Pierre angerufen, um ihm zu erzählen, dass sie die Vergangenheit begraben hatte und Walt von nun an keinen Platz mehr in ihrem Herzen einnahm. Die nächsten zwei Stunden kochte sie und dachte dabei an Madame Philines Worte. »Wenn ich Zwiebeln schneide und mir die Augen tränen, so weine ich nur wegen der Zwiebeln. Wenn ich Knoblauch hacke, so wehre ich das Böse ab. Mit Salz aus dem Meer würze ich Brühe und Fleisch. Was uns die Erde gibt, geben wir uns.« Sowenna deckte den Tisch und schaute aus dem Fenster. Es war fast ein Uhr. Was machte Dennis so lange allein in der Bucht? Eine halbe Stunde später war er endlich da.

»Immer noch ... noch hier?«, begrüßte er sie. »Du hast ge... gekocht?« Er hob den Topfdeckel hoch.

»*Soupe à l'oignon,* eine Zwiebelsuppe, als Vorspeise zum Aufwärmen. Provenzalisches Huhn als Hauptspeise und Tarte Tatin, das ist eine Art Apfelkuchen, zum Dessert«, zählte Sowenna auf und spürte den Stolz, ihrem Bruder eine neue Seite zu zeigen, die sie von Madame Philine gelernt hatte und die er nicht kannte.

»Fran...zösisch?« Dennis griff nach der Rotweinflasche und las das Etikett. »Was gibt's zu ... zu feiern?« Er stellte die Flasche zurück und goss sich ein Glas Wasser ein.

»Na, unser Wiedersehen.« Sowenna füllte die Suppenschüsseln. »Und auf deinen Leuchtturm können wir auch anstoßen. Es ist einfach wundervoll hier.«

»Yep.«

»*Bon appétit.*« Sowenna prostete ihm zu, und eine Weile löffelten sie schweigend die Zwiebelsuppe. Erfreut registrierte sie, dass Dennis sich den Teller ein zweites Mal füllte. »Mal was anderes als immer nur gebackene Bohnen und Wiener Würstchen, oder?«

»Wieso?« Dennis ließ den Löffel sinken.

»Davon steht ja der ganze Schrank da voll. Isst du nichts anderes?«

»Was ... was schnüffelst du in ... in den Schränken rum?«, fragte Dennis mit scharfer Stimme.

»Hab Mehl gesucht.«

»Hab ... hab kein ... Mehl, verstanden? Und du hast hier nicht rum...rum...zuschnüffeln.«

»Sorry.« Sowenna atmete tief ein und rief sich These neun in Erinnerung: *Verwende nicht die Worte anderer gegen dich.* Sie beschloss, Dennis nicht weiter zu provozieren. Schließlich war sie einfach hier hereingeschneit, störte ihn womöglich, und sie konnte nicht erwarten, dass er ein Interesse daran hatte, sie bei sich zu haben. »Hab vorhin Walt getroffen«, erzählte sie in der Hoffnung, ein Themenwechsel würde Dennis' Stimmung heben.

»Mr Angeber? Und hat ... hat er dir von seinen neuen ... neuen tollen Film...projekten erzählt?«

»Heiratet Sonntag. Deshalb ist er hier.«

»Was ist das da ... im Huhn?« Dennis stocherte auf dem Teller mit dem Hauptgericht herum.

»Mandeln und Feigen. Hast du gehört, dass Walts Schwester verschwunden ist?«

»Yep.«

»Walt meint, dass sie von zu Hause ausgerissen ist.«

»Mandeln mag ... ich n...nicht.« Dennis schob die Mandeln auf den Tellerrand und kaute mit verschlossenem Gesicht.

»In der Stadt ist überall Polizei unterwegs. Und Walt hat seine Hochzeit im Kopf.« Sowenna ließ die Gabel sinken. »Erinnerst du dich an Jenifer?«

»Yep.«

»Da glaubte man doch auch erst, dass sie ausgerissen ist, oder?« Dennis reagierte nicht.

»Mum haben sie damals sogar befragt, weißt du noch?«

»Und?« Dennis blickte sie aus schmalen Augen an.

»Ich finde das alles …« Sowenna rang nach Worten. Sie war damals vierzehn und gerade neu in der Schule gewesen. Alles war ihr noch fremd. Die Stadt, das Haus, die Highschool. Ein Jahr später hatte sie Walt kennengelernt und sich an ihn geklammert wie an einen Rettungsring.

»Hab draußen zu … tun«, sagte Dennis und stand vom Tisch auf.

»Willst du kein Dessert?«, rief ihm Sowenna nach, doch er war schon zur Tür heraus. Sie ging ihm nach und sah ihn die Stufen zum Bootsanleger hinuntersteigen. Du bist verschlossen wie eine Auster, hatte Walt ihr mehr als einmal vorgeworfen. Ihr Bruder war unzugänglich wie ein Stein. Man musste schon einen Hammer nehmen, um an sein Innerstes zu gelangen. Hatte das zurückgezogene Leben im Leuchtturm ihn zu einem noch größeren Sonderling gemacht? War es vielleicht seine exzessive Beschäftigung mit dem Tauchen? Alles schien an ihm abzuperlen.

Sie wusch das Geschirr ab, packte den Rucksack, füllte Tee in die Thermoskanne und lief hinaus in den Wind, der stärker geworden war. Er fegte um den Leuchtturm herum, und sie musste sich dagegenstemmen, als sie bergan zum Küstenweg lief, in Höhe des alten Maschinenhauses der ehemaligen Kupfermine über die Absperrung kletterte und sich durch dichtes Heidekraut den steilen Pfad bergab zu dessen Ruine begab. Wellen brachen sich an den Felsen, auf denen es stand, vor weit über einem Jahrhundert aus massigen Granitblöcken errichtet. Die Natur hatte sich das Mauerwerk zurückerobert. Gras, Moos, Kletterpflanzen wuchsen auf den Steinen. Mit dem an einer Seitenwand himmelwärts strebenden Schornstein, den nackten Trägerlöchern, den Bogenfenstern mit den schweren Fensterstürzen und dem hohen Torbogen wirkte es wie eine zerstörte Kathedrale, fand Sowenna. Mit dem Himmel als Dach. Sie ging hinein und blickte ins Grau-Blau hinauf, versuchte sich Rauch vorzustellen, der einst aus dem Schornstein gedrungen war, Maschinenlärm, Loren, gefüllt mit Zinn oder Kupfer, Männer, Frauen und Kinder mit Schaufeln und Hacken, verschmutzten, verhärmten Gesichtern und zerschlissener Kleidung. Bilder einer Vergangenheit, die in Tausenden von Gräbern entlang der Küste lag. Auch sie wollte ihrer Vergangenheit hier begegnen und sie begraben. Sie hangelte sich am Abgrund über dem tosenden Meer entlang und stieg auf ein darunterliegendes Felsplateau. Dort musste der Stollen sein. Doch der Eingang war mit einer rostigen Stahltür verschlossen. Und mit einem neuwertigen Vorhängeschloss versehen. Ein Warnschild wies Besucher zusätzlich an, den Stollen nicht zu betreten. Einsturzgefahr. Sie kletterte zurück zum Maschinenhaus, setzte sich dort in den Windschatten, goss sich Tee ein, schlug ihr Notizbuch auf und schrieb: »These elf. Man muss nicht an jeder verschlossenen Tür rütteln.«

30

Riley Murphy stockte mitten im Satz und hielt zwei Finger hoch.

»Glauben Sie, es geht darum?«, fuhr Collin ihn an und hörte, wie sich seine Stimme überschlug. Schadensersatz von der Spurensicherung für Kratzer auf dem Armaturenbrett des Fleetwoods und für zerrissene Hüllen seiner Vinylsammlung! »Was haben Sie mit dem Mädchen gemacht? Darum geht's! Wo ist es?« Er musste sich zurückhalten, Murphy nicht am Kragen zu packen und zu schütteln.

Doch Murphy schwieg.

»Sie haben das Mofa und das Fahrrad von Carla manipuliert. Sie haben alles geplant. Wo haben Sie das Mädchen hingebracht?«

»Sie müssen sich dazu nicht äußern«, schaltete sich Murphys Anwalt ein.

»Dazu muss sich Ihr Mandant allerdings sehr wohl äußern!«, brüllte Collin nun. »Zerstörung von Eigentum. Stalking, Mr Murphy. Also reden Sie!«

»›Surrender‹«, murmelte Murphy. »›Can't Help Falling in Love‹.«

Danach verweigerte er stoisch die Aussage. Der Staatsanwalt erachtete die Indizien gegen Murphy immerhin für ausreichend, ihn in Gewahrsam zu halten. Collin beauftragte zwei Kollegen, die Befragung in den nächsten Stunden im Untersuchungsgefängnis fortzusetzen. Schonungslos, trug er ihnen auf. Collin verließ den Raum, eilte zum Wagen und machte sich auf den Weg zu den Wellingtons, vorbei an Plakaten mit Carlas Foto, die Freiwillige der Nachbarschaftswache an Laternenpfählen, Bäumen und Bushaltestellen angebracht hatten. Vor dem Tor des Hauses lagen Blumen, Kerzen und vom Regen aufgeweichte Grußkarten. Als sei Carla schon tot. Frustriert klingelte er.

»Was hat dieser Cadillac-Beknackte mit unserer Tochter gemacht?«, schrie Desmond Wellington, als ihm Collin von den neuesten Entwicklungen berichtet hatte. Die Stimmung schlug bei allen an diesem vierten Tag der Suche merklich um. Bisherige Spuren hatten sich als falsche Fährten erwiesen und führten ins Leere. Die Nerven lagen blank, Verzweiflung, sogar erste Anzeichen von Resignation gewannen nun die Oberhand.

»Seien Sie gewiss, dass wir die Antwort aus ihm herausholen«, versuchte Collin ihn und letztlich sich selbst zu beruhigen. »Und dennoch müssen wir gleichzeitig in andere Richtungen ermitteln. Woher hat Carla diesen Delfinanhänger?« Er zeigte Carlas Standbild der Videoaufnahme vom Schulkonzert und dann den identischen Anhänger von Jenifer Kellis. 925 Sterling Silber. Mit Kette $ 100 USD. Ein australischer Hersteller vertrieb diese Unikate online, hatte Bill herausgefunden.

»Sie hat so viel Schmuck«, sagte Grace Wellington. »Wir haben ihr diese Kette jedenfalls nicht geschenkt. Vielleicht weiß Arlene ...?« Sie schlug die Hände vors Gesicht.

»Prüfen wir«, sagte Collin. Eine Kollegin war mit einem Foto der Kette gerade unterwegs.

»Reden wir Klartext«, sagte Desmond Wellington. »Sie gehen also nun definitiv vom selben Täter aus wie damals im Kellis-Fall? Und das wegen dieses Anhängers?« Er sah übernächtigt und unrasiert aus, trank einen Espresso nach dem anderen und steckte sich nun schon die dritte Zigarette an.

»Eine auffällige Gemeinsamkeit«, sagte Collin und merkte, wie er selbst immer größere Schwierigkeiten hatte, daran zu glauben.

Ein Delfin, hatte ihm Marion Waltons, die Kriminalpsychologin erklärt, symbolisiere Lebensfreude, Schwung, Kraft, Freundlichkeit, Intelligenz, Geschicklichkeit, auch Treue und Hilfsbereitschaft. »Man glaubt ja, der Delfin sei dem Menschen ähnlich. Als Symbol für Glück steht der Delfin auf jeden Fall auch. Kann also das Geschenk eines Verliebten sein.«

Murphy hatte abgestritten, Carla den Anhänger geschenkt zu haben. Er war auch nicht der unbekannte Mann, mit dem Carla Pizza gegessen hatte und intim gewesen war. Es konnte ihm nicht einmal nachgewiesen werden, dass er Sonntagnacht im Haus der Wellingtons gewesen war. Es blieb ihnen nichts anderes übrig, als weiterhin winzigen Hinweisen und Auffälligkeiten nachzugehen.

»Carla malt gern Delfine, richtig?«, fuhr Collin fort. »Und so liegt es nahe …«

»… dass sie was?« Desmond Wellington sprang auf und lief im Zimmer herum. »Sie muss doch da draußen verdammt noch mal irgendwo sein.« Er wies mit wutverzerrtem Gesicht zu den Fenstern, die aufs offene Meer hinausgingen. »Finden Sie meine Tochter!«

Collin ignorierte den Ausbruch und wechselte das Thema. »Wir haben die Social-Media-Aktivitäten Ihrer Tochter überprüft. Sie war in einigen Foren angemeldet, unter verschiedenen Namen. In allen geht es um Parapsychologie, Fantasy, Zeitreisen, Schatzsuche. Besonders häufig war sie in einem Forum für keltische Geschichte. Da nannte sie sich Senara …«

Diese Information der Techniker hatte Collin elektrisiert. Erst vorgestern hatte er in Ayeshas Buch über kornische Legenden über die schöne Frau gelesen, die in der Kirche St Senara von Zennor gesungen und sich dann angeblich in eine Meerjungfrau verwandelt hatte, und nun stieß er in diesem verzwickten Fall auf genau diesen Namen. Andererseits kannte jeder in Cornwall diese Geschichte. Kornische Legenden, wusste er von Schuldirektor

Ronald Barker, gehörten zum Unterrichtsstoff an der Highschool. Ein junges Mädchen wie Carla war der Faszination, die noch immer von diesen Mythen ausging, erlegen, so einfach könnte die Erklärung sein.

»Da müssen Sie was verwechseln«, sagte Desmond Wellington. »Carla ist ziemlich analytisch. Wüsste nicht, dass sie sich jemals für so einen Hokuspokus interessiert hätte.«

»Wir als Eltern bekommen oft gar nicht mit, was unsere Kinder im Internet treiben.« Collin nahm sich vor, darüber mit den Zwillingen zu sprechen, sobald Kathryn wieder da war. Das Internet, fand er, war Segen und Fluch zugleich. »Es könnte sein …«

Er drehte sich wie das Ehepaar Wellington zur Wendeltreppe um, auf der ein junges Paar herabstieg.

»Mein Sohn Walt und Aimi, seine Verlobte«, stellte Desmond Wellington die beiden vor, die dann sichtlich verlegen am Tisch Platz nahmen. Ein Gespräch mit Carlas Halbbruder stand sowieso auf Collins Liste. »Wir vermuten, dass Carla wegen ihrer in den letzten Monaten zunehmenden, sehr intensiven Social-Media-Aktivitäten in andere Kreise geraten ist und deshalb viele andere Aktivitäten aufgegeben hat. Rudern, Jazztanz, Geräteturnen, Theaterspielen.«

»Und? Freizeitstress«, sagte Desmond Wellington. »Ich wiederhole mich: Interessen können sich ändern.«

»Sie war am Barren herausragend, hat der Sportlehrer der Highschool, …«, Collin konsultierte seine Kladde, »… Mr Leray, angegeben. Doch wirft sie kurz vor einem überregionalen Wettbewerb das Handtuch und steigt aus der freiwilligen Leistungsgruppe aus. Warum?«

Desmond Wellington schnaubte durch die Nase. »Carla passt es nicht, wenn man sie zu sehr unter Druck setzt. Jeden Tag trainieren. Vergessen Sie's. Mag sein, dass wir da manchmal zu lasch mit umgegangen sind. Mann!« Er schlug eine Faust in die Hand.

»Wendy Ashton, Leiterin der Leistungsgruppe, hat angegeben, Sie hätten Ihre Tochter vor die Wahl gestellt.« Das Telefongespräch mit ihr war freundlich und sachlich gewesen, erinnerte sich Collin und zitierte eine weitere Aussage der Sportlehrerin. »Entweder konzentriert Carla sich auf eine Karriere als Musikerin oder …«

»Oder was?«, brüllte Desmond Wellington. »Ich habe dieses sinnlose Gespräch bis obenhin satt.« Er hielt die Handkante an den Hals.

»Sag doch auch mal was«, wisperte Grace Wellington an ihren Stiefsohn gewandt. »Du warst doch mit der Tochter der Ashton zusammen. Manchmal ist Carla mit ihm mitgefahren«, erklärte sie Collin.

Walt hob die Schultern. »Ewig her. Sie hatte eben keine Lust mehr auf diesen Trainingsstress, und das ist alles.«

War es das? Jenifer Kellis war ebenfalls bei Wendy Ashton in einer Leistungsgruppe für Rhythmische Gymnastik gewesen und kurz vor einem wichtigen Wettbewerb ausgestiegen. Die Lehrerin muss dringend vorgeladen werden, beschloss Collin und befragte Walt Wellington. Doch dieser hatte keinen Einblick mehr in das Leben seiner Halbschwester, kannte ihre Freundinnen nicht, wusste nichts über ihre Beziehungen oder seelische Verfassung.

»Sie analysieren und analysieren«, unterbrach Desmond Wellington schließlich die Befragung. »Sie kann doch verdammt noch mal nicht wie vom Erdboden verschluckt sein. Ist doch hier nicht der Urwald von Uganda.« Er stieß einen Schrei aus.

Der Schrei hallte in seinem Kopf nach, als Collin eilig zurück zur ehemaligen Polizeistation von Cambrenne fuhr. Eine Videokonferenz mit den Kollegen der Rechtsmedizin aus Truro war anberaumt. »Die beiden Delfine, eine Mutter und ihr Kind, bilden ein schiefes und zerrissenes Herz«, begann Marion Waltons, die Kriminalpsychologin. »Unter der Vielzahl von Delfinanhängern mit Herzen oder in Herzform wurde hier also eins ausgewählt, das nicht die eindeutige Botschaft von Liebe und Glück darstellt. Daraus könnte man Rückschlüsse auf den Schenkenden ziehen.«

»Ein Verehrer also?«, fragte Collin.

»Möglich. Habt ihr überprüft, ob noch weitere dieser Anhänger an der Highschool kursieren? Es könnte ja sein, dass das Delfinherz eine Art Gruppenzugehörigkeit symbolisiert.«

»Ein Geheimzeichen?« Collin runzelte die Stirn und dachte an die Social-Media-Foren, in denen sich Carla bewegte. War hier ein Zusammenhang zu finden?

»Ja, so in etwa«, antwortete sie. »Wenn wir das ausschließen können, dann kann der Anhänger das Geschenk eines Verehrers sein. Einer, der die Mädchen zu Auserwählten gemacht hat. Sie erzählen nicht, wer ihnen die Kette geschenkt hat. Tragen sie offenbar nur zu besonderen Anlässen. Vielleicht sogar, wenn der Verehrer in der Nähe ist. Die Kette ist womöglich ein Symbol für etwas anderes, das über einen Liebesbeweis hinauszugehen scheint. Er scheint Kontrolle und Macht auszuüben.«

Könnte dieses Profil, das Marion Waltons gerade definierte, auf Murphy passen?, überlegte Collin. Noch immer verweigerte dieser die Aussage. Bill versuchte gerade herauszufinden, ob es eine Verbindung zwischen ihm und Jenifer Kellis gab. Auch wenn Marions Interpretation verlockend stimmig klang, führte sie weder zur Beantwortung der Frage, wo Carla war, noch lieferte sie konkrete Fakten.

»Was wissen wir über den Mann, den Carla zu Besuch hatte?«, fragte Collin Grafton, den Leiter der Spurensicherung.

»Es ist uns gelungen, die Schmutzspuren auf dem Bettvorleger zu analysieren und das Schuhprofil zu rekonstruieren. Wir gehen davon aus, dass es ein halbhoher Schuh, aller Wahrscheinlichkeit der Marke Camel, war, Größe 11,5, was auf eine Körpergröße von über sechs Fuß schließen lässt. Die Schmutzspuren unter den Schuhen weisen Anteile von versalzenem Sand auf.«

»Er hat sich also am Strand aufgehalten?«

»Vermutlich, wobei wir auch Gras gefunden haben. Er ist über feuchten Bodenbelag gelaufen, hat die Schuhe nur nachlässig auf dem Fußabtreter vor der Haustür abgeputzt und sie dann auf dem linken Bettvorleger ausgezogen. Auf dem rechten Bettvorleger haben wir keine vergleichbaren Verschmutzungen gefunden und gehen davon aus, dass Carla ihre Stiefel an der Garderobe im Eingang ausgezogen hat und in Hausschuhen auf ihr Zimmer gegangen ist.« Er hielt die Tüte mit den sichergestellten Lammfellschuhen hoch, die sie auf dem rechten Bettvorleger gefunden hatten. Die Stiefel, die Carla am Sonntag in der Disco getragen hatte, waren verschwunden. »Fasern und andere Spuren auf dem Bett lassen darauf schließen, dass beide zunächst bekleidet darauf lagen, dort die Pizza verzehrt haben und dabei der Film lief.«

»Er isst mit weniger Appetit als Carla, lässt ein Viertel der Pizza stehen, verschmäht den Tintenfisch. Übrigens keiner, der mit den Fingern isst. Hat Messer und Gabel benutzt. Reichlich Alkohol konsumiert. Davon zeugte sein Sperma. Vermutlich hat er sich aus der Hausbar bedient. Eine zuvor unangebrochene Flasche Brandy war laut der Wellingtons nach ihrer Rückkehr halb leer.

Carla hat die Pizzakartons in den Mülleimer gebracht. Dann hatten sie Sex.«

Grafton zog die Nase hoch. »Es ist nicht eindeutig festzustellen, ob der Geschlechtsverkehr gegen Carlas Willen stattfand. Wir vermuten, dass es sich um einen gesunden Mann zwischen zwanzig und höchstens fünfunddreißig Jahren handelt, blond, kräftig, aber womöglich einer, der keiner körperlichen Arbeit nachgeht oder ein Rückenproblem hat. Das ist alles von der Annahme abgeleitet, dass er Carla die Treppe hinuntergeschleift hat, statt sie zu tragen. Wobei wir davon ausgehen, dass sich das Mädchen nicht wehren konnte, möglicherweise bewusstlos war. Und sie war vermutlich auch nackt, hat Hautabschürfungen davongetragen. Er hat aber ihre sämtlichen Kleidungsstücke mitgenommen, auch die Stiefel, Carla über den Kies gezogen. Schwache Schleifspuren deuten darauf hin. Der Regen hat allerdings im Hof einiges verwischt. Der Täter muss sich im Haus auskennen, hat alle Lichter gelöscht, abgeschlossen, die Alarmanlage eingeschaltet. Er wusste, dass Carla allein war und in den nächsten Tagen, zumindest am Folgetag, nicht unbedingt nach ihr gesucht werden würde. Er wog sich also in Sicherheit, ging aber unvorsichtig vor. Okeydoke«, schloss Grafton seinen Bericht. »Ich denke, er hat spontan gehandelt.«

»Blond«, murmelte Collin und sah vor seinem inneren Auge Gesichter vorbeigleiten. Justin Pedrack, Carlas Kunstlehrer, ihr Ex-Freund Geren und Dolph Milton. Und Edmund, Arlenes Verlobter. Doch der war das ganze letzte Wochenende in London auf einer Konferenz gewesen. Heute hatten sie mit den Massen-DNA-Tests begonnen. »Wir hoffen auf die Speichelproben«, sagte Grafton. »Beginnen gleich mit den ersten Abgleichen.«

Die Fundstücke in der Höhle, in der Carlas Name stand, hatten sie kaum weitergebracht. Die Kerze war ein preiswertes Exemplar, wie man es überall fand, die Herkunft des Hakens und Seils nicht auf die Schnelle nachweisbar, so wenig wie die Farbe. Ein Grafologe hatte nach einer Handschriftenanalyse zu einer Wahrscheinlichkeit von nur sechzig Prozent die Vermutung bestätigt, dass Carla ihren Namen selbst angebracht hatte. Die Zeichen waren dem angelsächsischen Keltenalphabet entnommen und symbolisierten ebenfalls die Buchstaben ihres Namens. Wieder die Kelten, dachte Collin, als er sich von Grafton und Marion Waltons verabschiedete und sich auf den Weg nach St Magor machte. Dort hatte Johnny vor einer Stunde Bob Danton, einen der Pizzafahrer, befragt und Collin danach gebeten, unbedingt vorbeizukommen. Die Glocken der nahen Kirche St David's schlugen gerade die halbe Stunde. In dem Bau aus dem 19. Jahrhundert mit einem blauen Fenster, auf dem ein Schiffbruch in einer nahen Bucht dargestellt war, hatten die Eltern der Schüler aus Carlas Klasse für heute Abend einen Gedenkgottesdienst für alle Schüler organisiert.

Vielleicht half ein Ort wie die Kirche, Herzen und Erinnerungen zu öffnen, möglicherweise Geheimnisse preiszugeben, zumindest neue Hoffnung zu geben.

Es kommt immer alles auf einmal oder zum falschen Zeitpunkt. Ein Standardsatz von Collins Vater, der ihm durch den Kopf ging, als er seiner Tochter Ayesha den Sicherheitsgurt anlegte. Gwenny hatte jetzt, am späten Nachmittag, einen Arzttermin. In seiner Not fiel Collin nur ein, seine Tochter von Anne auf dem Revier in St Magor beaufsichtigen zu lassen. So lange, bis Sandra kam. Sie hatte gerade eine Sprachnachricht geschickt und befand sich auf dem Weg. Hauptsache, sie kommt ohne ihren Chef DI Belmore, hoffte Collin. Sonst wäre Johnnys heutiger Grillabend im Eimer. Das Wetter schien dagegen auf dessen Seite zu sein. Zwischen Wolken tat sich ein blauer Himmel auf, und das Sonnenblumenfeld, an dem sie gerade vorbeifuhren, leuchtete in einem überwältigenden Gelb.

»Miss Carolin hat gesagt, Zoe und ich sehen aus wie Schwestern, Daddy«, begann Ayesha fröhlich zu plappern. »So ein Quatsch.«

»Wer ist Zoe?«

»Na, die Neue in meiner Klasse. Sie will unbedingt meine Freundin sein, nur weil sie auch reitet. Sie ist so laut. Ich glaube nicht, dass Pferde das mögen.«

»Und Miss Carolin findet, dass ihr euch ähnlich seht?«, fragte Collin und lächelte.

»Ja, dabei bin ich schwarz und Zoe ist weiß. Ich bin in Äthiopien geboren und sie in Cornwall. Wie können wir da Schwestern sein?«

»Vielleicht habt ihr ähnliche Augen?«

Ayesha schüttelte den Kopf, von dem nach allen Seiten dünne Zöpfe abstanden, in die bunte Perlen geflochten waren. »Ihre sind doch blau. Ich spiele gleich mit Bella«, redete Ayesha weiter. »Zoe mag keine Katzen. Auch ein Beweis, dass wir uns nicht ähnlich sind.«

»Man kann ja verschieden aussehen, aber trotzdem im Inneren ähnlich sein«, erklärte Collin und dachte an Carla und Jenifer. Hatten sie nicht eine ähnliche Persönlichkeit? War das die Antwort auf die Frage, welche Gemeinsamkeiten sie teilten?

Seine Tochter hüpfte bereits zum nächsten Thema. »Wann kommt Mum noch mal wieder?«, wollte sie wissen. Eine Frage, die sie mindestens dreimal täglich stellte. Kein Zeitgefühl zu haben musste wunderbar sein, fand Collin.

»In fünf Tagen.« Wann immer es ihm passte, hatte Kathryn gestern gemailt, würde sie sich ans Skype setzen. Sie war voller Sorge und von schlechtem Gewissen geplagt, nachdem er sich entschlossen hatte, ihr doch über den Fall Carla zu schreiben, weswegen er sich jetzt ärgerte.

Als er auf den Parkplatz vor dem kleinen Polizeigebäude in St Magor einbog, blieb Collin einen Moment sprachlos sitzen. Über der Eingangstür hing ein Laken, auf dem zwischen Herzen »Willkommen zu Hause, Sandra« stand. Luftballons zappelten an einer Wäscheleine und auf den Treppenstufen waren Blumen gestreut. Halb amüsiert, halb irritiert nahm er Ayesha an die Hand und ging hinein.

»Wo ist Bella?«, rief Ayesha und rannte in Collins Büro, während er selbst vor Sandras ehemaligem Schreibtisch stehen blieb und den Strauß Sonnenblumen und die Schale mit Äpfeln anstarrte, die Sandra knabberte wie andere Süßigkeiten. Um den Computer war eine rote Schleife gebunden, und eine überdimensionale Einladungskarte mit einem Glitzerfisch lehnte daran.

»Johnnys Idee«, erklärte Anne und wurde rot. »Konnte ihn nicht abhalten.«

»Und was ist das?« Collin wies auf einen riesigen Teddybären, der auf einem Hochstuhl neben Annes Schreibtisch saß.

»Von Johnny, weil … Wollte es dir schon die ganze Zeit sagen.« Anne schlug die Augen nieder und lächelte. »Ist vielleicht jetzt nicht der richtige Zeitpunkt … Ich meine, wegen Carla. Dass ich mich freue, meine ich.«

»Schön, wenn du dich freust. Worüber denn?«

»Ich ... also wir, mein Mann und ich, wir ... bekommen ein Kind.« Ihre Wangen färbten sich tiefrot.

»Du bist schwanger?«

Anne nickte strahlend. »Achte Woche.«

»Das ist ja ... Meinen Glückwunsch!« Collin stand einen Moment stumm vor ihr, dann hob er sie hoch und wirbelte sie herum. Sie rückte die Brille zurecht und zupfte sich eine Strähne aus der Stirn. Glück und Unglück lagen oft nur einen Fingerbreit auseinander, dachte Collin, als er in sein Büro ging, mit dem Wunsch, das Unglück der Wellingtons abzuwehren.

Johnny lümmelte herum, die Füße auf dem Tisch, das Kätzchen auf dem Schoß, und schnitt sich die Fingernägel.

»Warst du beim Friseur?«

»War doch dein Vorschlag, Boss. Bisschen kurz, oder? Frier schon an den Löffeln. Na, nimm mal die Kratzbürste, Ayesha, bevor sie mir auf die Hose pinkelt.«

»Wonach stinkt's hier?« Collin öffnete das Fenster.

»Zitronengras. Hat Anne mir verschrieben. Beruhigt die Nerven.« Johnny nahm die Füße runter, machte zwei Knöpfe an seinem Hemd auf, lockerte die Krawatte und nahm sie schließlich ab. »Sandra verwechselt mich nachher noch mit Bill.« Er lachte, und sein leicht gebräuntes Gesicht legte sich in Falten.

»Wolltest du mich wegen Sandra hierherlocken?«

»Hab schon den Fisch aufgetaut ...«

»Dann schmeiß deinen Grill später an. Also was ist jetzt mit diesem Pizzafahrer?«

»Reg dich ab und setz dich. Vielleicht haben wir eine kleine Spur.«

»Bob Danton?« Collin ließ sich auf seinen Schreibtischstuhl fallen.

»Ist angelaufen wie Tomatensoße«, sagte Johnny. »Hat zugegeben, dass er am Sonntagabend eigentlich Dienst hatte, aber lieber feiern gehen wollte. Seine neue Flamme war auf der Scheunenparty der Medlock-Farm. Er hat die Bestellung dorthin geliefert, sich dann volllaufen lassen und mit seiner Flamme vergnügt. Hat einen Springer kontaktiert, der seine ausstehenden Touren übernommen hat.« Johnny rieb sich die Hände.

»Und? Wer ist dieser Springer?«

»Heißt Mostyn. Mehr weiß Bob Danton nicht. Teresa Monti von der Pizzeria hat keinen Mostyn auf der Gehaltsliste. Die Pizzalieferanten haben offenbar selbst eine Verteilungskette und Vertretungen organisiert und dabei kräftig mitverdient.«

»Kleine Mafia unter Pizzataxifahrern?«, fragte Collin.

Johnny lachte. »Werd den Knaben schon finden. Mit *dem* Namen. Und seltsam: Seine Handynummer ist gesperrt.«

»Funktionierte aber noch am Sonntag?«

Johnny nickte nun wieder ernst. Einen Moment blickten sie sich an. Sie kannten sich lange genug, um sich auch ohne Worte zu verstehen.

31

Es wird Zeit, fand Sowenna, spürte ihre Handflächen feucht und den Herzschlag schneller werden. Wie beim ersten Mal in der Manege. Mitten im Winter in Vitré vor den Toren der Bretagne, das sie mit den unter dem Meereswind geduckten Häusern und grauen Mauern an ihre kornische Heimat erinnert hatte. Wegen der Eiseskälte hatte es nur wenige Zuschauer in das ungeheizte

Zelt gelockt, wo Sowenna nervös vor dem Seil stand, drei Jonglierkeulen in Händen, ihr Atem ein weißer Hauch vor ihrem trockenen Mund. Aber ich habe es geschafft, erinnerte sie sich, stellte die Herdflamme kleiner, warf einen letzten Blick auf den gedeckten Tisch und eilte zur Haustür.

»Nach was riecht's denn hier?«, begrüßte sie ihr Vater, wuschelte ihr durchs Haar und schleppte die beiden Koffer in den Hausflur. »Hast du etwa gekocht?«

»Erraten.« Sowenna pustete eine Strähne aus der Stirn und nahm ihrer Mutter eine Tasche ab. »Wie war's?«

»Schrecklicher Verkehr. Zwei Staus.« Ihre Mutter gab einen ihrer Seufzer von sich, die Sowenna früher in Kategorien eingeteilt hatte. Ein gezischtes »Ffff« bedeutete einen kleinen Tadel. Bei einem »Ch«, das tief aus dem Rachen kam und nach Raubkatze klang, musste man auf der Hut sein. Und Kategorie drei hieß höchste Alarmstufe, dann stieß sie ihr Stöhnen gleichzeitig aus Mund und Nase. »Und so lange sitzen. Wieso hast du eine Schürze um?«

»Sie hat gekocht, Honey. Ist das nicht süß?«, rief ihr Vater aus der Küche.

»Wusste gar nicht, dass du das kannst«, sagte ihre Mutter. »Gegessen haben wir aber schon unterwegs.« Sie zog die Fleecejacke aus, schob Willy beiseite, der einen bellenden Freudentanz aufführte, und trug die Einkaufstaschen in die Küche.

»Kartoffeln, stimmt's?« Ihr Vater schaute in den Backofen. »Da läuft einem ja das Wasser im Mund zusammen.« Er machte Schmatzgeräusche.

»Ein französisches Rezept«, erklärte Sowenna und stellte sich in die Positur, die sie sich für diesen ersten Auftritt als eine Andere überlegt hatte, um nicht ins Wanken zu geraten. Füße hüftbreit auseinander, leicht gebeugte Knie, die Pobacken angespannt, die Schultern nach unten, den Nacken gestreckt. »Mit Kürbis. Rein vegetarisch. Und bis auf Milch, etwas Bergkäse und Schafskäse vegan. Eine Ausnahme ist doch mal drin, oder?«

Ihr Vater warf einen Blick auf seine Frau, die mit hochgezogenen Brauen einen Seufzer der Kategorie zwei ausstieß und sich dann wortlos zum Duschen zurückzog.

Wenig später saßen sie am Tisch, und Sowenna verspürte eine unbekannte Freude, als sie ihre Eltern erst skeptisch, dann mit sichtlichem Genuss essen sah und ihren Erzählungen über das Wetter in Stratford-upon-Avon, den erfolgreich absolvierten Warwickshire-Triathlon und das nette B&B lauschte. Ein kleiner Frieden, dachte sie, ist im Grunde alles, was man sich wünschen kann. Und muss man ans Ende der Welt in ein weißes, kaltes Nichts reisen oder vom höchsten Canyon der Welt über Abgründe balancieren, wie es Pierre glaubte tun zu müssen, um ganz bei sich zu sein und einen klaren Blick auf das Leben zu haben?

»Bekommst du die Stelle?«, fragte sie ihre Mutter, nachdem sie den Obstsalat serviert hatte.

»Bestimmt.« Sie lehnte sich zurück und strich sich über den Bauch. »Das war 'ne Kalorienbombe.«

»Schwitzt du Montag alles wieder im Unterricht aus«, sagte Sowennas Vater.

»Sollte dann gleich kündigen, Neil.«

»Solltest du, Honey.«

»Es steht also fest, dass ihr geht?«, begann Sowenna das Gespräch, auf das sie sich vorbereitet hatte.

»Mittwoch bekomme ich Bescheid, und ja, dann geht's los.«

»Warum zieht ihr eigentlich immer um? Ihr habt es hier doch schön und …«

»Neue Herausforderungen. Das hält fit und jung«, erklärte ihr Vater. »Das Leben ist kurz. Die Welt ist groß.«

Diesen Allgemeinplatz hatte ihr auch Pierre als einer der Gründe serviert, warum er sich vorerst von ihr trennen wollte. Aber jetzt wollte sie nicht an Pierre denken. Zumindest machte er, was er sagte, und war in einem anderen Teil der Welt, wohingegen ihre Eltern noch nie über die Grenzen Großbritanniens hinausgekommen waren. »Manchmal denke ich, ihr seid auf der Flucht,« sagte sie.

»Auf der Flucht?« Sowennas Vater kicherte. »Vor wem denn? Es gibt halt Sesshafte und Nomaden. War doch immer schon so. Und wir sind Nomaden. Du doch auch. Bist sogar in 'nem anderen Land.«

»Na ja, trotzdem frage ich mich, warum ihr schon wieder von vorn anfangen wollt.« In dem Alter, fügte sie in Gedanken hinzu. Theoretisch stellte sie sich für ihr eigenes Leben ab dem vierten Lebensjahrzehnt vor, irgendwo angekommen zu sein, statt immer noch auf der Suche nach dem Nonplusultra. Das gab es nämlich nicht. Da musste sie der Marygold ausnahmsweise zustimmen.

»Was soll die Fragerei? Fragen wir dich, was du in Paris willst?« Sowennas Mutter stellte das Geschirr zusammen und goss sich Wasser nach.

Sowenna legte die Hände übereinander auf den Tisch. Das hatte ihr die Marygold empfohlen, um innere Unruhe zu kanalisieren und sich zu konzentrieren. Eine Maßnahme, die tatsächlich half. »Dort hat Akrobatik eine lange Tradition. Das habe ich euch schon mal erklärt. Warum habt ihr mich noch nicht besucht?«, sprach sie die Frage aus, die sie schon so lange stellen wollte.

»Nun hör dir das an, Neil!« Ihre Mutter erhob sich und begann das Geschirr in die Spülmaschine zu räumen.

»Irgendwann kommen wir, wenn wir weniger um die Ohren haben«, antwortete ihr Vater, und Sowenna wich seiner Hand aus, die wieder in ihr Haar greifen wollte. »Wolln dich ja mal da oben auf dem Seil sehen, mit Salto und allem Drum und Dran, nicht wahr, Honey?«

Ihre Mutter nickte. »Nächstes Jahr klappt's bestimmt, dann muss ich mich nicht mehr mit dem Schulsystem rumschlagen.«

Dieses leere Versprechen haben sie schon öfter gemacht, dachte Sowenna und sagte: »Ich höre diesen Dezember auf.«

»Hast du was Neues?« Ihre Mutter drehte sich zu ihr um. »In einem anderen Zirkus?«

»Nein, ich will was ganz anderes machen.« Sowenna presste die Handflächen aufeinander. »Nähen.«

»Nähen?«, sagten ihre Eltern wie aus einem Mund, dann brach ihr Vater in Gelächter aus.

»Wie kommst du denn auf den Blödsinn?« Ihre Mutter griff nach einem Röhrchen Vitaminbrausetabletten und warf eine in ihr Wasserglas.

»Im Januar fange ich eine Ausbildung an.« Sowenna öffnete die Lippen und ließ ein Lächeln zu.

»Eine Coco Chanel willst du werden? Wer hat dir denn den Floh ins Ohr gesetzt? Wird doch heute alles in Asien gefertigt. Und den ganzen Tag sitzen, nicht gut für den Rücken. Überleg dir das gut.«

»Hab ich bereits.« Auch wenn die Bewerbung erfolglos sein sollte, fügte Sowenna in Gedanken hinzu. Das Studio Berçot in der Rue des Petites-Écuries, eine private Modeschule, war ihr auf einem ihrer Spaziergänge durch das zehnte Arrondissement aufgefallen, und zwei Tage später hatte sie mit einer Mappe voller Fotos, auf denen ihre wenigen Patchwork-Arbeiten abgebildet waren, und einem drei Seiten langen Brief an der Tür geklingelt und war im Sekretariat der berühmten Direktorin Marie Rucci begegnet, ohne zu wissen, wen sie vor sich hatte. Madame Rucci hatte ihr nicht ins Gesicht geschaut, sondern auf die rot-schwarze Seidenhose, Sowennas ganzen Designerstolz. »Ein bisschen bunt«, hatte Madame Rucci gesagt und ihr ein Lächeln geschenkt, und dann war es aus Sowenna herausgesprudelt, vom farbenfrohen Zirkus hatte sie erzählt, vom Seiltanz, bei dem Beinfreiheit gefragt ist, aber auch Eleganz. »Sie sind also eine modebewusste Akrobatin?«, hatte Madame Rucci das Gespräch beendet, ihr die Hand gereicht und war in ihrem schlichten Kostüm durch die Tür in einen Raum gegangen, in dem die Auszubildenden vor Zuschneidetischen arbeiteten, umgeben von Stoffrollen und Schneiderbüsten. Diese Begegnung hinterließ bei Sowenna ein Fünkchen Hoffnung, bald eine von ihnen zu sein.

»Nun gut, du weißt ja, wofür dein Name steht. Dann wünschen wir dir alles Gute«, sagte ihre Mutter.

Erfolg, dachte Sowenna, dafür steht mein Name, und von klein auf hatten ihre Eltern sie darauf hingewiesen, ihn mit Bedacht ausgewählt zu haben. Sie waren davon überzeugt, dass die Bedeutung eines Namens die Persönlichkeit forme. Ein Segen, aber meistens ein Fluch, so hatte es Sowenna empfunden. Doch inzwischen glaubte sie sich mit ihrem kornischen Vornamen versöhnt zu haben. Pierre hatte sich in den weichen Klang verliebt, etwas Russisches herausgehört, und wenn er ihn mit französischem Akzent in ihr Ohr flüsterte, gewann ihr Name auf einmal an Glanz, und sie war stolz darauf.

»Verdienen tut sie da nichts, stimmt's, Honey? Da muss sie sich einen reichen Pariser angeln.« Sowennas Vater zwinkerte ihr zu.

»Die werden ausgerechnet auf sie warten«, sagte ihre Mutter.

Elf Thesen reichten nicht für alle Situationen aus, wurde Sowenna bewusst, und sie notierte im Kopf eine weitere: *Nicht andere, ich selbst weiß am besten über mich Bescheid.*

»Oder ist da schon einer? Na, sag's schon, Häschen.« Sowennas Vater legte den Arm um ihre Schulter und rüttelte sie sanft.

Häschen. So hatte er sie als Kind genannt. Wegen ihrer abstehenden Ohren, die immer gerötet waren. Als Sowenna im zweiten Schuljahr war und die Hänseleien nicht mehr ertragen konnte, hatten sich ihre Eltern zu einer operativen Ohrenkorrektur entschieden. Fast zwei Wochen lief sie mit einem Kopfverband herum, dann war sie zumindest äußerlich ein neuer Mensch. Innerlich will ich es auch werden, dachte sie, zog ihr Smartphone heraus und suchte ein Foto von Pierre, eines, auf dem die Falte zwischen den Augenbrauen zu sehen war, die umso tiefer wurde, je mehr er sich konzentrierte.

»Das ist Pierre. Ein erstklassiger Jongleur.«

»Ein Jongleur? Aus deinem Zirkus? Was sagst du dazu, Honey? Eine Zirkusliebe!« Ihr Vater boxte ihr in den Oberarm.

»Wie ihr eine Familie ernähren wollt … Na ja, musst du wissen.« Ihre Mutter stieß einen Seufzer der Kategorie drei aus und stellte die Spülmaschine an.

»Von heiraten ist nicht die Rede.« Sowenna spürte einen Stich, als sie sich an das Gespräch mit Pierre über die Hochzeit von gemeinsamen Freunden erinnerte. Bürgerliche Zwangsjacke, hatte er geschimpft. Da gehe die Liebe flöten. »Ich könnte Französin werden«, hatte sie ein anderes Mal argumentiert, doch Pierre hatte sich nur an die Stirn getippt, sie auf den Mund geküsst und behauptet, dass einzig das Menschsein zähle und kein Pass der Welt Auskunft darüber geben könne, wer man sei und wo man leben dürfe. Ob er seinen Pass, wie er an jenem letzten

Abend verkündet hatte, an dem alles schiefgegangen war, tatsächlich in ein Eisloch geschmissen hatte? Nein, wusste sie und drängte eine Ahnung beiseite. Die Ahnung, dass Pierre schon vor seiner Selbstfindungsreise eine Entscheidung getroffen hatte. Er wollte sein Leben ohne sie führen. Und wer bin ich?, fragte sie sich. Zumindest ein Teil dieser Familie. Und wenn sie erst all den Schutt weggeschafft hatte, der sich vor der Tür dieser Familie angesammelt hatte, dann würde sie auch den neuen Zugang finden, nach dem sie für sich suchte.

»Dennis habe ich auch zum Essen eingeladen«, begann sie einen weiteren Vorstoß, wichtige Dinge anzusprechen. »Aber leider ist er nicht gekommen. Woran liegt es denn, dass er euch nicht mehr besucht?«

Ihre Eltern wechselten einen Blick. »Wer nicht will, der will nicht«, murmelte ihre Mutter. »Bist doch selbst jahrelang nicht zu Besuch gekommen.«

»Ich höre, was du sagst«, zitierte sie den Lieblingssatz der Marygold. »Aber es hat euch bislang schließlich nicht in den Terminkalender gepasst. Und jetzt bin ich ja da.«

»Bist du, Häschen. Wunderbar!«, rief ihr Vater und griff lachend in ihren Nacken. Seine Hände, groß und lang wie seine Füße, waren ihr als Kind wie Schaufeln vorgekommen oder wie Flossen. Sie waren immer kalt gewesen. Auch jetzt spürte sie einen Schauder und machte sich steif.

»Wann wart ihr denn das letzte Mal bei Dennis?«

»Ist das hier ein Verhör?« Sowennas Mutter stellte ihr Glas mit einem Knall auf den Tisch. »Dein Bruder will uns nicht sehen und basta.«

»Es muss doch Gründe dafür geben«, insistierte Sowenna. »Er kommt mir jedenfalls sehr einsam vor.«

Ihre Mutter stieß einen Seufzer der Kategorie eins aus. »Mit Ende zwanzig sollte man wissen, was man tut. Hatte eine vielversprechende Karriere vor sich. Mit vierzehn Mitglied der Jugendnationalmannschaft …«

»Er hat den Druck nicht ausgehalten«, sagte Sowenna. »Deshalb hat er das Turmspringen an den Nagel gehängt.«

»Druck. Tsss. Den gibt's überall, wenn man nach oben will. Wir haben ihm oft genug gesagt, dass er einen vernünftigen Beruf erlernen soll …« Sowennas Mutter verdrehte die Augen.

»Aber er hat doch einen Beruf«, unterbrach sie Sowenna. »Sogar einen Sportberuf. Das müsste euch doch gefallen. Er bereitet sich gerade auf eine wichtige Tauchprüfung vor.«

»Alles schön und gut.«

»Und wo liegt dann das Problem?«

»Bei ihm.« Ihr Vater drehte den Zeigefinger an seiner Schläfe und senkte ihn sofort, als er die Missbilligung im Blick seiner Frau sah.

»Du meinst sein Stottern?«, hakte Sowenna nach. »Na und? Dennis hat schon immer gestottert. Warum könnt ihr ihn nicht akzeptieren, wie er ist?«

»Jetzt reicht's aber!«, rief ihre Mutter. »Du willst uns vorwerfen, dass wir unseren Sohn nicht akzeptieren, wie er ist? Weißt du eigentlich nicht mehr, wie dein Bruder sein kann? Von klein auf nur Theater. Erzählt in der Schule, dass sein Vater ihn windelweich prügelt und er deshalb stottert. Das muss man sich mal vorstellen. Nur Lügen, Lügen, Lügen.«

Ich muss die Meinung anderer nicht teilen, betete sich Sowenna These sieben vor. Das Gespräch begann zu entgleisen. Sie fühlte sich wie auf dem Trapez, wenn sie sich im vollen Schwung aus dem Sitz nach hinten fallen lassen musste, die Kniekehlen an die schmale Stange gepresst, die Manege unter ihr verkehrt herum vorbeigleitend, die Arme zu ihrem Gegenüber gestreckt, einem muskulösen Mann aus der Zirkustruppe, der mit hartem Griff ihre Handgelenke umfasste, und dann ließ sie sich fallen, schaukelte an seinen Armen und nur selten gelang es ihr, das Podest wieder zu erreichen, auf das er sie mit einer einzigen kraftvollen Bewegung hinaufkatapultieren sollte. Schnell hatte sich abgezeichnet, dass sie kein Talent, keine Willensstärke, geschweige denn Mumm für das Trapez hatte. Auf die Erde zurück, ermahnte sie sich. Dort gehöre ich hin. Und ihrem Bruder schien es nicht anders gegangen zu sein. Er hatte sich vom Zehn-Meter-Turm noch weiter hinabbegeben als sie: unter die Wasseroberfläche.

»Ich werd noch ein paar Tage bei ihm verbringen. Vielleicht...«

»Vielleicht was?« Ihre Mutter schlug nach einer Fliege.

Sowenna atmete tief ein. »Wie wär's, wenn wir ihn morgen alle zusammen besuchen?«

»Ich bezweifle, dass er das für eine gute Idee hält«, antwortete ihre Mutter. »Er ist wie dein Großvater. Ein Eigenbrötler. Braucht niemanden. Uns nicht und dich auch nicht.«

»Genau so ist es, Honey«, pflichtete ihr Sowennas Vater bei. »Und nun sollten wir es uns mal gemütlich machen. Eine Partie Bridge?«

»Zu dritt wohl besser Crazy Eights.« Sowennas Mutter schaltete das Licht über dem Herd aus und füllte ihr Wasserglas erneut.

Es ist noch nicht aller Tage Abend, beruhigte sich Sowenna. Ihren Eltern hatte ihr Essen geschmeckt, und das stimmte sie zuversichtlich, sie zu einem Besuch bei Dennis zu überreden. »Sie haben Carla Wellington noch immer nicht gefunden«, wagte sie den dritten Vorstoß und registrierte den Blick zwischen ihren Eltern. »Ich finde das...«

»Was findest du?«, fragte ihre Mutter. »Schrecklich ist das, natürlich ist das schrecklich. Und natürlich macht das Angst. Man denkt an die eigenen Kinder … Was soll man sonst dazu sagen?«

»Alle meinen, dass es derselbe ist wie damals … bei Jenifer.«

»Tja«, erwiderte ihre Mutter.

»Ich kann mich noch schwach erinnern, wie Jenifer damals immer hier war und du …«

»Was?«, fuhr ihre Mutter sie an.

»Weißt du, Häschen, wir haben einen langen Tag hinter uns«, wandte sich ihr Vater an sie, packte ihr Handgelenk und blickte sie mit Augen an, aus denen jeglicher Humor gewichen war. »Deine Mutter will sich ausruhen.«

»Allerdings. Aber unsere liebe Tochter hat offenbar vor, uns den Abend zu verderben. Also, was denkst du dir mit deiner Fragerei?« Sowennas Mutter stellte sich mit verschränkten Armen vor sie hin, ganz die Lehrerin, der ein paar Schüler den Spitznamen »General« verpasst hatten.

»Weil es jetzt wieder an deiner alten Schule passiert ist, darum frage ich, und du hast da doch auch noch deine Leistungsgruppe …«

»Eine entsetzliche Geschichte war das damals, ja, die uns viele Nerven gekostet hat. Und daran will ich heute Abend bitte nicht erinnert werden. Also wollen wir dann, Neil?« Ihre Mutter wandte sich zur Tür.

»Ich werd schon mal die Karten mischen«, sagte er und stieß Sowenna mit zusammengezogenen Brauen in die Rippen, bevor er die Küche verließ.

»Alte Geschichten aufwärmen ist schlecht für die Durchblutung«, meinte ihre Mutter und folgte ihrem Mann.

Sowenna blieb eine Weile irritiert am Küchentisch sitzen, holte dann ihr Notizbuch aus der Tasche und notierte eilig: »Sowenna. S für Sachlichkeit. O für Ordnung. W für Wahrheit. E für Erfahrung. N für Nein. N für Notwendigkeit. A für Akzeptanz.«

Das Buchstabenspiel mit ihrem Namen hatte sie in den letzten Wochen weiter vorangebracht als jede der drei Hypnosesitzungen, die ihr die Marygold verschrieben hatte.

32

Bei Tage sieht man nicht zwangsläufig besser, begriff Collin, als er im Schein der alten Petroleumlampe seines Großvaters den Stein betrachtete. Der beißende Geruch des Petroleums und das schwache, gelbstichige Lampenlicht weckten Kindheitserinnerungen an die schottischen Highlands. Dort hatte er die Ferien in der Sommerhütte seiner Großeltern verbracht, wo es weder Strom noch fließendes Wasser gegeben hatte. Statt auf Matratzen schliefen er und seine Geschwister auf einem Strohlager, über das Decken ausgebreitet waren, und jeden Tag waren sie am nahen Loch Ness, wo sein Großvater Forschungen anstellte. Die Laute, die er mit einem Hydrofon an die Oberfläche holte und mit einem Tonbandgerät aufnahm, das beständig Bandsalat produzierte, hatten in Collins Ohren nicht nach einem Riesenfisch geklungen, sondern wie Wind in Bäumen, Wasserrauschen oder Bootsmotoren. Collin hatte das Seeungeheuer kein einziges Mal mit eigenen Augen gesichtet. Die Schatten unter Wasser, die sein Großvater für Schwanzflossen oder Teile des Körpers hielt, waren für ihn Schatten, nichts weiter. Was auf der Wasserfläche auftauchte, vielleicht ein treibender Baumstamm oder schlicht eine Sinnestäuschung. Sein Großvater ließ sich nicht beirren. Nessie ist da, behauptete er, und hatte doch nichts als Flecken auf seinen verwackelten Fotos vorzuweisen, und nur Collins Schwester, die jünger und für Märchen empfänglich war, glaubte ihm. Aber hatte ihn sein Großvater nicht durch dessen Glauben an Nessie das Sehen gelehrt?

Das Unsichtbare zu erkennen, um nichts anderes ging es, wenn man einen komplizierten Fall vor sich hatte oder auch einen Rohling. Collin drehte den Granit noch ein Stückchen nach links, bis die Petroleumlampe deutlicher beleuchtete, für was er heute Morgen blind gewesen war. Jetzt war es da. Eine Öffnung in Form einer Augenhöhle, Spitzen von Wellen, die an den Rändern entlangzüngelten, und mitten darin die Gestalt der Meerjungfrau, ihr Haar Teil der Wellen, ihr Unterkörper im Wasser gefangen, die Arme frohlockend oder wie eine Ertrinkende gereckt, der Mund geöffnet, als ringe sie um Atem. Felswände um das Auge, die er sich selbst überlassen würde, roh und zerklüftet. Alles war da. Er musste die Figur, ja die ganze dramatische Szene nur Schicht für Schicht freilegen. Eine schwierige Aufgabe, der er sich nicht gewachsen fühlte. Bislang hatte er noch nie einen Stein aufgeschnitten. Geschweige denn ein solches Motiv gemeißelt. Collin schlug seinen Skizzenblock auf, spitzte den Bleistift und begann die Idee zu skizzieren. Genaue Planung würde helfen, und bevor zu dieser späten Stunde die Eingebung verloren ging, wollte er sie festhalten. Kaum hatte er den Stift angesetzt, hörte er die Tür aufgehen, wandte sich irritiert um und sah Sandra. Sie trug einen von Johnnys Strickpullovern und seinen Parka.

»Schlaflos?« Sie trat, ohne zu fragen, näher und blickte ihm über die Schulter. »Oder küsst die Muse?«

»Tja.« Was wusste sie von der Kunst? Collin legte den Skizzenblock weg und bot ihr seinen Lesesessel an. »Party zu Ende?«

»Johnny hat mich gerade gebracht.«

»Und?« Collin zwinkerte ihr zu.

»Nichts und. Betrunken bin ich und fahre Karussell.« Sie lachte und zog die Jacke aus. »War 'ne schöne Überraschung, vor allem als Bill und du um Mitternacht noch gekommen seid. Und Johnny in seinem Element. Wie in alten Tagen.«

»Apropos Überraschung. Wo ist deine eigentlich?« Er machte den Ofen auf, legte zwei Scheite nach und pustete Luft mit dem Blasebalg.

»Ach!« Sandra hob die Hände und ließ sie zurück auf die Lehnen fallen. »Hab gekündigt. Das meinte ich. Riesentrara, aber ist mir alles egal.«

»Warst ja von Anfang an nicht begeistert.«

»Nein, nicht meine Gegend. Zu viele Pferde, das Team voller Holzköpfe. Wobei das nicht der Grund ist.«

»Und der wäre? Sehnsucht nach uns?« Collin verbiss sich die Frage, ob sie in sein Team zurückkehren wolle. Wenn sie das vorhatte – jederzeit.

»Belmore ist und bleibt ein Egomane.« Sandra zupfte an ihren Zehen herum, die sie abwechselnd mit schwarzem und violettem Nagellack lackiert hatte.

»Ich dachte, ihr seid dann doch gut miteinander ausgekommen«, sagte Collin, die Fotos vor Augen, die Sandra ihm geschickt hatte, in inniger Zweisamkeit mit ihrem Vorgesetzten DI Belmore.

»Du Diplomat. Nenn's doch beim Namen. Okay, dachte schon, dieses Mal bin ich so richtig heftig verknallt, aber als er mir letztes Wochenende einen Heiratsantrag gemacht hat …« Sie strich sich durchs Haar, das seit Neuestem auf der linken Seite kurzgeschoren, mit einem Muster aus drei Sternen verziert und auf der rechten Seite in unregelmäßige Stufen geschnitten und schwarzlila gefärbt war. Wie ein Igel, der unter eine Egge geraten ist, hatte Johnny naserümpfend gesagt.

»Und dann hast du Muffensausen bekommen?«

Sandra lachte. »So ähnlich. Ach, ich weiß nicht, was mit mir los ist. Bin dauernd auf der Suche, nur weiß ich nicht, was oder wen ich suche. Verliebe mich, bekomme 'nen Heiratsantrag und ja, dann Muffensausen. Denke, nein, das ist doch nicht hundertprozentig der Richtige.«

»Hundert Prozent sind eine Illusion.«

»Klar, sagt mir jeder. Weiß ich ja selbst. Trotzdem, woher soll ich wissen, ob's der Richtige ist? Ich weiß nur, dass es Adam nicht war und Belmore auch nicht und alle anderen vorher erst recht nicht. Also, wo ist das Geheimnis? Woher wusstest du sofort, dass Kathryn die Richtige ist?«

Sie blickte ihn mit einem Ausdruck an, den er von seinen Kindern kannte, wenn sie ihm eine schwierige Frage stellten, auf die er keine Antwort wusste.

»Ihr Haar hat nach Jasmin geduftet«, sagte Collin, ohne nachzudenken.

»Willst du mich veräppeln? Du hättest dich nicht in sie verliebt, wenn ihr Haar nach Pfirsich oder Apfel gerochen hätte?«

»Keine Ahnung. Es hat nach Jasmin geduftet. Bestimmt war das nicht alles.«

»Hmm. Sollte ich also deiner Meinung nach darauf achten, ob ich jemanden riechen kann? Okay, Adam hat nach Bügelstärke gerochen und Belmore nach Chlorwasser. Und Johnny …« Sie schnupperte am Ärmel des Pullovers. »Nach Fisch! Hmm, und nach Meer …«

Collin fiel in Sandras Lachen ein, dann blickten sie schweigend in die aufzüngelnden Flammen hinter der Ofentür, tranken Bier, das Collin aus der Küche geholt hatte, und sahen den Zeiger des Weckers vorrücken. Sandra griff nach seiner Kladde, die aufgeschlagen auf dem Tisch neben seinem Lesesessel lag, und blätterte darin. Sie hatte sich noch nie um Tabus geschert, und Collin wollte sie gerade auffordern, die Kladde bitte zurückzulegen, als sie sagte: »Du hast überall Fische hingemalt.«

»Wenn ich nachdenke, kritzel ich irgendwas. Das sind Delfine. Leg's zurück.«

»Und warum ausgerechnet Delfine?«

»Hat nichts zu bedeuten. Oder vielleicht doch.«

»Also, was hockst du hier mitten in der Nacht und brütest? Ein Fall voller Fallstricke?«

»Mit Sackgassen«, murmelte Collin. Dann begann er zu erzählen. Es sprudelte alles aus ihm heraus, jede Spur, jedes Fragezeichen, und schließlich hielt er erschöpft inne. Es war drei Uhr morgens. Er sollte nun dringend ein wenig schlafen. »Morgen ist ein neuer Tag. Vielleicht ...«

»Die Musik ist es nicht«, sagte Sandra mit halb geschlossenen Augen, als lauschte sie einer inneren Stimme. »Das ist nur Zufall. Die Mädchen sind einem Troll begegnet.«

»Was redest du für einen Quatsch?« Collin stand auf, machte das Deckenlicht an und löschte die Petroleumlampe.

»Nenn ich nur so. Kannst auch Magier, Fischer sagen oder Verführer. Hier wimmelt es doch von Leuten, die wie die Kelten leben wollen.«

»Der Delfin ist meines Wissens kein Bestandteil der keltischen Kultur.«

»Nein, ist er nicht. Es ist ja auch nur ein Beispiel. Ich wollte in dem Alter unbedingt mit einem Raumschiff zum Mars. Nicht zum Mond, nein, zum Mars. Und an Ufos hab ich auch geglaubt. Und wer nicht wie ich daran glaubte, war ein armer Erdling. Wir haben uns getroffen und sind zu den Plätzen gefahren, wo jemand ein Ufo gesichtet hatte.«

»Was hat das alles mit Carla und Jenifer zu tun?«

»Du suchst nach einem gemeinsamen Nenner, richtig? Wie es scheint, verbindet sie so einiges, aber in Wahrheit ist es bestimmt nur eines.«

»Und das wäre?«

»Wirst du rausfinden.«

Manchmal glaubt man, in sehr müdem oder sehr betrunkenem Zustand besonders klar zu sehen. So erschien es Collin, als er nach zwei Stunden Schlaf aufschreckte, mit Mundwasser gegen den schalen Geschmack auf der Zunge gurgelte, kaltes Wasser ins Gesicht schaufelte, sich einen starken Kaffee kochte und nach St Magor fuhr. Auf dem Weg dahin bog er zu seinem Felsen ab, der die Form eines Zwergen hatte, vielmehr eines Zwergenhuts. Er kletterte auf die Felsplatten, die wie mit einem überdimensionalen Messer geschnitten waren, und blickte Richtung Meer, das im Morgengrauen kaum vom Himmel zu unterscheiden war. Nebelschwaden zogen wie Tanzkleider vorbei, die Landschaft um ihn herum hatte etwas Schemenhaftes, und seine Sinne waren dadurch geschärft. Möwenschreie, die Wellen, alles erschien überlaut und zugleich gedämpft. Gedanken schossen durch seinen Kopf. *Miss Carolin sagt, wir sehen aus wie Schwestern*, hörte er Ayeshas Stimme, *dabei bin ich schwarz und sie ist weiß. Und hat sich Carla in eine Nixe verwandelt? Man liebt manchmal, was einem verwehrt ist. Sie liebt Fische. Wir sahen uns am* Meer, hörte er Riley Murphy sagen. *Warst du schwimmen?*, *hab ich sie gefragt*, erklang die weinerliche Stimme von Mrs Kellis in seinem Ohr. *Man glaubt ja, der Delfin sei dem Menschen ähnlich*, hatte Marion, die Kriminalpsychologin, erklärt. Die Sonne brach durch den Nebel, und ein Schimmer legte sich wie ein Streifen Silberpapier auf die zementgraue See. *In Wahrheit verbindet sie nur eines*, hörte er Sandra sagen. Es ist das Meer, wusste Collin auf einmal. Und als er jetzt die Sonne über dem Atlantik aufgehen sah und sich allmählich die Farben aus dem Grau drängten – Gelb, Braun, Rot und grüne Tupfer von Heidekraut und Gras –, schöpfte er neue Hoffnung. Carla war irgendwo hier, ganz in der Nähe am Meer, sie mussten nur auf ihre Stimme hören, auf ihren Gesang, der sie wie der einer Meerjungfrau leiten würde.

33

Einen Entschluss zu fassen, ist etwas anderes, als ihn in die Tat umzusetzen. Dazwischen liegt eine Linie wie die Markierung des Elfmeterraums, schoss es Sowenna durch den Kopf, als sie vom Rad stieg und zum Leuchtturm blickte. Einem gebleichten Knochen gleich hob er sich vor dem blauschwarzen Himmel ab. Sie spürte die Sonne im Rücken, feinen Niesel im Gesicht und wünschte sich, alles wäre einfacher. Unmöglich, in drei Wochen etwas geradebiegen zu wollen, das seit Langem ein Turm von Pisa war, hatte Pierre ihr prophezeit. Oh doch, widersprach sie ihm in Gedanken, immerhin hatten ihre Eltern vage versprochen, zu Dennis zu kommen. Sie trat auf den letzten Meilen zum Leuchtturm entschlossen in die Pedalen, stellte den Rucksack und den Fahrradkorb mit dem Frühstückseinkauf unter das Vordach der Eingangstür und klopfte. Doch niemand öffnete. Dennis' Auto stand unter dem Carport, die Motorhaube noch warm, das Boot war am Steg vertäut und das Wetter, wie sie fand, für einen Tauchgang nicht geeignet. Aber vielleicht spielte es keine Rolle, welche Bedingungen oberhalb der Wasserfläche herrschten. Je tiefer man tauchte, desto ruhiger und dunkler wurde es. Die Sonne zauberte noch einige Meter tief tanzende farbige Lichtreflexe, dann verschluckte einen die Finsternis. Die Tiefsee, hatte Dennis ihr einmal erklärt, war ein weitgehend unerforschtes Universum voll geheimnisvoller Wesen. Sowenna setzte sich auf die Bank, zog ihr Smartphone heraus und schaute sich die Grönlandbilder an, die sie gestern aus dem Internet heruntergeladen hatte, um Pierre zumindest virtuell auf seiner Reise in eine fremde Welt zu folgen. Weiß und gleißendes Licht. Wie unterschiedlich die Sehnsüchte sein können. Zwei junge Männer, die ihr nahe waren und doch fern, die beide auf ihre Weise das Extreme suchten. Sie hätte nicht entscheiden können, welche Welt ihr unheimlicher war, die Tiefsee oder die antarktische Eiswüste. Sie prüfte den Nachrichteneingang, in dem sie eine SMS von Ruby fand, die um ein dringendes Treffen unter vier Augen bat, und zu ihrem Erstaunen eine von Walt: »Hi Twisty«, schrieb er, »Hochzeit wg Carla abgesagt. Will dich sehen. Melde dich.« Was wollte er von ihr? Sie würde sich später damit beschäftigen oder gar nicht und lief zu dem Nebengebäude des Leuchtturms, dem Dennis den Namen *Lyonesse* gegeben hatte. Nach einer kornischen Legende, wie sie inzwischen nachgelesen hatte, war Lyonesse ein sagenumwobenes Land vor Land's End gewesen, das nach einem Sturm im Meer untergegangen war. Nur einer war mit dem Leben davongekommen, ein Ritter namens Tristan, der sich auf seinem Schimmel von der Stadt der Löwen auf Lyonesse über das wütende Meer ans Festland gerettet hatte. Dabei hatte sein Pferd einen Hufbeschlag verloren. Deshalb war vielleicht ein Hufeisen an die Tür genagelt, die sie unverschlossen fand. Sie trat in den engen Raum ein, der mit sechs Etagenbetten, einem begehbaren Schrank und einem Tisch mit Stühlen vollgestellt war. Eins der unteren Betten war bezogen und die Decke zum Lüften zurückgeschlagen. Hatte Dennis einen Tauchgast? Das mochte die Erklärung dafür sein, dass er jetzt nicht da war. Er gab wohl gerade eine Unterrichtsstunde. Sie blickte aus dem hinteren Fenster der Hütte, das den Blick auf den grünen Küstenstreifen, einen Felsen und das obere Stück des zerstörten Maschinenhauses freigab. Sie inspizierte das kleine Bad und nahm sich vor, es später zu putzen. Ja, sie würde sich nützlich machen, wenn er Gäste hatte, für sie kochen und sauber machen. Dann hätte Dennis bestimmt nichts mehr dagegen, wenn sie den Rest der Ferien bei ihm im Leuchtturm verbringen würde. Der Gedanke sprang mit kleinen Freudenhüpfern in ihr Herz. Sie fuhr mit dem Finger über Tisch und Kommode, prüfte Staub und wollte gerade die Schiebetür des begehbaren Schranks schließen, als sie irritiert davor stehen blieb. Am Schrankboden tat sich eine Falltür auf. Eine Leiter hing darin. Sie beugte sich hinab und lauschte. Es war nichts zu hören bis auf den Wind und die Wellen, die an diesem Morgen mit schäumender Wucht an die Felswände peitschten. »Dennis?«, rief sie in die dunkle Öffnung hinein. »Bist du da unten? Hallo!«

Ein Kriechkeller, eine Sickergrube, ja vielleicht ein Bombenschutzraum aus dem Zweiten Weltkrieg, überlegte sie, als sie hinüber zum Leuchtturm ging. In Cornwall befanden sich, wie sie aus dem Geschichtsunterricht wusste, eine Reihe von Stätten aus dem Zweiten Weltkrieg.

Fast eine Stunde später kam Dennis aus Richtung des Nebengebäudes, die Sporttasche über der Schulter, sein Haar nass, die Turnschuhe schlammig.

»Was ... was willste schon wieder hier?«

»Hab Frühstück mitgebracht. Mum und Dad kommen auch.« Augenkontakt halten, Wünsche, Gefühle und Gedanken klar und sachlich formulieren, dabei freundlich und ruhig bleiben, dann kommt es nicht zu Missverständnissen, hatte ihr die Marygold geraten. Es war leichter gesagt als getan, fand Sowenna und zwinkerte ihrem Bruder zu.

»Mum und ... und Dad?«, stammelte er und schloss die Eingangstür auf.

»Ja, ein Frühstück mit der Familie.« Sowenna folgte ihm hinein und stellte den Korb mit den Einkäufen auf die Küchenzeile. »Ich sag ihnen kurz Bescheid, dass du jetzt da bist. Okay?« Sie schickte ihren Eltern eine Textnachricht, ohne Dennis' Antwort abzuwarten. *Man findet nicht immer Kompromisse*, hatte sie heute Morgen als These dreizehn in ihr Notizbuch geschrieben. Eigene Entscheidungen treffen, ohne Wenn und Aber, das wollte sie einüben, bevor Pierre zurückkam.

»Pa... Passt mir heute nicht«, sagte Dennis und verstaute die Sporttasche in einem Schrank.

Sowenna beschloss, seine Einwände zu ignorieren. »Hast du einen Tauchgast? Der kann natürlich auch mit frühstücken.« Sie begann den Tisch zu decken.

»Nein, hab kei... keinen.«

»Dachte nur, weil da ein Bett in der Gasthütte bezogen ist.«

»Was sch ... schnüffelst du ... da rum?«

»Entschuldige, hab dich gesucht und ... Ist das ein Bombenschutzkeller unter dem Einbauschrank?«

»Hmm.« Dennis senkte den Blick, zog die dreckigen Turnschuhe aus und schlüpfte in ein Paar saubere.

»Spannend. Zeigst du mir den mal?«

»Ist nicht abge…si…chert.«

»Egal. Bin sowieso lieber über der Erde.« Sie lachte ihn an, aber Dennis blieb ungerührt. Ignorieren, befahl sie sich und fragte: »Wie isst du deine Eier? Immer noch pochiert?«

Dennis verschwand im Badezimmer, wo sie ihn fluchen hörte, kam mit einem Handtuch zurück, rubbelte sich damit das Haar, schmiss es auf einen Stuhl und packte sie am Arm. »Du … du gehst jetzt.«

Sowenna riss sich los. »Was ist mit dir, Dennis? Wegen Mum und Dad? Meinst du nicht, es wäre gut, wenn ihr euch wieder vertragen würdet?«

»Sch… Scheiß drauf. Du … du gehst!«, schrie er sie an.

Mit mir hat das nichts zu tun. These drei. Bewerfe den Steinewerfer nicht mit Steinen, fügte sie in Gedanken hinzu und trat einen Schritt zurück. »Wir müssen reden, Dennis. Alles auf den Tisch bringen. Dann ist es aus der Welt und …«

»Und … und was?« Er lachte kurz sein hässliches Lachen.

»Will dir nur helfen.« Das war ein falscher Satz, ärgerte sie sich, als sie in das verschlossene Gesicht ihres Bruders blickte. Worte wie zu einem Kleinkind. Und jetzt nicht rückgängig zu machen. Was, wenn ihre Bemühungen nicht fruchteten, der Kitt, den sie glaubte im Gepäck aus Paris mitgebracht zu haben, nicht der richtige war, um die Risse in ihrer Familie zu schließen? Plötzlich ertönte eine Autohupe, ein Klopfen und sie riss in Erwartung ihrer Eltern die Eingangstür auf, blieb dann wie angewurzelt auf der Schwelle stehen, als sie die beiden Polizisten erblickte.

»Wir sind auf der Suche nach einem gewissen ...« Der erste Polizist konsultierte einen Zettel. »... Mostyn Ashton. Wohnt er hier?«

»Mein Bruder«, brachte Sowenna hervor und spürte ein Pochen an der Schläfe. Mostyn. Wie lange hatte sie den Geburtsnamen ihres Bruders nicht mehr aus dem Munde eines anderen gehört? Er selbst hatte schon als Kind entschieden, dass ihm sein Spitzname lieber war als jener altkornische Name, ausgesucht von ihrem Vater in Erinnerung an einen Olympiaschwimmer. »Wer nach Mostyn Ffrench-Williams benannt ist«, so das Credo ihres Vaters, »wird es weit bringen.« Doch die Goldmedaille hatte sich Dennis vom Hals gerissen und ins Meer geworfen. »Dennis, kommst du bitte mal?«, rief sie in den Raum hinein und fragte mit gesenkter Stimme: »Worum geht es denn?«

»Können Sie sich sicher denken.«

Es geht um Carla. Immer geht es in wichtigen Momenten um jemand anderen, fuhr es ihr durch den Kopf. Sofort schämte sie sich für den Gedanken und legte ihrem Bruder kurz die Hand auf die Schulter.

Dennis sprach draußen hinter verschlossener Tür mit den Polizisten und kam mit einem Umschlag in der Hand wieder zurück, den er in die Hosentasche stopfte.

»Was wollten sie denn von dir?«, fragte sie ihn.

»Rou... routinebe... fragung«, murmelte er. »Weil ich manch... manchmal für ... für Giovanni ar...beite.«

»Giovanni? Die Pizzeria?«

Dennis nickte und stellte sich mit den Händen in den Hosentaschen ans Fenster.

»Bist nicht der Einzige, Dennis. In der Zeitung stand gestern, dass sie alle wegen Carla befragen und Massen-DNA-Tests machen wollen. Ist schrecklich, was da passiert ist ...«

»Yep.«
Es brachte all jenes wieder ans Tageslicht, was vor Jahren der Anfang von allem gewesen war. Jedenfalls war sie selbst nach gründlichem Nachdenken zu dem Schluss gekommen, dass alles ins Wanken geraten war, als diese Untersuchung in der John-Betjeman-Highschool stattgefunden hatte.

»Ist wie damals, obwohl ich mich kaum noch erinnern kann. Du?«

Dennis antwortete nicht und trank aus einer Wasserflasche. Sein Adamsapfel zuckte mit jedem Schluck. Auf seinen Wangen und am Hals glänzte Schweiß. Sie roch ihn. Ein säuerlicher Geruch, der ihr vertraut war wie die herben, billigen Deos und Aftershaves, mit denen Dennis ihn zu übertünchen versuchte. Seine Drüsen funktionierten nicht richtig. Eine Überproduktion von Schweiß, selbst wenn er sich nicht körperlich betätigte. Womöglich, überlegte Sowenna, bescherte das Salzwasser, in das er so gern hinabtauchte, seiner überreizten Haut sogar eine Erleichterung. Und war es ihm zu verdenken, dass er abtauchen wollte? »Stinkstiefel«, »Stotterfritze«, »Fischmaul« – Dennis war in der Schule mit Schimpfnamen und Häme überschüttet worden.

»Walt glaubt, seine Schwester ist ausgerissen.« Sie stellte sich näher neben ihn. »Er muss sie ja am besten kennen.«

»Yep.«

Plötzlich spürte sie Wut auf Carla. Hatte sie nicht damals schon dauernd gestört? War zu unmöglichen Zeiten in Walts Zimmer gekommen, wollte überall mit hin, zum Baden, zu Ausflügen, zur Kirmes, ständig hing sie an Walts Hosenzipfel und drängte sich auf. Und jetzt störte sie ihre Pläne, den Familienfrieden wieder herzustellen. Sofort hatte Sowenna Gewissensbisse. Und dennoch. Sie wollte tun, was sie sich vorgenommen hatte, und hörte erleichtert ein Auto heranfahren und dann die Stimmen ihrer Eltern.

Wenig später saßen sie, wie seit Ewigkeiten nicht mehr, zusammen am Frühstückstisch, zumindest äußerlich vereint und bemüht, sich der Leichtigkeit des Seins hinzugeben. Ihre Eltern lehnten das Rührei nicht ab, probierten den Yarg-Käse und die Croissants, lobten die Aussicht vom Leuchtturm, die mit Bootslack gestrichenen Holzmöbel, Dennis' Armmuskeln, seine Pokale im Glasschrank, die Flyer, die er für seine Tauchkurse gedruckt hatte, und zwangen ihn nicht zum Reden. Sie wollte jetzt nicht wissen, warum ihre Mutter immer wieder auf die Uhr sah und ihrem Vater das Reden überließ. Sie ignorierte, dass Dennis stocksteif am Tisch saß, mit glasigem Blick Toast, Schinken und Eier verschlang und keine Anstalten machte, sich am Gespräch zu beteiligen. Ihre Eltern hatten ihn vor die Tür gesetzt, als er die Wohnzimmergarnitur mit einem Vorschlaghammer bearbeitet hatte, und wussten angeblich nicht, was zu dem Wutausbruch geführt hatte. Vier Jahre war das her.

»Es gibt hier sogar einen ehemaligen Bunker«, sagte sie in eine Pause hinein zu ihren Eltern. »Vielleicht kannst du eines Tages auch ein kleines Museum einrichten, Dennis.«

»Einen Bunker? Den musste mir zeigen, Sportsfreund.« Sowennas Vater boxte Dennis in den Oberarm. »Euer Urgroßvater ist beim D-Day verschollen. Kraulte drei Meilen durch den Ärmelkanal, Wellen, hoch wie Pyramiden, hat noch seinen Kameraden vor dem Ertrinken gerettet, ein Nichtschwimmer, aber dann …«

»Die verdammte Schiffsschraube, wissen wir, Neil«, ergänzte Sowennas Mutter und verdrehte die Augen.

»So ist es, Honey. Seine Frau war schwanger und kam dann

hierher.« Er richtete den Zeigefinger gen Boden. »Nach Cornwall. Wegen dem Blitz.«

»Und hat deinen Großvater in einem Luftschutzkeller zur Welt gebracht«, ergänzte Sowenna leicht genervt. Die Geschichte tischte ihr Vater in regelmäßigen Abständen auf und führte die Umstände seiner Herkunft als Grund und Beweis für alle möglichen Eigenschaften und Errungenschaften auf. Für seine Erfolge als Schwimmer zum Beispiel.

»Genau, Häschen. So sind wir in Cornwall gelandet. Aber hier drinnen ...« Er tippte sich auf die Brust. »Hier drinnen, da sind wir Großstadtseelen.«

»Stratford-upon-Avon ist auch keine Großstadt, Daddy. Dann müsstet ihr eher nach London, wenn es darum geht.«

»Nein danke. Der Smog da«, sagte ihre Mutter und griff nach ihrem Handy, das mit der Melodie von Robbie Williams' »Angels« klingelte, lauschte und wurde blass. »Das passt mir.« Sie legte auf. »Die Polizei. Sie haben den Termin auf elf verschoben ...«

Sowennas Vater legte den Arm um sie. »Wir gehen da hin, du machst deine Aussage, und fertig. Und bald sind wir hier weg.«

»Die Polizei war eben auch hier«, sagte Sowenna und spürte ein Sausen in den Ohren. »Dennis hat eine Vorladung ...«

»Wie? Was soll das heißen, du hast eine Vorladung?«, fragte Sowennas Mutter Dennis. »Hast du was damit zu tun?«

»Bullshit! Absoluter Bullshit! Ver ... verschwindet und ... und lasst mich in Ruhe!« Dennis sprang auf, zog die Sporttasche aus dem Schrank, riss seine Jacke vom Haken und stürmte hinaus. Sowenna sah ihn die Treppe zum Steg hinunterrennen, folgte ihm, doch er hatte das Boot schon vom Steg gestoßen, als sie unten ankam.

»Bleib hier, Dennis! Lass uns reden.«

»Verpiss dich!«

Der Motor begann zu knattern, und das Boot wurde von der ersten Welle erfasst, stieg an ihr hoch und knallte hinab. Wasser spritzte um Dennis, doch er blieb, ohne zu wanken, stehen und steuerte das Boot in die offene Bucht hinein.

Wir alle haben unseren eigenen Seiltanz, dachte Sowenna auf dem Weg zurück zum Leuchtturm. Ihr Vater die Bahnen im Schwimmbad, ihre Mutter den Schwebebalken und Dennis die Wellen. Wir alle laufen davon.

Sie fand ihre Eltern Arm in Arm am Fenster stehen, von wo aus Dennis' Boot als kleiner werdender tanzender Punkt zu sehen war, bis es hinter einer der Inseln aus dem Blick geriet.

»Ich will jetzt endlich wissen, was los ist«, sagte sie. »Was ist damals passiert, als Jenifer Kellis verschwand?«

»Nichts«, entgegnete ihre Mutter. »Wir haben nichts damit zu tun.« Dann schlug sie die Hände vors Gesicht und tat etwas, was sie nie tat: Sie begann zu weinen.

34

Collin schob das Halsbonbon mit seiner Zunge hin und her. Die späte, feuchte Nacht auf Johnnys Veranda hatte ihren Tribut gefordert. Er hatte Nackenschmerzen, kalte Füße und dicke Mandeln. Nach dreimaliger Verschiebung war an diesem Freitag endlich ein Termin mit Mrs Ashton zustande gekommen, die letzte der Lehrkräfte, die auf Bills Liste mit einem Ausrufezeichen versehen waren. Collin hatte kurz zuvor mit Entsetzen Bills Recherchematerial über Carlas Leiterin der freiwilligen Sportgruppe gelesen. Er räusperte sich. »In den Personalakten von drei Schulen, an denen Sie als Gymnastiklehrerin tätig waren, ist vermerkt, dass Sie Ihre Schüler mit zu harter Hand unterrichtet haben. Auch an der John-Betjeman-Highschool gab es Beschwerden. Daher wurde das Arbeitsverhältnis im gegenseitigen Einverständnis aufgehoben.«

Wendy Ashton blickte ihren Mann an, der wie ein geprügelter Hund neben ihr saß und ihre Hand hielt. »Immer wieder die alte Platte«, sagte sie. »Wollten Sie mich deshalb sprechen?«

Collin sah den Sekundenzeiger auf der Wanduhr vorrücken. Das Ehepaar hatte sich um eine halbe Stunde verspätet, jeden Moment würde Jenifers Vater zum Protokoll auftauchen. Das und anderes. »Jenifer Kellis und Carla Wellington waren beide in Ihren Leistungsgruppen. Jenifer, als Sie noch an der John-Betjeman-Highschool angestellt waren, Carla bis vor Kurzem in Ihrer offenen Gruppe.«

»Zufall. Bei sagen wir fünftausend Schülern, die meine Frau im Laufe der Jahre unterrichtet hat«, sagte Neil Ashton und krempelte die Ärmel der Trainingsjacke hoch, unter denen seine unbehaarten Arme zum Vorschein kamen. Rasiert, erkannte Collin. Ashton hatte ihn wie einen alten Kumpel begrüßt, und Collin hatte ihn überrascht als das freiwillige Mitglied der Küstenwache wiedererkannt, das am Dienstag auf dem Weg zur Höhle mit an Bord gewesen war.

Er wandte sich an Wendy Ashton, die wie ihr Mann Sportkleidung trug. »Laut Mr Leray, Carlas Sportlehrer, fanden Sie Carla talentiert genug, um sie für die Regional- und Landeswettbewerbe zu trainieren. Richtig?«

»Talentförderung ist mein Aufgabengebiet. Carla war allerdings nur etwa drei Monate in meiner Leistungsgruppe. Am Barren.

Dann hat sie kurz vor dem ersten überregionalen Wettbewerb unentschuldigt gefehlt und wollte nicht mehr.«

»Mit welcher Erklärung hat sie aufgehört?«

»Sagte ich Ihnen schon am Telefon. Ihre Eltern wollten, dass sie sich auf die Musik konzentriert.«

»Jenifer Kellis ging in Ihrem Haus ein und aus. Auch Carla war oft zu Besuch.«

»Das ist lange her …«

Collin warf ein Mannschaftsfoto der Gymnastikgruppe auf den Tisch. »Vielleicht hilft Ihnen das auf die Sprünge? Jenifer steht rechts neben Ihnen. Sie haben sogar den Arm um sie gelegt. Könnte man als besondere Beziehung deuten …?«

»Besondere Beziehung?« Wendy Ashton stieß einen tiefen Seufzer aus. »Was wollen Sie mir unterstellen?«

»Sie haben Wochenenden in Trainingslagern und auf Veranstaltungen miteinander verbracht, ihr Geburtstagskarten geschrieben. Das Mädchen dürfte wohl mehr als eine Lieblingsschülerin für Sie gewesen sein. Auch Carla war bei Ihnen zu Besuch.«

Sie starrte abwechselnd ihn und ihren Mann an und richtete sich noch gerader auf. »Wollen Sie mir meinen persönlichen Einsatz für eine Schülerin zum Vorwurf machen, die Bestnoten in Kür und Pflicht erreicht hat?«

»Sie erinnern sich also doch …« Collin schluckte das Bonbon hinunter. »Etliche andere Schülerinnen von Ihnen haben keine Lust mehr gehabt, an vier Nachmittagen der Woche Ihr Folterprogramm mitzumachen.«

»Folterprogramm?« Wendy Ashton blickte empört ihren Mann an. »Wer behauptet das? Das ist ja Verleumdung!«

»Der Ausdruck stammt von einigen Ihrer Schülerinnen.« Collin spürte einen Stich im Magen. Er hatte noch nicht gefrühstückt, mindestens vier Tassen zu starken Kaffee getrunken, und das Ehepaar, das stur und selbstgerecht vor ihm saß, machte ihn aggressiv. »Man hat Sie zwei Mal strafversetzt, Mrs Ashton. Nach wiederholten Beschwerden von Eltern und Schülerinnen über Ihre Lehrmethoden und Anforderungen. Sie haben den Mädchen eine Diät verordnet ...«

»Es gibt Regeln im Leistungssport. Übergewicht ist inakzeptabel. Wer etwas erreichen will, muss Opfer bringen. Das habe ich immer wieder gepredigt. Und wer dazu nicht in der Lage ist ... Die Eltern sehen nur die Sterne, aber um nach ihnen zu greifen, braucht es Disziplin.«

»Meine Frau hat Erfolge vorzuweisen«, mischte sich Mr Ashton ein. »Zwei ihrer ehemaligen Schüler sind in der Nationalmannschaft.«

»Um welchen Preis?«, sagte Collin. »Einer Ihrer Zöglinge aus der St-Michael's-Secondary-School in Camborne war in psychologischer Behandlung. Zwei aus dem Treviglas-College in Newquay sind an Bulimie erkrankt, nachdem Sie ihnen vorgeschrieben haben, ihr Gewicht zu reduzieren.« Milde ausgedrückt, fand Collin. Wendy Ashton hatte diese Mädchen regelrecht beschimpft, massive Kontrolle ausgeübt, Essenspläne aufgestellt, sie täglich auf die Waage gebeten. Eine weitere, sehr junge Schülerin hatte sich mit Selbstmordgedanken getragen. Psychischer Druck und physische Gewalt – Schläge waren in ihrem Unterricht an der Tagesordnung –, eine fatale Mischung, wusste Collin.

»Dafür können Sie mich nicht verantwortlich machen. Wenn meine Diätvorgaben falsch verstanden wurden. Junkfood und Süßigkeiten sind nun mal nicht die richtige Ernährung.« Mrs Ashton schob den Stuhl zurück und schnaubte. »Herrgott, ich weiß nicht, wo die Mädchen sind.« Alle Farbe war aus ihrem Gesicht gewichen. »Hab nichts damit zu tun. Man brauchte einen Schuldigen und das war ich. Und jetzt wieder. Das ist Psychoterror.« Sie klatschte beide Hände auf die Stuhllehnen.

»So ist es, Honey«, pflichtete ihr Mr Ashton bei. »Meine Frau nimmt Tabletten wegen dieser ganzen Sache.«

»Musst du keinem auf die Nase binden! Aber als die Böse dazustehen, als die Schuldige, nein, das ist unerträglich, schlichtweg unerträglich.« Mrs Ashton schüttelte mit empörtem Gesicht den Kopf.

Collin gab ihr im Stillen recht. Die Medien und wohl auch ein Großteil der Bevölkerung stürzten sich auf die Highschool als Ort und Auslöser für das spurlose Verschwinden von zwei Schülerinnen, damals wie heute. Ronald Barker, der Schulleiter, war inzwischen Anfeindungen ausgesetzt, die ihn zu der Überlegung brachten, in seine walisische Heimat zurückzukehren. Jeden Tag kamen Simon und Shawn mit neuen kruden Geschichten nach Hause. Nachdem sich das Gerücht über einen russischen Mädchenfänger gelegt hatte, waren nun die Lehrer im Visier, allen voran Liz Gerrick und Wendy Ashton, auch wenn Letztere nicht mehr zum regulären Lehrkörper gehörte und nur noch durch ihre Leistungsgruppe mit der Schule verbunden war. Schreckliche Geschichten brauchen Monster, so hatte es Johnny auf den Punkt gebracht.

Collin glaubte, die Zeit mit ihr zu verschwenden. Eine Lehrerin brachte ihre Schülerin nicht um die Ecke, weil sie talentierter war oder weil sie nicht den erwünschten Ehrgeiz entwickelte. Aber es konnte durchaus sein, dass sich eine Schülerin das Leben nahm, weil sie dem Leistungsdruck, den sie inzwischen verinnerlicht hatte, nicht mehr standhalten konnte. Er ließ Wendy Ashton das Protokoll unterzeichnen und entließ sie. Er nahm sich vor, ein Gespräch mit Ayeshas Ballettlehrerin zu führen. Sport, Musik, was es auch war, sollte Spaß machen und nicht in Folter ausarten.

Nachdem er auch die Aussage von Jory Kellis protokolliert hatte, markierte er alle Aussagen in seinen Notizen und den Protokollen, die mit dem Meer zu tun hatten. Das Gespräch mit Jory Kellis hatte ihn elektrisiert. Als seine Tochter Jenifer jünger gewesen war, hatte dieser erzählt, waren sie mit seinem Boot regelmäßig zum Fischen hinausgefahren, sie schwamm für ihr Leben gern und träumte davon, eines Tages in das Land ihrer Geburt zu reisen, um wie die Amas in Japan nach Perlen zu tauchen. »Wollt 'nen Segelschein machen und 'nen Tauchschein«, hatte Jory Kellis gesagt. »Aber meine Frau ... Und teuer ist das.«

Bilder stürmten auf Collin ein. Er sah Wellen um eine Meerjungfrau, springende Delfine, gebratene Tintenfische auf Johnnys Grill, das Grinsen von Neil Ashton, der sich als ehemaliger Olympiaschwimmer vorgestellt hatte, die Kopie vom antiken Turmspringer in Carlas Zeichenmappe, Jenifers Badeanzug auf der Wäscheleine, das Boot ihres Adoptivvaters und die Poster der thailändischen Andamanensee an der Wand ihres Zimmers, die kleine private Marina der Wellingtons mit dem vertäuten Segelboot, das türkisfarbene Wasser der Morvleydh Cove, wo Carla ihren Zeichenunterricht nahm, dachte an ihren Namen in der Meereshöhle. Er stand abrupt auf, griff zum Telefon und rief Bill an. »Klappere alle Segel-, Surf- und Tauchschulen der Umgebung ab«, sagte er. »Frag nach, ob Carla irgendwo angemeldet war.« Dann informierte er den Einsatzleiter des Suchteams und schließlich Johnny. »Beweg deinen Hintern hierher. Wir fahren nach Menydhvalis.«

»Zu diesem Pinsler? Der hat doch ein Alibi. Was soll der Quatsch?«

»Der Ort bedeutet Carla etwas. Sie hat ihn immer wieder gezeichnet. Die Suche geht dort weiter.«

Am Nachmittag zerschlug sich die Hoffnung, in dem kleinen Dorf oder der Umgebung eine Spur des Mädchens zu finden. »Irgendwann müssen wir aufgeben«, sagte Johnny, stemmte die Hände auf die Oberschenkel und beugte sich keuchend vor.

»Weil du einen Kater hast?«

»Nicht mehr so leicht wegzustecken wie früher.« Johnny richtete sich wieder auf, beschattete die Augen und blickte zur Bucht hinunter, wo zwei Boote der Küstenwache schipperten. Einsatzwagen standen an der Zufahrt zum kleinen Strand, über ihnen kreiste einer der Hubschrauber, ein Suchteam bewegte sich Fuß für Fuß auf dem hügeligen Gelände rund um den Ort.

»Glaub nich' mehr, dass wir sie lebend finden. Du etwa?«

Das Klingeln seines Diensthandys entband Collin von einer Antwort. Grafton, der Rechtsmediziner, rief ihn aus Truro an. Er hatte einen DNA-Treffer für den Unbekannten, mit dem Carla in der Sonntagnacht Pizza gegessen und mit dem sie geschlafen hatte. Collin ließ das Handy sinken und hörte ein Rauschen. Einen Moment wusste er nicht, ob es das Meer war oder ein Ton in seinem Innenohr.

35

Sowenna hatte ein Geschäft außerhalb der Stadt auserkoren, um ihren Plan in die Tat umzusetzen. Sie würde sich eine Ausrede ausdenken, falls Dennis früher zurückkehrte, den Leuchtturm unverschlossen fand und nach dem Schlüssel suchte, den sie jetzt mit dem Gefühl, etwas Illegales zu tun, auf die Ladentheke legte.

»Nur eine Kopie?« Der Mann im blauen Kittel schlug die Zeitung zu, stützte die Ellbogen auf, befingerte den Schlüssel und nahm Rohlinge von einem Nagelbrett, bis er den passenden fand. »Altes Schätzchen. Buntbartschlüssel. Dauert 'n Weilchen.« Er verschwand hinter einer der Maschinen, die nun anfing zu lärmen, sie hörte Schlag- und Schleifgeräusche, sah Funken stieben, als der Schlosser mit einer Schutzbrille an der Fräse stand, nahm die Zeitung, sank auf einen Stuhl mit kaputter Rückenlehne und betrachtete die Fotos der beiden Mädchen auf der Titelseite. Carla und Jenifer. Sie las die zwei Seiten lange Berichterstattung. Die Polizei hatte also eine Spur, sie suchten einen Mann …

»Macht dann dreißig Pfund.«

Sie legte die Zeitung auf den Tresen und zählte Münzen.

»Sonderanfertigung.« Er hustete und schrieb eine Quittung. Die Abbildung eines antiken Schlüsselmodells auf dem Quittungsblock, darunter der Spruch »Jedes Schloss braucht einen Schlüssel« und der Name des Geschäftes: »Kellis-Schlüsseldienst«. Sie erschauerte, eilte aus dem Laden, atmete die nach Fisch stinkende Luft ein und hatte das Gefühl, sich jeden Moment übergeben zu müssen. Radelte rasch an Giovannis Pizzeria vorbei, dachte an Dennis, der vielleicht noch immer irgendwo draußen auf dem Boot war, fühlte Augen im Rücken, als sie durchs Stadtzentrum fuhr, und fand keine einzige passende These, mit der sie sich hätte beruhigen können. Alles schien sich in einen Mikrokosmos verwandelt zu haben, aus dem es kein Entrinnen gab. Auf einmal wünschte sie sich zurück ins anonyme Paris. Dort waren die Geschichten der Menschen nicht eng miteinander verknüpft, bildeten kein Spinnennetz, so wie hier. Dort konnte sie alles und jede sein. Oder niemand.

Ruby lag mit einem Eisbeutel auf dem Kopf im Bett, Taschentücher, Tee und Tablettenschachteln auf dem Nachttisch, die Vorhänge zugezogen. Ein Heizstrahler summte. »Migräne«, erklärte sie und richtete sich stöhnend auf. »Krieg ich immer, wenn ich Stress hab. Drei Tage, wenn ich Pech hab.«

»Oh je«, sagte Sowenna und rückte einen Stuhl an Rubys Bett. Verzeihen und Neuanfänge mit einem Menschen wagen, den man von der Liste gestrichen hatte, gehörten zu den schwierigeren Übungen. Sie glaubte allerdings nicht, dass sich ein Neuanfang mit Ruby wirklich lohnte.

»Du wolltest mich unter vier Augen sprechen. Worum geht's?«

»Kannste dir doch denken, oder? Um dein Bruderherz.« Ruby stopfte sich ein Kissen in den Rücken. »Hat er 'ne neue Handynummer? Telefonier mir schon die Finger wund.«

»Er hat zu tun. Fahr doch vorbei. Weißt ja, wo er wohnt.«

Sowenna ließ ihren Blick verstohlen durch das Zimmer gleiten. Gerahmte Aquarelldrucke von kornischen Küstenmotiven an den Streifentapeten, Trockenblumen, ein Käfig mit einem Kanarienvogel, der einen Protestgesang angestimmt hatte, kaum war sie eingetreten, Magazine wie *Good Food* und *Home & Gardens*. Sie sah nichts, was Ruby mit Dennis verbinden könnte.

»Ich bin übrigens nicht schwanger«, sagte Ruby mit dem Blick eines Dackels, der auf den Teppich gekackt hatte. »Wollt dich nur irgendwie beeindrucken.«

»Und warum?« Sowenna zog ihre Wasserflasche aus dem Rucksack und trank. Sie fühlte sich wie ausgetrocknet, und das Blut in ihrem Kopf kochte, als hätte sie sich einen Virus eingefangen.

»Ach, weiß nicht. Dachte, es wird was mit Dennis, aber ...« Ruby tupfte mit dem Eisbeutel auf der Stirn herum und legte ihn dann auf den Nachttisch. »Bei allen geht es weiter, und ich ...«

»Dennis würde deinetwegen nicht das Tauchen aufgeben. Für niemanden.«

»Hab ich ja auch eingesehen. Aber ich mag es nicht, den Kopf unter Wasser zu haben. Hab's ja probiert.«

»Wegen Dennis?«

Ruby nickte mit feuchten Augen. »Hab Panik gekriegt, obwohl es nur Schnorcheln war und Dennis direkt neben mir schwamm, und tief war's auch nicht. Konnte den Boden sehen. Aber überall waren diese kleinen Fische.« Sie schüttelte sich. »Algen und anderes Zeug an den Beinen. Widerlich.«

»Man muss ja nicht das Gleiche mögen«, sagte Sowenna und fühlte sich zurückversetzt in ihre Teenagerzeit, als sie stundenlang mit Ruby über die Jungs gesprochen hatte, für die sie schwärmten. Aber wir sind keine Teenager mehr, dachte sie. Das ist albern. Dann fiel ihr Pierre ein. War sie wirklich anders als Ruby? Verbrachte nicht auch sie immer noch Stunden damit, über ihn zu grübeln, Gemeinsamkeiten und Unterschiede aufzulisten, jedes Wort, jedes Fundstück aus der Erinnerung zu graben und von allen Seiten ins Licht zu halten? Damit muss ich aufhören, beschloss sie.

»Stimmt, aber ich weiß nicht, ob Dennis *mich* wirklich mag«, hörte sie Ruby sagen. Es hätten ihre eigenen Worte sein können.

Einen Rat konnte sie Ruby so wenig geben wie Trost. Falls das der Grund für das Vier-Augen-Gespräch war.

»Ist auch gar nichts gewesen zwischen uns, noch nichts. Und mit Walt … Ich hab mir das alles …« Ruby heulte nun. Ihr Gesicht fiel auseinander, als würde eine Maske bröckeln. Ihre schiefen Schneidezähne, die Aknenarben, der Nasenknubbel, der ihr in der Schule den Spitznamen »Miss Piggy« beschert hatte.

»Vielleicht braucht es Geduld.« Sowenna dachte an Pierre und trank die Wasserflasche aus. »Dennis ist auch nicht einfach.«

»Weiß ich ja. Weil er stottert, da lachen alle und …« Ruby schniefte in ein Taschentuch. »Hab gedacht, wir sind beide nicht perfekt, das passt dann schon irgendwie, und wollt deshalb auch erst unterschreiben, aber ich kann das nicht.«

»Was kannst du nicht?«

»Den Vertrag unterschreiben. Er will mich erst wiedersehen, wenn ich unterschrieben habe.«

»Welchen Vertrag?«

Ruby zog die Schublade des Nachttischchens auf und hielt ein gefalztes, dunkelblaues DIN-A4-Papier hoch. In der Überschrift Rechtschreibfehler: »Beitritserklärung für den Ferein Lyonesse«.

»Was ist der Verein Lyonesse?«, fragte sie, dachte an Dennis' Rechtschreib- und Leseschwäche und rückte den Heizstrahler von ihrem Stuhl weg. Ihr war heiß, und zugleich spürte sie Eiskrallen im Nacken.

»Weißt du nichts davon?« Ruby legte das Papier zurück in die Schublade. »Dennis hat doch diese Gruppe gegründet. Sie suchen nach diesem verschwundenen Land. Ist aber ein Geheimnis«, flüsterte sie.

»Und warum ist das ein Geheimnis? Glauben doch viele dran. Wie an König Artus.«

»Keine Ahnung. Hat mich nicht interessiert. Wollte ja nur ...« Ruby zog die Nase hoch. »Hab das Gefühl gehabt, zu ersticken da unter Wasser.«

»Es zwingt dich doch keiner zum Tauchen oder diesen komischen Vertrag zu unterschreiben. Und wenn Dennis nicht der Richtige ist, dann ...«

»Er *ist* der Richtige.« Ruby schlug auf die Bettdecke. »Ich träum von ihm. Jede Nacht.«

Wie ich von Pierre, wurde Sowenna bewusst, und sie wollte nur eins: weg. Nicht nur aus diesem überheizten Zimmer, in dem sie keine Luft bekam, auch aus Cornwall, aus den Fängen ihrer Familie, aus der Schattenwelt, die für sie mit Carlas Verschwinden ans Tageslicht getreten war.

»Dennis glaubt, er stammt von diesem Tristan ab. Der mit dem Schimmel, weißt du?«

»Das ist doch Humbug.«

»Vielleicht ja nicht. Haste doch eben selbst gesagt. Manche glauben fest an Artus. Und er glaubt eben daran. Kann er ja auch, aber ich ...« Ruby rülpste. »Sorry, Zwiebelsaft. Soll gegen Migräne helfen.«

»Was willst du von mir?«, fragte Sowenna und rief sich These drei ins Gedächtnis: *Mit mir hat das nichts zu tun.*

»Sprich mit ihm.« Ruby hatte nun wieder ihre Maske auf. »Gib ihm das.« Sie zog einen Umschlag unter dem Kopfkissen hervor. Er war mit Herzchen verziert. Dennis' Name in goldener Schrift.

Ein Liebesbrief, ganz bestimmt, dachte Sowenna und steckte den Umschlag mit einem Gefühl der Ohnmacht in den Rucksack. Hatte sie nicht selbst etliche von solchen Umschlägen in Pierres Briefkasten geschoben, in seine Jackentaschen und an seinen Badezimmerspiegel geklebt? Ob er jenen Brief, den sie ihm heimlich in sein Reisegepäck gesteckt hatte, inzwischen gelesen hatte? Und wenn ja, was hatten ihre Worte in ihm ausgelöst? Eine goldene Schrift bringt das Herz nicht zum Brennen, wenn nicht schon ein Fünkchen darin glüht.

»Mach ich«, sagte sie, erhob sich und ließ Rubys Umarmung über sich ergehen. Zwei Liebeskranke können sich nicht gegenseitig heilen, dachte sie, als sie die Kapuze über den Kopf zog und sich aufs Rad setzte. Ihre Beine fühlten sich bleiern an, und ihre Gedanken stießen wie Billardkugeln aneinander, ohne in ein Loch zu gleiten. Wenn Dennis wirklich glaubte, von Ritter Tristan abzustammen, hatte er vielleicht ein ernsthaftes Problem, aber wenn er damit keinen Schaden außer Liebeskummer anrichtete, konnte er auch Dracula sein. Vielleicht hat unsere ganze Familie einen Knall, überlegte sie, seltsame Eigenbrötler, unfähig, außerhalb ihres eigenen kleinen Kosmos zu leben, Verlorene, die immer anecken, sich missverstanden fühlen und sehr allein sind. Sie grübelte, während sie das Rad vor dem Café »Mynor« abschloss.

Walt saß bereits an ihrem alten Tisch, ein iPad vor sich und Kopfhörer auf den Ohren. Sie registrierte zu ihrer Erleichterung, dass sein Anblick nichts in ihr auslöste. Weder ein freudiges Prickeln noch Bitternis. Vielleicht könnten wir sogar Freunde werden, überlegte sie und setzte sich ihm gegenüber.

»Wusste, dass du kommst.« Er nahm die Kopfhörer ab und strahlte sie mit diesen regelmäßigen Zähnen, den Grübchen und der einen hochgezogenen Braue an, was sie früher hatte dahinschmelzen lassen wie Schokolade in der Sonne. *Vergangenes vergangen sein lassen,* rief sie sich These zwei in Erinnerung.

»Es sprach nichts dagegen.« Sie hängte die Regenjacke an die Stuhllehne und bestellte Tee. »Wo ist deine Braut?«

»In London. Ist ihr hier zu langweilig.« Walt verstaute das iPad in einer Ledertasche.

»Und warum wolltest du mich sehen?«

»Mann, bin ganz fertig. Brauch 'n bisschen Ablenkung. Mein Alter und Grace sind völlig durch den Wind. Wir dachten ja erst ...« Er strich den Pony aus den Augen, die einen seltsamen Glanz hatten, die Pupillen vergrößert, bläuliche Schatten darunter. Sowenna lehnte sich zurück.

»Carla war schon immer durchgeknallt, verstehste? Kennst sie ja selbst.« Er senkte die Stimme. »Jetzt geht die Polizei aber von einem Verbrechen aus. Ich mein, das ist echt harter Stoff, oder?«

»Ja.« Sowenna hielt sich am Tischtuch fest. Schattenrisse von Teekännchen waren daraufgedruckt und ein Spruch in schnörkeliger Schrift, der sich wiederholte: »Ein starker Tee löst alle Probleme.« Was gab ihre Mutter gerade zu Protokoll? Und warum hatte Dennis seine Vorladung wirklich erhalten – reine Routine?

»Und glaubst du das auch?« Sie versuchte mit fester Stimme zu sprechen.

»Keine Ahnung. Verbrechen passieren in Filmen.« Walt drehte seine Zigarettenpackung wie einen Kreisel auf dem Tisch. »Ich glaub, sie ist in 'ner Sekte oder so.«

»In einer Sekte? Wie kommst du darauf?«

»Letztes Jahr war ich ein paar Monate im Land. Schöpferische Pause.« Walt ließ den Kopf hängen, und der Pony fiel wie ein Vorhang über sein Gesicht. So zerbrechlich hatte Sowenna ihn noch nie gesehen. »Da hat sie schon gesponnen. War jeden Tag am Meer und sprach mit irgendwelchen Wesen.« Er tippte sich an die Stirn.

»Was für Wesen?«, fragte Sowenna.

»Tintenfische zum Beispiel. So Riesendinger. Dinosaurierfische, all so 'n Zeug. Sie hat mir mal Fotos auf 'ner Internetseite gezeigt. Hatte so eine Tröte, stand am Meer und rief damit die Wesen. Total Kuckuck. Aber warn wir damals ja auch, oder?«

»Ich hab nie mit irgendwelchen Wesen gesprochen.«

»Klar, du nicht, Twisty. Du warst ja selbst ein anderes Wesen, wenn du auf Händen rumgelaufen bist. Und ich wollte Spiderman sein oder ein Ninja-Krieger, eine Comic-Figur, verstehste?«

Sowenna schüttelte den Kopf. »Wenn ich auf Händen rumlief, war ich niemand anderes. Ich war ich.«

»Mach dir nichts vor.« Walt lächelte sie an. »Paralleluniversum, darum geht's. Du hast deinen Zirkus, ich meine Filme, okay? Und Carla? Bin ich nicht hintergestiegen. War mir damals auch egal. Und vorhin ist mir das eingefallen. Vielleicht glaubt sie, eine Nixe zu sein oder so, kein Erdenwesen, verstehste?«

Habe ich nicht eben ähnlich gedacht?, fragte sich Sowenna. Doch vor Walt wollte sie sich keine Blöße geben. »Nein, verstehe ich nicht. Du glaubst also, Carla ist in einer Sekte, die sie versteckt hält, oder wie?«

»So ähnlich.«

»Hast du das der Polizei erzählt?«

»Die würden mich ja für bekloppt halten.« Walt zog eine Zigarette aus der Packung und steckte sie in den Mundwinkel. Als Sowenna sich vorbeugte und sie ihm wegnahm, griff er nach ihrer Hand, hielt sie fest.

»Und dann noch Jenifer, hey, ich krieg das alles nich' in meine Birne.«

Ich auch nicht, fuhr es Sowenna durch den Kopf, und sie zog ihre Hand nicht weg. »Ist ja alles eine Vermutung. Beweise hat die Polizei nicht.«

Walts Finger kreiste um ihren Daumen. Sie fühlte sich plötzlich wie gelähmt.

»Was hat Carla denn so erzählt?«

»Hab ich nich' verstanden. Und auch nicht für voll genommen. Ich mein, da ist keine Stadt unterm Meer oder so. Ist doch Blödsinn. Aber jetzt, ach, ich weiß nich'. Desmond und Grace glauben der Polizei. Dass jemand Carla entführt hat.«

»Wenn sie in einer Sekte ist, dann kann man sie finden und befreien ...«, sagte Sowenna, und ein Gedanke jagte den nächsten. Der seltsame Vertrag, den Ruby von Dennis erhalten hatte. Carlas Glaube an eine Stadt unterm Meer mit dem Namen *Lyonesse* ... Die Ahnung, die sich immer fester in ihrem Hinterkopf zu einer Gewissheit formte, machte ihr Angst. Sie spürte Walts Zeigefinger, der über ihre Handfläche strich, und zog ihre Hand weg. »Du musst das der Polizei erzählen. Ich ... ich komme mit, wenn du willst.«

»Würdest du?« Walt blickte sie an. Alles zerfloss, und sie nickte. Nichts zählte mehr, erkannte sie in diesem Augenblick, nur eins: Carla zu finden.

36

Collin informierte auf dem Weg zurück nach Cambrenne Alvin Manor, den Staatsanwalt, der ihnen einen Durchsuchungsbeschluss vorbereitete, und seinen Vorgesetzten, Robert Ashborne, der mehr als irritiert auf die Nachricht reagierte, doch gegen die Ergebnisse einer DNA-Analyse konnte er kein Argument finden.

In Cambrenne angekommen, fuhren sie an dem Hügel vorbei, auf dem die Highschool wie eine düstere Bastion aufragte, und bogen oberhalb der Stadt, wo die Bebauung spärlicher wurde und die Grundstücke im Grünen lagen, in einen Privatweg ein, der nach einer Meile vor einem schmiedeeisernen Tor endete. Dahinter lag die gekieste Auffahrt, die durch einen prächtigen kleinen Park zu dem weiß gekalkten, zweistöckigen Cottage führte, dem angeblich ältesten von Cambrenne. Aus der Stadtgeschichte wusste Collin, dass es Anfang des 19. Jahrhunderts von einem reichen Minenbesitzer gebaut worden war. Ein passendes Domizil für die jetzigen Bewohner. Sie hatten überall ihre Finger drin.

»Macht schon auf«, schimpfte Johnny, klingelte erneut Sturm und hielt seine Dienstmarke ins Auge der Überwachungskamera. »Oder der Vogel ist bereits ausgeflogen.«

»Wer ist da?«, erklang eine Stimme durch die Gegensprechanlage. Sie wiesen sich aus, das Tor öffnete sich automatisch und Arthur Milton begrüßte sie im Bademantel. »Was verschafft mir die Ehre?«

»Sie können sich denken, worum es geht«, sagte Collin. »Ist Ihr Sohn zu Hause?«

»Denken kann ich mir gar nichts. Aber bitte, treten Sie näher.« Arthur Milton führte sie in den breiten Eingangsraum zu einem Tisch. »Wenn Sie mich einen Augenblick entschuldigen würden. Eine Grippe fesselt mich derzeit ans Bett.« Er lief auf seinen Stock gestützt einen Flur hinunter, kurz darauf brachte eine Haushälterin Tee, sie hörten Türen schlagen, und schließlich kam Milton angekleidet zurück. »Mein Sohn ist unterwegs. Kann ich Ihnen behilflich sein?«

»Wo ist er?«, fragte Johnny.

»Im Dienst, nehme ich an. Er hat ein Amt ...«

»Im Rathaus ist er nicht«, sagte Collin. »Wenn Sie mir seine Privatnummer ...?«

»Hab ihn eben angerufen. Aber nicht erreicht. Wenn er zu tun hat, nun ...« Arthur Milton hob die Hände und widmete sich dann seinem Tee.

Collin legte den Durchsuchungsbeschluss auf den Tisch. »Gleich kommen Kollegen der Spurensicherung. Sie zeigen mir jetzt bitte die Räume in dem Haus, die Ihr Sohn bewohnt.« Er ignorierte Arthur Miltons Protest. Sie würden eine Fahndung ausschreiben. Jede Minute zählte.

Doch knapp drei Stunden später hatte Collin die Gewissheit, dass in der oberen Etage des Cottages, die Dolph Milton nach dem Auszug seiner Geschwister nun allein bewohnte, kein einziger Hinweis auf Carlas Aufenthaltsort zu finden war, ja nicht einmal ein Indiz, dass Milton etwas mit ihrem Verschwinden zu tun hatte. Aber gut, was hieß das schon? Die Stadt schien er jedenfalls verlassen zu haben. Und zwar bereits gestern, wie seine Sekretärin aussagte. Eine Dienstreise nach London. Den Grund dafür wusste sie nicht, er hatte kein Hotel gebucht, kein Restaurant, keine Termine vereinbart. Milton hatte seinen dort lebenden älteren Bruder nicht kontaktiert, und die Anrufe bei diversen Freunden und Parteikollegen führten ins Leere. Seine Flucht, anders mochte es Collin nicht deuten, machte ihn nur verdächtiger. Er beschloss, einen Abstecher zu den Wellingtons zu machen.

»Dolph Milton? Sie scherzen«, sagte Desmond Wellington. »Natürlich kennt Carla ihn. Er war diverse Male bei uns zu Gast. Ich würde ihn nicht als Hausfreund bezeichnen, aber wir haben sicher einige Projekte zusammen in die Wege geleitet.«

»Carla hat ihn nie erwähnt«, ergänzte seine Frau. »Ich meine ...« Sie presste ihre Hände aneinander. Die letzten Tage hatte sie überwiegend im Bett zugebracht, vollgepumpt mit Beruhigungstabletten. »Sie hatte keine Verabredungen mit ihm.«

»Vielleicht hat sie Ihnen ausnahmsweise nichts davon erzählt«, sagte Collin. »Sie haben sich auf dem Schulfest getroffen, und daraus hat sich vielleicht spontan mehr ergeben.«

»Also das wäre wirklich ...« Desmond Wellington schlug eine Faust in die Handfläche. »Dieser Hundesohn! Entschuldigen Sie. Das muss man erst mal verdauen.«

Wohl wahr, dachte Collin. Erst Jenifer Kellis und dann Carla. Da mochte man nicht an Zufälle glauben.

»Kriegen Sie den verdammten Kerl in die Finger!«, brüllte Desmond Wellington, zog sich mit dem Handy aufs Sofa zurück und begann diverse Leute anzurufen und nach Milton zu fragen.

Collin verabschiedete sich von Grace Wellington, ohne ihr Mut zusprechen zu können, und saß wenig später mit dem Gefühl im Besprechungsraum der ehemaligen Polizeistation von Cambrenne, jeden Augenblick vom Stuhl zu kippen. Er hörte alles wie durch Watte, seine Stirn glühte, er hatte stechende Kopfschmerzen und sein Hals kratzte.

Die Einsatzleiter des Suchteams scharten sich um ihn, betreten und bestürzt über die neue Entwicklung. An allen Ausfallstraßen waren Polizeikontrollen postiert, und eine Streife war auf dem Weg nach Pencalenick, einem Dorf sechzig Meilen nordöstlich von Cambrenne, in dem Milton ein Ferienhaus hatte.

»Auch wenn die Indizien Dolph Milton schwer belasten, haben wir noch keine Beweise, dass er schuld an Carlas Verschwinden ist«, sagte Collin und wünschte sich, er wäre es, auch wenn die Konsequenzen unangenehm sein würden. Der Druck, den Fall noch zu lösen, wurde immer stärker. »Es könnte sich ja um eine heimliche Liaison handeln«, gab Bill zu bedenken.

»Na klar«, sagte Johnny. »Oder glaubst du, unser Herr Bürgermeister kann sich öffentlich mit einer Sechzehnjährigen blicken lassen? Perverse Sau!«

In der Runde stimmten einige Kollegen Johnnys harten Worten zu und wurden ungehalten. Collin hatte Mühe, sich Gehör zu verschaffen. »Ich bitte um Ruhe. Es steht uns nicht zu, hier zu urteilen. Die Ereignisse müssen präzise rekonstruiert werden. Bestenfalls hilft uns ein Geständnis. Milton war bei Carla, und wie die Kollegen der Rechtsmedizin analysiert haben, sind die Spermaspuren jüngeren Datums. Ob sie vom letzten Sonntag stammen, kann aber nicht eindeutig festgestellt werden.«

»Hat sich trotzdem strafbar gemacht«, sagte Johnny.

»So ist es.« Collin steckte ein Halsbonbon in den Mund. »Wenn die Kollegen der IT bitte jetzt ihren Bericht vorbringen könnten.« Er nickte den beiden Kollegen zu, die die Anrufe vom Festnetz der Wellingtons, Carlas Laptop und ihre Social-Media-Kontakte nochmals gründlich überprüft hatten.

»Okay, wie wir bereits wissen, hat Carla vom Festnetz aus zuletzt vor zweieinhalb Wochen angerufen. Eine Schulfreundin. Die eingehenden Anrufe waren überwiegend für ihre Eltern, Carla hat einige entgegengenommen, andere Male war der Anrufbeantworter eingeschaltet. Auffällig hingegen sind sechs eingehende Anrufe von dieser Handynummer am Wochenende ihres Verschwindens, die wir inzwischen identifizieren konnten, einer davon um fünf Uhr dreißig am Sonntagmorgen.«

»Um fünf Uhr dreißig?«, murmelte Collin. »Und wer war das?« Er dachte an Carlas offenbar fluchtartiges Verlassen des Hauses, ihre Taxifahrt zu Brenda Dodley und ihr überraschendes Vorhaben, bei der Schulfreundin zu übernachten.

»Die Nummer ist gesperrt. Sie war auf einen Mostyn Ashton registriert.«

»Ich glaub, mich tritt ein Pferd«, rief Johnny. »Der Springer vom Pizzadienst?«

»Dem haben wir gestern eine Vorladung gebracht, wegen der Speichelprobe«, meldete sich einer der Cambrenner Constables zu Worte. »Wohnt hier.« Er steckte ein Fähnchen in die Karte an der Pinnwand.

»Ashton?!« Collin sprang von seinem Stuhl auf. »Bill, überprüfe bitte umgehend, ob er mit Wendy Ashton, Carlas Gymnastiklehrerin, verwandt ist.« Er bat den IT-Kollegen, in seinem Bericht fortzufahren.

»Noch was Interessantes«, erzählte dieser. »Wir haben uns erneut mit dem Forum für keltische Geschichte beschäftigt, in dem Carla am häufigsten unterwegs war, insbesondere im letzten Vierteljahr.«

»Das Forum, in dem sie sich Senara nannte?«, hakte Collin nach.

»Genau. Wir haben die Kontakte nach Häufigkeit geordnet. Ihr Chatpartner Nummer eins war jemand, der sich Trevilian nennt.«

»Der Ritter auf dem Schimmel«, sagte Collin und spürte, wie sich sein Zwerchfell zusammenzog.

»Was für 'n Ritter?«, fragte Johnny.

»Aus der Legende von Lyonesse«, erklärte der IT-Kollege. »Passt ja irgendwie …«

»Ja, und? Was will uns die keltische Geschichte sagen?«, fragte Johnny.

»Trevilians Beiträge sind aus folgendem Grund auffällig: Sie sind erstens voller Rechtschreibfehler und zweitens bittet er Carla zwei Monate nach ihrer Begegnung im Internet um ein persönliches Treffen, dem sie zustimmt. Danach sind beide nur noch selten und dann gar nicht mehr im Forum aktiv, haben allerdings ihre Zugangsdaten nicht gelöscht.«

Collin blätterte die Ausdrucke aus dem Chatverlauf durch und runzelte die Stirn. »Sie wollten zusammen Lyonesse suchen?«

»Sieht so aus. Es gibt einen Verein in Land's End, den wir kontaktiert haben. Die Mitglieder tauchen regelmäßig vor der Küste und holen vermeintliche Beweisstücke aus dem Meer. Tische, Fensterrahmen und so weiter. Sie kennen allerdings weder Mostyn Ashton noch Carla.«

»Hast du etwas bei den Wassersportvereinen herausbekommen, Bill?«, fragte Collin.

»Fehlanzeige. Carla war in der Gegend nirgendwo angemeldet. Allerdings hat Carlas Bruder Walt vor einer Stunde eine Aussage zu Protokoll gegeben.« Er reichte Collin einen Schnellhefter. »Er glaubt, seine Schwester sei in den Fängen einer Sekte. Eine etwas verworrene Geschichte, aber sie passt zu den neuen Erkenntnissen.«

Sie unterhält sich mit Meereswesen, las Collin. Da war es wieder: das Meer. Er spürte, wie sich sein Herzschlag beschleunigte, wischte sich Schweiß von der Stirn und versuchte, die Zusammenhänge zu verstehen. Doch es gelang ihm nicht.

»Habt ihr den richtigen Namen dieses Trevilian rausgefunden?«, fragte Johnny den IT-Kollegen.

»Haben wir.« Er machte eine Pause und sah in die Runde. »Mostyn Ashton. Hier ist sein Foto aus dem Forum.« Er reichte die Aufnahme eines Mannes im Taucheranzug herum, auf dem die Gesichtszüge nicht zu erkennen waren.« »Und um das Ganze abzurunden, haben wir uns die Videoaufzeichnung vom Schulkonzert nochmals angeschaut.« Er warf ein Standbild der Aufzeichnung mit dem Beamer an die Leinwand. »Hier vorne am Bühnenrand stehen ein paar Zuschauer, die keinen Sitzplatz mehr bekommen haben. Und ganz am Rand steht dieser junge Mann. Ich lasse den Film mal in Zeitlupe ablaufen. Er kommt zu spät, stellt sich dorthin, keine Bewegung im Gesicht, er klatscht nicht und verschwindet, sobald Carla von der Bühne gegangen ist.« Er zoomte das Gesicht heran und platzierte daneben ein Passfoto. Ein blonder junger Mann mit markanten Gesichtszügen und Augen wie Murmeln. »Mostyn ist tatsächlich der Sohn von Wendy Ashton«, sagte Bill, der gerade mit Neil Ashton telefoniert hatte. Eine Weile sprach niemand ein Wort. Dann überschlugen sich die Ereignisse.

Dolph Milton meldete sich von seinem Ferienhaus aus, wo ihn zwei Kollegen angetroffen hatten.

»Hören Sie, DI Brown. Ich weiß nicht, wo Carla ist. Ich gebe zu, dass mir letzten Sonntag die Leitung durchgebrannt ist.«

»Die Leitung ist Ihnen durchgebrannt? Sie haben mit einer Minderjährigen ...«

»Eine unangenehme Sache. Carla hat mich ... wie soll ich sagen?«

»Sie wollen mir doch nicht etwa weismachen, dass das Mädchen Sie verführt hat und Sie keine Wahl hatten?«

»Dazu sage ich nichts ohne meinen Anwalt.«

»Sie werden sich auch wegen einer Falschaussage verantworten müssen. Ihr Alibi ...«

»Ich war um Mitternacht zu Hause«, unterbrach ihn Milton. »Habe meinen Vater angetroffen, der nicht schlafen konnte ...«

»Und dann haben Sie eine Partie Schach gespielt. Und Carla?«
»Ich weiß es nicht.«
»Wir erwarten Sie auf dem Revier, Mr Milton.« Collin legte mit zitternden Händen auf. In ihm war eine Wut, für die er keine Worte hatte. Er informierte den Staatsanwalt und wies Bill an, Dolph Milton in Gewahrsam zu nehmen.

Dann machten sich Collin und Johnny mit Blaulicht auf den Weg zu Mostyn Ashton. Richtung Osten am Meer entlang, das kabbelig war, aufgewühlt wie sie selbst.

37

Nein, er war nicht da. Das Boot fehlte, die Tür war noch immer unverschlossen, der Aufwand, den sie betrieben hatte, war unnötig gewesen, und überhaupt wusste sie nicht, warum sie den Schlüssel eigentlich kopiert hatte. Es war wie ein dumpfes Ziehen im Magen, wenn sich eine Verkrampfung ankündigte. Im Elternhaus herumzuspionieren war das Spiel ihrer Kindheit gewesen. Sobald sie allein gewesen war, hatte sie Schubladen, Schranktüren, Schachteln, Notizhefte, Portemonnaies, Pillendosen und vor allem Vorratskammern und den Kühlschrank geöffnet. Sie stibitzte Biskuits, die es damals noch reichlich gab, Wurstscheiben, Nüsse, Marshmallows, stopfte sich alles Essbare in den Mund, nahm Geldscheine, Schmuckstücke, Schminksachen, Stifte von ihren Eltern, ließ Dennis' Hamster aus dem Käfig, und fühlte sich in dieser Heimlichkeit wie eine Königin. Zumindest für den kurzen Augenblick, da sie die Schokoladenpackung aufriss und sich die Stücke in den Mund stopfte – bis sie zum Klo rannte, den

Finger in den Rachen steckte und sich so schlecht fühlte, wie sie war. Eine erbärmliche Diebin. Verdächtigt hatte sie allerdings nie jemand. Immer war es Dennis gewesen. Alles Niederträchtige kam von ihm, da waren sich ihre Eltern einig. »Sowenna mag Schokolade nicht und isst wie ein Spatz, sieh sie dir doch an, schlank wie eine Gerte. Und du?« So hatte ihre Mutter vor Dennis gestanden, der als Junge stämmig gewesen war. »Rollmops«, nannte ihn ihr Vater und lachte, wenn Dennis die Fäuste ballte und kein Wort hervorbrachte.

Das war lange her, und der Marygold hatte sie nichts davon gebeichtet. Auch Pierre nicht. Niemandem. Die Scham über ihre heimlichen Raubzüge hatte sich tief in ihr eingeschrieben, war aber im Laufe der Jahre schwächer geworden. Schließlich ging sie nach Paris und begegnete Madame Philine, ihre Retterin, wie ihr bewusst wurde, während sie vom Bootssteg zurück zum Leuchtturm lief, nicht die Marygold, nicht einmal Pierre, Madame Philine und ihre Küche hatten sie gerettet, nichts sonst.

Und dennoch ... Irgendwo in den Eingeweiden hatte sie sich ein Nest gebaut, aus dem die beinahe lustvolle Gewohnheit, in fremden Taschen zu wühlen, plötzlich wie eine Schlange hervorkroch. Sollte sie diesen mächtigen Drang nicht schleunigst aus ihrem Inneren zerren und zum Müllplatz bringen?, dachte Sowenna, als sie den kopierten Schlüssel ins Schloss der Eingangstür steckte und zufrieden feststellte, dass er perfekt funktionierte.

Sie verdrängte die Gedanken und betrat Dennis' Reich, spürte den unangenehmen und zugleich lockenden Kitzel, gegen den sie sich nicht zu wehren wusste. Die Neugier trieb sie zuerst in das kleine Badezimmer, wo sie den Spiegelschrank inspizierte, zwei Tablettenpackungen herausnahm, die Beipackzettel studierte, ohne zu verstehen, wozu ihr Bruder Beruhigungsmittel brauchte, wenn er doch meditierte und den Atem zu kontrollieren gelernt hatte. Sie griff nach einem übrig gebliebenen Croissant, schlang es hinunter und machte einen Schrank auf, der Dennis' Kleidung enthielt. Viel war es nicht. Ein paar Jeans, Trainingsanzüge und karierte Hemden, wofür er eine Vorliebe hatte. Hinter einer anderen Schranktür fand sie Erinnerungen. Den Hamsterkäfig, ein Glas mit Muscheln, das zusammengerollte Fischernetz, das sich hier im Leuchtturm gut gemacht hätte, eine Kameraausrüstung und einen der alten Bootsmotoren. Eine Truhe enthielt seine Sammelalben, die sie nacheinander aufschlug, bis sie ganz unten ein blaues Album fand, auf dem in silberner Schrift ein einziges Wort geschrieben stand: »Lyonesse«.

Sie ließ sich auf den Boden sinken. Horchte. Schlug das Album auf, sah Fotos von Ruby im Badeanzug. Sommeraufnahmen. Ruby auf einem Steg, die nackten Beine im Wasser. Am Saum der Wellen mit Sand zugeschaufelt. Auf Dennis' Boot, flatterndes Haar, eine Schule Delfine im Hintergrund. Im Taucheranzug, ein Bein in der Luft, Flossen an den Füßen. Sowenna schmunzelte und spürte Erleichterung. War Dennis doch verliebt? Ich werde ihm den Brief von Ruby gleich geben, beschloss sie und freute sich auf einmal für die beiden. Ja, Ruby hatte recht. Beide hatten es schwer, und warum sollten sie sich nicht gegenseitig stützen? Als wären sie gebrechlich oder uralt, schalt sie sich sofort. Blätterte weiter und schlug die Hand vor den Mund. »Beitritserklärung für den Verein Lyonesse«. Dieselben Rechtschreibfehler wie auf dem DIN-A4-Blatt, das ihr Ruby gezeigt hatte. Eine Seite weiter, und sie spürte ein Würgen im Hals. Ein brauner Fleck, eindeutig ein Fingerabdruck neben einem Namen, der ihr vor den Augen verschwamm: Carla.

Sie überflog den Vertrag, verstand kein Wort, betrachtete die

Folgeseiten, fand Zeitungsausschnitte über Carla und Fotos. Unterwasseraufnahmen. Das Gesicht des Mädchens, hinter einer Taucherbrille kaum zu erkennen, ihr Haar schwebte wie ein Flügel hinter ihr, ein Rochen an ihrer Seite. Das nächste Bild ein Seil, das im Wasser hing, ein Stück Bootsboden am oberen Rand der Aufnahme, Carlas nackte Gestalt verschwommen, ihre Hände ans Seil geklammert, das Gesicht Richtung Boot, zur Wasseroberfläche hin, auf der ein Lichtkreis wie eine Pfütze aus Sternen glitzerte, ihre Augen geschlossen, eine Klammer auf der Nase, die Wangen aufgebläht, der Mund zusammengepresst. Was hatte das zu bedeuten?, dachte sie und drängte die Antwort in einen leeren Raum in ihrem Hinterkopf. Blätterte fahrig weiter und ahnte, was ihr noch begegnen würde. Die Gewissheit war wie ein scharfkantiger Stein, den sie schlucken musste.

Sie richtete sich mit wackeligen Beinen auf, schaute aus dem Fenster aufs Meer, erklomm die Treppe zum Leuchtturmraum, schwenkte das Fernrohr nach allen Seiten, zoomte jedes Boot heran, doch keins war das ihres Bruders. Einen Moment stand sie ratlos vor dem Aquarium, sah zwischen zuckenden Gräsern Zierfische an die Glasscheibe stupsen, blau-rote Neonsalmer, Feuerschwänze, Guppys, drangen die Namen wie Luftbläschen aus der Erinnerung auf. Dann lief sie wieder nach unten, begann wie in einem Anfall Schränke, Schubladen und Seekisten zu durchwühlen, ohne etwas zu finden und ohne zu wissen, was sie suchte, steckte das Album in ihren Rucksack und rannte hinaus, lief zum Bootssteg hinunter. Meerwasser klatschte in ihr glühendes Gesicht, und sie rief gegen den Wind nach ihrem Bruder. Sie wusste keine einzige These, die die Leere in ihrem Kopf hätte füllen können. Wie in Trance rannte sie zu dem Nebengebäude des Leuchtturms, das Dennis, wie sie ahnte, nicht ohne Grund

»Lyonesse« getauft hatte, doch auch dieses war verschlossen. Sie schlug erst mit der Faust und trat dann gegen die Tür, warf mit einem Stein eins der Fenster ein, aber sie waren mit Sprossen versehen, und nicht einmal ein Kleinkind hätte hindurchgepasst. Plötzlich hörte sie ein Geräusch. Erst weit entfernt. Näher kommend. Paris. Paris.

Von Pierres Wohnung im fünften Stock im elften Arrondissement aus hatte sie es jede Nacht gehört, wenn sie in seinen Armen lag und er sie zärtlich zu küssen begann, von ihrer Stirn zum Hals, hinab zum Schlüsselbein, von dort zwischen ihre Brüste, das Brustbein hinab, hinab, hinab, bis zum Bauchnabel, wo er verweilte, zu ihren Leisten wanderte, die Innenschenkel entlang zur Kniekehle, das Bein hinab, mit seiner Zunge auf ihrer Fußsohle kreiste, bis alles in ihr zitterte, und dann erst, wenn er jeden einzelnen Zeh liebkost hatte und alles in ihr bebte, erst dann schob er seinen Kopf zwischen ihre Schenkel und lockte sie aus ihrer Haut, bis sie schrie, während die Lichter von Paris Schatten auf die Wände warfen und das Heulen der Sirenen durchs offene Fenster drang, so wie Pierre schließlich in sie drang mit Lauten, die alles übertönten. Die Sirenen, die Stimmen in ihrem Kopf, die Stimmen ihrer Eltern, der Marygold, das Rauschen der Stadt und der Stille.

Sowenna öffnete die Augen, zog sich hoch und lief wie über ein Hochseil zum Leuchtturm zurück. Plié, Relevé, Chassé. Anfang und Ende, dachte sie. Dann stand sie vor den Polizeiwagen.

38

Der alte Leuchtturm also, dessen weißer Turm in den Himmel ragte und den wir dennoch übersehen haben, war der Ort, an den Carla vermutlich verschleppt worden war, resümierte Collin. Sowenna Ashton reichte ihm ein blaues Album, das sie unter den Sachen ihres Bruders gefunden hatte, und stellte sich schweigend neben ihn. Ein Rettungsarzt hatte ihr gerade eine Beruhigungsspritze gegeben. Collin blätterte im Album und blieb an den Unterwasseraufnahmen hängen. Ein Wal, ein Schiffswrack, dunkle Umrisse von Felsen und Riffen, um die Fischschwärme kreisten. Er schlug die Seiten um und sah unscharfe Unterwasserfotos eines Mädchens im Taucheranzug, seine Augen hinter der Schutzbrille strahlten, es hielt einen Daumen hochgereckt und umklammerte mit der anderen Hand ein Seil. Auf seinem Haar tanzten Lichtpunkte. Es war Carla, erkannte er, als er ihren Namen unter einem Foto fand und sie im Badeanzug in einem Boot sah, eine Schnorchelausrüstung in der Hand. Zwischen den Seiten steckte der Vertrag, von dem Sowenna ihm vorhin erzählt hatte. Er las ihn, glaubte kein Wort zu verstehen und dachte zuerst an die These der Kriminalpsychologin Marion Waltons über eine Geheimorganisation, dann an Sandras Worte über Trolle und Ufos. Hier also ging es um das geheimnisvolle Land Lyonesse, das angeblich irgendwo in Cornwalls Gewässern versunken liegen sollte. Collin blätterte weiter, betrachtete Aufnahmen eines Mädchens mit dem Namen Ruby, es folgten etliche leere Seiten und schließlich eine mit zwei Aufnahmen eines Mädchens, die ihm den Atem verschlugen. Es war Jenifer. Auf einem Foto saß sie mit Schwimmflossen auf einem Steg, eine Sauerstoffflasche neben sich, und winkte in die Kamera. Auf dem anderen Foto lugte ihr

Kopf aus den Wellen. Sie trug eine Nasenklemme und lachte. Collin klappte das Album zu und schaute über die Bucht, die im Volksmund »Grabesbucht« hieß und wo jeden Moment die Boote der Küstenwache eintreffen mussten. Der Hubschrauber kreiste bereits über dem Meer, die Suchdrohne über dem Gelände um den Leuchtturm herum, das Team der Spurensicherung war auf dem Weg und das Pochen dumpfer Schläge verriet, dass die massive Tür des Nebengebäudes auch mit Gewalt nicht leicht zu öffnen war.

»Soll ich jemanden informieren?«, fragte er Sowenna Ashton. »Ihre Eltern?«

Sie schüttelte den Kopf.

»Hören Sie, Miss Ashton. Sie wollen Ihren Bruder schützen, verständlich. Aber es ist auch kein Unrecht, ihn zu verraten. Verstehen Sie? Ein Mädchen ist in Gefahr, womöglich finden wir sogar Jenifer Kellis noch lebend. Also sagen Sie, was immer Sie wissen.«

»Ich weiß gar nichts«, wisperte sie matt. »Hab nur dieses Loch im Schrankboden gesehen. Das Album und diesen Lyonesse-Vertrag gefunden …«

Collin hörte Johnny seinen Namen rufen, bat eine Kollegin der Bereitschaftspolizei, sich um Sowenna zu kümmern, und eilte zum Nebengebäude. Die Tür war endlich aufgebrochen, das Vorhängeschloss an der Falltür im Einbauschrank zersägt und Johnny stand bereits mit Schutzhelm und einer Kopflampe auf der Leiter, die ins Dunkel führte.

»Mindestens zehn Fuß tief geht's da runter«, sagte er.

Collin streifte die Sicherheitsweste über, legte das Halfter mit der Dienstwaffe an und folgte Johnny und drei Bereitschaftspolizisten in die finstere Gruft hinab. Unten angekommen, öffnete sich ein Stollengang, rund aus dem Stein gehauen und im Eingangsbereich mit Holz verschalt. Am Boden entlang Lorenschienen. Sie befanden sich ohne Zweifel in einem Schacht der ehemaligen Mine. Im Lampenlicht glitzerten weiße Wände. Sedimentgestein, wusste Collin und berührte die unregelmäßige Oberfläche, aus der vor über hundert Jahren noch per Hand Stück für Stück herausgebrochen worden war. Eine Unterwelt aus Salzstein, Kalk und Gneisen öffnete sich, dazwischen schimmerten türkise Tupfer – das begehrte Kupfer. Collin war den Mineralien so nahe, die er liebte, und unter anderen Umständen hätte er der Verlockung nachgegeben und Bruchstein, über den er hier stolperte, aufgesammelt. Doch jetzt war er ein Jäger, tastete sich in stickiger Luft und Finsternis voran und wollte nur eins: Carla und auch Jenifer finden. Nach einigen Minuten kamen sie an eine Verzweigung des Hauptschachts.

»Teilen wir uns auf«, schlug Collin vor und ging mit Johnny weiter den Hauptschacht entlang, der leicht bergab verlief und allmählich niedriger wurde, sodass sie sich nur langsam und gebückt, an einer Stelle lediglich kriechend voranbewegen konnten.

»Komm mir vor wie ein Maulwurf«, meinte Johnny.

Collin spürte seinen Puls im Ohr, ein Schwindelgefühl, den Geschmack von Steinstaub auf der Zunge. Er hörte die Stimme eines Kollegen im Walkie-Talkie und lauschte seinen Worten. »Sackgasse? ... Zugeschüttet. Okay. Folgt uns, und einer gibt oben Bescheid. Soll rausfinden, ob es Pläne für die alte Mine gibt. Ich vermute, dass wir uns parallel zum Meer bewegen, in Richtung der Ruine des Maschinenhauses. Schickt ein paar Leute dorthin.«

»Woher willst du wissen, ob wir parallel zum Meer kriechen?

Shit!« Johnny rieb sich den Kopf, den er sich an einem Stützbalken gestoßen hatte.

»Kompass.« Collin blieb gebückt stehen, schloss die Augen und versuchte den Atem zu kontrollieren. Bilder von Kathryn schossen ihm durch den Kopf. Wie sie, ihre Schuhe in der einen Hand, mit der anderen das Hochzeitskleid hob und über eine Pfütze balancierte. Ihr erschöpftes, strahlendes Gesicht auf dem weißen Kissen im Kreißsaal und die Zwillinge zu beiden Seiten in den Armen. Ihr Lachen, ihre sanfte Stimme wünschte er sich wie einen Zauber über Tausende von Meilen herbei, doch wollte es hier, weit unter Erde, nicht zu ihm dringen.

»Hier kommt kein Maulwurf ohne Brecheisen durch«, sagte Johnny, als er ihn eingeholt hatte. Sie standen vor einer Eisentür. Ohne Klinke, ohne Schloss.

Collin leuchtete die Tür ab. »Automatischer Schiebemechanismus.« Mit einem Code, dachte er frustriert.

»Carla, bist du da drin? Carla!«, brüllte Johnny und hämmerte mit den Fäusten gegen die Tür.

»Zwecklos.« Collin spürte, wie Schweiß auf seinem Gesicht und unter den Achseln ausbrach, stützte sich kurz gegen die Wand und sagte: »Warte auf die anderen.«

Dann ging er mit gebeugtem Rücken, so schnell er konnte, zurück, wies den entgegenkommenden Kollegen den Weg und befand sich endlich wieder über der Erde, atmete tief ein, blickte zum Himmel, sah Wolken ziehen und einen zweiten Suchhubschrauber über dem Meer kreisen. Er rief Bill an. »Schick alle anderen Suchteams hierher und die Spurensicherung. Hast du die Pläne der Mine?«

»Ja. Gebe ich mit. Vermutlich sind einige Schächte verschüttet oder verplombt. Ein Geologe kommt zur Unterstützung.«

»Soll sich beeilen. Und besorg jemanden, der sich mit automatischen Schiebetüren auskennt.« Dann stürzte er zu Johnnys Ascona, verfluchte die klemmende Schaltung, holperte den schmalen Sandweg entlang zur Ruine des alten Maschinenhauses und hangelte sich durch dichtes Gestrüpp hinab. Kollegen des Suchteams waren bereits da und riefen ihn zu einem tiefer gelegenen Felsplateau unterhalb der Ruine. Dort angekommen, fand er Sowenna auf der Umgrenzungsmauer sitzen.

»Da liegt sein Boot«, sagte sie und wies auf einen roten Fleck nahe einer vorgelagerten Felseninsel. Collin holte sich ein Fernglas und nahm das Boot ins Visier, das an einer Boje vertäut war und auf dem Wasser schaukelte. Es war unbemannt.

»Er ist abgetaucht«, murmelte sie.

»Sie meinen, Ihr Bruder …?« Collin dachte an die Fotos in dem blauen Album und kontaktierte die Küstenwache, die sich der Insel dann näherte. War Carla mit Mostyn Ashton alias Dennis in den Tiefen der See? Wenn ja, hätten sie dennoch eine Chance, das Mädchen zu retten? Ihm fiel Carlas Zeichnung ein, das Bild vom *Grab des Tauchers*. Alles fügte sich nun zu einem entsetzlichen Ganzen zusammen. Ein strenger Wind fegte über die Bucht, peitschte das Wasser auf, Wellen brachen sich an Felswänden, ihre weißen Kämme züngelten wie Ungeheuer daran entlang. Die Rettungsmannschaft der Küstenwache würde in dem unruhigen Meer ihre Mühe haben.

»Er wollte lernen, nicht zu atmen«, wisperte Sowenna mit verweinten Augen.

»Wollen Sie nicht doch besser nach Hause?«

Sie schüttelte den Kopf. »Mein Vater ist Mitglied der Küstenwache. Als Rettungsschwimmer. Hat mal Gold gewonnen, bei der Olympiade. Er wird …«

»Ja, er wird dafür sorgen, dass Carla und Ihr Bruder gerettet werden.«

Collin drückte ihre Hand, verlangte nach einer Decke und legte sie um ihre Schultern.

»Die Tür«, sagte sie. »Sie hat ein neues Schloss und …«

»Verstehe.« Collin ging zum Eingang des Stollens, dessen Vorhängeschloss ein Kollege gerade aufgebrochen hatte. Es öffnete sich ein Stollenraum mit einem Seilfahrtschacht, der in die Tiefe führte, und einer Pumpanlage, die mit dem oberhalb liegenden Maschinenhaus verbunden war. Hinter der Förderanlage taten sich Tageschächte auf, rund angelegte Gänge, die im letzten Jahrhundert noch manuell geteuft worden waren. Collin leuchtete ungeduldig in den Hauptgang hinein, wartete quälende Minuten lang auf das Eintreffen des Geologen, während Johnny am Stolleneingang nahe des Leuchtturms mit dem Öffnen der Schiebetür beschäftigt war. Es war bittere Ironie des Schicksals, dass der Fachmann, der ihm zur Seite stand, ausgerechnet Jory Kellis war.

»Aus damaliger Sicht eine optimale Stelle für eine Mine«, erklärte ihm der Geologe nach seinem Eintreffen und wies mit dem Finger auf eine Karte, die für Collin nur aus wirren Linien und Kreisen bestand. »Grund dafür ist diese Meereshöhle, direkt unter uns. Sie führt etwa eine Meile mit recht hoher Decke ins Felsplateau hinein. Beim Abteufen dort konnten die natürlichen Höhlengänge genutzt werden. Die Höhle war gleichzeitig auch eine Art Notausgang.«

»Ein Notausgang?« Collin blickte die Klippen hinab. Zur linken Seite konnte er einen Teil des Höhleneingangs ausmachen, der direkt ins Meer führte. Felsbrocken lagen am Eingang, über die mit Getöse Wellen rollten. Es war gerade Flut. Erst in sechs Stunden setzte die Ebbe ein.

»Ein Boot ankerte immer am Eingang der Höhle. Im Jahr 1905 ist so ein Zug von zehn Bergleuten gerettet worden, als ein Stollen einbrach.«

»Also gibt es drei Zugänge.«

Der Geologe bejahte. »Drei Zugänge und Schächte in unterschiedlichen Höhen. Die Schächte nahe des Leuchtturms sind die jüngsten, waren weniger ergiebig, und am Ende, nun, die Ruine spricht für sich. Hier ist ein Wetterschacht in der Nähe des Hauptschachtes.« Er umkringelte ein in der Karte eingezeichnetes Quadrat. »Die einzige Stelle, die von allen drei Seiten zugänglich ist. Eine stabile Luftzufuhr …«

»Als Versteck also geeignet«, unterbrach ihn Collin und nahm erneut Kontakt zur Küstenwache auf. »Schickt eins der Boote Richtung Höhle.«

Endlich drangen sie, den Spürnasen der Hunde und dem Geologen folgend, in das unterirdische Labyrinth ein und bewegten sich auf den Wetterschacht zu. Dort angekommen, bestätigte sich die Vermutung des Geologen. Von zwei weiteren Seiten trafen Stollengänge auf den Wetterschacht, vor dem sie nun stumm kauerten und im Licht der Taschenlampen auf ein dunkles, feuchtes Lager starrten. Es war verlassen bis auf einen Schlafsack, leere Gläser und Konservendosen. Doch Carla musste hier gewesen sein. Davon zeugten geritzte Zeichnungen an den Wänden: Umrisse von Delfinen, Herzen, Gesichter ohne Münder, Figuren mit Fischflossen. Eine junge Kollegin wandte sich ab und erbrach sich. Collin spürte ein Flattern im Zwerchfell. Wo war das Mädchen? Kurz darauf stieß Johnny mit zwei Kollegen aus Richtung des Leuchtturms dazu.

»Verdammte Scheiße.« Johnny kickte gegen eine der Konservendosen.

»Kurt hat eine Spur«, rief der Hundeführer dann, und sie folgten ihm den dritten Schacht entlang, an dessen Ende ein schwacher Lichtschein zu erkennen war. Nach einigen Yards hörten sie das Meeresrauschen lauter und sahen den halbrunden Lichtkreis größer werden. Sie befanden sich nach Auskunft des Geologen auf dem Weg Richtung Höhleneingang. Kurz bevor sie ihn erreichten, glänzte etwas zwischen Geröll auf. Collin blieb stehen und bückte sich danach. Es war Carlas Kette mit dem Delfinanhänger. Hatte sie diese abgerissen, um ein Zeichen zu hinterlassen? Hoffnung kam in ihm auf, die sich gleich wieder zerschlug, als sie endlich am Eingang der Meereshöhle standen und auf die heranrollenden Wellen blickten. Die Felseninsel mit Dennis' Boot lag direkt gegenüber. Davor kreuzte nun die Küstenwache. War es denkbar, dass Dennis von der Felseninsel aus zum Eingang der Höhle geschwommen war, Carla aus ihrem Versteck gezerrt hatte und nun mit ihr unterwegs zum Boot war? Unmöglich, dachte Collin, viel zu gefährlich bei der hohen Flut. Er blickte durchs Fernglas. »Verdammt! Was ist da los? Warum kommt die Küstenwache nicht näher ran?«

»Jede Menge Riffe«, sagte Johnny, der ebenfalls durch ein Fernglas blickte. »Sie lassen gerade ein Schlauchboot zu Wasser.«

Sie beobachteten, wie zwei Rettungsschwimmer vom Schlauchboot in Dennis' Boot stiegen und dort an einem Seil zogen, das über den Bootsrand ins Wasser hing. Eine Rettungsinsel wurde von der Küstenwache nahe von Dennis' Boot abgesetzt, an einer Boje vertäut, zwei Taucher ließen sich rücklings ins Wasser fallen und begannen, an Seilen gesichert, einen Tauchgang. Die Anspannung war kaum auszuhalten, bis sie endlich wieder auftauchten, mehrere Yards von der Rettungsinsel entfernt. Einer hielt jemanden an seinen Körper gepresst, verschwand hinter einer Welle, tauchte wieder auf. Johnny schrie Anweisungen für die Küstenwache ins Walkie-Talkie, während Collin einem der Piloten Bescheid gab, der über der Stelle zu kreisen begann, wo die beiden aneinandergeklammerten Körper dem Spiel der Wellen ausgeliefert waren. Vom Schlauchboot der Küstenwache wurden Rettungsringe geworfen und sprangen zwei weitere Männer ins Meer, und Johnny zog seine Schuhe und Jacke aus. »Spinnst du?« Collin griff nach seinem Arm.

»Mann, wir sind viel näher dran und stehn hier und glotzen blöd.« Er riss sich los, kletterte mit hochgekrempelten Hosenbeinen über Felsbrocken der offenen See zu, blieb schließlich stehen, brüllte und fuchtelte mit den Armen. Machtlos zuzusehen war auch für ihn das Schlimmste.

Der Hubschrauber verharrte nun über dem Meer und ließ Rettungsschwimmer an einem Evakuierungsnetz hinab, die sich von dort ins Wasser fallen ließen. Collin dachte an die Haie auf Carlas Bild, setzte sich auf einen Felsbrocken, schloss die Lider, spürte den scharfen Wind und wünschte, beten zu können. Als er die Augen wieder öffnete, beobachtete er durchs Fernglas, wie die Rettungsschwimmer wieder auf dem Lastennetz dicht über der Wasseroberfläche behutsam zu einem Boot der Küstenwache geflogen, aufs Deck abgelassen wurden und sich dann über eine Person beugten. Eine im Taucheranzug. War es Carla? Collin griff mit pochendem Herzen zum Walkie-Talkie und merkte, wie die Last von seinen Schultern fiel, als er die Nachricht hörte: Carla lebte. Und wo war Dennis? Taucher der Küstenwache suchten noch immer nach ihm, als Collin mit Johnny und den anderen den unterirdischen Weg durch die Höhle zurückeilten, wo nun weitere Kollegen und Hundeführer sowie das Team der Spurensicherung ausschwärmten.

39

Er oder sie. Sie oder er. Warum nicht beide? »Willst du mit mir vereint sein im Urozean?« – »Ja«, hatte Carla in dem Vertrag angekreuzt. »Ja, ich will. Ja, ich will mit dir auf der Suche nach Lyonesse zum Grund des Meeres tauchen und dort mit dir leben.« – »Willst du atmen?« – »Nein.«

Ruby schluchzte neben ihr auf, während ihre Eltern mit versteinerten Gesichtern hinabblickten, ihre Hände vor sich gefaltet, eine unsichtbare Wand zwischen ihnen, wie eine Staumauer. »Warum hast du *sie* gerettet, Neil, und nicht Dennis?« – »Er hat sich gewehrt. Er ist abgetaucht. Er wollte nicht gerettet werden.« War das ein Trost? Nein, wusste Sowenna, radierte in Gedanken jede einzelne These aus, trat vom Abgrund zurück, atmete aus. *Leben ist Atmen. Atmen ist Leben*, kreiste als Endlosschleife in ihrem Kopf, als Pfarrer Steren ein Gebet murmelte, ein Kreuz in den grauen Himmel zeichnete, die Urne segnete und sie ihnen wie ein Geschenk hinhielt. Sowenna umfasste die Urne und spürte ihr Gewicht. Sie balancierte an den Rand des Abgrunds, die Augen abgewandt, und verstreute seine Asche, die der Wind erfasste und in alle Richtungen wehte – zum Meer hinab und in den Himmel, zum Leuchtturm, zur Höhle und, wie Sowenna später in langen schlaflosen, einsamen Pariser Nächten immer wieder auf der tauben Zunge schmecken würde und wogegen keins der Kräuter in Madame Philines Küche gewachsen war, auch in ihr eigenes Gesicht.

Sie warf Dennis' altes Fischernetz hinterher und Ruby eine Rose, dabei hatte Dennis nichts für Blumen übrig, für nichts, was auf der Erde blühte, wandelte oder geschah.

»Vielleicht ist er jetzt an einem Ort, an dem er glücklich ist«, hörte sie DI Collin murmeln, der ihre Hand drückte und dann Worte an ihre Eltern richtete, während Carla neben sie trat, Papierflieger aus einer Tasche holte und diese übers Meer fliegen ließ. »Meine Zeichnungen«, erklärte sie, legte Sowenna den Arm um die Schulter und flüsterte: »Er ist nicht schuld.« Dann öffnete sie ihren Geigenkasten und begann zu spielen. Sibelius, d-Moll, op. 47. Der Wind trug die kraftvollen melancholischen Klänge über die »Grabesbucht«, die mehr sagten als jedes Wort und in denen sich Sowenna verlor.

40

Ein letztes Mal die Tür schließen. Sie nicht mehr öffnen. Nie mehr. Und nie mehr die verschlossene Tür eines anderen öffnen. Dahinter konnte sich ein Grab verbergen. Jory drehte das Schild auf »Geschlossen«, übergab den Schlüssel dem Makler, fuhr zum Bootsschuppen, zog das Boot hinaus, startete den Motor und steuerte in die offene Bucht. Wenn ich nur, begann er im Kopf einen der abgebrochenen Sätze, die in ihm kreisten und keinen Schlusspunkt fanden, wenn ich nur hinausgefahren wäre, ich hätte sie gefunden. Er sah den Leuchtturm, die Ruine des Maschinenhauses, trieb darauf zu, blickte zu den Wolken, die heute wie auseinandergerissene Schafherden über den Himmel zogen, und zur Höhle, hinter der Jenifers dunkles Grab lag. Die Wut auf ihren Mörder, auf die Welt, auf sich selbst wurde überlaut, als er sein Tagebuch und den mit einem Stein beschwerten Violinenkasten und damit alles über Bord warf: sein wie entzündetes Herz, für das er keinen Schlüssel zu schmieden vermochte, die Vergangenheit, die Zukunft, den Glauben, die Liebe, die Hoffnung, und er sah der Violine nach, die in die schwarze Stille hinabsank.

41

»Hab ich mir anders vorgestellt.« Der alte Tamar strich mit faltigen Händen über den Stein, den Collin die letzten Tage und Nächte wie in einem Rausch behauen hatte. »Fröhlicher. Sieht aus wie 'n oller Grabstein.«

»Ist wohl so.« Collin zog an der Pfeife und lehnte sich zurück. Tamars Worte perlten an ihm ab. Er hatte, seiner Skizze folgend, aus dem blaustichigen Granit eine Augenhöhle geschnitten, in der zwischen Wellen der Oberkörper einer Meerjungfrau gefangen war. Ob der alte Fischer das Werk nun an seinen Gartenteich stellte oder nicht, es ihm gefiel oder nicht, für Collin fühlte sich jedes herausgebrochene, polierte oder roh belassene Stück an, als hätte er in sein eigenes Herz geschnitten.

Er war erschöpft und auf seltsame Weise selig, als hätte er einen hohen Berg bestiegen und stünde nun auf dem Gipfel. Er war mit dem Ergebnis seiner Arbeit zufrieden, anders als Tamar.

»Die Meerjungfrau sollte doch wie die Morveran aussehen«, murrte der alte Fischer. »Ich weiß nich'. Is' wohl nix für mich.«

»Wenn ich eines Tages so eine Nixe hinkriege, sag ich Bescheid.« Collin verabschiedete sich von Tamar und schaute hinaus. Sandra und Johnny hockten unter der Kastanie, wo Kathryn den Tisch für den Nachmittagstee gedeckt hatte. Ayesha tobte mit Wolfie und Zoe, die nun doch ihre Freundin geworden war, in dem Laubhaufen herum, den er am Morgen erst zusammengefegt hatte. »Such!«, rief seine Tochter dem Hund zu. »Wo ist der Knochen?« Wolfie sprang ins Laub, das nach allen Seiten auseinanderstob, und kam mit dem Knochen im Maul wieder hervor. Knochen. Mehr hatten sie von Jenifer nicht gefunden. Morgen sollte die Beisetzung stattfinden. Würden die Eltern nun Erlösung finden? Wohl kaum, glaubte Collin. Heather Kellis war nach der Nachricht zusammengebrochen. Die Frage nach dem Warum würde sie wohl bis an ihr Lebensende verfolgen. Auch Collin und sein Team trieb diese Frage um. Jeden. Warum hatten sich zwei intelligente Mädchen wie Jenifer und Carla von einem Mann wie Mostyn alias Dennis Ashton auf eine Weise verführen lassen, die eines der beiden mit seinem Leben bezahlen musste? Warum hatten sie sich diesem ominösen Pakt verschrieben, ihn als Geheimnis bewahrt, niemandem davon erzählt, nicht einmal ihren besten Freundinnen, und hatten sich in die Fantasiewelt der kornischen Legenden und Mythen begeben, offenbar felsenfest davon überzeugt, dass es jenes untergegangene Reich Lyonesse wirklich gegeben hatte. Keinesfalls ungewöhnlich, hatte die Kriminalpsychologin Marion Waltons erklärt. Auf Jugendliche, die auf der Suche sind, nach sich selbst, nach einem Platz in der Welt, nach dem großen Sinn des Lebens, übten Gegenwelten eine große Anziehungskraft aus, Geheimnis und Geheimhaltung sind Teil davon, Abgrenzung von anderen, von allem Normalen. Und in Dennis haben sie wohl einen Mann gesehen, der ihnen anders begegnet war als andere junge Männer, der sie wie Königinnen seines eigenen Königreichs behandelt, ihren Hunger nach Abenteuer, Grenzerfahrungen und einer außergewöhnlichen Liebe genährt, sie zu Eingeweihten und Auserwählten gemacht hatte. Das Apnoetauchen, das Freitauchen war der Bestandteil einer Flucht vor der Welt, lautete Marions Erklärungsversuch, und die beiden Mädchen seien dafür empfänglich gewesen. Der Freitaucher taucht ab, um sich selbst zu beobachten und in sich hineinzublicken, hatte Collin in einer Abhandlung über das Apnoetauchen gelesen. Eine Bewusstseinsveränderung ist die Folge einer Atemtechnik, die Kathryn vom Yoga kannte. Kapalabhati, Feueratem.

»Alles in mir ist frei, wenn ich den Atem anhalte und hinabtauche«, hatte Carla ihren Eltern erzählt, »alles wird still, leicht, ich bin ganz eins mit mir, bin glücklich und will nie wieder auf der Erde sein, will nie wieder atmen.« Die Gefahren hatte sie nicht gesehen. Und Jenifer war, wie Grafton in einer aufwendigen Obduktion weitgehend nachweisen konnte, daran gestorben. Sie war ertrunken. Womöglich war ihr Trommelfell geplatzt, Wasser in die Lunge eingedrungen, und Dennis hatte sie bereits im Koma an die Wasseroberfläche gezogen und in die Höhle gebracht. Das waren Vermutungen, die die Fragen der trauernden Eltern nicht erschöpfend beantworten konnten. Warum, warum? Nichts anderes hatte Heather Kellis tagelang vor sich hin gemurmelt. Und Dennis? Er hatte laut Marion guten Grund, sich in eine Gegenwelt zurückzuziehen, in der er der Held sein konnte, der er im wirklichen Leben nicht war. Dort war er der Dumme, Schwache, der Stotterer, der hässliche Schwitzende, Verletzungen ausgesetzt, die er nicht verkraften, die er nur unter Wasser für die Minuten, da er den Atem anhielt und in die Tiefe glitt, vergessen konnte. Mit jener eisernen Disziplin, die ihm von Kindesbeinen an vertraut gewesen war, hatte er sich das Langzeittauchen ohne Sauerstoffgerät angeeignet. Und sich die beiden Mädchen ganz bewusst ausgesucht, glaubte Marion Waltons. Beide Leistungsschülerinnen seiner Mutter. Beide verkörperten jene Vollkommenheit, die er nicht erlangen konnte. Ein Streben nach Anerkennung, die ihm stets verwehrt geblieben war. Macht und Kontrolle, hatte sie am Ende ihres Berichts geschrieben. »Aber dann wollte er mehr, und ich war nicht in ihn verliebt«, hatte Carla zu Protokoll gegeben, »und das hat er mir übel genommen.«

Der Troll, der Magier, der Verführer, so hatte es Sandra ausgedrückt. War die Wahrheit hinter diesem entsetzlichen Verbrechen so einfach?

Heather Kellis bekommt meine Skulptur, beschloss er und wandte sich zu Carla um, die in seiner Werkstatt vor sich hin summend vor einem kleinen Kalkstein saß und diesen schmirgelte.

Seit der Leichnam von Mostyn Ashton alias Dennis vor zwei Wochen an den Strand gespült worden war, kam sie fast jeden Tag.

»Und was siehst du?«, fragte er sie.

»Einen Delfin, aber ohne Flossen.« Sie lächelte und hielt den kleinen Stein hoch. »Er hat Flügel.«

Es hatte Tage gedauert, bis sie sich im Krankenhaus erholt hatte und bereit gewesen war, von den Ereignissen zu erzählen. Der Schock und wohl auch die Scham hatten sie gelähmt. Der Tathergang konnte so zumindest teilweise rekonstruiert werden. »Ich hab mich so allein gefühlt«, hatte sie erklärt. »Und als Dolph angeboten hat, mich nach Hause zu fahren, hab ich ihn gefragt, ob er nicht noch reinkommen will.« Carla hatte zwei Pizzen bestellt und die Haustür geöffnet, als das Pizzataxi da war. »Und da stand er, Dennis. Ich hatte ihn seit Tagen nicht gesehen. Und nun wollte er mit mir reden. Aber ich hatte die Nase voll von ihm, von allem. Ich war wütend und hatte auch etwas Angst. Er hat ja dauernd vor dem Haus herumgelungert«, erzählte Carla. Sie hatte ihn nicht hineingelassen und ihm erklärt, dass sie Besuch von einem Mann habe. »Das muss er mir übel genommen haben.«

Dennis musste gewartet haben, bis Dolph Milton aus dem Haus der Wellingtons gegangen war und das Grundstück verlassen hatte. Kurz nachdem er weg war, klingelte es an der Haustür, und Carla öffnete.

»Dachte, Dolph hätte was vergessen. Aber es war Dennis, völlig durchnässt. Er flehte mich an, ihm zuzuhören.«

War es Mitleid gewesen, hatte sich Carla durch die Aufmerksamkeit des jungen Mannes geschmeichelt gefühlt? Oder hatte sie sich von der heimlichen Verbindung zwischen ihnen noch nicht vollständig gelöst? Carla konnte oder wollte nicht erklären, warum sie Dennis mit in ihr Schlafzimmer genommen hatte.

»Er wirkte irgendwie verzweifelt. Hat sich vor mich hingekniet und mir gesagt, dass er mich liebt, ohne mich nicht leben kann, aber ich hab ihn ausgelacht.« Eine fatale Reaktion. Dennis geriet in Rage, schlug und würgte sie, und als sie wieder zu sich kam, saß sie gefesselt und geknebelt in seinem Auto. In der Nacht hatte er sie im Nebengebäude des Leuchtturms eingesperrt und sie am nächsten Morgen in das dunkle Verlies des Schachtes gebracht.

»Er wollte mit mir nach Lyonesse tauchen. Er glaubte, die Stelle gefunden zu haben, wo das Land liegt. Sagte, ich sei seine Auserwählte und hätte ja den Vertrag unterschrieben.«

Viele Fragen würden ungeklärt bleiben, wusste Collin. Er stellte sich in die offene Tür seiner Werkstatt, atmete die feuchte, würzige Luft ein, süß und herb, wie ein Kürbis auf dem Gartentisch, wie die Pflaumen und Pilze in den Körben, wie der Herbst mit seinen kräftigen Farben von Goldrute und Heidekraut. Er blickte einem Zug Wildgänse hinterher, nahm das Geflüster der Laubbäume wahr, die ihre Kleider bald ganz abschütteln würden, schmeckte eine Prise Salz vom nahen Meer auf der Zunge und spürte einen Fels von seinen Schultern fallen, als Kathryn sich umdrehte und ihm eine Kusshand zuwarf. Sie stand mit der Schere vor ihren Rosen, die nach heftigen Regenfällen und einem Kälteeinbruch nun verblüht waren. »Der Frühling kommt auch im nächsten Jahr«, hatte sie gesagt. Wie Ebbe und Flut. Wie die neuen Knospen der Rosen.